MOLLY FADER

Amiche per sempre

Traduzione di
SARA PUGGIONI

LIBRERIA pienogiorno

V Edizione, dicembre 2023

Pubblicato per

LIBRERIA **pienogiorno**

da FullDay Srl

Le amiche possono salvarti una serata,
una stagione, e pure la vita.
Quindi noi saremo questo: amiche per sempre,
fino a quando non ce lo ricorderemo più,
e allora faremo amicizia di nuovo.

Per mia mamma

Parte prima

1
Clara

Greensboro, Iowa, 2019

C'erano troppi gigli. Clara non era un'esperta di fiori né di funerali. Però aveva la sensazione che nella sala azzurra delle pompe funebri Horner fosse esploso il negozio di un fiorista... che vendeva solo gigli.

Ecco cosa succedeva quando tutti ti adoravano. Ti seppellivano sotto una montagna dei tuoi fiori preferiti – gigli orientali, in questo caso, con l'erotico interno rosa e il polline che faceva pizzicare il naso – prima di seppellirti davvero.

E il fatto che Clara Beecher fosse allergica ai fiori preferiti della madre era un calcio nel didietro di proporzioni cosmiche.

«Clara!» Mrs Place, la sua insegnante di inglese di terza media, le prese le mani stringendole fra le sue. Non era cambiata di una virgola. Era il tipo di donna che a settant'anni aveva l'aspetto di una cinquantenne e aspettava che il tempo la raggiungesse. «Tua madre era così fiera di te! Tu e tua sorella, eravate il suo orgoglio e la sua gioia».

«È gentile da parte sua», la ringraziò lei, acutamente consapevole della sorella Abbie al capo opposto della sala, intenta a fare il genere di cose che avrebbero reso orgogliosa una madre.

«Al circolo di lettura non faceva che parlare di te e del lavoro importantissimo che hai in città e, be', ho capito ben poco», continuò Mrs Place. Non c'era niente di complicato in quello che faceva Clara. Mamma si limitava a mentire: da ex hippy, questo le risparmiava di dover pronunciare le parole *mia figlia è una serva del capitalismo.* «Ma si capiva benissimo che era proprio fiera».

Clara liberò la mano appena in tempo per prendere un fazzoletto da una delle numerose scatole disseminate per la stanza e portarselo al naso gocciolante per l'allergia. «Grazie», disse attraverso il fazzoletto.

«Betts mancherà a tutti», aggiunse Mrs Place. «Tantissimo. Non c'era cosa in cui non fosse coinvolta. La chiesa, la biblioteca. Il comitato del parco. Gli orti comuni».

Come una pianta infestante. Invitala a partecipare a qualcosa e in men che non si dica prenderà in mano le redini della baracca.

Il dolore ti rende tagliente. Una cosa che avrebbe detto sua madre. Se non fosse morta.

La sala era soffocante e stipata di gente venuta a porgere i suoi rispetti a una delle cittadine preferite di Greensboro.

BettyKay Beecher aveva vissuto tutta la sua vita adulta in quella cittadina minuscola, e adesso i suoi abitanti erano venuti in massa a renderle omaggio vestiti della domenica e armati di sformati, cheesecake e delle loro storie preferite.

È rimasta al capezzale di mio papà quando stava morendo.

Ci ha aiutati con i documenti dell'assicurazione quando nostro figlio ha avuto l'incidente.

Piangevano tutti. Nella sala, nel corridoio e ancora seduti in macchina nel parcheggio. Piangevano lacrime vere, singhiozzando negli angoli con le spalle curve. Ma tutto quello che Clara riusciva a pensare era: *Lo sapevano?*

Sua madre aveva davvero rivelato a tutta la città il segreto che aveva tenuto nascosto alle figlie per quasi quarant'anni? La notizia bomba, l'orrido e devastante segreto che, esasperata e furiosa, aveva sbattuto in faccia a Clara nel corso della loro ultima telefonata?

Avrebbero pianto così se l'avessero saputo?

Clara starnutì.

«Oh, salute, tesoro», disse Mrs Place.

«È solo allergia». Appallottolò il fazzoletto prima di infilarlo nella tasca del nuovo tailleur nero di Marco Zanini con la fodera in seta azzurro cielo stretto in vita da una fusciacca. Aveva pensato che la fodera fosse un filo eccessiva per un funerale, ma quello era stato prima dei gigli.

Per non parlare di tutti gli uomini che si erano presentati in mimetica. A un funerale. Cos'è, avevano tutti in mente di andare a caccia, dopo?

«È con tuo padre, adesso. Spero che questo ti sia di conforto».

«Certo, grazie». Come sempre a Greensboro, Iowa, mentire era la cosa più facile.

Si avvicinò un'altra persona con un'altra storia riguardante BettyKay Beecher. «Quella è tua sorella?», chiese indicando il capo opposto della sala dopo aver raccontato un aneddoto sul tempo passato insieme nell'Army Nurse Corps, il corpo infermieristico dell'esercito. «Abbie?»

Abbie era circondata dagli amici d'infanzia – che erano anche gli amici d'infanzia di Clara, non che avesse importanza – che continuavano a portarle tazze che di certo non contenevano caffè. Abbie aveva le guance arrossate e gli occhi accesi, era mezza sbronza, piangeva e abbracciava la gente infischiandosene dei gigli.

«Già. È mia sorella», confermò Clara, guidando la donna in direzione di Abbie senza sentirsi minimamente in colpa. «Le piacerà moltissimo ascoltare la tua storia».

Tre anni prima, si erano ritrovate nella stessa identica sala a piangere il padre, Willis Beecher. Era dura essere a casa e non vederlo negli angoli delle stanze. Non riusciva a bere rum o tè Constant Comment senza sentire la sua mancanza. L'odore del patchouli le faceva venire le lacrime agli occhi. Un singhiozzo le serrò la gola, e d'un tratto le cedettero le gambe. Appoggiò la mano a un tavolo per non accasciarsi a terra.

Sono orfana. Io e Abbie… orfane.

Era una donna adulta. Avvocata d'affari (in procinto di diventare associata dello studio, incrociando le dita) pagata settecento dollari l'ora. Aveva un appartamento su Lakeshore e una donna magnifica che la amava. Abbie aveva due figli, un marito da quindici anni e teneva in freezer fette di torta al limone fatta in casa da mettere nel tostapane nel caso in cui qualcuno fosse passato per un caffè. Erano tutt'altro che *orfane*.

Ma non riusciva a scacciare quel pensiero.

Trovò la porta laterale e uscì.

Il vento gelido che spazzava i campi spirando verso ovest portava l'odore delle patatine fritte e degli hamburger dello Starlite Room, e la schiacciò contro il muro. Sentì la stoffa misto seta del tailleur impigliarsi sulla superficie scabra dei mattoni gialli.

I primi giorni di marzo erano freddi, troppo freddi per stare all'aperto senza un giaccone, ma l'aria tagliente le diede una scossa. In Iowa la primavera non era ancora arrivata e i campi di mais erano marroni, in attesa, come tutto il resto a Greensboro, dell'ultima tempesta di neve che sarebbe arrivata dai due Dakota.

Il telefonò vibrò. Lo lasciò dov'era.

Le pompe funebri erano dall'altra parte della città rispetto al Greensboro College, e la torre bianca dell'orologio della scuola per infermiere St Luke era a malapena visibile sopra la cima degli alberi. L'università aveva tenuto le bandiere a mezz'asta per tutta la settimana. Era un pensiero carino dato che sua madre aveva studiato lì, poi ci aveva insegnato e ne era stata uno degli amministratori negli ultimi vent'anni.

Chiuse gli occhi, lasciando che il vento facesse la sua magia.

«Ehi».

Clara sentì la sorella appoggiarsi al muro accanto a lei. Sapeva di vaniglia e Pinot grigio.

«Ehi», rispose, con gli occhi ancora chiusi.

«I gigli...»

«Sì».

«Stai bene?»

Clara emise un verso che non era né un sì né un no. Era, in realtà, il suono esatto del limbo di stanchezza in cui l'avevano fatta piombare gli eventi di quegli ultimi giorni.

«Neanch'io», disse Abbie. «È come se... ho la sensazione che mi manchi qualcosa, hai presente? Come se camminassi nel modo sbagliato».

Clara si sentiva allo stesso modo. Essere figlia di BettyKay Beecher era una parte della sua identità con cui non sempre era a proprio agio, ma nondimeno era lì.

«Dov'è Vickie?», le chiese poi la sorella, e lei si sorprese a trasalire al suono del nome della compagna.

«Avrebbe voluto esserci, ma ha un caso davanti alla Corte Suprema dell'Illinois».

Percepì il dubbio di Abbie, il fatto che avrebbe voluto saperne di più.

«Dovevi proprio ingrandire così tanto quella cazzo di fotografia?», chiese Clara prima che Abbie avesse la possibilità di fare altre domande.

Nell'edificio delle pompe funebri erano appese dappertutto foto della famiglia Beecher. E – solo Dio sa perché – sua sorella aveva deciso di ingrandire in modo osceno la foto della madre che campeggiava sul retro di copertina del suo libro: *Pregate per me. Il diario di un'infermiera in Vietnam*. In quel ritratto BettyKay era una ventiduenne dal viso fresco, con un liscio caschetto bruno e un'uniforme verde oliva dello United States Army Nurse Corps.

«Cavolo».

«Come?»

«Fiona sta diventando un pappagallino, quindi non usiamo più parolacce. Diciamo "accidenti", "cavolo" e "pupù"».

«Che cavolo di assurdità».

«Probabile». Clara percepì il sorriso nella voce della sorella. «E sì, l'ho fatto. Adoro quella foto di mamma. Ha un'espressione così coraggiosa».

Clara pensava che avesse l'aria terrorizzata.

«Max e Fiona non capiscono cosa sta succedendo», continuò Abbie. «Non la smettono di chiedere perché la nonna non si alza».

Clara fece una risata gorgogliante per via della reazione allergica ai fiori. «È terribile».

«Denise vuole convincerli a toccare la mano di mamma. Così possono sentire quanto è fredda e allora capiranno».

«Cosa dovrebbero capire?»

«Che è morta».

«È morboso perfino per Denise». Adesso ridevano tutt'e due, e sembrava strano ma anche dolce.

«Dice che darà loro la possibilità di dirle addio».

Abbie le prese la mano. Clara cercò di sottrarsi, ma la sorella non glielo permise.

Dovrei dirglielo. Una parte di lei voleva perfino farlo. Condividere il peso del segreto come se fossero di nuovo bambine. E Abbie, cui piaceva la visione dall'alto conferitale dalla sua reputazione di Beecher in quella cittadina, avrebbe detto a Clara che non era vero. Non poteva esserlo. Che mamma si era sbagliata, che era arrabbiata. O qualcosa del genere.

Avrebbe trovato una qualche giustificazione per far restare le cose com'erano.

Ecco perché Clara non poteva dirglielo. Perché Abbie doveva vivere in quel posto accanto al ricordo di mamma. Coinvolgerla le avrebbe reso la vita più difficile.

«Abbie, non prendertela ma ho intenzione di andarmene dopo il ricevimento in chiesa». Ecco fatto. Come levarsi un cerotto.

«Per andare dove?», chiese Abbie.

«A casa».

Ed ecco l'espressione. «Chicago? Stai scherzando?»

«Abbiamo un cliente nuovo...»

«Te ne vai?» Clara colse senza volerlo lo sguardo furioso di Abbie, e desiderò non averlo fatto. Vedeva la rabbia e il dolore della sorella, e sembrava peggio di come si sentiva lei.

«Tornerò», mentì.

«Stronzate». Alla faccia del non dire parolacce.

«Abbie...»

«Dovevo aspettarmelo. Ti presenti all'ultimo momento con la macchina e quel tailleur orrendo...»

«Ehi!»

«Con la puzza sotto il naso...»

«Pagherò per lo sgombero della casa».

Abbie inspirò talmente a fondo che Clara ebbe la sensazione che non fosse rimasto più ossigeno per lei.

«Possiamo *per favore* non farne una questione di Stato?», chiese.

«Che cosa ti ho fatto, Clara? Per renderti così facile piantarmi in asso?»

Il vento investì in pieno la porta che si stava aprendo, mandandola a sbattere contro i mattoni con un fracasso tale che le fece sobbalzare come se fossero state adolescenti beccate a fumare.

Ben, il marito di Abbie, mise fuori la testa e lei fece un passo avanti. Ben era di bell'aspetto, come possono esserlo gli uomini grandi e grossi. Sempre arruffato, ma in genere sorridente. A Clara ricordava un Labrador.

Ogni volta che lo vedeva le veniva voglia di accarezzargli il testone e allungargli un bocconcino. E poi sgridarlo perché aveva sporcato di fango la moquette.

«Ecco dov'eri», esclamò.

«Stavo solo prendendo una boccata d'aria», rispose Abbie, stranamente sulla difensiva. «Va tutto bene?»

«C'è...» Ben si lanciò un'occhiata alle spalle e assunse un'espressione a metà fra lo sbalordito e il gioioso, che fece scattare sull'attenti le due sorelle. Era il funerale della suocera, in fin dei conti. La gioia sembrava fuori posto.

«Cosa?», chiese Clara.

«Be', credo dobbiate venire a vedere coi vostri occhi».

Tenne aperta la porta mentre Abbie e Clara rientravano nella sala affollata. Adesso era sceso il silenzio e la gente se ne stava addossata alle pareti in gruppetti, mormorando a mezza bocca in un modo dolorosamente familiare. C'era un percorso al centro della stanza che portava dritto alla bara, dove la loro madre era sdraiata con le braccia incrociate, il suo vestito verde preferito e decisamente troppo fard.

In piedi vicino alla bara c'era una donna. Una sconosciuta.

Tutto di lei proclamava a gran voce *non sono di queste parti*. Indossava un'elegante gonna nera, un paio di stivaletti col tacco basso di pelle lucida dello stesso colore e un cardigan grigio (collezione cashmere di Ralph Lauren, o Clara si sarebbe mangiata i suoi, di stivali) con una cintura nera stretta attorno alla vita sottile. Aveva i capelli lunghi di un biondo argenteo, che sembrava naturale ma Clara avrebbe scommesso che le era costato un sacco di tempo e di denaro.

Era come se… risplendesse.

«Chi è quella?»

«Non la riconosci?», sussurrò Ben alle spalle delle sorelle, con l'alito che sapeva di caffè e sciroppo per la tosse.

La donna aveva qualcosa di familiare, di patinato.

«È della casa editrice?», chiese Clara ad Abbie.

«Non credo. Hanno mandato una cheesecake».

«Quella trasmissione del mattino che mamma faceva qualche volta, a Des Moines? Ramona?»

«Ramona Rodriguez è morta qualcosa come dieci anni fa».

Clara avrebbe dovuto conoscerla. Ma il funerale della madre l'aveva mandata in confusione.

«Mi prendete in giro? Davvero non la riconoscete?», protestò Ben. «È Kitty Devereaux».

2
Clara

Kitty Devereaux era una star leggendaria del teatro e del grande schermo. Una Bond girl. Una modella celebre per gli occhi azzurri e lo sguardo di ghiaccio. Aveva vinto due Emmy ed era stata nominata per l'Oscar. Era uscita con Marlon Brando e Rex Daniels. Con il principe di Svezia e il regista Hugh Bonnet.

Si era sposata una volta sola, e aveva divorziato subito dopo.

Kitty Devereaux.

Solo pronunciarne il nome evocava la bellezza bohémienne degli anni Settanta e della controcultura sexy.

E adesso stava seminando scompiglio al funerale di BettyKay Beecher.

«È uno scherzo?», chiese Clara.

Abbie scosse la testa, a bocca aperta.

«Perché mai Kitty Devereaux dovrebbe essere al funerale di vostra madre?», chiese Ben. La gente si girò a guardarli perché l'uomo aveva sussurrato in modo udibile. «Porca miseria, è… Kitty Devereaux». Come se non ci fossero altre parole adatte a descriverla. A dirla tutta, il suo nome era diventato un modo per descrivere altre donne.

La prossima Kitty Devereaux.

Non è certo una Kitty Devereaux.

«Probabilmente si tratta di un errore», concluse Abbie.

«Ah, si è solo presentata al funerale sbagliato? A Greensboro, Iowa?», ribatté Ben con un altro sussurro sonoro.

Nella sala c'era un silenzio tale che si sarebbe sentita volare una mosca. Clara incrociò lo sguardo di Mr Reynolds del negozio di mangimi (che portava una cravatta mimetica) e sorrise come se andasse tutto bene. Alla grande.

«Magari conosceva mamma e papà», buttò lì Abbie. «Da quella roba pacifista degli anni Settanta».

«E i tuoi genitori non vi hanno mai parlato di lei?», le fece notare Ben, facendo per una volta un'osservazione azzeccata.

Abbie si girò verso la sorella. «Clara?»

«Che c'è?»

«Vai...» Agitò una mano verso di lei. «Fai qualcosa».

«Io?»

«Tu». Abbie le rivolse un'occhiata severa che ricordò a Clara che fino a quel momento era stata la sorella a occuparsi di tutto. *Il minimo che potresti fare,* diceva quell'espressione, *è gestire la celebrità spuntata a sorpresa che sta in piedi accanto alla bara di mamma.*

Be', giusto.

Si lisciò il tailleur, estrasse dalla tasca il Kleenex appallottolato che rovinava la linea della giacca e lo consegnò a sua sorella prima di percorrere la moquette fiorata verso la bara. Nessuno faceva finta di non guardare.

La donna si girò quando Clara salì sulla pedana e le sorrise come per darle il benvenuto alla festa a due accanto alla bara di sua madre.

Porca miseria. È Kitty Devereaux.

Le riviste di moda la definivano luminosa, e non avevano torto. Kitty letteralmente risplendeva nella grande sala delle pompe funebri Horner.

«Posso aiutarla?», sussurrò Clara.

Kitty la squadrò da capo a piedi con i famosi occhi azzurri, e la donna si sentì messa a nudo, come se la stella del cinema potesse vedere cosa indossava sotto il tailleur. Cosa aveva mangiato a colazione. Il colore della cucina di casa sua.

Kitty guardò Clara come se vedesse tutto quanto.

«Be', allora», disse alla fine, con un leggero accento del Sud. «Tu devi essere Clara».

«Sono io. E lei è Kitty. Voglio dire... Ms Devereaux. Kitty Devereaux».

Il suo sorriso era regale e indulgente come se stesse concedendo a Clara di tenersi la testa attaccata al collo dopo aver commesso un crimine. «Kitty andrà benissimo».

Oh, mio Dio, quella voce.

Negli anni Novanta Kitty aveva interpretato una madre single in una serie televisiva – un ritorno alle scene dopo gli sfrenati anni Settanta e i tranquilli Ottanta – e la sua battuta tipica era: *Mica è tutta una festa*. E tutti l'avevano ripetuta per un decennio, ognuno nella propria migliore imitazione della voce roca con un lieve accento meridionale di Kitty Devereaux.

Mica è tutta una festa.

«Cosa ci fai qui?», le chiese Clara, diretta. Se Abbie fosse stata a portata d'orecchio, si sarebbe imbestialita per il tono che aveva usato, ma se mandi un avvocato, ti becchi un avvocato.

«Porgo i miei rispetti». Kitty si sporse verso di lei come se stessero per confidarsi dei segreti, e perfino il suo profumo era fantastico. «So che in questo momento non ci credi, ma tua madre era molto orgogliosa di te. Si sentiva malissimo per quel litigio».

Clara fece un passo indietro, d'un tratto colta di nuovo dalle vertigini per via dei gigli.

«Come fai a saperlo?»

«Me l'ha raccontato lei».

«Quindi conoscevi mia mamma?»

«Sì».

«BettyKay Beecher?»

Kitty sorrise. «L'unica e inimitabile. Anche se quando l'ho conosciuta era ancora BettyKay Allen». Poi lanciò un'occhiata alla bara. Clara seguì il suo sguardo, e desiderò non averlo fatto.

Quella è mia mamma.

I capelli argentei tagliati corti. Le labbra strette in una linea sottile. Minuscola senza lo spirito che la rendeva una forza della natura.

«Quel fard è eccessivo», osservò Kitty. «Tua madre non lo avrebbe sopportato».

Proprio così. Verissimo.

«Avrebbe odiato tutto quanto», aggiunse poi, con un dolore e un affetto che sembravano sinceri.

«Clara», sussurrò Abbie raggiungendole sulla pedana. «Stanno tirando fuori i cellulari. Il funerale di mamma finirà su internet nel giro di tre secondi».

«Ms Devereaux?», disse Clara. «Possiamo parlare da un'altra parte?»

Che cosa fai con una star del cinema del calibro di Kitty Devereaux al funerale di tua madre? Dove la *metti*?

«Oh, tesoro, chiamami Kitty, ti prego. Devereaux è un parto della mia fantasia».

Tirò fuori qualcosa dalla borsa, poi aprì il palmo, rivelando quattro bottoni rosa.

Abbie sussultò – di nuovo – e prese la mano di Clara. Questa volta la sorella ricambiò la stretta.

Perché erano *quei bottoni*.

Erano orrendi. BettyKay diceva sempre che erano i bottoni più brutti che era riuscita a trovare a Greensboro, Iowa, nel 1968. Avevano un motivo a grandi cerchi concentrici, come osceni capezzoli di una vignetta.

Adesso erano sbiaditi, il contorno di alcuni cerchi si era cancellato, rivelando la plastica sottostante. Quei bottoni erano stati infilati in una pagnotta e cuciti su un reggiseno. Appesi agli alberi e messi sottaceto con le uova. Passati dall'una all'altra in innumerevoli scherzi fra la loro madre e una vecchia amica. Era così che la chiamava tutte le volte che mandava qualcosa per posta, o quando arrivava un pacchetto: *Una vecchia amica della scuola per infermiere.*

«Tu?», chiese Clara.

«Io». Kitty si rigirò i bottoni fra le lunghe dita, li sollevò col pollice, come fossero gemme da guardare alla luce. «Un tempo erano cinque. Prima che voi due nasceste».

«Mamma ce lo ha raccontato. Ne aveva perso uno».

Il sorriso da mille watt di Kitty vacillò. «Non l'ha perso. Glieli ho tirati addosso nel corridoio dello Chateau Marmont».

«L'albergo? Quello di Hollywood?» Clara batté le palpebre.

«Glieli hai tirati addosso?», ripeté Abbie.

Cosa sta succedendo?

«Ero furiosa con lei. Ma quando mi è passata, sono andata a recuperarli, e sono riuscita a trovarne solo quattro nella moquette a pelo lungo», spiegò Kitty.

La donna mise i bottoni nella bara, nascondendoli sotto la seta color crema, poi si chinò, baciò BettyKay su una guancia e le sussurrò qualcosa all'orecchio.

Quando si raddrizzò e si girò verso di loro, Clara percepì di nuovo il magnetismo della sua presenza. Neppure l'illuminazione schifosa del salone delle pompe funebri riusciva a sminuirla.

«Com'è possibile?», sussurrò Clara.

«Già. Come?», le fece eco Abbie.

Com'era possibile che BettyKay Beecher, nata in una fattoria sperduta in mezzo ai campi di granturco dell'Iowa, e la Bond girl Kitty Devereaux si conoscessero? Per non parlare di diventare le amiche che si erano scambiate bottoni per scherzo? Per decenni?

«Quella», disse Kitty, «è una lunga storia. Questo è uno di quei funerali senza alcol, o una ragazza può avere qualcosa da bere?»

3
BettyKay

Scuola per infermiere St Luke
Greensboro, Iowa, 1967

8 settembre 1967

Domani tutta la mia vita cambierà. Mia mamma non mi parla da una settimana e papà ha promesso di portarmi alla fermata dell'autobus domattina dopo aver sbrigato i lavori, ma è già successo che non mantenesse le promesse. Todd dice che posso chiamarlo anche alle sei del mattino. E mi darà un passaggio. Anche se lui e suo padre stanno per iniziare il raccolto. Che ragazzo. Non credo che dormirò, ma farei meglio a provarci.

Greensboro era il posto più bello che avessi mai visto di persona. D'accordo, avevo visto solo Bluffs, Iowa, settecento abitanti, la fattoria su Wolff Road e una volta, con mia nonna, le corse dei cani a Cedar Rapids.

Però Greensboro era tutta lustra, con prati verdi ben curati e imponenti case di mattoni lungo Main Street. I giardini esibivano gerani rossi e aster viola. Le rudbeckie e le rose tardive ondeggiavano accarezzate dalla brezza. C'era gente ovunque, sembrava che stessero tutti salendo o scendendo da un'auto.

E il sole splendeva su ogni cosa.

La torre dell'orologio bianca della St Luke e gli ampi gradini di marmo sottostanti brillavano. L'edificio di mattoni rossi a due piani si allargava come se avesse ali a entrambi i lati. Le finestre erano bianche e spalancate. Era la costruzione più grande e imponente che avessi mai visto.

Dietro al dormitorio c'era l'ospedale. Stando alla brochure della scuola, i due edifici erano collegati da un tunnel. Un tunnel vero.

Un tiepido vento settembrino fece svolazzare l'orlo del mio nuovo cappotto rosa di lana bouclé con la fascia per capelli intonata che avevo cucito apposta per quel giorno. Mia madre aveva dato un'occhiata al modello di «Vogue» e mi aveva detto che mi stavo dando delle arie.

La fascia, mi resi conto in quel momento, era un po' vistosa. Molte delle altre ragazze erano vestite in modo più informale. Alcune avevano perfino i pantaloni alla pescatora e i capelli lunghi e dritti con la riga in mezzo.

Me la tolsi e la ficcai in tasca, sistemandomi i capelli scompigliati dal vento.

Puoi farcela. Non combinerai un pasticcio.

La maniglia di legno della valigia mi aveva scorticato il palmo mentre la trascinavo attraverso il campus dalla stazione degli autobus, passando davanti a tutte quelle grandi case e alle auto. Ma la afferrai saldamente, ignorando il bruciore, e portai tutti i miei beni terreni su per gli scalini di marmo.

L'atrio aperto era un brulicare di attività, mentre le studentesse del primo anno arrivavano con bagagli e genitori al seguito. Il marmo e il legno delle pareti, del pavimento e del soffitto riecheggiavano di voci.

Galline starnazzanti, avrebbe detto mio padre, e io scacciai il pensiero.

Donne con in mano delle cartelline davano istruzioni, controllando le lettere di ammissione. Dovetti scansare una ragazza che si fissava i piedi mentre veniva condotta su per lo scalone doppio dalla madre.

I miei genitori non erano venuti. Era l'inizio di settembre ed era stata un'estate secca, quindi il raccolto doveva cominciare prima. Come scusa, non era male. Io avevo annuito, e dentro di me ero felice di avere quel giorno tutto per me.

Non era necessario che mi vedessero così raggiante alla prospettiva di andarmene dalla fattoria.

Mi avvicinai a una delle donne munite di cartellina che indossava un'uniforme da infermiera con la cuffia bianca e la mantella blu, ispirata a quella che portava Florence Nightingale. Era perfetta, e io desideravo una di quelle mantelle con ogni fibra del mio essere.

«Mi chiamo BettyKay Allen», mi presentai. «Di Bluffs, Iowa». Tirai fuori la lettera che avevo ricevuto dalla scuola mesi prima, nel caso non mi credesse. O pensasse che io e il mio cappotto fatto in casa non c'entrassimo niente con quel posto.

«Benvenuta alla St Luke», disse invece la donna, con un sorriso che mise in mostra le fossette sulle guance tonde. «Sembri entusiasta, BettyKay Allen».

«Lo sono. Davvero». Mia madre avrebbe detestato quel comportamento, allergica com'era all'entusiasmo.

«Mi scusi». Un uomo che portava un fedora e una camicia di madras che gli stringeva il collo si parò davanti all'infermiera come se io non esistessi. Feci un passo indietro per lasciargli spazio. «Mia figlia è Susan Cundiff. Dove devo portarla?»

«Sì, Mr Cundiff. Susan è nella stanza 202. Scala a destra».

L'uomo si allontanò e una ragazza alta con le spalle curve gli andò dietro.

D'istinto, raddrizzai la schiena.

«Dove sono i tuoi genitori?», mi chiese l'infermiera, dopo che se ne fu andato.

«Occupati. Il raccolto».

«L'Iowa a settembre», replicò lei con un'alzata di spalle. «Mia sorella si è sposata lo scorso fine settimana, e metà dei nostri cugini non ce l'ha fatta a venire alla cerimonia».

«Ma sono venuti per il ricevimento».

«Sì, ovvio. Quei ragazzi non riescono a star lontano da birre e torta. Scala di sinistra. Stanza 212».

«La mia compagna di stanza è arrivata?», chiesi.

La donna annuì. «Katherine Simon. È già qui».

«Grazie!», aggiunsi da sopra la spalla, avviandomi verso la direzione che mi aveva indicato.

La mia Samsonite rigida beige era stata un regalo di matrimonio dei miei genitori. Dei parenti che non li conoscevano molto bene credevano che avrebbero viaggiato. Quando mamma me l'aveva appoggiata sul letto qualche settimana prima, era stata usata solo una volta, per la loro luna di miele a Clear Lake.

Adesso che c'ero quasi, che stava per succedere, mi facevano male i piedi e il bagaglio, che era stato leggero per tutto il giorno, si era fatto pesante. Tutto quello che avevo cercato di non portarmi dietro era come un macigno sullo stomaco, mentre la voce di mio padre mi riecheggiava nelle orecchie.

Credi di essere meglio di noi? Credi di essere meglio di questa fattoria?

Mi passai la valigia nell'altra mano e proseguii.

Essendo più piccoli dell'atrio, i corridoi sembravano ancora più affollati. Genitori, fratelli e sorelle indugiavano vicino alle porte. Fuori dalle stanze c'erano bauli zeppi di vestiti, con allieve del primo anno in lacrime che si lamentavano:

«Non c'è spazio a sufficienza! Perché gli armadi sono così piccoli?»

La St Luke aveva aperto nel 1868 e le prime studentesse erano state le sorelle, le figlie e le mogli di uomini che avevano combattuto nella Guerra Civile. Quella storia era stata fornita con il pacchetto d'iscrizione, insieme alle raccomandazioni su cosa portare e chiari avvertimenti riguardo alle dimensioni degli armadi.

Camminavo rasente le pannellature di legno color miele leggendo i numeri in ottone sulle porte.

C'era già un registratore in funzione, le note di una canzone di Joan Baez che non riconobbi si riversavano nel corridoio.

«Scusa», esclamai, dopo essere finita contro una ragazza con gli occhiali e una valigia morbida a motivi scozzesi. La St Luke era integrata da cinque anni ma era l'unica studentessa nera in un mare di facce bianche.

«Che ressa», osservò lei.

«Già», risposi. «Non me lo aspettavo». La verità era che non avevo l'immaginazione necessaria a figurarmi niente di tutto questo.

«Buona fortuna», mi gridò da sopra la spalla.

«Anche a te!», risposi, mentre venivamo trascinate in direzioni opposte dalla folla.

La 212 era all'estremità del corridoio, la più vicina alla grande finestra a bovindo, e aveva la porta socchiusa. La musica veniva da quella stanza. La mia stanza.

Avevo sempre vissuto nella casa dei miei genitori. La mia camera era nel sottotetto, aveva la finestra che non si chiudeva bene e la carta da parati lilla che avevo scelto per il mio dodicesimo compleanno. Non ero nemmeno mai andata a dormire dalle amiche fino a sedici anni, un'età imbarazzante per ammettere che non avevo mai passato una notte fuori casa. Era solo che mi piacevano il mio letto, casa mia e la sensazione dei miei genitori al piano di sotto. Ma adesso che mi trovavo in piedi sulla soglia della mia nuova casa, potevo ammettere il fatto che fossi spaventata. Spaventata dai posti nuovi. Dalle altre persone. Spaventata come lo erano i miei genitori. E come loro mi avevano fatta diventare.

Figlia unica, avevo sognato come tutti di avere una sorella. O anche un fratello. Non ero abbastanza convenzionale da concedermi di pensare che questa compagna di stanza sarebbe stata come una sorella. Un'amica sì, però.

Sì. Ero abbastanza convenzionale da concedermi di pensare quello.

Ti prego, fa' che le piaccia.

«Salve!», esclamai entrando nella stanza.

Su uno dei letti era sdraiata una ragazza che leggeva un numero di «Movie Life» con in copertina Frank Sinatra e Mia Farrow. Era – non c'era altro modo di dirlo – una *sventola*. Occhi azzurri e una pelle così chiara e perfetta che era come se non avesse mai visto il sole. Aveva straordinarie sopracciglia scure che smascheravano i capelli biondissimi, quasi bianchi. Si era tolta le scarpe e la gonna nera era sollevata a rivelare il bordo delle calze e il gancio della giarrettiera. Mi girai, per darle la privacy necessaria a sistemarsi i vestiti.

«Io sono BettyKay», mi presentai al mangianastri posato su un cassettone di legno scuro. Il cassettone era accanto all'unica scrivania della stanza, sopra la quale era poggiata una macchina da cucire Singer nuova di zecca. Molto più piccola e graziosa di quella che mamma aveva a casa.

«BettyKay?», chiese. «La figlia del contadino».

«Sì...» Risi, a disagio. «Sono io».

«Un sacco di nomi».

«Mi hanno... cioè, mi hanno dato i nomi delle nonne».

«Betty e Kay?»

«Esatto».

«Hai un soprannome o qualcosa del genere?»

I miei genitori mi chiamavano BettyKay, e lo stesso facevano gli amici di scuola; l'unico che mi chiamava con un altro nome era Todd. «Betts», dissi. «Alcuni mi chiamano Betts».

«Be', Betts, aspetti un invito scolpito nella pietra?», mi chiese Katherine con un pesante accento del Sud.

Mi girai per guardarla in faccia. Non si era sistemata i vestiti, né era scesa dal letto, né pareva aver alzato lo sguardo dai pettegolezzi riguardanti Mia Farrow e Frank Sinatra.

Si limitò ad agitare una mano sopra la rivista. «*Entrez-vous*», disse.

«Parli francese?»

«No», rispose, girando una pagina della rivista.

Be', era proprio forte.

«Sei di qui, vero?», ipotizzò. «I-o-w-a». Pronunciò le lettere staccate, trasformandola in una parola di quattro sillabe.

«La mia... uh... famiglia ha una fattoria un centinaio di chilometri a ovest». Abbastanza lontano perché non venissero a trovarmi, ma non così tanto che Todd non potesse farlo. Misi la valigia sul letto dall'altro lato della stanza e feci scattare le serrature. «Tu sei di?»

«Atlanta», rispose.

«Ci sono delle ottime scuole per infermiere a est», osservai. «Perché venire fino in Iowa?»

«Perché è lontanissima da Atlanta».

Risi e mi lanciai un'occhiata alle spalle, ma Katherine non stava ridendo. Tossii, tirai fuori il diario e lo infilai sotto il cuscino. Poi presi il vestito buono, quello azzurro, lo scossi e lo appesi nell'armadio. La mia gonna di serge preferita e la camicetta in poliestere stampato a fiori gialli che avevo comprato in saldo prima di partire. Avevo dei maglioni e un'altra gonna. Blue jeans. Un dolcevita nero. Il cappotto invernale, il cappello e le muffole.

Presi la biancheria intima, il bustino, i reggiseni (tra cui quello elasticizzato verso cui mia madre si era mostrata alquanto scettica) e le calze e li nascosi stringendomeli al petto prima di cacciarli in fretta nel primo cassetto del mio comò.

«L'hai fatto tu quel cappotto, dolcezza?», chiese lei all'improvviso, e si alzò facendo cigolare il letto. La sentii tirarmi un lembo del cappotto.

«Sì. L'ho fatto io». Mi girai, sfilandole la stoffa di mano. Poi prese fra le dita uno dei grandi bottoni rosa che avevo scelto al Ben Franklin. Il cappotto ne aveva tre.

«Un bel po' di rosa».

«Il rosa mi piace».

«È troppo grande per te».

Mi scostai. «Mi piace come mi sta».

«Ci navighi dentro, ragazza mia». Katherine afferrò il didietro del cappotto arricciandolo fra le mani. «Ecco», esclamò. «Pesi cinque chili di meno».

Guardai a bocca aperta quella sconosciuta di Atlanta con i capelli ossigenati. «Grazie, Katherine», replicai, non proprio sicura che fosse quello che intendevo davvero.

La ragazza scrollò le spalle e lasciò andare la stoffa. «Chiamami Kitty», disse.

I corridoi del primo piano della St Luke si erano fatti silenziosi dopo che genitori e fidanzati si erano congedati, lasciando le ragazze a se stesse.

Prima di cena, tutte e sessantotto si riunirono davanti alla porta di legno del salotto formale in fondo al corridoio. Alle cinque in punto, Mrs Margaret Hayes, la responsabile del piano, attraversò il corridoio e aprì la porta con una chiave che portava al collo attaccata a una catena.

Mrs Hayes, una donna alta e magra con i capelli grigio acciaio raccolti in un'onda elegante, accese le luci sul soffitto e rimase in piedi sorridendo mentre noi le sfilavamo davanti. Indossava un elegante abito blu con una cintura rossa che si intonava alle ciliegie del colletto. Un tocco frivolo che su di lei sembrava un po' stonato.

«Sembra che abbia addosso il vestito di qualcun altro», sussurrò Kitty passandole accanto.

Era una bella stanza con un sacco di finestre e una pendola gigantesca. Tutti i mobili erano femminili, sedie e divani con le gambe affusolate e il rivestimento di lana color uovo di pettirosso. *A mamma piacerebbe un sacco,* pensai. Era tutto graziosissimo.

Alla fattoria non c'era niente di grazioso.

Nell'angolo c'era un tavolino da tè e su una credenza accanto era posato un servizio completo, in attesa di essere usato in un'occasione speciale.

Mi sedetti sul bordo di un divano.

«Non ti spiace, vero?», domandò Kitty, sedendosi all'estremità opposta prima ancora di ricevere risposta.

«Fai pure». In quella ragazza c'era qualcosa che mi rendeva tagliente e io non lo ero mai, tagliente.

Il mormorio nella stanza si azzittì di colpo, in modo allarmante, e io mi girai per capire cosa c'era che non andava. La ragazza nera con gli occhiali seri che avevo incrociato poco prima in corridoio era in piedi appena oltre la porta. Passò accanto a diversi posti vuoti, ma le ragazze li occupavano con le borsette e distoglievano lo sguardo, impedendole di sedersi accanto a loro.

Kitty si alzò. «Da questa parte. Ti ho tenuto un posto», fece cenno alla ragazza, che si sistemò gli occhiali sul naso e si avvicinò per sedersi sul divano fra me e Kitty.

«Grazie», disse. «Mi chiamo Jenny Hopkins».

«Kitty Simon».

«Io sono BettyKay Allen».

«Puoi chiamarla Betts», disse Kitty, e io cercai di non essere infastidita dalla sua familiarità.

Jenny mi rivolse un sorriso. Attorno a noi le ragazze ripresero a chiacchierare.

«Da dove vieni?», le chiese la mia compagna di stanza.

«Grand Rapids», rispose Jenny, dopodiché lei e Kitty si misero a parlare di quello di cui avrebbero sentito maggiormente la mancanza.

Io non avevo niente da aggiungere, dato che avevo sempre vissuto su Wolff Road, da dove la città più vicina distava venti minuti di macchina. La maggior parte delle ragazze con cui avevo parlato quel giorno venivano da cittadine dell'Iowa come me, cosa che trovavo consolante. La ragazza seduta sulla sedia più vicina a noi si lasciò sfuggire un singhiozzo, e quando mi girai vidi che aveva gli occhi orlati di rosso e si mordicchiava le unghie.

«Ciao». Allungai la mano. Era il trucco di Todd per non essere nervosa, presentarmi a chiunque incontrassi. Il resto si sarebbe risolto da sé. Il primo passo, diceva, era sempre il più difficile, ma una volta che l'avevi compiuto, era fatta. Quello però era Todd, che andava d'accordo con tutti e non incontrava mai un estraneo. «Io sono BettyKay. BettyKay Allen».

«Gwen». Fece un respiro profondo, con le ciglia imperlate di lacrime. «Ho la sensazione di aver fatto un grosso errore. La scuola per infermiere sembrava così entusiasmante, ma adesso mi manca la mia famiglia. Il mio gatto».

«Immagino sia normale avere nostalgia di casa», convenni, anche se io non ce l'avevo affatto.

«Non ero mai stata lontana da casa prima d'ora».

«Nemmeno io».

«Non sei spaventata?»

«Stamattina sì», ammisi. «Ma adesso non più».

L'espressione della ragazza rimase congelata per un istante, poi crollò. «Mi manca tantissimo il mio gatto!»

«Oh, no, no, è...» Tentai di arginare le lacrime, ma Gwen si alzò di scatto e si precipitò verso i bagni.

«Sei stata di gran conforto per la povera Gwen», ironizzò Kitty esaminandosi le unghie.

«Sta nella stanza di fronte alla mia», aggiunse Jenny, con un sopracciglio inarcato, dando l'impressione di non aver tempo per quelle sciocchezze. «Piange da quando è arrivata qui».

«Neanche tu sei spaventata, da quel che capisco», le dissi.

«Sono qui tramite il corpo di addestramento degli ufficiali di riserva dell'esercito. Questa è la parte facile».

Rimasi a bocca aperta prima di riuscire a trattenermi. Perfino Kitty si sporse in avanti, incuriosita. «Sei entrata nell'Army Nurse Corps?»

«Sì».

Kitty fischiò.

«Ma non hai paura che ti mandino in Vietnam?», le chiesi. «Mio padre dice che stanno spedendo laggiù un sacco di ragazzi, e dove vanno i ragazzi, vanno anche le infermiere».

Jenny mi guardò con occhi seri. «È il motivo per cui mi sono arruolata».

Per la seconda volta quel giorno rimasi senza parole.

«Sei molto coraggiosa», esclamò Kitty.

La cosa più coraggiosa che io avessi mai fatto era stata salire sull'autobus alle sei di quella mattina.

«Se non mi fossi arruolata, avrebbero precettato mio fratello», spiegò Jenny. «Non mandano i fratelli in zona di guerra. È una regola».

«Vai al posto suo?»

«Le infermiere hanno più probabilità di sopravvivere dei soldati. Mi pare di capire che tu non hai fratelli».

Scossi la testa.

«Io ho un fratello», disse Kitty. «Ma non andrei in guerra per salvarlo».

«Be', io sì», replicò Jenny, lisciandosi l'orlo della gonna. «Farei qualunque cosa per salvarlo».

«Sei tu la ragazza che è entrata alla facoltà di Medicina e ha rinunciato?», chiese allora Kitty.

Non avevo sentito quel pettegolezzo. Notevole che lei ne fosse al corrente, visto che aveva passato la maggior parte della giornata sdraiata a letto a leggere la rivista di cinema. Si era alzata solo per cambiare la cassetta mentre io mi sforzavo di conoscere qualcuna delle vicine di stanza.

«Non sarei mai riuscita ad andare al fronte come medico», spiegò Jenny. «Manderanno pure i nostri ragazzi a fermare i comunisti, ma le ragazze nere non possono andare a curarli. Non come medici. Quindi ci vado come infermiera».

«Mi spiace», disse Kitty.

Jenny sorrise. «Grazie. Vorrei che la mia famiglia la pensasse come te».

«Non approvano quello che stai facendo?», chiesi e lei scosse la testa.

«Rinunciare a medicina per andare in Vietnam? Una donna? No, non approvano. Credo che mia mamma sia sollevata dal fatto che terrò mio fratello lontano dal fronte, ma mio padre è furibondo. Ha i suoi princìpi su quello che le donne dovrebbero o non dovrebbero fare, e io li sto calpestando tutti».

«Signore», esordì Mrs Hayes, e quando sulla stanza non scese il silenzio abbastanza in fretta si schiarì rumorosamente la gola, poi sorrise. «Buonasera, ragazze. Spero vi siate tutte sistemate».

Ci fu un coro sommesso di: «Sì, signora».

«Io sono Margaret Hayes. Potete chiamarmi Mrs Hayes. La mia stanza è la prima in cima alle scale. La mia porta è sempre aperta. Se avete problemi con la scuola. Con le compagne di stanza. Le altre studentesse. I dottori...»

«Oh, i dottori sono i benvenuti», gridò una ragazza sul fondo, suscitando uno scroscio di risatine.

L'occhiata tagliente di Mrs Hayes mise fine di colpo alle risate. «Ci sono delle regole. Molto chiare. Molto precise. Riguardo alle allieve infermiere che fraternizzano coi medici. E tutti gli anni queste regole vengono violate. Signore, sappiate che sarete voi a pagare se flirtate con un dottore. Saranno i vostri sogni, la vostra carriera a soffrirne. Lui volterà pagina, troverà un'altra giovane allieva infermiera disposta a fargli gli occhi dolci. Tirerà dritto come se niente fosse mentre voi verrete rispedite a casa».

Seduta accanto a me, Kitty rabbrividì.

«Ci sono migliaia di ragazzi in questo campus. Ragazzi della vostra età. Gli occhi dolci fateli a loro. Oppure...» Mrs Margaret Hayes ci diede queste informazioni come se un giorno avrebbero potuto salvarci la vita. Mi chiesi se non fosse il caso di prendere appunti. «...meglio ancora, non fateli a nessuno. Concentratevi sullo studio e sfruttate questo periodo, questi tre brevi anni lontane dai vostri genitori e prima di metter su famiglia, per capire cosa sapete fare». Sorrise brevemente, e per un attimo dietro la postura rigida e l'espressione severa vidi la speranza. Per le allieve infermiere. Faceva davvero il tifo per noi. Più di chiunque avessi mai conosciuto in vita mia. «Capire di cosa *voi* siete capaci».

«Oh, ma guardati», sussurrò Kitty, guardandomi con la coda dell'occhio. «Te la sei bevuta».

«Non siete ancora infermiere», continuò Mrs Hayes. «Mi piace pensare a voi allieve del primo anno come alle *ragazze del sole.* Siete pura potenzialità, e il vostro compito è imparare e risplendere il più possibile».

Kitty alzò gli occhi al cielo con fare teatrale.

Mrs Hayes fece girare gli orari delle lezioni e un foglio con il nome e il numero di stanza di tutte, in modo che avessimo la possibilità di conoscerci.

«Una marea di Susan», osservò Kitty. «Cinque. Dev'essere un record. Forse dovremmo chiamarle Susan numero uno e Susan...»

«La vuoi finire?», le sibilai.

«Finitela tutt'e due!» sussurrò Jenny e ci scoccò un'occhiata infastidita.

«Signore?», intervenne Mrs Hayes. «C'è qualche problema?»

«No, signora», risposi e mi scostai dalla mia compagna di stanza, imbarazzata per il mio scatto.

La donna prese a snocciolare le regole per l'uso del telefono: un lungo foglio di prenotazioni. Il salotto: solo per le occasioni speciali, senza ulteriori informazioni riguardo a quali avrebbero potuto essere dette occasioni. Il servizio da tè a quanto pare era solo per bellezza. Gli orari di visita: dalle cinque alle sei nei giorni feriali, prima di cena, e il pomeriggio del sabato e della domenica.

«Assolutamente e senza eccezioni niente ragazzi nel dormitorio. Non mi interessa se è vostro fratello. Vostro cugino. Vostro padre. Niente maschi. Mai. Inoltre, questi sono dormitori per le infermiere nubili. Se siete sposate, non potete stare qui. Se vi fidanzate, non potete stare qui. E se vi ritrovate in una situazione *delicata*...» Guardò tutte quante al di sopra degli occhiali, così che tutte capissero perfettamente cosa intendeva, «...vi verrà chiesto di lasciare la St Luke. Sono stata chiara?»

«Vedo che il movimento di liberazione delle donne qui non è arrivato», borbottò Kitty.

Jenny fece un verso di approvazione.

L'anello che portavo appeso alla catenina mi sembrò all'improvviso rovente, e soffocai l'impulso di portarmi una mano al petto. La catenina era abbastanza lunga da nasconderlo sotto la camicetta.

C'erano regole per la doccia e per il coprifuoco e il rumore e il fumo, e in apparenza sembrava semplicemente che fossi passata da una casa severa a un'altra. Ma la St Luke poteva avere tutte le regole del mondo, non sarebbe mai stata pessima come la vecchia casa colonica di Wolff Road.

Qui c'era luce. Ed entusiasmo. E speranza e possibilità di imparare. Qui ero un'altra persona e potevo già sentirlo succedere.

Ragazze del sole.

Dopo l'orientamento, Mrs Hayes chiuse a chiave il salotto e il gruppo si divise in due. Metà corse al telefono, l'altra scese alla caffetteria.

La grande luna di settembre splendeva attraverso le alte finestre del corridoio e sull'erba verde brillante del Long's Meadow fra la scuola per infermiere St Luke e la Fulham Hall del Greensboro College.

Kitty mi si affiancò, così in silenzio e all'improvviso che sobbalzai per la sorpresa.

«Sembra che siamo insieme ad Anatomia. Mi chiedevo se potessi usare i tuoi appunti».

«Non abbiamo neanche iniziato».

«Lo so. Ma conosco i miei punti di forza e prendere appunti non è fra questi».

«Vieni davvero da Atlanta?» Sembrava campagnola quanto me.

«Abbastanza vicino».

«Katherine...»

«Kitty».

«D'accordo. Kitty». Mi fermai nella hall, mentre il fiume di donne ci superava diretto alla caffetteria. «Io non imbroglio».

«Condividere gli appunti non è certo imbrogliare. È solo che...»

«No», dissi e scossi la testa per sottolineare il punto. Per come la vedevo io, ci andava sufficientemente vicino. «Non se ne parla».

Kitty si strinse nelle spalle e proseguì, inghiottita dalle altre allieve.

In cucina, gruppi di studentesse del secondo e del terzo anno stavano bevendo il caffè, mentre noi primine ci mettevamo in fila per la cena.

«Chimica?» Una rossa graziosa in fila dietro di me stava esaminando l'orario delle lezioni. «Mia mamma mi aveva detto che non ne avrei mai avuto bisogno».

«Non avevi in mente di fare la scuola per infermiere?», le chiesi.

«No. Avevo in mente di sposare Tommy Taylor!»

Jenny, che era davanti a me, prese un piatto e me lo passò.

Per cena c'era panino col filetto di maiale, una ciotola di insalata di fagioli e una fetta di anguria.

La Shakey's Tavern, più o meno a metà strada tra la scuola e la fattoria dei miei, era famosa per il filetto di maiale: GRANDE COME LA VOSTRA TESTA, lo pubblicizzavano. Battuto sottile e fritto croccante, il loro sandwich al filetto era il mio piatto preferito. Todd e io andavamo da Shakey dopo i balli della scuola, e i miei genitori mi ci avevano portata per il mio compleanno. Ci ero andata da sola il giorno in cui era arrivata la lettera di accettazione della St Luke.

«Betts?», chiese Jenny.

«Non ho molta fame», le dissi, poi mi girai e me ne andai.

4
BettyKay

La maggior parte delle lezioni del primo anno si tenevano nel Dipartimento di Scienze del Greensboro College: Chimica, Biologia, Sociologia, e Anatomia e fisiologia. Solo Fondamenti di infermieristica si teneva all'interno dell'ospedale. Le classi erano poco numerose, venti ragazze ciascuna.

L'aula di Anatomia e fisiologia di Mr Kessler era piena di cartelloni con descrizioni dettagliate delle parti dell'occhio e grandi modelli in plastica e legno del cuore e del sistema respiratorio. C'erano vetrinette chiuse a chiave e scaffali di legno scuro pieni di vasetti con scheletri di topo e quelli che potevano essere stati bulbi oculari immersi nel liquido.

Jenny si infilò nel banco di fianco a me in prima fila, e alcune delle ragazze vicine ci guardarono male. Una delle Susan arrivò al punto di alzarsi e cambiare posto.

«Lo hai visto?», chiese Jenny, aprendo il quaderno degli appunti e prendendo delle matite HB dall'astuccio come se non si fosse neanche accorta di quello che aveva fatto Susan.

«Mr Kessler?» Scossi la testa.

«Ho sentito dire che è un personaggio».

«Cosa vuol dire?»

«Niente di buono, probabilmente».

La porta alle spalle della cattedra si aprì per lasciar entrare un uomo con un gran torace e una chioma di capelli bianchi. Sorbì rumorosamente il caffè mentre si dirigeva verso la cattedra, versandone un po' per terra. Imprecò sottovoce e poi superò la chiazza con un'ampia falcata.

«Signore», disse senza nemmeno guardarci. «Benvenute ad Anatomia e fisiologia».

Era seguito da due studenti universitari che indossavano tute da ginnastica blu scuro con la scritta "Greensboro Wrestling" ricamata in oro sul petto. Tutte le ragazze presenti si raddrizzarono sulle sedie. Accanto a me Gwen si controllò le forcine che le trattenevano i capelli dietro le orecchie.

«Ora». Mr Kessler ruttò tenendosi la mano davanti alla bocca. «Alcune di voi hanno superato Anatomia e fisiologia alle superiori. Altre no. Alcune, e voi sapete chi siete», disse scrutando la classe da sopra gli occhiali, «non l'hanno studiata affatto. E ora che siete qui sedute davanti a me starete... come dite voi ragazzi? *Sclerando*?» Raddrizzò la schiena e gemette piano come se gli facesse male. «Anche quelle di voi che hanno seguito questo corso alle superiori potrebbero essere un po' spaventate. E va bene così. Questa non è la scuola superiore. È il Greensboro College, e sono anni che chiedo alla St Luke e al Greensboro di stabilire dei requisiti minimi per l'ammissione a questo corso, e sono anni che mi ignorano. Quindi, quello che abbiamo siete voi ragazze un po' spaventate. E dobbiamo partire da qui». Si interruppe, distratto dalla cenere di sigaretta sul davanti del maglione color mostarda. La spazzolò via.

Mi chiesi fugacemente quali fossero i requisiti minimi per l'igiene in facoltà.

«Faremo un test di valutazione», annunciò. «Oggi».

La classe fu percorsa da un sussulto udibile.

«Senza voto», aggiunse poi, e le teste incassate nelle spalle si rilassarono. Impercettibilmente.

Aprì un cassetto di legno e tirò fuori due grossi pennarelli con il cappuccio nero. «Ecco come funziona. Inizieremo con le ossa. Io dirò il nome di un osso e se sapete dove quest'osso si trova nel corpo umano, venite qui e lo scrivete».

«Dove?» La domanda sospettosa veniva da un angolo della classe. Kitty, vestita con un dolcevita nero e i pantaloni a zampa d'elefante che avevo visto solo sulle riviste e in tv.

Come se rispondessero a un segnale, i due lottatori si tolsero la giacca e i pantaloni della tuta esibendo un sorrisetto.

Erano giovani, in forma, e indossavano solo canottiere da lotta, il che significava che erano praticamente nudi. Todd era un lottatore, era andato perfino a un campionato statale, perciò l'uniforme mi era familiare. Avrei scommesso che qualcuna di queste ragazze dell'Iowa conoscesse più di un paio di lottatori.

Le allieve infermiere del primo anno arrossirono. Qualcuna rise. Jenny fece un gran sospiro.

«Scriverete il nome delle ossa su Kip Phillips, il mio ottanta chilogrammi. E scriverete i muscoli su Brian Cater, il mio cinquantacinque chilogrammi. Allora». Prese un foglio di carta. «Cominceremo con la falange distale».

La classe era in silenzio. Non un semplice silenzio, ma quello dove non si sente volare una mosca.

«Sarete infermiere», ci ricordò. «Il lavoro è questo, signore mie. Il lavoro sono i corpi. Questi potrebbero essere gli ultimi due sani che vedrete nel corso dei vostri studi. E se siete troppo spaventate o imbarazzate o… non so, *pudiche…*» Lo sottolineò come se fosse una parolaccia, come se non ci avessero ficcato in testa il pudore con un costante lavaggio del cervello. Ci serviva un momento per abituarci a quelle nuove aspettative. Nuove regole. «…Allora dovete ripensare alla vostra scelta».

Ma aveva ragione. Il lavoro erano i corpi.

Mi alzai. «Lo faccio io».

La tensione uscì dalla stanza come l'aria da un palloncino bucato. Todd aveva ragione, diventava tutto più facile dopo che qualcuno si faceva avanti per primo.

Mr Kessler mi porse il pennarello e io lo presi, avvicinandomi all'ottanta chilogrammi.

«Non essere timida, dolcezza», disse con sguardo lascivo.

«Che cosa ho detto, Kip?», intervenne Mr Kessler, e il sorrisetto scomparve dalla faccia del ragazzo.

«Bocca chiusa».

«Appunto. Bocca chiusa. Dopo la lezione ti farai le scale di corsa».

Kip buttò fuori il fiato e mi lanciò un'occhiata come se fosse colpa mia. Tolsi il cappuccio al pennarello e l'odore penetrante mi fece lacrimare gli occhi all'istante.

«Faccia pure...» Mr Kessler sfogliò le carte sulla scrivania, come se non trovasse l'elenco delle studentesse. «Come si chiama?»

«BettyKay Allen».

«D'accordo, BettyKay, faccia del suo meglio».

Forse era stato il sorrisetto sulla faccia di Kip o la cenere sul vecchio maglione logoro di Mr Kessler. O forse soltanto che quella era la mia primissima lezione del primissimo giorno e io volevo iniziare bene.

«Quale falange?», chiesi.

«Distale».

«Sì, ma quale?» Presi la mano di Kip, ignorandone il calore, le vesciche alla base delle dita, e tracciai una X sui polpastrelli. «Pollice, indice, medio, anulare o mignolo?»

Le ragazze nei banchi mi guardavano a bocca aperta, tranne Jenny che sorrideva. E Kitty, che aveva l'aria di una che aveva appena addentato un limone.

«Mi ripeta il suo nome», disse Mr Kessler.

«BettyKay Allen».

Mentre passavo accanto alla cattedra per tornare a sedermi, lo vidi segnare qualcosa accanto al mio nome sull'elenco.

Erano le nove di sera quando tornai nella mia stanza. Per cena ci avevano dato polpettone, jell-o salad, e del purè di patate che dovevo ammettere era migliore di quello che faceva mia madre. Mi ero limitata a metà della porzione che mi avevano servito e mi ero sentita virtuosa.

Benché affamata.

Jenny e io sedemmo vicine, e io mi scusai per essermi sfogata con lei la sera prima.

«Non pensavo che avrei avuto nostalgia di casa», ammisi.

«Io mi sono svegliata stamattina e ho sentito la mancanza di mia madre e mio fratello che parlano bevendo il caffè in cucina». Jenny si strinse nelle spalle. «Immagino succeda a tutte prima o poi».

Il coprifuoco era alle dieci, perciò avevamo un'ora libera. Con mio grande stupore, alcune delle ragazze uscirono in gran fretta dalle loro stanze con il naso incipriato di fresco per vedere cosa c'era all'unione studentesca. Nella sede dell'unione erano in corso lavori di ristrutturazione, perciò era temporaneamente ospitata vicino alla caffetteria di Greensboro. La chiamavano la TINOZZA.

«Andiamo solo a prenderci un frappè», annunciò Gwen mentre ci passavano davanti. «Abbiamo sentito che sono favolosi».

L'adrenalina della giornata era svanita come il rossetto dopo un appuntamento, e io ero esausta. Bramavo solo la pace e il silenzio della mia stanza. Non c'era frappè che tenesse, per quanto favoloso.

Il corridoio del primo piano sapeva vagamente di fumo di sigaretta, e mi domandai chi fosse tanto sfrontata da sfidare le regole di Mrs Hayes così presto. L'odore si fece più forte man mano che percorrevo il corridoio, finché la risposta divenne fastidiosamente palese.

«Ci metterai nei guai», sbottai, aprendo la porta e trovando Kitty seduta sul davanzale.

Lei soffiò un pennacchio di fumo dietro di sé, più o meno in direzione della finestra aperta, e fece spallucce. «A te non succederà niente, ne sono sicura. Sono io quella con una sigaretta in mano. A meno che...» Mi offrì il pacchetto di Kent e io rifiutai scuotendo la testa.

«Le regole sono chiare».

«Sì, infatti». Fece un anello perfetto con l'aria di una persona che si è stufata da tempo di infrangere le regole.

Cercai di comunicare tutta la mia disapprovazione senza aggiungere altro e posai i libri sul letto. Scalciai via le scarpe e poi, dato che era stata una lunga giornata e, sul serio, che senso aveva fare la pudica in questa stanza di gente che se ne infischiava delle regole, sganciai il mio reggiseno nuovo di pizzo (che non era poi chissà quanto elasticizzato) e me lo sfilai dalla manica della camicia.

Sospirai per il sollievo.

Alle mie spalle Kitty si mise a ridere. Quando mi ero svegliata quella mattina lei non c'era, il letto era rifatto come se non ci avesse dormito, e io ero curiosissima di sapere cosa l'avesse indotta ad alzarsi così presto. Ma non avevo intenzione di fare domande.

«Pensavo che saresti andata alla TINOZZA con le altre», dissi invece.

«Non è esattamente il mio genere». *Sai che rottura,* diceva la sua espressione.

Fece un ultimo tiro, poi mise il mozzicone in una bottiglia di Coca-Cola di vetro e la posò per terra vicino ai piedi, con le unghie laccate di rosso scarlatto. Lasciò la finestra aperta, e l'aria frizzante di settembre rinfrescò la stanza. Il riscaldamento era troppo alto e tenere le finestre aperte era l'unico modo per impedire che le camere si trasformassero in un forno.

«Stai già facendo i compiti?», mi chiese mentre mi sedevo sul letto e aprivo il mio diario.

«Scrivo solo quello che è successo oggi».

«Tipo un diario?» Dal tono con cui lo disse sembrava che avessi tirato fuori una bambola da sotto il cuscino.

«Voglio ricordare quello che è successo, e come mi ha fatta sentire. Non ci trovo niente di infantile». Una volta avevo chiesto a mia madre come si era sentita il giorno del suo matrimonio e lei aveva risposto: *È stato solo un giorno come un altro, immagino.* E mi era sembrato sbagliato. Io volevo giornate indimenticabili con sentimenti grandiosi, e volevo ricordarli tutti.

E sì, mi era piaciuta la cosa delle ragazze del sole.

Kitty si abbracciò le ginocchia e guardò fuori dalla finestra. Con il dolcevita e i pantaloni a zampa sembrava una beatnik di New York.

«C'è una cosa che mi ha tormentata tutto il giorno», disse.

«Ah, sì?»

«Vogliono che falliamo».

Alzai lo sguardo. «Cosa te lo fa pensare?»

«Mr Kessler con quel suo teatrino...»

«È stato efficace», osservai. Mi ero alzata almeno venti volte, e ogni volta Kip e Brian erano stati ridotti un altro po' ai muscoli o alle ossa che gli avevo scritto sulla pelle.

Alla fin fine, erano solo corpi.

Kitty fece una risatina di scherno. «Ho continuato ad aspettarmi che dicesse scroto solo per vedere chi sarebbe svenuta».

Abbassai lo sguardo sul diario sentendomi avvampare.

«Non penso che il loro intento sia di farci mollare», riflettei. «Vogliono solo che siamo preparate».

«Sai quante allieve infermiere del primo anno ci sono alla St Luke? Quante ragazze del sole?»

«No», mentii.

«Sessantotto. Sai quante se ne sono diplomate l'anno scorso?»

Lo sapevo, e i numeri erano a nostro favore, anche se di poco. «È un programma impegnativo. Credevi che sarebbe stato facile?»

«Meno di quaranta. Nel corso dei prossimi tre anni venticinque ragazze molleranno».

«Sono tante», concordai.

«Ma non tu, vero?», mi chiese con un sorriso venato di critica, come se stesse cercando di bollarmi come convenzionale senza dire la parola ad alta voce.

«No», risposi, rifiutandomi di vergognarmi. «Non io».

Kitty si alzò e andò alla scrivania. Tirò la cordicella della lampada da tavolo e una pozza di luce dorata piovve sulla Singer.

«Infermiera, insegnante o moglie, ecco tutto. Sono queste le scelte che abbiamo», constatò, e io percepii la sua frustrazione fin dall'altra parte della stanza. Era la stessa che provavo io, anche se non l'avevo mai messa in quei termini. Pensai a Jenny, che sognava di diventare medico, eppure il mondo aveva congiurato per fare di lei un'infermiera. «E se queste scelte non ci piacciono? O se facciamo pena in tutte? Cosa ci succede, a quel punto?»

«È passato solo un giorno», dissi.

«Non posso tornare ad Atlanta», disse Kitty con determinazione e prese un'altra sigaretta dal pacchetto. «Proprio non posso».

5
BettyKay

Percorsi il tunnel che collegava il dormitorio all'ospedale con indosso il grazioso abitino giallo e verde; avevo rifatto l'orlo due volte ma era ancora storto.

«A cosa credi che serva?», chiese Kitty. Quando mi ero svegliata quella mattina, per poco non mi era preso un colpo al vederla coi bigodini, un quaderno per appunti aperto sul letto, intenta a scrivere come un'indemoniata.

«Il tunnel?»

«Sì. Bufere di neve? Rifugio antiaereo?»

«Rifugio antiaereo?»

«Mio zio ne aveva uno, costruito nel caso i comunisti bombardassero Atlanta, ma lo sapevamo tutti che distillava di contrabbando».

«Non credo che qualcuno bombarderà Greensboro».

«E allora? A che serve?»

«Non lo so».

E invece sì. Era scritto sulla brochure della scuola, che chiaramente lei non aveva letto. Serviva perché l'ospedale e il dormitorio avevano la cucina in comune. Rendeva più facile al personale portare il cibo avanti e indietro coi carrelli.

Le infermiere lo usavano sempre. I ragazzi che studiavano Medicina al Greensboro dovevano farsela a piedi dal dormitorio sotto la neve. E la pioggia.

Era uno dei vantaggi delle infermiere.

«Ho fatto qualcosa per farti incazzare?», chiese Kitty, e io mi assicurai di non mostrare alcuna reazione al suo linguaggio.

Vuole solo scioccarmi. Perciò non farti scioccare.

«No».

«Dire la verità va contro la tua religione o qualcosa del genere?»

«Sto cercando di non essere maleducata. Una cosa di cui chiaramente non sai molto».

«Ah, un po' di senso dell'umorismo, finalmente. Cominciavo a pensare che fossi solo libri di testo e reggiseni contenitivi ai piedi del letto».

Mi fermai e la guardai male, e Kitty mi sorrise.

«Non mi piaci», dissi, stupendo me stessa. «E non credo di piacerti, e probabilmente va bene così».

«Probabilmente?»

«Io prendo la scuola molto sul serio, Kitty».

«Lo vedo».

«E non voglio essere distratta».

«Che Dio ce ne scampi».

«Dobbiamo solo essere compagne di stanza. Tutto qui. Non dobbiamo essere amiche per forza».

La ragazza si passò una mano sul davanti del maglione turchese che aveva abbinato a dei pantaloni grigi aderenti a vita alta e un paio di ballerine rosse. Aveva le unghie laccate di bianco. Bianco opaco. Un colore che non mi sarei mai sognata di portare. O se per caso l'avessi preso in mano al banco della Revlon, sarei rinsavita all'istante e l'avrei rimesso giù. Kitty sembrava uscita dritta dalle pagine della rivista «Seventeen». E a Greensboro, Iowa, era decisamente fuori posto.

No. Non eravamo destinate a essere amiche. Gli amici si danno qualcosa a vicenda, completano le mancanze l'uno dell'altro. Todd era il mio miglior amico. Lo era stato prima che ci mettessimo insieme. Ci conoscevamo da sempre; mi era familiare come il palmo della mano, e la cosa era reciproca. E quando le mie amiche mi chiedevano se non fosse noioso, io non sapevo cosa rispondere. Cosa poteva esserci di meglio che sentirsi conosciuti, al sicuro e felici con un'altra persona?

Non era quello che volevano tutti?

«Okay, allora», ribatté Kitty. «Sei molto seria e io non lo sono. Immagino sia tutto».

Mi sentii subito male. Non era da me essere crudele… e neanche brusca. «Io…»

Ma prima che potessi scusarmi, lei mi piantò in asso, con le luci sul soffitto che la illuminavano come faretti di un palcoscenico.

«Vieni?», mi chiese Jenny passandomi accanto. «Faremo tardi».

Mi affrettai a raggiungerla e insieme oltrepassammo la porta a vento verde con la parola OSPEDALE scritta sul vetro smerigliato, ritrovandoci nella cantina del St Luke.

Lavanderia. Locale delle pulizie. Inservienti con pantaloni e camicia bianchi, la cintura e le scarpe nere. Infermiere con indosso uniformi bianche inamidate e cuffie appuntate in testa. Era un ambiente rumoroso e soffocante, e l'odore dell'amido e della candeggina era così forte da farmi lacrimare gli occhi.

Un'infermiera ci passò accanto di corsa, ricoperta di spruzzi di sangue. «Giuro», gridò. «Mi è finito in bocca».

Jenny mi sorrise, come se non vedesse l'ora di essere spruzzata di sangue. Io ricambiai, perché mi sentivo un po' nello stesso modo. Non alla prospettiva del sangue addosso, ma di trovarmi in una situazione reale.

Un cartello con una freccia nera appeso alla parete puntava in direzione di un lungo corridoio piastrellato di bianco. AULE.

«Ho sentito che la nostra insegnante di Fondamenti è stata nell'esercito», dissi.

«Corpo infermieristico», precisò Jenny. «Era in Francia nel '45».

«La conosci?», chiesi.

«So di lei», rispose Jenny e non aggiunse altro.

L'AULA 4, nella cantina dell'ospedale, era soffocante e non aveva finestre. Sentii il sudore gocciolarmi lungo la schiena e colarmi nella biancheria intima.

Non c'erano banchi, solo lunghi tavoli di legno con due sedie ciascuno. Jenny e io sedemmo vicine, come ci eravamo abituate a fare nel corso della settimana precedente.

L'infermiera Bouchet, che aveva i capelli bianchi come l'uniforme, entrò nell'aula e chiuse la porta. Si levò un gemito collettivo.

«Vi abituerete al caldo», disse lei, posando una mano sui pacchi avvolti in carta marrone impilati sulla cattedra.

«Le vostre uniformi», aggiunse, guardandoci attraverso le spesse lenti degli occhiali con la montatura *cat-eye*. «Non vi è permesso stare in corsia senza uniforme. Vi cambierete nello spogliatoio in fondo al corridoio e dopo ogni turno la lascerete in lavanderia. Vi verrà restituita il lunedì successivo in modo che possiate indossarla di nuovo il martedì».

Chiamò le allieve una per una e quando mi fu consegnata la mia, tolsi la carta marrone e feci correre il pollice lungo il bordo inamidato del colletto e sulla plissettatura del davanti bianco immacolato.

«Il vostro ruolo in questo ospedale», disse con una voce acuta che riecheggiò sulle pareti piastrellate, «in qualunque ospedale, è essere dei bravi soldati. Agite in fretta e obbedite agli ordini. Anticipate le necessità, ma non gli ordini. L'ospedale St Luke ha settanta letti. Siamo un ospedale chirurgico e la maggior parte dei posti letto si trovano nel reparto di Chirurgia e in quello di Terapia intensiva. Abbiamo sette reparti, fra cui Pronto soccorso, Maternità, Pediatria e Psichiatria. L'anno prossimo li conoscerete tutti. Ma quest'anno avrete accesso soltanto ai pazienti del REPARTO 3, Psichiatria. E del REPARTO 1, Lungodegenza».

«Pensano che non possiamo ammazzare quelli che stanno già morendo».

Gli occhi dell'infermiera Bouchet puntarono come frecce dritti a Gwen, che aveva fatto la battuta. Sì, si capiva che era stata nell'esercito. Si capiva che non poteva soffrire gli sciocchi e non aveva tempo di fare da balia a nessuno. Jenny si sedette ancora più eretta, mentre metà delle ragazze si accasciarono sulle sedie. *Bravi soldati, come no.*

«Cosa faremo per i pazienti lungodegenti?», chiese l'infermiera Bouchet a Gwen, che era diventata paonazza e scosse la testa. «Nessuna spiritosaggine?»

«Mi scusi, signora».

«Infermiera Bouchet, prego», la corresse e poi rivolse lo sguardo severo al resto della classe. «Qualcuno ha idea di cosa faremo per i pazienti lungodegenti?»

«Li laveremo», disse Jenny.

«Corretto. Cos'altro?»

«Daremo loro da mangiare», aggiunsi io quando il silenzio si prolungò troppo.

«Sì. Che altro?»

Credevo lo stesse chiedendo a me, così continuai: «Daremo loro i farmaci».

L'infermiera Bouchet sospirò. «Lei è molto sveglia, Miss Allen, non c'è bisogno di sbatterlo in faccia a tutti. Però sì, somministreremo i farmaci. Compileremo le cartelle. Misureremo la temperatura. Monitoreremo il battito cardiaco e altri parametri vitali e...» Si guardò attorno con le sopracciglia bianche inarcate. «Nessuno? Neanche un'ipotesi? Puliremo sederi, ragazze. Puliremo un sacco di sederi sporchi.

«Alcune di voi hanno fatto domanda e sono state accettate al corso per infermiere consapevoli di questa realtà. Ma senza capirla *davvero* e, a parte Chimica avanzata e il reparto psichiatrico, niente, e intendo dire niente, spinge le ragazze ad abbandonare il corso più che ritrovarsi davanti a tutti i sederi sporchi con cui abbiamo a che fare quotidianamente».

«Sta scherzando?», sussurrò Gwen a Susan numero uno.

2 ottobre 1967

Oggi Gwen se n'è andata da Chimica. È la terza lezione da cui scappa in lacrime. Non credo che gli insegnanti vogliano che falliamo, come pensa Kitty. Credo che vogliano selezionare le ragazze che non sono tagliate per questo lavoro. Non scherzano. Jenny ha scoperto che le ragazze del terzo anno hanno un televisore al loro piano e siamo sgattaiolate di sopra per guardare Mike Wallace sulla CBS. Tutte le foto e le notizie sembrano indicare che la situazione in Vietnam stia peggiorando anziché migliorare. Non andrei mai laggiù. Nemmeno per un milione di dollari. Ma non ho detto niente a Jenny.

Salii le scale dopo una sessione di studio di Chimica in caffetteria particolarmente sfiancante. Tutta quella roba sembrava venire naturale a Jenny, mentre io arrancavo. Nel corridoio aleggiava un vago odore di fumo di sigaretta e d'un tratto i libri mi sembrarono pesantissimi.

Kitty. Di nuovo.

Mercoledì sera Mrs Hayes aveva spalancato la porta della sua stanza e aveva urlato: «Signore! Sento odore di sigaretta!» E Kitty non aveva fatto una piega. Si era limitata a portarsi la sigaretta alle labbra e mi aveva praticamente sfidata a fare qualcosa.

Ma quando entrai nella stanza, con mio stupore Kitty non era seduta sul davanzale a fumare. Era alla macchina per cucire. Il mangianastri sul cassettone suonava *I Was Made to Love Her* di Stevie Wonder a volume abbastanza alto perché lei potesse sentirlo sopra il ronzio del pedale.

Mentre ci passavo vicino, abbassai Stevie. Kitty trattava quella stanza come se fosse casa sua e io un semplice visitatore.

«Ehi… oh». Kitty raddrizzò la schiena. «L'ora di studio è finita?»

«Sì. Non ti ho vista a cena».

«Stavo lavorando».

«Lavorando?»

Posai il libro sul letto e, come facevo ogni sera, scalciai via le scarpe e mi tolsi il reggiseno contenitivo.

«Già», rispose Kitty.

«A cosa?»

«Modifiche. Le gonne di Jenny sono troppo grandi, e quando gliel'ho detto mi ha chiesto se potevo sistemargliele».

«Le hai detto che i suoi vestiti non le stanno bene?»

«L'ho detto anche a te», replicò lei da sopra la spalla. Il tono con cui lo disse mi fece sentire come se andassi in giro vestita da clown. «Sarei felice di sistemarteli».

«Quanto ti paga?»

«Cinquanta centesimi e i suoi appunti di Anatomia».

Lasciai andare un fischio, impressionata.

Mrs Hayes si affacciò alla soglia, la sua postura rigida una condanna di tutte le volte in cui mi ero ingobbita in vita mia. Grazie al cielo per una volta Kitty non stava fumando.

«BettyKay», disse. «C'è una telefonata per te».

«Per me?»

«Un ragazzo».

A quelle parole Kitty si girò verso di me con lo sguardo che le brillava. «Bene, bene», sibilò. «Guarda un po' chi ha dei segreti».

«Io non… non è un segreto». Lo era eccome.

«Hai dieci minuti». Mrs Hayes guardò l'orologio. «Da ora».

Saltai giù dal letto, sparpagliando gli appunti sul pavimento; la maggior parte dei fogli finirono sotto il letto. Mi chinai per raccoglierli.

«Vai!», strillò Kitty. «L'orologio ticchetta».

Corsi a piedi scalzi lungo il corridoio, scivolando sul pavimento di legno lucido e con le braccia strette attorno al petto per non far ballonzolare i seni dappertutto.

Il telefono era in una nicchia nel muro, con il ricevitore sganciato. Accanto all'apparecchio c'era un blocco di carta su cui le allieve segnavano l'uso del telefono a orari particolari. Su un altro c'erano i nomi delle persone che avevano chiamato, in modo che le ragazze sapessero se si fossero perse le telefonate dei genitori o dei fidanzati mentre erano a lezione.

C'era la fila. Bethany della 206 era la prima e stava in piedi a braccia incrociate. Parlava al telefono tutti i giorni con il fidanzato, che studiava al Coe College.

«Hai…» Abbassò lo sguardo sull'orologio, «…nove minuti».

«Hai intenzione di startene lì impalata per tutto il tempo?» chiesi, prendendo la cornetta. Non si mosse. «Un po' di privacy, per piacere», ribadii, e finalmente Bethany si allontanò di qualche passo e si sedette per terra con la schiena appoggiata alla parete.

Feci un bel respiro e cercai con tutta me stessa di contenere la vertigine di felicità che minacciava di travolgermi.

«Non erano questi i patti», protestai nella cornetta, cercando di assumere un tono severo senza riuscirci. «Una telefonata il venerdì, e una visita la domenica».

Per via del raccolto, Todd non era potuto venire diverse domeniche di seguito e le nostre telefonate del venerdì sera, per cui mi mettevo in fila in modo che non dovessero venire a cercarmi, erano state brevi perché eravamo entrambi esausti. Quindi non vedevo davvero l'ora che arrivasse domenica.

«Non potevo aspettare fino a domenica», disse lui. «Nemmeno fino a venerdì. Sei arrabbiata?»

«No», risposi, appoggiando la fronte al muro. Chiusi gli occhi e mi lasciai avvolgere dalla sua voce. Con gli occhi chiusi, potevo quasi fingere che fosse lì con me. «Mi manchi». Incespicai nelle parole.

Ecco perché non avevo parlato di Todd alle altre. Perché anche pensare a lui faceva male, e parlare di lui avrebbe sottolineato dolorosamente il fatto che ero passata dal vederlo tutti i giorni al non vederlo affatto. E se pensare a lui si trasformava nel sentire la sua mancanza, non sapevo in cosa si sarebbe potuta trasformare la nostalgia di lui. Avrebbe potuto distogliermi da quello che volevo ottenere alla St Luke.

«Betts», disse. «Raccontami tutto. Tutto quello che hai fatto questa settimana».

«Ho sgobbato come una matta. Le lezioni stanno diventando belle toste».

«Ma tu vai alla grande».

La sua fiducia mi teneva a galla, però non potevo mentire. «Ci provo».

«Le cose con la tua compagna di stanza vanno meglio?»

«Non meglio ma neanche peggio. Non credo che ce la farà, di questo sono sicura. Ma dimmi di te. Come va a casa?»

Todd si era diplomato l'anno prima, e anche se aveva buoni voti e l'Università dell'Iowa e l'Iowa State gli avevano offerto delle borse di studio per la lotta, lui era andato subito a lavorare con il padre alla fattoria. Una volta che era un po' ubriaco di birra da Shakey, mi aveva detto che avrebbe voluto poter fare quello che stavo facendo io. Andare all'università. Studiare Veterinaria.

Non m'importa vivere qui tutta la vita, aveva detto. *Ma mi piacerebbe vedere qualche altro posto. Solo per un po'. Imparare qualcos'altro oltre a coltivare, giusto per capire se ne sono capace. Hai presente?*

Ma era l'unico figlio maschio e il suo destino era stato sancito alla nascita della sorella minore.

E le cose erano forse peggiorate quando lui e io avevamo iniziato a uscire insieme. I nostri padri, amici di lunga data che avevano combattuto nella Seconda guerra mondiale, avevano salutato con entusiasmo la prospettiva che tutta la loro terra sarebbe passata ai figli, rimanendo in famiglia per un'altra generazione. Le fattorie Allen e Ackerman.

Suonava bene.

«Siamo ancora impegnati nel raccolto. Lavoriamo senza interruzione. La mietitrice sta tirando gli ultimi e io sto facendo di tutto perché continui a funzionare».

«Gli avevi detto di comprarne una nuova l'anno scorso».

«Già. E non è servito a niente, ma credo che adesso mi darà retta. Ci stiamo mettendo troppo e potremmo perdere gli ultimi campi».

«Oh, no».

«Non c'è problema, solo che...»

«Cosa?» Intuii cattive notizie.

«Papà dice che non posso prendermi la domenica libera. Ci risiamo. Non stiamo neanche andando in chiesa».

«No, Todd...» Premetti la fronte contro il rivestimento di legno. Ce la stavo mettendo tutta per non avere nostalgia di casa.

«Ehi». Era Bethany, che picchiettava un dito sull'orologio. «Tempo scaduto».

«Todd, devo andare».

«Okay. Mi spiace davvero per domenica».

«Non c'è problema, avrò più tempo per studiare, immagino».

«Ecco la mia ragazza del sole». Gli avevo detto del soprannome delle allieve del primo anno e lui l'aveva fatto suo con entusiasmo.

Chiusi di nuovo gli occhi per poter fingere, solo un istante ancora, di poterlo toccare. Se mi concentravo, potevo sentire il suo odore, il punto del suo corpo che preferivo… l'incavo fra il collo e la spalla. Lì sapeva di erba e sole, sudore e Iowa.

«Mi manchi, Todd».

«Ti amo tanto, BettyKay».

Non c'era altro che potessi dire. Il mio cuore apparteneva a lui. Non mi attardai ad aspettare di capire chi avrebbe messo giù per primo. Mi limitai ad allungare a Bethany la cornetta, ancora calda per il contatto con la mia mano, e a tornare a passo pesante nella mia stanza.

Quando entrai, Kitty girò la testa fremente come se stessimo per condividere un momento di intimità fra compagne di stanza, mettendo da parte le differenze tra noi per parlare di ragazzi. I fogli che erano scivolati sotto il letto erano impilati ordinatamente sul comodino.

Le bastò darmi un'occhiata perché la sua espressione cambiasse. Il sorriso scomparve. Salii sul letto, mi tirai le coperte sopra la testa e seppellii la faccia nel cuscino. Tirai fuori la catenina dalla camicia e la strinsi forte nel palmo, finché la piccola pietra e il castone non mi si conficcarono dolorosamente nella pelle.

«BettyKay? Tutto bene?» La voce di Kitty era diversa. Più dolce. Tirai giù la coperta.

Mi rivolse un sorriso esitante, così diverso dal sorrisetto che sembrava aleggiarle perennemente sulle labbra. Dall'espressione lievemente beffarda che mi spingeva a chiedermi, ogni volta che lo vedevo, se non avessi dimenticato di mettermi il deodorante.

Era tutto sparito, e al suo posto c'era solo un'altra allieva infermiera di diciotto anni lontanissima da casa.

Sapevo che Kitty non avrebbe fatto la spia. Stava già infrangendo regole sufficienti per tutte e due. E d'un tratto non volevo altro che levarmi un peso dal cuore.

Aprii la mano, e il diamante da un quarto di carato che Todd aveva comprato con i soldi risparmiati dall'ultimo raccolto brillò alla luce della lampada da tavolo. Avrei dovuto nasconderlo nel cassetto, ma non ce la facevo. E se Kitty l'aveva già visto, non ne aveva fatto parola.

«Sei fidanzata», sussurrò, e non era una domanda.

Annuii.

«Lui… è una brava persona?»

Annuii di nuovo, e la compassione nella sua voce mi sorprese e mi fece tornare il nodo in gola. «È solo che mi manca». Le lacrime che non volevo versare mi salirono agli occhi. Arretrai e mi seppellii di nuovo sotto le coperte.

Kitty accese il mangianastri con *The Sound of Silence* a volume abbastanza alto da offrirmi un po' di privacy. Mi sembrò la cosa più gentile che chiunque a parte Todd avesse fatto per me da molto tempo.

6
Abbie

Greensboro, Iowa, 2019

Se quella mattina qualcuno avesse detto ad Abbie che ci sarebbe stato un momento in cui, davanti alla tomba della madre, sarebbe stato difficile non sorridere, si sarebbe preso del bugiardo. Eppure, eccola lì, a rabbrividire nel suo cappotto buono al cimitero vicino alla fabbrica Del Monte dove erano seppelliti tutti i metodisti della città, e a mordersi il labbro per rimanere seria.

Solo che era proprio un funerale *magnifico*.

Se mamma fosse stata lì, sarebbe stata la prima a dirsi d'accordo.

Hai fatto le cose per bene, Abs, avrebbe detto. *Brava davvero.*

Era stata Abbie a organizzare il funerale. Sua sorella le aveva detto che doveva sistemare delle cose in sospeso al lavoro prima di tornare a casa e si era presentata con la sua automobile sportiva rossa appena in tempo per la veglia, non la sera prima e nemmeno il mattino. Come se non fosse la primogenita di BettyKay Beecher e non avesse delle responsabilità. Abbie aveva fatto tutto da sola, ed era venuto meglio di quanto avesse sognato. I fiori erano splendidi. Ben stava facendo la sua parte. Lei era ubriaca il giusto, e poi era comparsa Kitty Devereaux come ospite a sorpresa.

Era *straordinario*.

Ben e i bambini erano dietro di lei insieme a Clara, e alle loro spalle c'era un mare di persone. A sinistra, un po' discosta dal gruppo, c'era Kitty Devereaux con gli occhiali da sole e un trench scuro che la faceva somigliare a una delle protagoniste dei film di spie in bianco e nero di cui Ben andava pazzo. Era così deliziosamente drammatico.

«Sembra che ci sia molta più gente che alla veglia», osservò Abbie.

«Sono qui per via di Kitty Devereaux». Clara si girò e guardò la diva dritta in faccia, mentre tutti gli altri cercavano di darsi un contegno e le lanciavano occhiate con la coda dell'occhio.

«Immagino di sì. Voglio dire... Kitty Devereaux, riesci a crederci? E smettila di fissarla», disse lei.

«La stanno fissando tutti, Abbie. Angie Blake sta cercando di farle una foto. L'ho cercata su Google in macchina. Non c'è traccia del fatto che abbia frequentato la scuola per infermiere. Né l'università in Iowa. È di Atlanta», disse, come se nessuno di Atlanta mettesse mai piede in Iowa.

Abbie guardò la sorella a bocca aperta. Sembrava ancora più cinica del solito. «Pensi che Kitty stia mentendo?»

«Sto solo dicendo che è sospetto, tutto qui».

Certe volte era difficile ricordare i tempi in cui, alle elementari, tornavano da scuola, mano nella mano. O che si erano rifiutate di farsi separare quando mamma aveva cercato di mandarle a due campi estivi diversi in modo che avessero un po' di respiro. Alle superiori, si truccavano a vicenda per le foto e i balli della scuola, e d'estate dormivano nell'amaca del giardino, con le gambe sudaticce intrecciate.

Erano state le sorelle Beecher contro il mondo. E poi Clara era andata all'università a Chicago e Abbie era rimasta a Greensboro, si era sposata, aveva avuto i bambini, e tutto quello che avevano in comune si era ridotto all'affetto per i genitori.

E adesso i loro genitori non c'erano più, e Clara sarebbe rientrata a Chicago quella sera.

È la fine del nostro rapporto. Quel pensiero tolse ad Abbie il terreno da sotto i piedi.

Se le cose fra loro fossero state diverse, avrebbe potuto appoggiarsi a lei per farsi consolare un po'. Ma non erano più quelle persone. Indipendentemente da quante volte Abbie avesse invitato la sorella alle feste di compleanno e alle partite di softball dei bambini.

Abbie capiva che Clara era *impegnata*. E *importante*. Mentre lei era solo una mamma e una moglie che pianificava e organizzava la vita di quattro esseri umani. Ma l'avrebbe uccisa farsi vedere per una *cavolo* di fetta di torta di compleanno? Clara mandava sempre regali elaborati che immancabilmente i bambini adoravano. Era esasperante.

«Mamma era un libro aperto, Abbie», continuò la sorella, riscuotendola dai suoi pensieri. «Letteralmente. Perché non avrebbe dovuto dirci che era amica di Kitty Devereaux?»

L'unica risposta che Abbie avrebbe potuto darle era che chiunque aveva dei segreti, e che una donna, anche una madre, *soprattutto* una madre, aveva diritto a qualche segreto.

Dopo l'elogio funebre del reverendo Matthew, la vecchia amica di mamma dei tempi della St Luke e dell'esercito, Jenny, salì sul podio per pronunciare il Nightingale Tribute. La maggior parte dei funerali erano cerimonie lunghe e silenziose, prove di resistenza, in cui si ascoltava il dolore degli altri, si davano le solite risposte alle solite domande e si assicurava alle persone che «se la famiglia avesse avuto bisogno, sì, avrebbe chiesto aiuto».

Ma c'erano alcune parti della cerimonia che erano come pugni nello stomaco inaspettati che ti toglievano il respiro. Il Nightingale Tribute era esattamente uno di quelli. Nel corso degli anni mamma aveva letto le stesse parole e posato la rosa bianca su innumerevoli bare, e adesso che di colpo era arrivato il suo turno era devastante.

Abbie si frugò in tasca in cerca di altri fazzolettini.

Jenny, settantadue anni, era un maggiore dell'esercito in congedo e indossava l'uniforme del Corpo infermieristico con il petto pieno di medaglie. Non ebbe bisogno di alcun aiuto per salire sul podio e, quando vide Clara e Abbie, rivolse loro un sorriso triste.

Abbie cercò di ricambiarlo.

«Non è mai un bel giorno quello in cui si seppellisce un'infermiera ancora così attiva nella comunità», proclamò alla fine Jenny. «Che ancora si occupava dei bisogni dei malati. Non è mai un bel giorno quello in cui si seppellisce un'amica. O una madre. Clara e Abbie, sono profondamente addolorata per la vostra perdita.

«Nell'istante stesso in cui ho conosciuto BettyKay nel dormitorio delle infermiere della St Luke, ho capito che era una di quelle rare persone per cui fare l'infermiera era più che un lavoro. Era una vocazione. La responsabile del piano soprannominava le allieve del primo anno *ragazze del sole*, perché eravamo pura possibilità, come un nuovo giorno. E così era la mia amica Betts».

Jenny sorrise e percorse la folla con lo sguardo quando, a un tratto, la sua espressione si pietrificò. Abbie seguì i suoi occhi, ma l'unica cosa che vide fu la figura sottile di Kitty Devereaux.

«Era un'infermiera nata», proseguì Jenny, e Abbie tornò ad ascoltarla. «Pratica, incrollabile, dotata di grande empatia. Poneva standard elevati per sé, per le sue compagne di corso e per le sue studentesse. Dopo la scuola, si fece un nome con la pubblicazione dei diari del Vietnam, in cui esponeva gli ideali più alti della nostra professione: compassione, coraggio e rispetto».

Abbie sentì risalirle in gola il singhiozzo che stava cercando di soffocare. Si girò a cercare i bambini, prese in braccio Fiona e si tirò vicino Max. Il peso della bambina, la stretta delle sue braccia attorno al collo e il corpicino di Max appoggiato alla coscia erano come un'àncora.

Affondò il viso nel corpo tiepido dei figli finché non sentì spostarsi l'ago della bilancia, finché non si sentì più madre che figlia, e riuscì a ricacciare indietro il dolore.

Max, che Abbie pensava si fosse comportato piuttosto bene, alla fine ne aveva avuto abbastanza e stava cercando di arrampicarsi su un albero. I rami spogli si stagliavano netti contro il cielo grigio e il rosso del suo giaccone.

«Max», sussurrò irritata, guardando alle sue spalle Kitty e Jenny, apparentemente impegnate in una conversazione animata vicino all'automobile nera della vera protagonista del giorno. Di cosa stavano parlando *quelle* due? E Clara si stava dirigendo verso di loro come un missile a guida infrarossa. «Per favore, scendi».

«Ma guarda...»

«Sto guardando, però...» Saltò da un ramo all'altro come uno Spider-Man in miniatura. «Davvero forte. Ma non puoi arrampicarti sugli alberi al cimitero». Era una regola. Giusto? Signore santo. Dov'era Ben? Aveva promesso di darle una mano.

«Mamma, mi annoio».

«Lo so, piccolo, ma è il funerale della nonna».

«Abbie». Clara adesso teneva Jenny per il gomito e stavano venendo verso di lei. Ma certo. Proprio mentre suo figlio era su un albero sopra il lotto dei McNeill. Poteva *sentire* il giudizio della sorella.

«Max!», gridò esasperata, e lui capì l'antifona, saltò giù dall'albero e corse via.

«Jenny deve andare», disse Clara.

Abbie abbracciò forte Jenny. «Grazie, per la cerimonia».

«Lei avrebbe fatto lo stesso per me».

«Torni alla chiesa?», chiese Abbie. «Ci sono i sandwich con l'insalata di uova».

«Sai che mi piacerebbe moltissimo, ma Elroy deve rientrare».

Da quando era stata operata di cataratta, Jenny non guidava a più di un'ora dalla città, e così il figlio minore, Elroy, l'aveva accompagnata da Iowa City. L'uomo lavorava come chirurgo all'ospedale dei veterani dove lei aveva concluso la sua carriera.

«Oh, no», reclamò Abbie. «Avrei voluto sentire le ultime novità».

«Lo so, anch'io. Joshua e Matthew vi mandano i loro saluti», disse. I figli maggiori di Jenny avevano seguito le orme dei genitori ed erano entrati nell'esercito. Erano in Germania e Iraq.

«Ricambia», rispose Clara. «Di' a Matthew che mi deve dieci bigliettoni per quel match di Federer».

«Quel ragazzo non sa resistere a una scommessa perdente», osservò Jenny con una risata.

«Hai visto la nostra ospite a sorpresa?», le chiese Abbie. «Kitty Devereaux è entrata e, credimi, giuro che per poco all'intera sala non è preso un infarto».

«Oh, ho visto», disse Jenny, e il suo sorriso scomparve in modo allarmante. «Abbiamo fatto due chiacchiere».

«A proposito di cosa?», chiese Clara.

«Ha intenzione di tornare alla chiesa per aiutare le ausiliarie con il cibo. Ha detto che non voleva fare scenate. Il che...» Jenny scosse la testa. «Quella donna è nata per fare scenate».

Fra i sandwich con l'insalata di uova e Kitty Devereaux, il seminterrato della chiesa metodista stava per diventare il posto più entusiasmante nel raggio di cento chilometri.

«Quindi la conosci? Dalla scuola per infermiere?», sondò Clara, come se stesse raccogliendo deposizioni a carico.

«Una volta noi tre, lei, io e vostra madre, eravamo legate come sorelle».

«Sorelle? Che cosa è successo poi?»

«Be', immagino si potrebbe dire che è successa Kitty Devereaux».

«Non vieni alla chiesa a causa sua?», insistette Clara.

«Jenny», intervenne Abbie, cercando di infilare una parola nel mezzo di quell'interrogatorio. «Perché non sapevamo niente di lei? Per tutti questi anni? I bottoni?»

«Questa è una cosa che deve dirvi Kitty», replicò la donna. Quasi di riflesso, si portò una mano alla croce d'oro che portava al collo, con un'espressione che si poteva definire solo preoccupata. «Quando l'ho chiamata per dirle di vostra madre, le ho chiesto di non farlo. Di non presentarsi con tutto quello schifo di tanto tempo fa. Ma Kitty ha sempre fatto come le pareva. Non c'è modo di indurla a cambiare idea».

Jenny prese il gomito di Abbie e la mano di Clara. «Non statela a sentire».

«Kitty?», insistette Abbie.

«Ha i suoi piani, li ha sempre avuti. Conoscete vostra madre, sapete che tipo di donna era. Non lasciate che Kitty ve la porti via».

Clara stava annuendo, i suoi sospetti confermati.

Jenny le abbracciò di nuovo, quella stretta consolante delle madri, poi salì in macchina con il figlio lasciandosi dietro milioni di domande.

«Vado alla chiesa», annunciò Clara e partì a razzo quasi fosse Nancy Drew, lasciando la sorella a occuparsi di tutto il resto. Un'altra volta.

Be', guarda un po' che roba.

Kitty Devereaux era davvero nella cucina della chiesa metodista, con un grembiule in prestito e intenta a mettere caffè di una marca anonima nel filtro della vecchia caffettiera. Clara era in piedi accanto a lei a contare i cucchiaini, e la guardava con occhio di falco come se potesse rubare qualcosa.

Proprio non riusciva a trattenersi.

Anche se, dopo l'avvertimento di Jenny, Abbie non poteva darle del tutto torto.

Non permettetele di portarvi via vostra madre.

Le ausiliarie della chiesa metodista si erano accalcate tutte quante in cucina, sperando di poter dare una mano o almeno fare finta. Abbie le osservò dalla soglia.

«Mi piaceva tuo marito», disse Mrs Ritchie.

«Drew?», replicò Kitty. «Oh, era adorabile, mi ha spezzato il cuore portandosi via metà dei suoi soldi».

L'ausiliaria apprezzò, ridacchiando deliziata, ed era chiaro che Kitty stava tenendo banco da un po'.

«E tu e Rex Daniels eravate proprio una bomba. Hanno buttato lo stampo degli uomini come lui». Ci fu un coro di assensi.

«Lo sapete che i tabloid non ci azzeccano mai. Rex era un demonio affascinante, ma lui e io eravamo solo amici».

«Mi sarebbe piaciuto avere un amico così», gongolò Mrs Monroe, la direttrice del coro. Kitty sembrava prendere con filosofia il fatto che la gente si ingozzasse della sua vita e gliela rivomitasse addosso.

«E il regista con cui eri sposata? Quello che ha fatto tutti quei film di gangster?», chiese Mrs Murphy, che era stata sposata col sindaco per anni.

«Non mi sono mai interessati quei film dove tutti si sparano addosso», intervenne Mrs Ritchie mentre tagliava il suo celebre rotolo farcito.

«A dirvi la verità, neanche a me», confessò Kitty. «E Hugh e io non ci siamo mai sposati. Per lui era un legame troppo duraturo».

«Vissuti nel peccato?» Mrs Ritchie si pulì il coltello sul grembiule, lasciando uno sbaffo di marmellata ai lamponi. «Tu e BettyKay avevate questo in comune, poco ma sicuro».

«Mrs Ritchie», intervenne Clara. «Lei è l'unica persona al mondo che si preoccupa ancora del fatto che i miei genitori non si sono sposati finché Abbie non ha compiuto un anno e io due. La prego di smetterla».

La donna trasalì come se Clara avesse insultato il suo rotolo farcito.

Buon Dio, Clara, non posso lasciarti sola neanche dieci minuti.

«Salve a tutte!», si intromise Abbie, nel tono più allegro che riuscì a tirar fuori per creare un diversivo. «Grazie per l'aiuto, queste torte hanno un aspetto delizioso». Entrò con appeso alla spalla un sacchetto di stoffa contenente due bottiglie di vino di ghiaccio che aveva preso da casa. Kitty Devereaux non avrebbe bevuto vino normale. Non se Abbie poteva impedirlo.

«Un bel funerale», commentò Mrs Ritchie.

«Sì, non è vero? Penso che mamma avrebbe apprezzato», convenne Abbie mentre le altre concordavano in coro.

Nell'angolo, Clara inserì la spina della caffettiera e Kitty preparò le tazze. Erano fatte della stessa pasta, tutt'e due troppo sofisticate per la cucina della chiesa.

Da bambina, Clara aveva i capelli mossi che d'estate diventavano biondi, o verdi se passava troppo tempo in piscina. Li infilava nel berretto da baseball della sua squadra del cuore, i Chicago Cubs. Adesso erano lisci, le arrivavano appena sotto il mento ed erano tinti di un castano costoso con i punti luce. Sembravano voler mettere in chiaro il messaggio "devo parlare con il direttore".

Abbie si tingeva i capelli con qualunque tinta disponibile al Walmart e solo se aveva un buono sconto.

«Tutta Greensboro ne parlerà per secoli», continuò Mrs Ritchie.

«Immagino di sì». Kitty sorrise. «Mi dispiace aver peggiorato una giornata triste».

«Vuoi scherzare», la rassicurò Abbie posando sul bancone le bottiglie di vino. Aveva difficoltà a guardarla dritta in faccia: era così bella. E famosa. E lei continuava a provare l'impulso di farle l'inchino. Sapeva che era ridicolo, ma questo non cambiava le cose. «È bellissimo che tu sia qui. E sai, tante cose stanno cominciando ad avere senso». Abbie si girò verso Clara, che fissava Kitty come se si aspettasse che tirasse fuori un coltello.

Sua sorella era sempre bravissima a rovinare l'atmosfera.

Be', questo è un problema facile da risolvere.

Anche se il vino di ghiaccio era sprecato per quella gente, ed essendo metodista avrebbe potuto scandalizzarne la metà, ne aprì una bottiglia e prese un po' di tazze macchiate di marrone da anni di caffè. Diverse delle signore si accigliarono. «Ricordi che mamma guardava sempre quel terribile film di Natale dove recitava Kitty? Senza offesa», disse a Kitty, porgendole una tazza piena di vino. «Il film era terribile, non tu».

«Nessuna offesa», rispose lei con quel suo fascino noncurante.

«Eri su un treno diretto a New York che era rimasto bloccato dalla neve e c'erano un gruppo jazz e un tizio col costume da gorilla. Era un musical? Portavi quel vestito color argento coi lustrini».

Abbie diede alla sorella una tazza di vino e Clara la guardò a occhi sgranati, chiaramente disapprovando il suo tentativo di essere carina con quella donna.

Mica è tutto un interrogatorio. Abbie sorrise alla sua battuta privata.

«*Christmas A Go-Go*», ricordò Kitty.

«*Christmas A Go-Go*, e chi se lo dimentica un titolo così?», strillò Abbie, distribuendo tazze alle ausiliarie che approvavano. Avrebbe voluto che ci fosse Ben per mostrargli che bere ai funerali non era una cosa che faceva solo lei. Prevedibilmente, Mrs Ritchie rifiutò. «Lo guardavamo ogni Natale e non abbiamo mai capito perché».

«È stato il mio primo ruolo importante. Lei era... molto orgogliosa».

«Ci ha mostrato delle foto di te alla prima», continuò Abbie inarcando le sopracciglia.

«Il corpo dipinto?»

«Davvero forte». Kitty era andata alla prima del film nuda dalla cintola in su, con il corpo ricoperto di rampicanti e fiori dipinti. Era il 1969.

«All'epoca ero una perfetta sconosciuta, completamente al verde. Ma volevo fare colpo. Il mio compagno di stanza Alexander lavorava come make-up artist per uno degli Studios e mi convinse a farlo».

«Oh, proprio un colpaccio», commentò Mrs Ritchie.

«C'era anche BettyKay, sapete», aggiunse Kitty.

«Dove?», intervenne Clara.

«Alla prima».

«Come hai detto, scusa?», esclamò la ragazza.

«È venuta alla prima. Sarebbe venuta anche Jenny, ma era in viaggio per il Vietnam. Avevo cucito i bottoni sul vestito coi lustrini che indossavo nel film e vostra madre lo mise alla prima».

«BettyKay Beecher?», ripeté sotto shock Clara. «Con un miniabito coi lustrini? Alla prima di un film?»

Kitty si strinse nelle spalle, con gli occhi che le brillavano sopra l'orlo della tazza. «Cosa posso dire? Vostra madre aveva un lato selvaggio».

Abbie non ebbe bisogno di guardare la sorella per sapere che stavano pensando la stessa cosa. Lo stavano pensando tutte le presenti: *Noi non lo abbiamo mai visto.*

«Kitty?», chiese Mrs Ritchie. «Dove alloggi, se posso chiedere?»

«Oh, non ci avevo pensato», rispose lei.

«Immagino tu abbia cose importanti a cui tornare», commentò Clara.

«Assolutamente no. Prenderò una stanza in un albergo vicino alla superstrada».

«No», protestò Abbie orripilata. «Non se ne parla».

Non riusciva a immaginare niente di peggio che Kitty Devereaux in un motel quando la casa dei suoi genitori, con tutte le comodità, se ne stava lì vuota.

«Abbie», la ammonì Clara con il suo tono da "non farti prendere la mano".

«Mamma si rivolterebbe nella tomba, Clara», ribatté, e sulla stanza scese un silenzio imbarazzato.

Okay. Troppo presto.

Andò avanti a testa bassa come aveva imparato a fare da sua madre, che si sarebbe davvero rivoltata nella tomba anche se nessuno era disposto ad ammetterlo.

E sì, Jenny aveva detto di non fidarsi di Kitty, ma c'era un lato della loro madre, quello che indossava miniabiti argentati coi lustrini, di cui stavano iniziando a sentir parlare solo adesso. E Abbie voleva conoscere tutta la storia.

Rivoleva indietro sua madre, e questa non era la cosa migliore. Non ci andava neanche vicina. Ma era pur sempre qualcosa.

«Ehi, Janice», disse Mr Ritchie dalla porta. «Hai intenzione di servire quella torta entro oggi?»

Mrs Ritchie lo cacciò via, e le ausiliarie iniziarono a portare il cibo sui tavoli della sala da pranzo, dando un po' di privacy ad Abbie, Clara e Kitty.

«Starai a casa dei nostri genitori», stabilì infine Abbie. «Non voglio sentire obiezioni».

«E Clara?», chiese Kitty. «Magari vorrebbe dire la sua».

Abbie guardò la sorella con espressione di sfida. *Avanti, Clara, dille che sei troppo importante per fermarti a dormire la notte del funerale di tua madre.*

Clara le lanciò un'occhiataccia ma tenne la bocca chiusa, e Abbie si godette la rara vittoria.

«C'è posto in abbondanza per tutt'e due», aggiunse Abbie, felicissima per la piega presa dalla situazione. «Verrò anch'io!»

Beccati questo, signorina Devotornareincittà.

Kitty spostò lo sguardo dall'una all'altra delle sorelle, e Abbie si chiese se intuisse le crepe e le fratture che si erano aperte fra loro, il fatto che Abbie stesse cercando di stringere Clara fra le braccia e il fatto che Clara la respingeva.

«Sembra carino», commentò Kitty.

«*Carino*», ripeté Clara a pappagallo.

E come se niente fosse, Abbie e Clara stavano per fare un pigiama party con Kitty Devereaux.

Proprio un bel funerale.

7
BettyKay

Greensboro, Iowa, 1967

28 dicembre 1967

Natale con mamma e papà non sta andando bene.
Papà si imbestialisce a sentire le notizie, cammina per casa sbraitando e poi sparisce nel fienile per giornate intere. Ho provato a parlare a mamma dell'idea di fare qualcosa per aiutarlo, come minimo una ricetta per quel nuovo farmaco, il Valium, ma lei non ne ha voluto sapere. Le ho detto che le migliorerebbe la vita e lei si è incavolata al punto che ha sbattuto lo sportello della credenza con tale violenza da rompere il vetro. Cosa di cui mi ha dato la colpa. Come si può aiutare qualcuno che non vuole essere aiutato? Sono una figlia pessima perché ho una gran voglia di andarmene?
Due dei ragazzi della squadra di lotta di Todd alle superiori si sono arruolati. Io voglio solo tornare a scuola.

Quando Todd parcheggiò di fronte ai dormitori della St Luke aveva appena iniziato a nevicare. Alla luce dei fari del pick-up sembrava innocua, come soffici fiocchi di bambagia che cadevano dal cielo. Ma intuivo la preoccupazione di Todd. Le previsioni meteo per Greensboro erano state cupe per tutto il viaggio e avevano riempito l'abitacolo dell'auto di una pesantezza che nessuna quantità di chiacchiere era stata in grado di alleggerire. Non che non ci avessi provato. Mai in vita mia gli avevo fatto tante domande sulle riparazioni della mietitrice.

La tempesta del secolo, la chiamavano.

Le lezioni sarebbero iniziate soltanto di lì a tre giorni, ma io mi ero inventata una scusa per tornare prima perché non ne potevo più della mia casa buia e dei miei genitori dalla mente ottenebrata. Todd si era offerto di accompagnarmi.

«Non voglio ancora salutarti», dissi. La luce gialla dell'abitacolo gli illuminava gli occhi azzurri e i baffi e la barba biondi che si lasciava crescere d'inverno. Allungai la mano per accarezzarglieli e lui mi premette le labbra sul palmo. «Sono in anticipo di tre giorni e non c'è nessuno. Potrei farti entrare di nascosto. Le ragazze lo fanno di continuo».

«Be', l'inferno sta chiaramente gelando se BettyKay Allen suggerisce di violare una regola».

«È solo che… vorrei che rimanessi ancora un po'».

Spostai le dita dalla barba alla pelle calda del collo, e lo sentii deglutire. Percepii il battito del suo cuore. Il riscaldamento dell'auto aveva fatto il suo dovere, e sotto il colletto della camicia di flanella la pelle era bollente. Immaginai che tutto il suo corpo lo fosse.

«Se non ti conoscessi meglio, penserei che stai cercando di mettermi nei guai». Mi baciò sulle labbra. Un bacio lieve come una carezza. Me lo tirai più vicino, percependo il peso del suo corpo e desiderando di sentirlo contro il mio. «Sta arrivando la neve, tesoro mio. Devo andare, se voglio evitare la bufera».

Mi ritrassi e mi appoggiai allo schienale del sedile. «Grazie per avermi accompagnata. È stata una lunga giornata per te».

«Una lunga giornata con te in macchina, fidati, BettyKay. Non desidero altro. E...», guardò fuori dal finestrino. «...sono proprio contento di vedere questo posto. È bello come hai detto tu».

Ecco perché lo amavo. Perché capiva.

«Quello è il campus del Greensboro». Indicai dal mio finestrino gli edifici dall'altra parte del Long's Meadow. «Facoltà di Medicina e Ingegneria...»

«Veterinaria?»

«Quei grandi edifici laggiù», indicai, girandomi verso il lunotto. Al buio e in mezzo alla neve era quasi impossibile individuare i fienili e i recinti per il bestiame. Immaginavo, dato che ne avevamo parlato solo quella volta in cui era ubriaco, che guardando quegli edifici pensasse a come avrebbe potuto essere.

«Ehi», esclamò, e mi accorsi che lo stavo fissando. «Dov'è quel posto che chiamate la TINOZZA, quello coi frappè?»

«Dietro quelle costruzioni, da qui non si vede. E non sono buoni come da Shakey».

«Niente lo è».

Ci sorridemmo, arrossati per il riscaldamento dell'auto e l'amore, e non potei fare a meno di baciarlo di nuovo. Poco dopo, io avevo il cappotto slacciato e i capelli di Todd erano tutti arruffati.

«Vai», sussurrò. «Ti prego. Se non vai adesso...»

«Vado». Saltai giù dal pick-up, presi la valigia dai sedili posteriori e sbattei la portiera prima che lui avesse la possibilità di scendere ad aiutarmi.

Il freddo mi si insinuò sotto il cappotto e mi schiarì le idee mentre sollevavo la mano per salutarlo e lui suonava il clacson e usciva dal vialetto, con le luci rosse degli stop che si accendevano e poi sparivano.

All'interno i radiatori erano al massimo, e c'era odore di lucido per pavimenti e disinfettante dell'ospedale. Quando ero tornata alla fattoria e avevo disfatto la valigia, mi ero accorta con stupore che tutti i miei vestiti avevano quell'odore. Come se avessi portato a casa con me un pezzetto della St Luke.

La porta della stanza di Mrs Hayes era aperta, così mi affacciai.

«Salve, Mrs Hayes, volevo solo farle sapere che sono tornata», annunciai, sorridendo perché non sapevo cosa aggiungere.

«Sei in anticipo di tre giorni», rispose lei e alzò gli occhi dalle parole crociate che teneva in grembo. Aveva le gambe posate sul poggiapiedi trapuntato e la lampada da tavolo le gettava delle ombre sul viso.

Le allieve del secondo e del terzo anno, che non tornavano a casa per le vacanze, andavano e venivano dai dormitori a seconda degli orari in ospedale; perciò, presentarmi prima non sarebbe dovuto essere un problema.

«Pensavo di sistemarmi prima della ripresa delle lezioni».

Mrs Hayes sorrise. «Be', è stata una buona idea. Pare che stanotte ci sarà una bufera violenta. Dick Fletcher in tv ha detto sessanta centimetri o forse di più».

«Alla radio non parlavano d'altro».

Davanti alla mia stanza, mi fermai. La porta era chiusa e non si sentiva odore di fumo né Joan Baez che cantava, e da sotto la soglia non filtrava luce.

Dopo che le avevo detto di Todd, le cose fra me e Kitty erano un po' migliorate. Le stavo passando gli appunti di Anatomia, lasciando il quaderno sul bordo del suo letto tutti i lunedì sera. Il martedì il quaderno tornava dalla mia parte di stanza. Non ero in grado di dire se fossimo amiche però eravamo… abbastanza amichevoli.

Aprii piano la porta.

«Ciao, coinquilina», mi salutò Kitty. Era seduta sul pavimento fra i due letti, con steso davanti a sé il cartamodello di una gonna. La lampada a collo di cigno era sistemata in modo da gettare luce direttamente sopra le sue spalle.

«Ciao», ricambiai, posando la valigia a terra e sfilandomi il cappotto.

«Occhio». Kitty raccolse la sottile carta marrone togliendola dalla traiettoria dei fiocchi di neve che erano rimasti attaccati al cappotto.

«Scusa». Feci un passo indietro e mi tolsi il cappello rosso fatto a maglia, scuotendo il pompon nel corridoio. Quando si bagnavano, erano una vera seccatura.

«Sei tornata prima», osservò Kitty.

«Sembra che anche tu sia tornata già da un po'», replicai. Si era appropriata della stanza. Sul mio letto c'era un vestito e davanti al mio armadio erano allineate tre paia delle sue scarpe.

«Non me ne sono andata proprio», ribatté. Stava puntando il cartamodello su una pesante fodera rossa di raso, infilando spilli con la capocchia gialla lungo le linee tratteggiate nere.

«Cosa?» Spostai le scarpe che non erano mie vicino all'armadio di Kitty, lasciandole cadere con un tonfo. Lei non se ne accorse neppure. «Non te ne sei andata?»

«None. Mrs Hayes ha firmato delle carte per me».

«Che cos'hai fatto a Natale?»

«Io», rispose Kitty con un gran sorriso, «ho passato un Natale favoloso con lo staff della caffetteria. Erano aperti per l'ospedale. Walter ha preparato un tacchino con tutti i contorni».

«Walter?»

«Il cuoco. Probabilmente non l'hai mai visto. Sta quasi sempre nel retro. E le infermiere hanno portato tutte il dessert, e c'era il vino. Sono venuti anche alcuni dottori. Abbiamo fraternizzato, se capisci cosa intendo». Inarcò un sopracciglio.

«È come se volessi farti buttare fuori».

«Lo fanno tutte le allieve infermiere del terzo anno. Fidati. Non è il crimine che ha dipinto Mrs Hayes. E sul serio, abbiamo bevuto del Chianti passabile e abbiamo ballato. Niente di troppo scandaloso».

Ovviamente io ero scandalizzata.

«Come sono state le tue vacanze?», chiese Kitty, riportando l'attenzione sugli spilli e la stoffa rossa.

Non era una domanda difficile. Non avrebbe dovuto esserlo. Però a me diede quell'impressione, e la risposta era sepolta sotto strati e strati di altre emozioni. «Bene», fu tutto quello che dissi.

«Mmh», replicò Kitty. «Non sembra».

«È solo che... non mi sembra più casa mia». Non l'avevo ancora ammesso ad alta voce. Sinceramente, non ero stata consapevole di quello stato d'animo. Ma quando ero entrata in quella stanza in disordine senza nulla di mio... mi ero resa conto che la sentivo più casa mia della camera nel sottotetto di Wolff Road. Dopo aver passato le ultime settimane a essere giudicata dai miei genitori qualunque cosa facessi, la compagnia di Kitty era un sollievo. L'unica cosa di me che giudicava erano i miei vestiti. Avrei potuto ballare la hula nuda nel corridoio e lei non avrebbe battuto ciglio. «E non so se mi sento triste o felice per questo».

«Io credo che sia un bene», osservò Kitty. «Ti rende libera di cercarti la casa che sei destinata ad avere».

La St Luke mi sembrava casa. Le pannellature e i pavimenti in marmo. Jenny. L'infermiera Bouchet e Mrs Hayes. Il tunnel. La TINOZZA. Perfino Kitty.

Però anche Todd sembrava casa.

«Cosa stai facendo?» Il cartamodello era per una gonna, ma sul suo letto c'erano un altro taglio di stoffa, un velluto color oro e diversi cartamodelli.

«Vestiti invernali eleganti per le ragazze di una confraternita studentesca di Greensboro».

«Stai scherzando».

«No. Ho preso un po' di lavoro durante le vacanze».

Fra le modifiche alle uniformi che aveva realizzato in autunno e adesso i vestiti, la mia coinquilina aveva messo in piedi una bella attività collaterale. E dovevo ammetterlo, era brava. Molto brava. I suoi vestiti sembravano capi che avrebbe potuto indossare Jean Shrimpton su «Vogue». «Cos'hai intenzione di fare con tutti quei soldi?», le chiesi.

«Trovare un posto da chiamare casa», rispose, la testa china, le dita impegnate.

Il colpo alla porta sembrò un tuono. Mezzo addormentata, per un attimo rimasi confusa, pensando di essere ancora alla fattoria. Desiderando che non fosse così.

«Ragazze?», chiamò Mrs Hayes attraverso la pesante porta di legno.

Mi misi a sedere. La luce che entrava dalla finestra era grigia e caliginosa.

Scuola, mi resi conto con grande sollievo. *Sono a scuola.*

«Che ore sono?», chiese Kitty. Era andata a letto coi bigodini e l'ombra della sua testa sul muro era enorme.

«Non lo so».

«Signore?» Altri colpi alla porta, più forti stavolta, e io spinsi via le coperte.

«Oh, mio Dio», ansimai, scioccata dal freddo. Cercai a tentoni coi piedi le pantofole sotto il letto. Non avevo neanche toccato il pavimento e ne sentivo già il gelo.

«Signore!» Il colpo alla porta questa volta fu così violento che lasciai perdere le pantofole e mi precipitai verso la porta a piedi nudi.

«Scusate», disse Mrs Hayes. Il corridoio era inondato di quella che sembrava un'abbagliante luce blu e mi sfregai gli occhi, ma la stranezza non scomparve.

«Cosa... cos'è successo?», domandai. Le finestre a bovindo sembravano nascoste da coperte, invece erano la neve e il ghiaccio che ricoprivano tutto il primo piano.

«C'è un'emergenza all'ospedale, ragazze», spiegò concitatamente Mrs Hayes. «Serve il vostro aiuto».

«Il nostro aiuto?», chiese Kitty dal letto.

«La bufera di neve», continuò la donna. «C'è stato un incidente sulla superstrada e metà del personale non riesce a raggiungere l'ospedale. Al pronto soccorso hanno bisogno di voi».

«Di noi?», ripeté Kitty con quello che sembrava terrore.

«Arriviamo il prima possibile», tagliai corto, che era quello che Mrs Hayes voleva sentirsi dire. Mentre si allontanava la sua vestaglia blu quasi scomparve nella luce blu del corridoio.

«Dev'essere un errore», osservò Kitty, allungandosi per accendere la lampada. La sera prima aveva lavorato finché non l'avevo supplicata di spegnere la luce che era quasi l'una.

Il mio orologio diceva che adesso erano le sei del mattino. L'adrenalina mi schiarì il cervello. Presi su l'uniforme, le calze e la borsa della toilette e corsi a vestirmi e a lavarmi i denti.

Percorremmo il tunnel insieme.

«Cosa pensi che faremo?», chiesi, incapace di mascherare l'eccitazione.

«Cartelle», rispose Kitty.

«Quanto credi che siano gravi?», domandai. «I feriti dell'incidente?»

«Abbastanza da venirci a chiamare», constatò lei. «Ne vuoi una?»

Kitty aprì la mano e mi mostrò tre grosse pillole azzurre.

«Cosa sono?»

«Me le ha date il dottor Fischer. Dexedrina. Tutte le allieve del terzo anno la prendono. Aiuta a stare svegli. Snebbia il cervello, hai presente. Come il caffè, ma... molto meglio».

«Sto bene così», risposi. La mia mente era di una chiarezza cristallina, il cuore mi batteva forte nel petto. Avevo in circolo adrenalina sufficiente per rimanere sveglia giorni.

«Come vuoi», rispose e inghiottì una delle pillole a secco.

«Ne stai prendendo molte?», le chiesi.

«No. Joel me le ha date solo a Natale. In modo che potessi stare sveglia un po' di più per finire i vestiti».

«Joel?»

«Il dottor Fischer», rispose lei, come se non fosse niente di che.

Oltrepassammo le porte alla fine del tunnel ed entrammo nel solito caos del sotterraneo del St Luke. L'infermiera Bouchet ci stava aspettando con la cuffia e l'uniforme, e una cartellina in mano.

«Ottimo, signore. Sono contenta che siate qui. Seguitemi e ascoltate con attenzione».

Imboccammo le scale. Al pianterreno c'erano il Pronto soccorso e la Terapia intensiva. Ci fermammo davanti alle porte e attraverso il vetro smerigliato potevo udire il trambusto dall'altra parte. A dire la verità, riuscivo a percepirlo.

«C'è stato un incidente sulla I-80. Sette auto. Un autoarticolato». Be', non c'era da meravigliarsi, c'era sempre un incidente sulla I-80. «Stanno portando i pazienti qui. A causa della bufera e delle vacanze, l'ospedale ha il personale ridotto all'osso. Statemi a sentire, è molto importante che capiate. Farete il giro dei pazienti del Pronto soccorso che sono stati visitati e ricoverati. Tutto quello che dovete fare è controllare pulsazioni, pupille, respirazione e variazione delle condizioni. Se notate un qualunque cambiamento...»

«Tipo cosa?», chiese Kitty. Era bianca come uno spettro.

«Incoscienza. Assenza di reazioni. Confusione. Vomito. Emorragia. Pulsazioni accelerate, pupille dilatate». Erano i fondamenti dell'infermieristica.

«Naturalmente», assentì Kitty, passandosi la lingua sulle labbra. «Volevo solo... essere sicura».

«Andrà tutto bene», provò a tranquillizzarci l'infermiera Bouchet, il che doveva essere più una speranza che altro. «Se avete domande, ci sarò anch'io. Comportatevi da bravi soldati e fate quello che vi dicono i dottori. Non intralciate le infermiere. Leggete la cartella prima di fare qualunque cosa e scrivete tutto prima di passare al paziente successivo. Ricordate, la cosa più importante è non perdere la testa. Se vi fate prendere dal panico, il paziente andrà nel panico».

«E chi si fa prendere dal panico?», scherzò Kitty.

L'infermiera Bouchet strinse le labbra e aprì la porta sulla bolgia.

Il Pronto soccorso era minuscolo – il St Luke era un ospedale chirurgico, e di solito arrivavano solo ragazzini con le ossa fratturate e contadini che si erano fatti male col trattore – ed era già al massimo della capienza. I portoni per l'ingresso delle ambulanze erano spalancati e lasciavano entrare raffiche di vento misto a neve, i medici urlavano, la gente sulle barelle si lamentava e l'odore del sangue aleggiava ovunque.

«Oh, signore», mormorò Kitty. «Sto andando nel panico».

«Ragazze». La capoinfermiera si avvicinò. I capelli rossi le sfuggivano dalla cuffia e aveva uno sbaffo di sangue sul colletto dell'uniforme. «Aiutate i lettighieri. Ditemi se qualcosa non va. Monitorerete i pazienti non urgenti che sono in attesa dello specialista o di essere dimessi».

Annuimmo e fummo indirizzate verso le stanze del triage. Ce n'erano sei, e noi dovevamo semplicemente procedere in senso antiorario.

Restammo in piedi fuori da una zona chiusa da tende, in attesa di ulteriori istruzioni, ma io mi resi conto che non ci sarebbero state. Presi un gran respiro e guardai la mia amica, che aveva le pupille nere e dilatate.

Non sapevo se fosse la paura o quella dannata pillola.

«Seguimi», le dissi, e scostammo la tenda rivelando il nostro primo paziente, un ragazzo di quattordici anni con un bernoccolo sulla fronte e un braccio al collo.

«Ciao», lo salutai e presi la cartella. Lui non mi prestò molta attenzione, ma quando Kitty entrò dietro di me, ebbe una reazione a scoppio ritardato. «Ti chiami Sam?»

«Sam Shickney».

«Piacere di conoscerti. Io sono BettyKay e lei è Kitty, e siamo qui per controllare che tu stia bene».

«Certo».

«Che cosa ti è successo?», si informò Kitty, sorridendo al ragazzino che ricambiò il sorriso. Era in quel limbo né carne né pesce, non più ragazzino ma non ancora uomo. Aveva l'acne e gli si spezzava la voce, ma riempiva tutta la lunghezza del letto. Pelle e ossa, ma altissimo.

«Ero nella macchina di mezzo del tamponamento», spiegò. «Io e mia mamma».

Kitty fece una smorfia comprensiva. «A mo' di sandwich, eh?»

Lui sorrise. «Immagino si possa dire così».

Kitty era bravissima a metterlo a suo agio. Così, mentre lei lo distraeva, io lessi la cartella. Era in attesa di un consulto ortopedico per il braccio, e lo stavano monitorando per un'eventuale commozione cerebrale.

«Hai le vertigini?», gli chiesi, spostandomi dall'altro lato del letto.

«No».

«Nausea?»

«In realtà ho fame. Dovevano portarmi della gelatina un po' di tempo fa ma devono essersene dimenticati».

«Posso controllare», si offrì Kitty.

«So che sono tutti molto occupati. È stato un brutto tamponamento a catena».

Controllai il polso, tenendo d'occhio la lancetta dei secondi del mio orologio. «Il battito è buono». Presi il misuratore della pressione dal gancio metallico, glielo avvolsi attorno al braccio sano e iniziai a premere la pompetta. «La pressione è 110 su 70, che è quella che avevi un'ora fa».

Controllai il gonfiore e i riflessi delle dita, riscontrando una buona circolazione e nessuna lesione ai nervi. Le pupille erano reattive.

«Ehi», chiese. «Potete scoprire dove hanno portato mia mamma?»

«Certo», rispose Kitty. «Come si chiama?»

«Gladys. Gladys Shickney».

«Faremo il possibile», promise lei. «E vado a prenderti quella gelatina».

Tornammo nello stretto corridoio fra i letti chiusi da tende, e io buttai fuori il fiato lentamente, consapevole che Kitty mi stava fissando.

«Cosa c'è?»

«Sei un'infermiera con le palle, BettyKay Allen», esclamò.

Nelle ore successive si instaurò uno schema ricorrente. Silenzio e calma seguiti da momenti concitati alimentati dall'adrenalina. Aiutammo a spostare i pazienti dalle barelle ai letti, dai letti alle barelle. Fummo spinte da parte quando uno degli uomini che stavamo controllando ebbe un arresto cardiaco. Restammo in piedi addossate al muro a osservare i medici che gli praticavano la rianimazione cardiopolmonare finché il dottore responsabile non si raddrizzò, sudato ed esausto, e dichiarò l'ora del decesso.

Compilammo una cartella dopo l'altra. Distribuimmo gelatina e una zuppa acquosa. Compilammo altre cartelle.

Ci furono altri incidenti su altre superstrade. Un paio di persone arrivarono con sintomi di congelamento.

Kitty, notai, prese un'altra di quelle pillole.

«Ne vuoi una?», mi chiese.

Non abituata a quelle montagne russe, per poco non accettai. Per poco.

Dopo quelli che erano sembrati cinque minuti e cinque ore allo stesso tempo, ricomparve l'infermiera Bouchet. «Ragazze», annunciò, con la cuffia e l'uniforme spiegazzate e sudate. «Avete finito».

«Finito?» Kitty e io stavamo aiutando gli inservienti a ripulire una delle zone operatorie del pronto soccorso. Tamponi di garza e i pantaloni da lavoro di un uomo che erano stati tagliati per intervenire su una ferita allo stomaco. Eravamo rimaste indietro a osservare un'infermiera somministrare etere mentre un giovane medico praticava un'incisione nella pancia dell'uomo per salvargli la vita.

«Quello è Joel», aveva sussurrato Kitty parlando del chirurgo.

Joel non ci aveva riconosciute né sembrava aver notato la nostra presenza, e io provai qualcosa davanti alla sua competenza, al sangue freddo e al modo in cui ci ignorava, anche se non avrei saputo dire cosa.

«Vi accompagno al tunnel», disse l'infermiera Bouchet. «La caffetteria è aperta. Potete mangiare qualcosa».

Di colpo mi piombò addosso la stanchezza, e riuscii a malapena a firmare la cartella che stavo compilando per Sam, che era stato portato in ortopedia un'ora prima. La regola era di non rimandare mai la compilazione delle cartelle, di non pensare di riuscire a ricordarsi, perché era possibile che non fosse così e la continuità della cura sarebbe stata compromessa. Ma c'erano stati così tanti codici, così tante emergenze che avevano costretto me e Kitty a fare avanti e indietro fra i letti. Eravamo scese in cantina e risalite almeno dieci volte. Avevo le vesciche e tagli procurati dalla carta, e i piedi mi facevano un male cane.

Non vedevo l'ora di raccontarlo a Jenny.

La bufera si era spostata a est, seminando caos lungo il suo cammino.

Era uscito il sole e aveva sciolto il ghiaccio che incrostava le finestre, permettendo alla luce di entrare e facendo strizzare gli occhi al personale che aveva perso la nozione del tempo.

Mentre ci allontanavamo dal Pronto soccorso come zombie, il dottor Joel Fischer uscì da un ufficio e si appoggiò allo stipite della porta, sorridendo mentre passavamo.

«Signore», disse. «Grazie per tutto il lavoro che avete fatto oggi».

La mia amica aveva ancora energia sufficiente per strizzargli l'occhio e lui, sotto il naso dell'infermiera Bouchet, allungò una mano e le strinse una spalla.

«Ehi», ricordò all'improvviso Kitty mentre scendevamo le scale che portavano nel sotterraneo. «La mamma di Sam… com'è che si chiamava?»

«Gladys». Strattonate in mille direzioni, ci eravamo dimenticate di chiedere di sua madre.

«Infermiera Bouchet, sa cos'è successo a Gladys Schickney?»

«Frattura del bacino. Emorragia interna. È morta all'arrivo».

Kitty si bloccò sulle scale, barcollando come se stesse per cadere. La bocca aperta come se ci fosse qualcosa che voleva dire, ma non sapesse cosa. O come.

«Ehi». Mi avvicinai e le presi le mani. «Ehi».

Kitty girò la mano e strinse la mia con tutta la forza che aveva. E siccome eravamo sopravvissute insieme a qualcosa, l'avevamo attraversato e adesso, arrivate dall'altra parte, eravamo diverse, ricambiai la stretta.

8
BettyKay

2 febbraio 1968

Oggi i docenti di Greensboro, compresi Mr Kessler e Ms Monroe, la nostra insegnante di Inglese, hanno tenuto un dibattito. Kitty, Jenny e io siamo andate all'Auditorium dove si stavano riunendo per protestare contro la guerra. Era pieno di persone che parlavano dell'offensiva del Tet e del fatto che il governo non ci stava dicendo la verità. Agli ingressi c'erano dei ragazzi che distribuivano volantini della SDS (Studenti per una Società Democratica), e un altro gruppo di uomini e donne provenienti dall'Università Good Park di Des Moines promuovevano l'adesione alle Pantere Nere alla decina di studenti neri di Greensboro. Kitty ha preso un opuscolo di entrambe le organizzazioni. Siamo rimaste ad ascoltare Mr Simmons, il capo del dipartimento di Antropologia, che parlava del fatto che la leva andava a svantaggio dei neri e dei poveri, perché i bianchi ricchi potevano sempre andare all'università o pagare un dottore perché scrivesse un certificato medico falso. Io non ci avevo mai pensato prima e Jenny non faceva che annuire. Poi è entrato di corsa un ragazzo per dire che stava arrivando la polizia. Mr Simmons ha cercato di mantenere la calma, ma noi eravamo state le ultime ad arrivare ed eravamo le più vicine all'uscita; perciò, Jenny ha preso me e Kitty e ce la siamo filata all'istante. La polizia ha arrestato venticinque persone, fra cui tutte le Pantere Nere, anche se non stavano facendo nient'altro che distribuire volantini.

«Hai passato una bella giornata?», mi chiese Kitty, raggiungendomi sul marciapiede dove stavo guardando allontanarsi l'auto di Todd. Indossava un trench giallo di lana che non l'avrebbe protetta neanche da un venticello estivo, figuriamoci dal vento invernale, ma non aveva un aspetto infreddolito. Anzi, era favolosa. Ovviamente.

Dovevo ammetterlo, mi ero sbagliata sul conto di Kitty. Era una brava persona.

«Sì», risposi. Eravamo andati da Shakey per pranzo e avevamo passato il pomeriggio a chiacchierare in macchina.

«Si vede», commentò lei con il suo ghigno. «Hai il rossetto tutto sbaffato».

Mi portai le mani coperte dalle muffole alla bocca; sentivo ancora il formicolio dei baci di Todd.

«Ti sei alzata di nuovo presto», notai. Almeno un paio di volte alla settimana mi svegliavo da sola nella nostra stanza e ancora non sapevo dove andasse. «Uno di questi giorni ti becco sul fatto».

«Ragazza mia, dormi come un sasso. Non ti sveglierebbero manco le cannonate».

«Hai un lavoro?», cercai di indovinare mentre ci incamminavamo dirette ai dormitori.

«Questa l'hai già provata».

«Vai a fare birdwatching?»

«Cosa?» Scosse la testa. «No. Chi ha il tempo di guardare gli uccelli?»

«Sei un topo d'appartamento?»

«Magari».

«Uno di questi giorni indovino».

«Non se pensi che sia il tipo di ragazza che guarda gli uccelli».

«Sei andata in città?» Indicai il sacchetto di carta che aveva in mano.

«Ben Franklin. Mi servivano dei bottoni».

Kitty passava più tempo da Ben Franklin di quanto ne trascorresse in caffetteria. Nel cassetto del suo comò aveva un barattolo pieno di bottoni che non erano mai quelli giusti.

«Vuoi studiare per quel test di Fondamenti?», le chiesi.

«Manca una settimana, Betts».

«Be'», dissi, prendendola a braccetto. «Non sono certa che tu sappia cosa vuol dire studiare. Ma un po' ogni giorno...»

«Oh, signore, piantala. Studierò, prometto che studierò».

«Dopo cena».

«Tu sì che sai come divertirti, BettyKay».

«Sto solo cercando di evitare che tu venga bocciata».

Ci fermammo alle cassette delle lettere e io tirai fuori due buste, una lettera di mia madre e, con mio stupore, una indirizzata a Kitty.

«Ehi», esclamai, correndo per raggiungerla. «C'è una lettera per te».

Si fermò, si girò e guardò prima la lettera, poi alzò gli occhi verso di me. «Per me?»

«Katherine Simon». Gliela porsi. L'unica cosa che riuscii a leggere del mittente fu Jesse Simon e Georgia.

Kitty mi strappò la busta di mano e se la ficcò in tasca.

«Non hai intenzione di leggerla?», le chiesi mentre mi affrettavo su per le scale dietro di lei.

«Non serve».

«È di tuo padre?»

«Mio fratello».

«E se dice...»

«Lo so cosa dice».

Mentre passavamo bussò alla porta di Jenny, che mise fuori la testa, sistemandosi gli occhiali sul naso.

«Il tuo vestito è pronto. Vieni a provarlo».

Jenny fece un gran sorriso e batté le mani. «Ci metto un attimo».

Negli ultimi due mesi, mi ero perfino abituata alla nostra stanza e alla divisione dello spazio. Kitty si prendeva due terzi e io il resto, e non era giusto, ma lei mi sistemava tutti gli orli e rammendava i buchi nei gomiti dei miei maglioni. Metteva le mie canzoni preferite sul mangianastri e alla fine della giornata mi offriva le sigarette, e sedevamo una accanto all'altra sul davanzale, soffiando il fumo alle nostre spalle.

Era il tipo di giustizia che non era possibile misurare. Il venerdì sera Kitty portava dentro di nascosto una bottiglia di Chianti e lo bevevamo nelle tazze da caffè sgraffignate alla caffetteria. Era un'amicizia diversa da tutte quelle che avevo avuto. Spalancava le finestre, abbatteva i muri e rendeva il mio mondo un pochino più grande.

Arrivate in camera ci levammo il cappotto, e Kitty mise la lettera nel primo cassetto del comò, dove teneva i soldi che le ragazze le davano per i lavori di cucito.

«È solo che... non parli mai della tua famiglia», osservai, incapace di resistere.

«Non vale la pena di parlarne», ribatté lei. Tirò fuori dall'armadio un vestito nuovo di Jenny che aveva modificato perché non le andasse largo in vita, e lo appoggiò sul letto.

«Kitty?»

«Non hai intenzione di darci un taglio?»

«No».

«È il genere di famiglia che divora i suoi figli. La tua famiglia è pessima, lo capisco, ma almeno i tuoi vogliono proteggerti. Un bel passo avanti rispetto alla mia. E adesso, francamente, non ho più voglia di parlarne».

Avevo altre mille domande, ma Jenny bussò alla porta.

«Entra», disse Kitty.

Sedetti sul mio letto per far spazio a tre persone nella stanzetta.

«Non riesco ancora a credere che tu abbia fatto così in fretta», commentò Jenny con tono di sorpresa.

«Be', conosco le tue misure, e a riprendere la vita ci vuole un attimo». Kitty le porse il vestito di chiffon verde. «Provatelo, così vediamo se c'è da fare qualcos'altro».

Lei si girò con la faccia verso il muro, si tolse il vestito da casa e si infilò l'abito dalla testa sopra la sottoveste.

Bussarono di nuovo alla porta, e una delle ragazze urlò dal corridoio: «Kitty, c'è una telefonata per te!»

Io presi il diario e mi misi a scrivere, fingendo indifferenza.

«Non ci vorrà molto», esclamò da sopra la spalla mentre usciva.

Incrociai lo sguardo di Jenny.

«È scortese ficcanasare», affermò lei.

«Se volesse dircelo, lo farebbe», concordai.

Ci guardammo per un istante, e l'attimo dopo io ero in piedi e lei aveva socchiuso la porta perché potessimo sbirciare fuori e cogliere l'ondeggiare della gonna di Kitty mentre si dirigeva verso il telefono.

Il vecchio ricevitore beige era posato per terra. Lei lo prese e riagganciò senza esitare. Con forza.

«Santo cielo, Kitty, così lo spacchi», urlò una delle Susan in fila.

Intuii che Kitty avrebbe voluto riprendere la cornetta e sbatterla nuovamente giù. Magari fracassarla a metà. Lo si capiva dalla sua postura.

«È tutto tuo», ribatté lei.

Jenny e io tornammo dentro a razzo, sedendoci sul letto e sforzandoci di essere naturali.

Kitty rientrò come una nuvola temporalesca, cosa che proprio non era da lei. Ma aveva i lineamenti induriti dalla rabbia ed era se possibile ancora più carina, con quell'elettricità che le crepitava attorno.

«Vuoi parlarne?» chiese Jenny, più coraggiosa di me.

«Ti pare che abbia voglia di parlarne?», la rimbeccò Kitty.

Non ne parlammo. Mai.

15 marzo 1968

Questo fine settimana Marg si è fidanzata con il suo innamorato alla residenza della Sigma Nu. Ci ha invitate tutte alla cerimonia. Metà delle ragazze sono andate con indosso i loro vestiti più belli nella speranza di trovare anche loro un fidanzato della Sigma Nu, perché nel campus sono molto ambiti. Jenny non è andata. Doveva studiare. Sta cercando di condensare tre anni in due, il che significa che a parte studiare e dormire non fa altro. Kitty non è andata perché dice che è una tradizione arcaica. Ovviamente a un ragazzo dovrebbe importare più della fidanzata che della sua stupida confraternita. Io ci sono andata perché ultimamente non ho fatto altro che studiare e ancora studiare. E c'era il dolce al rum. È stato carino vedere delle persone innamorate. Guardare Marg e il suo fidanzato mi ha fatta sentire più vicina a Todd. In questo momento è tutto sottosopra. È bello vedere che certe cose vanno ancora come sono sempre andate.

Grazie al fatto che mi ero svegliata prima del solito, scoprii finalmente dove Kitty spariva di mattina.

«A correre?», chiesi, guardandola poggiare il piede sul bordo della scrivania e fare stretching. Indossava un paio di quelle che dovevano essere All Star da uomo. La felpa grigia era bagnata di sudore intorno al collo nonostante il freddo e sul petto aveva una scritta sbiadita che diceva ATLETICA LEGGERA. «Dove?»

«In giro». Scrollò le spalle. «Sempre meglio che stare sempre attenta a quello che mangio».

«Ma se non mangi niente lo stesso!»

Rise. «Adesso conosci i miei segreti».

Kitty non somigliava a nessuna delle altre ragazze della scuola. E neanche a nessuna delle ragazze che avevo conosciuto. Era intelligente e brillante. Magnetica, anche quando non stava facendo niente. I capelli non erano più biondo platino ma rosso scuro. Non le stavano né meglio né peggio che biondi. Sarebbe stata uno schianto comunque.

Ma correre attorno al Greensboro College sembrava strano anche per Kitty.

«Cosa ci fai sveglia così presto?», mi chiese. Non erano neanche le otto. E di domenica, per di più, l'unico giorno in cui si poteva dormire. In genere ne approfittavo, standomene a letto fino all'ora di pranzo. Ma avevo fatto un brutto sogno, e mi ero svegliata bagnata di sudore freddo e in preda ai brividi quando Kitty si era intrufolata in camera col fiatone di ritorno dai suoi allenamenti segreti.

Jenny, com'era diventata sua abitudine a qualsiasi ora del giorno, aprì la porta senza bussare e mise dentro la testa. Portava ancora il foulard di seta con cui dormiva sempre. Era viola scuro e la faceva sembrare una regina.

«C'è un idiota fuori che tira sassolini contro la mia finestra», esclamò senza neanche salutare.

«Cosa?» Kitty si avvicinò alla finestra. «Oh, mio Dio, lo vedo. Adesso sta lanciando sassolini contro la finestra della vecchia stanza di Gwen».

Dieci ragazze non erano tornate dalla pausa natalizia, e Gwen era una di loro. Mrs Hayes aveva detto che erano tante per la prima selezione, ma che non era stupita.

Io sì, però. Tutte quelle ragazze che avevano rinunciato per tornare a cosa? Avevo sentito dire che Gwen era stata assunta al reparto guanti di Armstrong a Cedar Rapids.

Spinsi via le coperte e mi misi a fianco di Kitty vicino alla finestra.

«Oh, cavoli», sussurrai.

«Lo conosci?» chiese Jenny, mettendosi dall'altro lato.

«È Todd», esclamai. «Il mio Todd».

«Be', il tuo Todd ci sta mettendo tutte quante nei guai», osservò Jenny.

«Che cosa ci fa qui?», chiese Kitty.

«Non lo so. Magari è successo qualcosa alla fattoria o...»

Lei annuì. Spalancò la finestra e si sporse. Si mise due dita in bocca e fendette l'alba con un fischio penetrante che lo fece voltare di scatto.

Kitty mi spinse mezza fuori dalla finestra. Lui mi vide con la camicia da notte e i bigodini in testa, e si avvicinò con la sua lunga falcata fin sotto la nostra stanza.

«Todd», lo chiamai, cercando di tenere la voce bassa. «Che cosa ci fai qui?»

«Avevo bisogno di vederti. Ho delle novità», disse in tono serio, ma poi fece un gran sorriso. «Sei bellissima».

«Sono un disastro. Solo... smettila di tirare sassolini, scendo subito».

Tornai dentro e chiusi la finestra. «Devo...»

Kitty e Jenny avevano già aperto il mio armadio e stavano tirando fuori dei vestiti.

«È come se gli abiti di mia madre fossero finiti per sbaglio in questo armadio», osservò Jenny.

«È una causa persa», aggiunse Kitty e si girò verso il suo di armadio.

«Questo le andrà bene». Aveva in mano un vestito ricavato dagli scampoli di un caftano che aveva cucito per un'infermiera che si diplomava. La stoffa era vistosa: un poliestere leggero con motivi geometrici rosa, bianchi e neri. Così leggero che sarebbe stato come non indossare niente.

«Fa troppo freddo per quello», disse Jenny.

Le ignorai, mi tolsi i bigodini gettandoli sul letto e mi infilai un paio di jeans e un maglione rosso. Non mi presi neanche la briga di mettere il reggiseno. Sopra indossai il cappotto invernale.

«Aspetta», mi fermò Kitty, prese il berretto col pompon rosso che mi aveva fatto mia madre e me lo calcò sui capelli in disordine. «Sei uno schianto», commentò, e io non ebbi l'impressione che stesse scherzando. Fu stranamente dolce.

Mi precipitai fuori dall'edificio e trovai Todd ad aspettarmi vicino ai gradini. Aveva le guance e il naso rosa, la punta delle orecchie arrossata per il freddo. «Oh, la mia ragazza», disse, prendendomi fra le braccia. «Sei uno spettacolo per gli occhi».

«Che cosa ci fai qui?», gli chiesi, mettendogli le mani sulle orecchie e premendogli le mie guance calde sul viso gelato.

«Devo parlarti», rispose serio. «C'è un posto dove possiamo andare per levarci da questo ventaccio?»

«La TINOZZA è chiusa fino all'ora di pranzo e non posso portarti nel dormitorio».

«Non importa. Andiamo a sederci in macchina. Almeno staremo al caldo».

Mi prese per mano e si avviò verso il parcheggio, dove vidi il vecchio pick-up Ford di suo padre troneggiare come un relitto del passato.

«Todd», dissi tirandogli la mano e costringendolo a fermarsi. «Mi stai spaventando».

«Lo so», rispose.

«Dimmelo. Si tratta dei miei genitori? O dei tuoi? Tua sorella...»

Mi tenne stretta la mano. «Mi sono arruolato, Betts. Vado in Vietnam».

9
BettyKay

Era su di giri. Era l'unica cosa cui riuscivo a pensare. A me si stava spezzando il cuore e lui era *su di giri.*

«Stai gelando, piccola». Accese il motore dell'auto, orientando le bocchette verso di me. «È un'avventura», disse con il suo sorriso felice, quasi che se avesse sorriso con sufficiente convinzione io avrei considerato le cose dal suo punto di vista.

«È una guerra».

«Potrebbe essere finita prima che io abbia concluso l'addestramento di base. È quello che ha detto il reclutatore. Johnson sta sistemando le cose. E i Viet Cong non hanno uno straccio di possibilità contro tutti i ragazzi che stanno mandando laggiù».

Stavo cercando di non mettermi a urlare. Rischiare la vita era un'avventura? Andare all'altro capo del pianeta per sparare a gente che non gli aveva fatto niente lo entusiasmava?

«Non hai mai detto una parola neppure sul fatto che volevi andare».

«Lo so. Ma ci stavo pensando. Ci stavo pensando davvero da un po' e...»

«Non hai pensato di parlarmene? Siamo fidanzati, Todd».

L'eccitazione da cucciolo scomparve. «Non volevo che mi convincessi a non farlo, BettyKay. Non l'ho detto neanche ai miei genitori, perché...»

«Sapevi che tutti avremmo cercato di convincerti a non farlo».

«Sono abile alla leva, Betts. Prima o poi mi chiameranno».

«Ma... Pete Collins è un agricoltore e ha ottenuto il rinvio». Non appena lo dissi, seppi che lui non avrebbe chiesto il rinvio.

«Se mi arruolo prima di essere precettato, avrò più opportunità».

La chiamata alle armi stava risucchiando migliaia di uomini. Kitty e Jenny mi avevano fatto vedere un giornale con foto di ragazzi che bruciavano le cartoline-precetto per protesta, e adesso Todd, un *agricoltore*, per l'amor di Dio, si arruolava?

«Tesoro?», sussurrò. «Va tutto bene?»

No!

«Dove andrai a fare l'addestramento di base?», mi costrinsi a chiedere.

«Fort Knox, riesci a crederci? Magari riesco a dare un'occhiatina a tutto quell'oro».

Rideva come se fosse tutto un gran divertimento e io sentivo il cuore stretto in una morsa.

«Ehi», disse, sfiorandomi una guancia e tirandomi il lobo come faceva quando voleva la mia attenzione. «Non essere arrabbiata. Ti ho appoggiata quando volevi fare qualcosa di diverso. Quando volevi fare qualcosa per te stessa».

Il mio sogno non mi farà finire ammazzata. Non mi porterà dall'altra parte del pianeta in un posto di cui non abbiamo mai sentito parlare. A sparare a gente che non ci ha fatto niente di male.

Ma non lo dissi. Mi ricordai di quella volta nel separé di Shakey, del suo desiderio di avere una vita diversa, una possibilità di capire chi avrebbe potuto essere.

Non sembrava restarmi altra scelta che sostenerlo. Era troppo tardi per fermarlo, aveva fatto in modo che lo fosse. L'unica cosa che potevo fare era asciugarmi le lacrime e sforzarmi di sorridere.

«Sono solo spaventata, tutto qui», cercai di spiegargli. «Ti amo, Todd».

«Ti amo anch'io, piccola. E vedrai, andrà tutto bene. Devono passare sedici settimane prima che mi mandino in qualunque posto».

Sedici settimane erano un sacco di tempo. In quattro mesi potevano succedere tante cose. Ma poteva finire una guerra?

«Quando parti?»

Anziché rispondere mi baciò e io, che avevo un disperato bisogno di essere consolata, quasi gliela lasciai passare liscia. Ma non avevo intenzione di farmi prendere in giro. «Todd», sussurrai, scostandomi.

«Devo presentarmi domattina. Parto direttamente da qui».

«Cosa?» Mi tirai indietro di scatto.

«Ssh». Mi attirò a sé più che poteva, e ancora non era abbastanza. «Torno a casa dopo l'addestramento di base. Prometto. Te lo prometto, tesoro. Tornerò e ci saluteremo come si deve».

Salutarsi come si deve? E cosa voleva dire? Sposarsi in municipio? Prendere una stanza in un alberghetto da quattro soldi sulla superstrada? Come avrei dovuto salutare il mio fidanzato e lasciarlo andare in guerra?

«Ehi», mi sussurrò di nuovo. «Andrà tutto bene».

Io e i miei genitori avevamo stabilito una routine fin dall'inizio. Li chiamavo il sabato sera. Mamma parlava prima dei vicini e della testardaggine di mio padre e del fatto che le notizie erano tremende. Hippy! Proteste contro la guerra! Droghe!

E quando mi chiedeva della scuola non era risentita, non proprio. Ma non era neanche entusiasta. Così avevo imparato a dare risposte neutre. Poi mamma mi avrebbe chiesto: *Vuoi parlare con tuo padre?*, e io avrei detto: *Certo,* dopodiché mi sorbivo due minuti di borbottii sul tempo.

Ma adesso che Todd era partito per l'addestramento e il mondo sembrava essere sottosopra, sentii la mancanza di mia madre.

Jenny e Kitty mi abbracciarono e mi lasciarono piangere e inveire, e poi piangere ancora un po'. Ma a quel punto bramavo qualcosa di familiare, la sensazione, forse, di non sentirmi così terribilmente adulta.

Così chiamai la sera dopo.

«È tutto a posto?», mi chiese.

«Sto bene, mamma. Solo che...» Distolsi la faccia dalle ragazze che andavano da una stanza all'altra e premetti la fronte contro il rivestimento di legno, chiudendo gli occhi per escludere tutto, tutta quella vita che andava avanti come al solito. «Immagino tu abbia saputo di Todd».

«Si è arruolato».

«Sì».

«Hai provato a convincerlo a non farlo?»

«Non sapevo che ne avesse intenzione...»

«Be', tesoro, non credi che avresti dovuto saperlo? Perché non te lo ha detto?»

«Magari perché non voleva essere convinto a rinunciare». Alzai la voce, una cosa che a casa nostra non si faceva. Mi diede la sensazione di aver perso il controllo, come se non ci fosse più niente a cui potessi aggrapparmi che fosse uguale a prima.

Non era per quello che avevo chiamato. Non mi consolava.

«Quel ragazzo ha sempre avuto la testa fra le nuvole».

«La testa fra le nuvole? Sta andando in guerra...»

«È questo che voglio dire. Perché andarsene al capo opposto del pianeta quando la sua famiglia ha bisogno di lui qui?»

«Mamma, lo avrebbero precettato comunque».

«Non puoi saperlo».

Ho deciso di credere che sia così.

«Non ho chiamato per litigare a proposito di Todd, mamma. È solo che… ecco, immagino di sentirmi sola».

«Be', cosa ti aspettavi dopo essertene andata a Greensboro dove non conosci nessuno? Sai, forse a Todd non sarebbe mai venuto in mente di lasciare la sua famiglia se non l'avessi fatto tu per prima. Tu e la tua scuola per infermiere gli avete messo in testa delle idee…»

«Okay, devo andare».

«Vuoi parlare con tuo padre?»

«La prossima volta».

Tornai nella mia stanza, dove Kitty si stava dipingendo le unghie dei piedi di un rosa acceso, e mi lasciai cadere sul letto a faccia in giù.

«Santo cielo», esclamò, rimettendo il pennellino nella boccetta. «Cos'è successo adesso?»

«Ho fatto l'errore di telefonare a mia madre».

«Oh, tesoro», disse con partecipazione.

«Ho nostalgia di una casa dove non voglio nemmeno più stare. È solo che…» Inspirai bruscamente e mi sforzai di non piangere, perché ne avevo abbastanza anche di quello. «Mi sento triste».

«Lo capisco. Io vengo da un nido di serpi. I miei familiari sono uno peggio dell'altro, e mia nonna era la regina delle vipere, ma quando mi sento davvero male, la cosa che desidero di più è il suo spoonbread».

«Non so nemmeno cosa sia».

«Ovvio che no. Ma è il cibo che mi fa sentire felice, che mi ricorda un periodo più facile. Non migliore, perché non lo è mai stato». Fece una risatina, senza comunque rivelare il segreto della sua famiglia. «Ma era solo più semplice, e certe volte basta. Qual è il tuo?»

«Un cibo che mi fa sentire felice?»

«Al posto della gente che ti rende infelice».

«Il panino col filetto di maiale della Shakey's Tavern».

«Sembra un sogno». Non capivo mai quando Kitty era sarcastica e quando no. «Dov'è?»

«Sul fiume. Fra qui e Bluffs».

E a quel punto, come un miracolo, infilò una mano nella borsa e tirò fuori le chiavi di un'auto. «Andiamo».

«Hai una macchina!»

«Ssh. Smettila di urlarlo ai quattro venti!»

«Hai una macchina?», ripetei sussurrando.

«Non è mia», disse Kitty e sollevò un sopracciglio perfettamente disegnato. «E prima che tu lo chieda... non vuoi sapere davvero di chi è».

Usciva ancora col dottore. Dove diamine trovava il tempo?

«E il coprifuoco?»

«Credo si possa affermare che le ragazze di questo piano considerano il coprifuoco più un suggerimento che una regola vera e propria, non sei d'accordo?»

No, in realtà. Ma quella sera ero pronta a fare uno strappo alle regole. A infrangerle se necessario. Perché potevo già sentire il sapore di quel panino e le Ronettes al jukebox. Riuscivo a udire il vento freddo sussurrare fra le tife in riva al fiume. E perché ne avevo uno stramaledetto bisogno. Infilai i piedi nelle Keds e presi la borsa.

«Dista circa un'ora».

«Bene». Kitty mi porse le chiavi. «Guidi tu. A me serve un sonnellino».

Ci fermammo vicino ai telefoni, dove Jenny stava terminando una chiamata.

«Lo so, mamma», sospirò. «No, certo, voglio parlargli ma... ti prego, smettila. Stai rendendo le cose più difficili. Va bene. Sì. Ti voglio bene anch'io».

Riappese con un gran sospiro e io feci tintinnare le chiavi. «Gita didattica?»

L'unica persona che si preoccupava del coprifuoco più di me era Jenny, e non solo perché stava cercando di diplomarsi un anno prima. Avevamo visto che le regole per lei erano ancora più rigide a causa del colore della pelle.

Ma la telefonata coi genitori doveva essere stata davvero brutta, perché si voltò verso di noi con un sorriso da un orecchio all'altro. «Dove andiamo?»

L'auto era una Cadillac Fleetwood bianca con gli interni in pelle color crema, la macchina più bella che avessi mai visto, e tantomeno guidato. Mi fermai accanto allo sportello del guidatore, sentendomi di colpo un fascio di nervi.

«Kitty. Non so...»

«È una macchina», mi esortò Kitty. «Non ti morderà».

«E se la rovino?» Ero abituata a guidare trattori, tagliaerba e pick-up Ford con le sospensioni andate.

«È resistente», rispose. «Dubito che ci riusciresti».

Kitty era così sicura di sé che spazzò via tutti i miei dubbi.

Guidare quell'auto era un sogno e continuavo a guardare il tachimetro solo per rimanere scioccata da quanto stavamo andando veloci. Kitty, fedele alle sue parole, disse a Jenny di accendere la radio sintonizzandola su KSTT fuori Davenport, si fece scivolare sul naso gli occhiali da sole e si mise a dormire sul sedile posteriore.

«Tuo padre continua a non parlarti?», chiesi a Jenny, seduta nel posto del passeggero.

«Nessuno riserva il trattamento del silenzio come Roy Hopkins».

«Pensa che ti farà cambiare idea?» Niente avrebbe fatto cambiare idea a Jenny. Lei non si lasciava distrarre. Le rare sere in cui bevevamo Chianti dalle tazze nella nostra stanza si univa a noi. Ma non guardava i ragazzi né andava alla TINOZZA. Studiava, frequentava le lezioni e guardava le notizie dal Vietnam.

«Non so cosa pensi, a parte che lui ha ragione e io torto».

«Cambierà idea», dissi.

«Non conosci Roy Hopkins. Ha un fratello con cui non parla da trent'anni. Se vuole mandarmi in Vietnam senza rivolgermi la parola, è abbastanza cocciuto da farlo».

«È solo spaventato per te».

Jenny fece una pernacchia così sonora che scoppiai a ridere.

«La cosa peggiore...», alzò un dito, «...è che ha messo in mezzo mia madre. È convinto di darmi una lezione o qualche assurdità del genere. Ma in realtà sta punendo lei. Mia mamma ci vuole bene. Desidera solo che siamo una famiglia, e lui sta rendendo tutto così difficile. È in questo che consiste il matrimonio? Nel prendersi cura dei sentimenti di un uomo adulto?»

Di certo lo era nella sua famiglia.

«Mio fratello se n'è andato per colpa di questa situazione».

«Cosa? Jenny, non ce l'hai raccontato».

«Mia mamma me l'ha appena detto. Abita sopra una lavanderia a gettone. Pensavo che arruolarmi nel Nurse Corps avrebbe tenuto unita la mia famiglia. E guardaci adesso».

«Se rinunciassi le cose migliorerebbero?»

«Io non rinuncio».

«Lo so. Ma se lo facessi, risolverebbe qualcosa?»

Prese un gran respiro e buttò fuori l'aria. «Forse. Ma ormai ho scoperchiato il vaso di Pandora».

«Dev'essere doloroso», constatai. Doveva esserlo per forza, anche se lei era brava a fingere il contrario.

Si era avvolta un foulard intorno ai capelli e aveva messo la mano fuori dal finestrino. Aveva un'aria così triste. Ma poi si riscosse. «Senti, non voglio parlare di quel casino in questa macchina rubata».

«Non è rubata!», strillai.

Lei scosse la testa, con un luccichio nello sguardo. «Non credo che possiamo esserne sicure. Avanti. Basta discorsi tristi».

Girò la manopola della radio e *Reflections* delle Supremes rimbombò nell'abitacolo a volume così alto da spazzar via tutte le nostre preoccupazioni. Jenny inclinò indietro la testa e si mise a cantare.

Abbassai il finestrino e guardai i campi di mais sfrecciarci accanto in una macchia indistinta. La strada era lunga e il cielo infinito, e di lì a poco lo struggimento che provavo, quello strano desiderio di vedere mia madre e farmi accudire, di tornare di nuovo una bambina con preoccupazioni infantili, venne spazzato via, rivelando la superficie scabra della paura. Dovevo imparare a conviverci. A respirare e andare a lezione e muovermi per il mondo con il terrore costante che l'uomo che amavo potesse beccarsi un proiettile e finire ammazzato al capo opposto del pianeta.

Questo, pensai con il sole dell'Iowa in faccia, *significa essere adulti.*

La Shakey's Tavern era un capanno di legno situato in un'ansa del Cedar River pittoresca come una cartolina. L'edificio aveva una grande veranda di assi punteggiata di tavoli da picnic e cacca di uccello, e c'era un molo da dove la gente poteva pescare o tuffarsi quando faceva caldo.

«Che posto», commentò Kitty, con sincero entusiasmo.

«Dentro è perfino meglio». Spinsi la porta a zanzariera.

Ci volle un attimo perché i nostri occhi si abituassero alla penombra. Shakey in persona era dietro il bancone e mi salutò con la mano. «Ho sentito del tuo ragazzo», disse. «È una cosa coraggiosa, quella che sta facendo. Arruolarsi prima di venir beccato dalla lotteria».

«Sono molto orgogliosa di lui», dichiarai, il che non era una bugia. Ma era ben lungi dall'essere tutta la verità.

«Il solito?», mi chiese.

«Tre», risposi. «Supercroccanti. Una porzione di anelli di cipolla e tre coche».

Shakey annuì e urlò alla moglie in cucina di mettere su tre filetti.

Jenny prese un tovagliolo e lo passò sul tavolo di legno appiccicoso del separé sul fondo.

«Lascia perdere», le dissi. «Non viene via».

L'odore di cibo fritto, sigarette e birra vecchia aveva impregnato i muri di legno e il soffitto con le travi a vista. Al di sotto c'era il fresco odore fangoso del fiume che serpeggiava in mezzo all'erba alta fuori dalle finestre aperte. Sulle pareti erano attaccati vecchi poster di concerti, band che erano passate di qui nel loro viaggio verso cose più grandi e migliori.

«Abbiamo visto Martha and the Vandellas quaggiù», raccontai.

«Non ci stai prendendo in giro?», disse Kitty.

«Todd le adora. Mi ha cantato tutte le parole nell'orecchio. Urlate, a dire la verità. Sono rimasta mezza sorda tutto il giorno dopo».

Arrivarono le bottiglie di Coca-Cola ghiacciata. Infilai una cannuccia in tutte e bevvi un sorso della mia.

«Sei davvero orgogliosa di lui?», mi chiese Jenny.

«Certo».

«Avanti», insistette. «Con noi puoi sparare a zero».

«Sono arrabbiata», ammisi infine. Le parole mi uscirono di getto. «Per il fatto che lo abbia fatto senza parlarmene, senza neanche dirmi che ci stava pensando. Quando volevo andare alla scuola per infermiere, gliene ho parlato. Lui mi aveva chiesto di sposarlo e sapevo che questo avrebbe cambiato i nostri piani, ma gli ho chiesto se potevo e lui ha risposto di sì, che sarei dovuta andare a scuola».

«Cosa avresti fatto se ti avesse detto di no?», domandò Jenny.

«Che scelta avrei avuto?»

«C'è sempre una scelta», sentenziò Kitty.

«Rompere con lui? Per poter diventare infermiera?»

Kitty scrollò le spalle. «Sembra tanto assurdo?»

«Non più», mi resi conto. Sette mesi di scuola ed ero completamente cambiata. «Ma all'epoca, se avesse detto di no, non sarei andata. Grazie al cielo ha detto di sì». Anche se io sapevo che lo avrebbe fatto. Era una delle ragioni per cui lo amavo.

«Un sacco di uomini avrebbero detto di no», commentò Kitty.

«Lo so, eppure ero preoccupata per come si sentiva. Ero preoccupata per i miei genitori e per i suoi. Ero preoccupata per come si sarebbero sentiti e per quello che avrebbero pensato. E quando mi ha detto che si era arruolato senza parlarne con me né con i suoi, tutto quello che sono riuscita a pensare è stato: *Che bello dev'essere. Prendere una decisione sulla mia vita e non dovermi preoccupare di nessun altro. Men che meno chiedere il permesso*». Risi. «Voglio dire, ve lo immaginate?»

Kitty borbottò qualcosa e si accese una sigaretta con un fiammifero che poi spense e gettò nel posacenere.

«Vorrei che potessimo offrirci volontarie per andare a combattere», disse, puntellandosi con un gomito sul tavolo.

«Cosa? Kitty!» Jenny scosse la testa incredula.

«Parlo sul serio. Perché i maschi dovrebbero prendersi tutte le avventure? L'addestramento e le uniformi? Io so sparare».

«Davvero?»

«Certo», affermò col tono di una persona che non l'aveva mai fatto ma credeva che non dovesse essere poi così difficile. «E tu?»

Annuii. «So sparare, scuoiare un cervo e fare uno stufato di scoiattoli piuttosto buono».

Kitty arricciò il naso. «Aargh, Betts. Che schifo!»

«Se vuoi avventure e uniformi dovresti firmare per il Nurse Corps», suggerì Jenny.

«Non se ne parla», ribatté lei. «Non sono così coraggiosa».

«Già», disse Jenny con un sorriso. «Tutte chiacchiere».

«E rossetto», aggiunse Kitty con una risata. «Sono tutta chiacchiere e rossetto».

Arrivarono i nostri filetti. Erano croccanti e sbordavano dal panino di patate tenero come il burro. Gli anelli di cipolla, appena fatti, erano ammonticchiati in un cestino di plastica rossa foderato di carta oleata che avevamo messo in mezzo al tavolo.

«Preparatevi», avvisai. «Niente sarà più lo stesso dopo uno dei panini di Shakey».

Diedi un morso e i sapori familiari mi esplosero in bocca. La pastella croccante, la carne sugosa e tenera. Anche Kitty mangiò un boccone, e mugolò.

«Posso dirvi una cosa?», fece Kitty, mettendo giù il panino.

«Certo, Kitty. Puoi dirci quello che vuoi». Presi un anello di cipolla e gli diedi un morso anche se era ancora troppo caldo. Un pezzo della cipolla scivolò fuori dalla pastella e per poco non mi scottò il mento.

Jenny maneggiò il suo anello con un po' più di grazia.

«Ho risparmiato quasi abbastanza soldi per un biglietto dell'autobus».

«Per dove?», chiese Jenny.

«Hollywood».

Battei le palpebre. Le battei di nuovo.

«Pensate che io sia stupida», ci incalzò al nostro silenzio.

«No. No. Per niente. Io penso… penso che potrebbe essere la cosa adatta a te. Potresti fare l'attrice o la modella…»

«Io voglio fare la sarta», dichiarò. «Cucire costumi sfarzosi come quelli di Elizabeth Taylor in *Cleopatra*. O di Audrey Hepburn… ve lo immaginate? Realizzare i vestiti per Audrey Hepburn. O per Rex Daniels, o non so, le tovaglie per un tavolo nell'angolo dell'inquadratura. Qualunque cosa. Farò qualunque cosa, sapete? Ma credo che sia lì, a Hollywood, Los Angeles, credo che il mio posto sia lì».

Era animata come non l'avevo mai vista, come se dentro la sua testa brillasse una lampadina.

«Io penso», intervenne Jenny, «che sia la cosa perfetta per te. Saresti bravissima».

«Davvero?», domandò Kitty, raddrizzando la schiena.

Fu in quel momento che riconobbi in lei una cosa che valeva anche per me. Nessuno le aveva detto che poteva fare tutto quello che voleva, in questo mondo. Un sacco di ragazze vivevano per tutta l'esistenza entro i confini di ciò che altri avevano decretato adatto a loro, erano contente di quello che avevano e non avevano mai chiesto di più.

Kitty voleva di più.

Un lavoro che amava e in cui era brava. Qualcosa cui appassionarsi.

Lo volevo anch'io.

«Sì», dissi. «Sono d'accordo. Penso che sia un'idea magnifica».

«Be', non cominciare già a sbattermi fuori», ribatté. «Mi servono i soldi per il biglietto e per qualche mese di affitto quando arriverò là. Ma spero entro l'estate».

Mi venne in mente che mi sarebbe mancata, questa strana compagna di stanza che aveva allargato i miei orizzonti e mi aveva costretta a uscire dalle routine in cui mi sentivo a mio agio.

Diedi un altro morso al panino.
«Ti senti meglio?», mi chiese Kitty.
«Sì. Sì, va meglio».
«Qui ci vogliono altri anelli di cipolla», prescrisse Jenny.

10
BettyKay

15 maggio 1968

Oggi ho iniziato nel REPARTO 3, il reparto psichiatrico. Non abbiamo pause durante l'estate, quindi starò qui fino a settembre. È molto tranquillo. Niente notizie. Niente radio. Nel REPARTO 3 è come se Martin Luther King non fosse stato assassinato. Non c'è nessuna guerra. Niente poliziotti che pestano gli studenti. Niente elezioni. In questo momento ci sono tre pazienti. La mia preferita è Mrs Bastille. Si porta in giro un bambolotto e chiede di avere degli hot dog. Gli altri due pazienti sono imbottiti di farmaci. Li spingo con la sedia a rotelle vicino alle finestre dove i pettirossi hanno costruito un nido sul ciliegio. Asciugo loro il mento mentre seguono gli uccelli con lo sguardo.

Kitty e Jenny mi trovarono in caffetteria, dove stavo piluccando il budino di riso e cercando di finire gli esercizi di chimica.

Elementi intestinali con un pH di 8,5 sono…

«Il tuo Todd è tornato», disse Kitty.

Il mio cervello non registrò l'informazione.

«Ricordi Todd, il tuo fidanzato?», ripeté Jenny. «È fuori dalla scuola con un taglio militare e l'uniforme stirata di fresco e sta chiedendo a tutti quelli che passano se ti conoscono».

Dimenticai i livelli del pH e mi alzai. «Non mi aveva detto che sarebbe venuto». La sua ultima lettera non faceva cenno al fatto che aveva terminato l'addestramento.

La guerra non era finita. Stava solo peggiorando.

Mi premetti una mano sullo stomaco, ma non servì a farmi stare meglio. «Sta andando», sussurrai, sentendo arrivare le lacrime. «Sta andando in Vietnam. Sta andando...» Mi sfuggì un verso a metà fra un singhiozzo e una risata. Non poteva essere vero.

Jenny annuì. «Ricomponiti, ragazza. Devi sorridere e dirgli che andrà tutto bene. Che lo ami, gli rimarrai fedele e gli scriverai. Ecco cosa devi fare. Niente lacrime».

«Niente lacrime», ripetei, anche se le sentivo scorrermi sulle guance.

«Ehi». Con mio stupore Kitty si avvicinò e mi passò le mani sulla faccia, asciugandomi le lacrime. «Basta. Betts. Smettila».

Feci un respiro tremante e fui scossa da un brivido, ma smisi.

«Cosa faccio?»

Jenny mi porse un pesante giaccone che apparteneva a Marg Davies – l'infermiera alta un metro e ottanta che veniva dal Minnesota settentrionale – e il mio berretto rosso col pompon.

«Io sto per avere un'emergenza che solo Mrs Margaret Hayes può aiutarmi a risolvere», annunciò Kitty. «Chiuderò la porta. Fai indossare a Todd il giaccone e il berretto, gli dici di tenere la testa bassa e voi due ve ne andate con calma nella nostra stanza».

«Non funzionerà mai».

«Rimarrai stupita. Il giaccone di Marg ha portato un sacco di ragazzi al secondo piano. Io passo la notte da Jenny ma tu devi farlo uscire prima che Mrs Hayes si svegli. Prima della prima campana».

Jenny annuì approvando il piano.

Avrebbe passato lì la notte e io lo avrei fatto uscire prima dell'alba e poi sarebbe partito per la guerra.

«Betts», mi sussurrò Jenny. «Non pensare a quello che succederà dopo. Concentrati su quello che succede adesso».

«Andrà tutto bene», aggiunse Kitty. «Sei una delle ragazze più forti e intelligenti che abbia mai conosciuto».

Avrei voluto che fosse vero. Accanto alle mie due migliori amiche, con la prospettiva di poter perdere Todd, avrei voluto davvero credere di essere intelligente e forte.

«È impossibile che la passiamo liscia», disse Todd quando gli andai incontro.

Era così diverso coi capelli corti. Anche la faccia era diversa, coi lineamenti più marcati. Non gli avevo mai visto gli zigomi così pronunciati. Era un estraneo con quell'uniforme.

Un estraneo molto attraente. Ero spaventata e preoccupata ma anche…

«Tieni la testa bassa», sussurrai. «E smettila di parlare».

Salimmo la scala a braccetto e all'inizio del corridoio vidi che la porta di Mrs Hayes era chiusa.

Brava, Kitty.

Le ragazze andavano e venivano dalle stanze come sempre, si sentiva la musica dei mangianastri e un lieve odore di tabacco, che per la prima volta in assoluto ero sicura non venisse dalla nostra stanza, mentre io e Todd ci facemmo il corridoio praticamente di corsa fino alla 212.

Chiusi la porta a chiave e tirai il fiato prima di voltarmi.

Niente lacrime. Solo sorrisi. Solo fiducia.

«Avrei potuto prendere una stanza in albergo, BettyKay», disse, togliendosi il giaccone e il berretto.

«Non so», obiettai, sperando che il sorriso fosse convincente. «È divertente infrangere qualche regola, non ti pare?»

«Dov'è BettyKay Allen e cosa ne hai fatto di lei?»

«Sono io», affermai, sentendomi più audace perché non c'erano più regole da seguire. Il mondo per come lo conoscevo era finito. Eravamo in un territorio inesplorato.

Gli andai vicina, così vicina che quando respiravo il mio stomaco toccava il suo. Lo facemmo di nuovo, inspirando all'unisono, e percepii il nostro amore come una cosa concreta. Come il pavimento sotto i nostri piedi. O il letto alle sue spalle.

«Voglio sposarti», disse.

Sorrisi e gli misi una mano sul petto. Era sempre stato forte. Atletico. Un lottatore e un agricoltore. Ma adesso il suo corpo sotto la giacca era duro. Il corpo di un soldato.

«Voglio sposarti», dissi.

«Allora andiamo in Comune». Mi prese la mano e mi tirò verso la porta.

«Quanto tempo abbiamo?»

«Devo essere indietro domattina».

Non c'era tempo, e lo sapevamo tutti e due. Bisognava procurarsi delle licenze. Prendere degli appuntamenti.

«Mi sento sposata con te», dissi. «Nel mio cuore».

«Per me è lo stesso. Fin dalla rimpatriata scolastica dell'anno scorso, mesi prima che ti dessi quell'anello».

Gli sorrisi, inspirai. Espirai. «Passiamo direttamente alla luna di miele».

«BettyKay», mormorò, come se non fosse sicuro di potermi credere. Lo voleva. Adesso lo sentivo, fra i nostri corpi che si sfioravano. «Non sei obbligata».

Non aveva mai insistito. Quella sera dopo la rimpatriata nel pick-up di suo padre, quando ci eravamo andati vicinissimi, quando dire di no era stato più difficile del solito e il mio corpo sotto le sue mani callose mi era sembrato estraneo e sfrenato, mi ero scostata e non avevo nemmeno dovuto parlare. Lo sapeva. Aveva aperto la portiera del guidatore, era sceso sulla strada sterrata vicino al Kyte Creek dove avevamo parcheggiato, si era messo le mani sui fianchi e aveva piegato indietro la testa mentre io mi sistemavo il vestito e le calze, tremante e accaldata.

Le mie amiche mi avevano detto che era diverso dagli altri. I loro ragazzi e quelli con cui erano andate ai balli della scuola avevano tutti insistito. Mitsy Berkshire era stata costretta a schiaffeggiare il suo ragazzo dopo che gli aveva detto di no due volte e lui aveva continuato a cercare di infilarle la mano sotto la gonna.

Non Todd. Era stato gentile e paziente, e adesso stava andando in guerra e aspettare, o conservarmi per la prima notte di nozze, sembrava infantile.

«Ti amo», dissi, sfilandomi il maglione dalla testa.

Todd respirò forte, e io fui felice del mio Playtex. Era un bel reggiseno.

«BettyKay, non devi…»

«Lo so. Lo voglio». Sembrava volermi proteggere e lo amai ancora più di prima. «È così che voglio salutarti, Todd».

Mi baciò dolcemente come aveva sempre fatto e, quando mi toccò, mi sforzai di restare nel mio corpo e, di provare le belle sensazioni che cercava di darmi. Ma il mio cervello era impegnato a elencare tutto le cose cui stavo dicendo addio.

Addio alla tua nuca. E al modo in cui sorridi. E al sapore della tua bocca. Addio a come mi tocchi, quasi fossi un castello di sabbia che potrebbe crollare. Addio al peso del tuo corpo sul mio, e alla tua pelle liscia e calda.

«Tutto a posto?», mi chiese, puntellato sopra di me sul letto singolo. La luce della luna entrava dalla finestra che aveva ancora le tende aperte, e la nostra pelle riluceva argentea nell'oscurità. «Sei pronta?»

In quel momento sentii, come se all'improvviso potessi vedere tutta la mia vita svolgersi davanti ai miei occhi, che lui sarebbe stato l'uomo più dolce che avrei mai conosciuto. Il più gentile.

«Ti amo», ripetei, ed era il permesso che gli serviva per entrare dentro di me. Fece male. Uno strappo bruciante fra le cosce e nel cuore.

Ecco. Sono tua. E tu sei mio e, qualunque cosa succederà dopo, questo è successo prima.

Seguendo le istruzioni di Kitty e Jenny, Todd e io sgattaiolammo lungo il corridoio prima dell'alba. Lo accompagnai al pick-up, gli promisi di scrivere, di rimanergli fedele. Gli promisi di non preoccuparmi. L'ultima promessa era una bugia, e lo sapevamo entrambi.

«Vai», gli ordinai, «prima che ti rapisca e ti porti in Canada».

«Tu detesti il freddo», ribatté, smascherandomi, come se non fossi disposta ad affrontare qualunque inverno pur di tenerlo al sicuro.

Mi strinse forte e io sussurrai una preghiera contro il colletto rigido dell'uniforme. *Proteggilo. Riportalo a casa. Fa' che non abbia paura, ti prego.*

Finalmente se ne andò e io, intontita, tornai al secondo piano del dormitorio. Mi diressi verso la mia stanza, ma d'un tratto capii che non ce la facevo. Non potevo tornare nel luogo in cui c'era ancora il suo odore, o sdraiarmi sulle lenzuola che conservavano il tepore del suo corpo. Invece bussai piano alla porta di Jenny, e loro, come se mi stessero aspettando, mi aprirono.

«Tutto bene?», chiese Kitty.

Jenny si limitò a stringermi fra le braccia e tutte le lacrime che avevo trattenuto e i singhiozzi che avevo ricacciato indietro mi travolsero.

Questa, pensai, *è la cosa più brutta che possa esserci.* Il peggio che può succedere. Non possono esistere un dolore o una paura più grandi.

Due settimane dopo saltai il ciclo.

11
BettyKay

10 giugno 1968

La prima lettera che ho ricevuto da Todd è piena di parolacce. Un ragazzo che non avrebbe detto "maledizione" neanche se si fosse dato il martello su un dito, adesso infila un'oscenità dietro l'altra. Gli piace il suo tenente, non gli piace il rancio. E dice che fa caldo. A dire la verità, dice che fa un *cazzo* di caldo. Quasi non mi dispiace. Dice che le infermiere che ha conosciuto lì gli ricordano me. Ragazze sveglie e dolci che dirigono lo spettacolo. Gli ho detto di stare alla larga da quelle ragazze sveglie e dolci. Gli ho chiesto se ha sentito di Robert Kennedy. Gli ho detto che ho paura. Paura di un sacco di cose. Poi l'ho cancellato. Cos'è la mia paura in confronto alla sua? Invece gli ho raccontato che abbiamo seguito i pazienti per una giornata, descrivendo tutto quello che avevamo fatto, e che l'infermiera Bouchet ha detto che le mie cartelle erano così ben fatte che potrei fare la scrittrice. Te lo immagini? Il mio compleanno è arrivato ed è passato. Jenny e Kitty mi hanno fatto trovare una torta e un diario nuovo di zecca. È stato molto carino da parte loro, ma credo si siano accorte che avevo la testa da un'altra parte.

«Ho bisogno che provi questo», disse Kitty, mostrandomi il miniabito in poliestere che aveva fatto. Le maniche erano color lavanda e terminavano in un polsino di seta, chiuso da quattro minuscoli bottoncini iridescenti.

«Ho da fare», risposi, girando la pagina del mio testo di Anatomia. L'esame era il giorno dopo e avevo difficoltà a concentrarmi.

«Ci vuole un secondo», insistette Kitty, allungando una mano per farmi alzare. «Hai la stessa corporatura di Cheryl e voglio essere sicura di averlo fatto della lunghezza giusta».

«Quando dici corporatura, cosa intendi?»

«Siete tutt'e e due formose».

Le lanciai un'occhiataccia. «Sai, credo che dovresti darmi parte dei soldi che ti pagano per tutto il tempo che passo a fare da modella».

«Ah, sì?», rispose con lo sguardo rivolto alla cerniera dell'abito.

«Sì». Mi sfilai il dolcevita più largo e sformato che avevo, dandole le spalle, anche se il pudore e la privacy fra noi due erano finiti fuori dalla finestra da un pezzo. «Dammi 'sto vestito», dissi, allungando la mano dietro di me. Mi misi un braccio sul seno, che sembrava aumentato di una taglia nel giro di una notte.

Formosa. Te lo do io il "formosa".

«Stai bene?», mi chiese Kitty mentre mi infilavo il vestito dalla testa. Chiuse la cerniera e io abbassai la lampo dell'unica gonna che mi entrava e la lasciai cadere sul pavimento. L'abito mi stringeva sul seno. Tutto mi stringeva sul seno.

Erano passate sette settimane da quella notte.

«BettyKay», esclamò Kitty in tono serio.

«Magari dovrei venire a correre con te di mattina», osservai, sforzandomi di ridere.

«E come faresti quando passi la maggior parte delle mattine a vomitare in bagno?»

«No», sussurrai, fissando il piccolo mangianastri rosso sul cassettone. *Non dirlo ad alta voce. Non renderlo reale. Se non ne parlo, non sta succedendo.*

«Sei incinta, BettyKay».

«È solo...» Passai in rassegna tutte le scuse che mi raccontavo da quando avevo saltato il ciclo la prima volta. E adesso era nuovamente in ritardo. «Mangio troppo a cena. E sono stressata, per gli esami e per Todd».

«Sono stupidaggini, e lo sai».

Mi sfilai l'abito dalla testa, lo appallottolai e lo gettai sul letto di Kitty, cosa che di solito non sopportava. Trattava i vestiti che cuciva e modificava come tesori preziosi, ma adesso mi ignorò. Invece mi rimase accanto mentre mi rivestivo, il corpo d'un tratto estraneo. «Posso avere un po' di privacy?», chiesi, quando per poco non la urtai mentre mi mettevo il dolcevita.

«No. Perché ti nascondi dietro la privacy e invece adesso non puoi più nasconderti».

«Non mi sto nascondendo». Non potevo farlo. Le mie tette erano la cosa più enorme della stanza. Ritenevo acqua in ogni parte del corpo e vomitavo tutte le mattine. Presi su i miei libri e mi risedetti sul letto.

Kitty si mise le mani sui fianchi. «BettyKay».

«Non può essere».

«Avete usato un preservativo?»

«Non ce l'aveva. Così... l'ha tirato fuori». L'aveva fatto? Era buio e io non è che ne sapessi un granché.

«Non sempre è efficace, tesoro».

«Ma era la prima volta», gemetti.

«Oh, mio Dio, sei un'infermiera, Betts. Sai come funziona».

Buttai fuori il fiato e sentii la nausea onnipresente risalirmi in gola. Non era così che avrebbe dovuto funzionare *per me.* Ero una brava ragazza. Fidanzata. Avevamo aspettato. Avevamo dei progetti.

«Non posso essere incinta», sussurrai. «Perderò tutto».

Sapevo che la chiesa in cui ero cresciuta avrebbe detto che era un peccato pensarla in quel modo, non pensare che questo bambino fosse una benedizione. Oh, Todd lo avrebbe pensato. Todd sarebbe stato così felice e ci saremmo sposati e io avrei mollato la scuola, e la famiglia che pensavo avremmo formato un anno o due dopo il corso per infermiere sarebbe nata subito.

Sarei stata una mamma e una moglie.

Mai un'infermiera. Ma non c'era problema perché avrei avuto Todd.

Giusto?

Bussarono alla porta e io mi asciugai gli occhi. Kitty aspettò ad aprire finché io non le rivolsi un cenno del capo. Dall'altra parte Mrs Hayes, la donna di ferro, sembrava a disagio.

«Cosa succede?», chiese Kitty.

«BettyKay», disse la donna, stringendosi il cardigan blu attorno alla vita, come se fosse possibile. «Ci sono qui i tuoi genitori. Li ho fatti accomodare in salotto».

In salotto? I miei genitori? Quelle parole non avevano senso. Che cosa diavolo ci facevano qui i miei genitori?

La frase prese forma nel mio cervello come una porta sbattuta.

«No», ansimai.

«Arriva subito», intervenne Kitty. «Ci dia un minuto».

Mrs Hayes e Kitty si scambiarono un'occhiata, un'orribile occhiata compassionevole, e io non riuscii a sopportarlo. «No», ripetei a voce più alta. Distintamente.

«Vieni», disse Kitty, infilandomi le mani sotto le braccia per farmi alzare dal letto. «Dobbiamo andare a parlare con i tuoi genitori».

«Non si tratta di Todd», affermai. «Ho appena ricevuto una sua lettera. Non è lui».

«Probabilmente no»

«Lui sta bene».

«Lo so. Ma andiamo a sentire cos'hanno da dirti i tuoi genitori».

Sentivo salire l'isteria e continuavo a cercare di ricacciarla indietro. Era così che mi sentivo tutte le mattine, e speravo solo di riuscire a vomitare quella sensazione.

E poi avrei potuto alzarmi e andare avanti con la mia vita come previsto.

«I miei genitori non hanno mai niente di buono da dire».

Kitty borbottò qualcosa e concordò mentre mi guidava lungo il corridoio. Percepivo le ragazze in piedi sulle soglie delle loro stanze che mi fissavano con uno sguardo in cui si leggevano paura e pietà.

«Ehi!», sbottò Kitty rivolta a una delle Susan mentre le passavamo davanti. «Un po' di rispetto, che diamine».

Al suono della voce di Kitty, Jenny uscì in corridoio e ci corse incontro. Mi prese l'altra mano, e insieme continuammo a camminare.

Mi fermai appena fuori dalla porta del salotto e mi girai verso le mie amiche, mentre la nebbia che mi avvolgeva si schiarì giusto un istante. «Non devono saperlo», sussurrai.

Kitty annuì. «Okay».

«Non lasciate che mi portino a casa».

«Okay», si unì Jenny.

«Vorranno riportarmi a casa e... ci morirò, lì».

«Non lasceremo che ti riportino a casa».

«Non è Todd», ripetei. «Lo saprei. Lo sentirei».

«Certo», affermò Kitty, come se mi credesse, e per quello le sarei stata grata tutta la vita.

Entrai in salotto e vidi i miei genitori, così fuori posto con gli abiti scuri. Mamma indossava il suo vestito migliore, che sembrava comunque trasandato accanto all'elegante rivestimento blu delle poltrone. Erano così piccoli sullo sfondo delle alte finestre del salotto. Erano imponenti solo nelle dimensioni anguste della fattoria. Nelle dimensioni anguste della mia vita prima della scuola per infermiere.

«BettyKay», mi accolse mia madre, e io mi preparai. «Si tratta di Todd».

Il colpo arrivò a segno, un dolore che mi tagliò in due. Cambiando tutto.

Prima di questo momento c'era stato tutto e dopo non ci fu più niente.

Era stato ucciso a Trung Luog con altri tre uomini. Un mortaio. Non sapevo cosa fosse. Papà cercò di spiegarmelo e io lo lasciai fare. Todd e i tre compagni uccisi erano coinvolti in una missione con un nome che sembrava importante. Ma non lo era. Niente era importante.

«Vorrai tornare a casa», suggerì mamma, mettendomi un braccio attorno alle spalle.

Magari era il dolore. O lo shock. La paura. Ma sembrava quasi felice che fosse successo, che il mondo avesse rivelato la sua crudeltà in modo tale che per me fosse impossibile continuare a negarla.

«Non posso», risposi.

«Certo che puoi», intervenne papà. «Abbiamo portato il pick-up». Come se fosse una questione di logistica.

«Puoi dire alla scuola che te ne vai», aggiunse mamma. «Capiranno».

«Io non lascio la scuola», affermai. «Todd avrebbe voluto che restassi e finissi».

«Sciocchezze», ringhiò mio padre, con la faccia arrossata per il caldo insopportabile della stanza o per la rabbia. «Ti ha lasciata fare a modo tuo, provare questa cosa dell'infermiera per vedere se funzionava, ma adesso c'è bisogno di te a casa».

«Per cosa? Todd è morto».

«Ascoltami bene, BettyKay. Il tuo posto è a casa. Ruth avrà bisogno di te. Tua madre avrà bisogno di te». Papà stava gridando. Stava gridando nella graziosa stanza azzurra, in quel dormitorio di donne dove le voci maschili si udivano di rado. Gridava come se quel posto gli appartenesse.

Ma quel posto. Quella vita. Appartenevano a me.

Guardai quei due corvacci, arcigni e vestiti di nero, e vidi svolgersi davanti ai miei occhi la vita che mi aspettava nella loro casa, dove avrebbero calpestato ogni desiderio o sogno che avessi mai avuto.

«Possiamo parlarne in macchina», concluse mia madre, mettendomi di nuovo un braccio attorno alle spalle. Di nuovo con quel sorriso negli occhi.

«No», ribadii. «Non c'è niente di cui parlare. Io resto qui».

Papà fece per rispondere ma all'improvviso Jenny, Kitty e Mrs Hayes stavano ciarlando tutte insieme così in fretta che mamma e papà non riuscirono a infilare una parola.

Ce l'avevano scritto in faccia, che erano impietriti.

Jenny e Kitty mi portarono in una direzione e Mrs Hayes portò i miei genitori nell'altra, continuando a blaterare di esami e orari di visita e del fatto che si sarebbe presa cura di me e che non dovevano preoccuparsi.

«Le ragazze di questo piano sono come una famiglia», disse. E con queste parole li liquidò.

Telefonai alla famiglia di Todd. Ruth non riusciva quasi a parlare e io restai insensibile alle sue condoglianze, opponendo resistenza alla condivisione del dolore, come se potesse alleviarlo. Io facevo scorta del mio, tenendomelo stretto di notte. Era l'unico alimento. L'unica bevanda.

«Ha avuto paura?», chiesi a Ruth.

«Cosa?»

«Ha avuto paura?» Era la tortura più atroce, immaginarlo ferito nel fango, terrorizzato e solo, e non potevo più andare avanti senza saperlo. Nel cuore della notte avevo la sensazione che se avessi conosciuto la risposta a quella domanda, avrei potuto voltare pagina, in un modo o nell'altro.

«No, BettyKay», disse Ruth, come se anche lei avesse passato ore a chiedersi la stessa cosa. «Mi hanno detto che è morto subito».

12
BettyKay

15 giugno 1968

Il funerale è stato oggi. Non c'era un corpo da seppellire, ma c'era la bara e tutto il resto. Kitty e Jenny mi hanno accompagnata in macchina a Bluffs e non mi hanno lasciato sola neanche un minuto. C'era una squadra di sbandieratori e Ruth ha preso la bandiera dalle mani del soldato e poi hanno sparato ventuno colpi. A me sembrava il funerale di qualcun altro. Non di Todd. Del mio Todd. Il ricevimento si è tenuto alla sede dei veterani e tutto quel parlare di guerra e la pesante coltre di fumo di sigaretta degli uomini nell'angolo, be', è stato così diverso da ogni altro funerale cui ero stata. I miei genitori hanno cercato di nuovo di trattenermi a casa, ma io ho detto che avevo gli esami finali e pazienti che avevano bisogno di me. Papà ci ha seguite fino all'auto, gridando tutto il tempo che se me ne andavo non avrei dovuto pensare di poter tornare. Siamo salite sulla macchina e Jenny è partita a tutta velocità, manco fosse un pilota di auto da corsa. Kitty si è girata e mi ha chiesto se fosse tutto a posto. Ero sollevata. Non pensare di poter tornare? Un sollievo. E poi... ce n'eravamo andate. E Todd era sottoterra. E nulla è come pensavo che sarebbe stato.

Il giorno dopo il funerale, Kitty e Jenny entrarono nella nostra stanza e chiusero la porta a chiave.

«Ehi», esordì Kitty. «Devi affrontare alcune cose».

«Vattene», dissi, tirandomi le coperte sopra la testa.

Jenny, incredibile, me le strappò di mano e mi guardò con espressione severa. Chiusi gli occhi per escluderla. «Kitty dice che potresti essere incinta. Adesso lo sapremo per certo», decretò.

A quelle parole aprii gli occhi. «E come? Conosci qualche magia per fare il test? Perché non posso andare dal dottore dell'ospedale. Mi butteranno fuori dalla scuola».

«Per fortuna l'ho preso mentre tu te ne stavi rintanata qui coi capelli sporchi». Kitty tirò fuori dalla tasca dell'uniforme una provetta tappata piena di un liquido rosso, con uno specchietto attaccato sul fondo.

«Hai rubato un test di gravidanza?», chiesi.

Kitty si strinse nelle spalle come se fosse l'ultima delle cose che aveva rubato e come se la tragedia che si stava svolgendo nel mio letto fosse l'ultima delle tragedie cui aveva assistito.

Dovetti ammettere che era confortante.

«Andiamo, adesso. Vai a pisciare in quest'affare». Kitty mi allungò un bicchierino di plastica mentre Jenny mi trascinava giù dal letto. «Fatti una doccia, già che ci sei, e nel giro di due ore lo sapremo».

Non c'era bisogno degli anelli rossi sul fondo della provetta, riflessi nello specchietto, per sapere la verità. Ero incinta. Di otto settimane. Ma Jenny e Kitty videro gli anelli rossi e imprecarono.

Oh, spiacente di avervi rovinato la festa, ragazze, pensai seduta sul mio letto con l'accappatoio e i capelli bagnati che mi sgocciolavano lungo il collo. Mentre mi lavavo i capelli, Kitty e Jenny sistemarono il letto, mettendo delle lenzuola pulite.

«Mi spiace che tu debba affrontare anche questo», disse Jenny. «Mi spiace tanto. È più di quanto una persona dovrebbe sopportare, ma adesso ci sei dentro e devi pensare a cosa fare».

«Cosa posso fare?» Feci la domanda che era rimasta sospesa ai margini del mio dolore.

«Per come la vedo io», spiegò lei, sedendosi accanto a me, «puoi lasciare la scuola, tornare a casa e avere il bambino. Poi tornare qui e diplomarti».

«Non posso portare qui un bambino. Come farei? Le lezioni e un neonato? E poi, i miei genitori non mi lascerebbero tornare. Perderei la retta che abbiamo pagato per quest'anno e se vado a casa per avere il bambino...» La porta si sarebbe chiusa alle mie spalle e sarei rimasta bloccata in quella fattoria per sempre.

«Anche se lo dai via?», chiese Jenny.

Era impossibile. Se i genitori di Todd avessero saputo che ero incinta, che il loro figlio viveva dentro di me... Mi piegai in avanti, sopraffatta dalla sofferenza.

«Un aborto», concluse Kitty.

«Cosa?», urlò Jenny. «Sei fuori di testa?»

«BettyKay, guardami». Kitty si inginocchiò davanti a me. «Che cosa vuoi?»

Todd, pensai, ma quella non era una risposta. Era un desiderio impossibile.

«Vuoi lasciare la scuola, avere questo bambino e tornare in quella fattoria coi tuoi genitori?»

«No».

Ricordai come questo posto mi sembrasse casa, il modo in cui Kitty aveva detto *sei un'infermiera con le palle* e come me l'ero sentito nelle ossa. Potevo avere una vita tutta mia facendo l'infermiera.

Ma non se avessi avuto un bambino. Una ragazza di diciannove anni non sposata con un bambino a Bluffs, Iowa?

I miei genitori me l'avrebbero fatta pagare. Il bambino mi avrebbe isolata. Ecco cosa sarei stata per il resto della vita, finché non fosse arrivato un uomo che non era Todd e mi avesse legittimata di nuovo.

«Puoi rimanere qui», disse Jenny. «Un appartamento in città. Ti aiuteremo. Io e Kitty. In città lo fanno tutti».

«Questa non è la città. E tu te ne andrai da Greensboro dopo la scuola. Ve ne andrete tutt'e due», osservai. Vietnam e California. Il loro futuro era luminoso. Il mio si stava restringendo a ogni secondo che passava. «E non è compito vostro aiutarmi. Avete già fatto fin troppo».

«Se vuoi abortire possiamo capire come fare», continuò Kitty rimanendo sulla sua idea.

«Kitty», protestò Jenny. «È illegale».

«Non in Canada».

«Siamo in Iowa e potremmo essere sbattute fuori dalla scuola anche solo per averne parlato».

«Allora vai», le suggerì l'amica. «Parlo sul serio, vai. Se non sai cosa sta succedendo, non puoi finire nei guai».

Si capiva che Jenny voleva andarsene, ma era un'amica leale. «Sapete che per me è più difficile, una donna nera in questa scuola», si giustificò, parlando della cosa di cui non si era mai parlato. «Sapete che mi tocca lavorare il doppio e se ci beccano, la mia punizione...»

Kitty si alzò per guardare Jenny dritto in faccia. «Jenny» disse, «non riesco neanche a immaginare cos'hai dovuto sopportare solo per stare qui. E non voglio mettere a rischio niente di tutto questo. Ti sto dicendo di andartene. Sappiamo che sei una buona amica. E se il mondo fosse giusto, rimarresti qui».

«Niente di tutto questo è giusto», commentò lei amaramente. Poi mi baciò sulla fronte. «Pregherò per te», mormorò e uscì dalla stanza.

«Potresti finire nei guai anche tu», ricordai a Kitty.

«Naaa».

Non sapevo se se ne fregasse perché aveva in mente di lasciare la scuola, o se l'idea di un problema non la sfiorasse mai.

«Ehi», riprese. «Cosa vuoi fare? È la tua vita. Il tuo corpo. La decisione spetta a te. Sai che io e Jenny ti appoggeremo in qualunque modo».

Alla fine, fu la decisione più difficile e al tempo stesso più facile che avessi mai preso. «Voglio abortire».

Kitty si sedette accanto a me, cingendomi con un braccio.

«Non so neanche come faremo», ragionai. «Come troveremo un medico disposto a farlo?»

«Lavoriamo in un ospedale, Betts, penso che il modo lo troveremo».

Kitty non perse tempo, e il giorno dopo, mentre io cercavo di tenere giù la colazione, aveva già pensato a tutto.

«Stasera», sussurrò, sedendosi vicino a me alla lezione di inglese. «Alle undici».

«Dove?», le chiesi sottovoce, con la sensazione che le cose stessero muovendosi troppo in fretta. Avevo deciso così? E quando?

Il sollievo che provavo mi fece sentire in colpa.

«*Need-A-Nap*, vicino alla superstrada».

Un motel a ore all'incrocio fra la I-80 e Bishop Road.

«Quanto?», chiesi, consapevole che non sarebbe stato economico. Prendere una stanza al motel. L'intervento. Mi portai una mano al petto e toccai il piccolo rigonfiamento dell'anello di Todd.

Mi spiace che sia così piccolo, mi aveva detto, infilandomelo al dito. *Ho scelto il diamante più bello che potevo permettermi. Ecco perché la montatura è così ordinaria.*

È semplice, avevo detto. *Non ordinaria.*

Quel giorno del picnic in riva al fiume, con il vino, i panini al prosciutto e i dolcetti al limone di sua madre, avevo pensato che quell'anello mi rappresentasse. Che rappresentasse noi. Semplice, ma abbagliante. Vero.

Kitty scosse la testa. «Non preoccuparti». Tornò al suo posto.

Alle 22.45 sgattaiolammo fuori dal dormitorio e camminammo fino al parcheggio più lontano, dove lei aprì una berlina scura.

«Che ne è stato della Cadillac?»

«Un po' vistosa per la missione di stasera», disse. Una volta sull'auto, mi diede due pillole bianche. «Prendile», disse. «Ordini del dottore».

«Cosa sono?» chiesi mandandole giù a secco.

«Ha importanza?»

Immagino di no.

«Siamo sole», dissi. «Puoi dirmi chi stiamo per incontrare».

Mi aspettavo una delle infermiere e avevo l'anello e la catenina in un sacchettino di velluto blu come pagamento. Nella borsa avevo quel che restava dei soldi di Natale. Non molto, ma speravo bastasse.

«Joel», rispose.

«Il tuo ragazzo?»

«*Pretendente* potrebbe essere un termine più calzante».

Mi scoccò un sorriso che era pura Kitty, la quintessenza dell'atteggiamento con cui annunciava al mondo *non-può-fregarmene-di-meno.*

«Come potrò mai sdebitarmi?», sussurrai, con la voce rotta.

«La vita è lunga, BettyKay», rispose. «Avrai la tua occasione».

Kitty parcheggiò nell'oscurità lontano dalle porte del *Need-A-Nap* e da tutte le finestre chiuse e con le tende tirate. I rumori della superstrada erano attutiti dagli alberi e dal buio. Dai sedili posteriori prese una valigia che non avevo nemmeno notato e poi ci dirigemmo a testa bassa verso la stanza numero 3.

Avevamo appena bussato che la porta si socchiuse, e Kitty e io ci infilammo all'interno.

In quella stanza tetra del motel a ore il dottor Joel Fischer era diverso. Indossava abiti civili e aveva un'espressione tesa. Potevo *percepire* la sua disapprovazione.

«Hai portato tutto?», chiese a Kitty.

Lei aprì la valigia rivelando delle lenzuola che era riuscita a sottrarre dalla lavanderia dell'ospedale. Tolse il copriletto logoro e io la aiutai a stendere le lenzuola sterili sul materasso. Tre paia. Il pavimento era ricoperto di fogli di giornale.

«Ha preso la diamorfina?», chiese Joel come se io non ci fossi nemmeno.

Lei annuì, e io sentii bruciare in gola le pillole bianche.

All'ospedale Joel era un incantatore. Sorrideva e faceva battute, trattava ogni paziente come se fosse un lontano cugino che era contentissimo di rivedere. Adesso non incrociava neanche il mio sguardo. Mi tolsi la gonna, mi tirai su la sottoveste e mi sdraiai sul letto come mi aveva detto, col sedere sul bordo.

Mentre fissavo il soffitto, le crepe e le macchie di umidità, sentii le lacrime bruciarmi all'angolo degli occhi. Poi le pillole iniziarono a fare effetto e il mondo perse i suoi contorni.

Joel prese uno speculum dalla valigia e io sentii lo strumento freddo entrare dentro di me. Il dilatatore uterino che usò per allargare la cervice. Poi la curette che avrebbe usato per raschiare l'interno.

«Questo lo sentirai», mi avvertì Joel, tenendomi una mano sul ginocchio per farmi allargare le gambe.

Kitty mi teneva la mano, e io sentii una terribile pressione bruciante e un pizzicotto, e mi morsicai il labbro per il dolore.

«C'era questa gallina che avevamo quando ero piccola», iniziò a raccontare Kitty.

«Una cosa?»

«Una gallina. Presta attenzione». Concentrai tutta l'attenzione su di lei, lo sguardo fisso nei suoi occhi di un azzurro luminoso. «Avevamo un sacco di galline. Ma questa era una vecchia chioccia, più grossa di tutte le altre. E mi seguiva ovunque andassi. L'avevo chiamata Bertha».

«Bertha?»

«Quel pollo era una Bertha fatta e finita. Si piazzava fuori dalla mia finestra e faceva un gran baccano quando si avvicinava qualunque cosa».

«Un uccello da guardia?»

«Esatto. Una volta uccise un serpente. Per poco non cavò un occhio a mio fratello».

«Che cosa le è successo?»

«Be', è morta, ovviamente. Era solo un uccello».

L'impeto di gratitudine che provai per Kitty fu più potente della sofferenza e del dolore fisico.

Le strinsi forte la mano. «Ho paura». Quelle parole – le più vere che avevo – mi sfuggirono in un sussurro. Avevo paura che ci scoprissero. Che Kitty finisse nei pasticci. Del medico. Avevo paura che dopo averlo fatto mi avrebbero cacciata lo stesso dalla scuola. Che le conseguenze avrebbero reso impossibile avere dei figli. Avevo paura che non avrei amato più nessuno dopo Todd. Di quello che avrebbero detto i miei genitori. I genitori di Todd. Avevo paura di essere sopraffatta dalla vergogna. Avevo paura che l'avrei rimpianto tutta la vita.

Avevo paura che non l'avrei rimpianto.

Avevo paura del mio sollievo.

«Ascoltami», sussurrò Kitty, la voce e lo sguardo vibranti di passione. Si chinò così vicina che non vedevo altro che la sua bellissima faccia. «I sentimenti che provi, tutto quello che stai provando. Li provi e poi li lasci andare. Se ti ci aggrappi ti spezzeranno in due. Non puoi crollare, Betts. Il mondo ha bisogno di te. Io ho bisogno di te».

Il mondo era instabile e spaventoso, fluido intorno e dentro di me. «Non andartene».

Scosse la testa. «Non mi muovo di qui».

Venti minuti dopo Kitty mi stava aiutando a salire in macchina. La valigia era vuota. Le lenzuola nel cassonetto. In mezzo alle gambe avevo un grosso assorbente.

«Ci sarà un'emorragia», spiegò Joel a Kitty. «Se le viene la febbre, portala al Pronto soccorso e di' a Osgoode che ha cercato di usare un ometto di ferro. Per nessuna ragione...»

«Deve saltare fuori il tuo nome», Kitty terminò la frase. «Lo sappiamo».

«Kitty», insistette lui, «è una faccenda seria...»

«Basta. Credi che abbiamo bisogno che sia tu a dirci cos'è?», lo rimbeccò e mi portò fuori dalla stanza.

Eravamo a metà strada quando mi venne in mente che non gli avevo dato il sacchetto di velluto per pagarlo.

«Non preoccuparti», mi tranquillizzò Kitty. «La cosa è sistemata».

Quando arrivammo, Jenny era nella nostra stanza. «Non dire niente, quello che non so, non so». E mi aiutò a mettermi a letto. Sul comodino fra i due letti aveva disposto della Coca-Cola gelata, Jell-O, una grossa confezione di assorbenti e un termometro. Mandò Kitty a dormire nella sua stanza, e a intervalli regolari mi premeva con delicatezza la pancia, per assicurarsi che restasse palpabile.

Il giorno dopo, tremante ed esausta, con due assorbenti in mezzo alle gambe, ero di nuovo a lezione.

Mi sembrava un sogno. Un incubo. Todd era reale. Sentire la sua mancanza era reale. E altrettanto lo era il lutto. Ma il ricordo della gravidanza sbiadì col tempo, fino a non sembrare più reale.

Come aveva detto Kitty, mi aveva piegata. Ma grazie alle mie amiche, non ero spezzata.

13
BettyKay

Mi ci volle un mese per accorgermi che Kitty veniva a tutte le lezioni e si era unita ai gruppi di studio alla caffetteria. Nonostante il mio aiuto, rischiava di essere bocciata alla maggior parte dei corsi. Sapevo che il suo piano era temporeggiare fino alla fine di agosto, quando progettava di andarsene, facendo il minimo indispensabile per non essere sbattuta fuori e rimanere senza un tetto sopra la testa.

E adesso, tutto d'un tratto, faceva sul serio.

Molto sospetto.

Una mattina, mentre era a correre, strisciai fuori dal letto e mi avvicinai furtiva alla sua cassettiera, dove in un vecchio portagioie teneva i contanti che aveva guadagnato cucendo vestiti e sistemando le uniformi.

Aprii la scatola, la musica attaccò a suonare, la ballerina volteggiò.

Era vuoto. Stava risparmiando per il biglietto dell'autobus e l'affitto e non c'era più niente. Controllai gli altri cassetti, cercando i soldi o un biglietto del pullman. Ma trovai solo i suoi vestiti e un pacchetto di Kent. Nessun biglietto. Niente di niente.

Kitty? Che cosa hai fatto?

Quando ci pensai bene la risposta fu ovvia.

Ma non dissi niente quando tornò, sudata e col fiatone. Non dissi niente neanche mentre mi vestivo. Né quando, dopo la doccia, tirò fuori il tailleur grigio che stava cucendo per Mrs Hayes.

«Devo andare in città, ti serve qualcosa?», le chiesi.

Guardando la stoffa e il cartamodello che teneva in mano, rispose: «Bottoni».

«Ne hai centinaia». Ce n'era un barattolo pieno sulla sua scrivania.

«Bottoni diversi. Quelli che ha scelto lei sono troppo spenti. Il grigio ha bisogno di qualcosa di appariscente. Rosa, magari?»

«Vuoi che prenda dei bottoni appariscenti?» La mia mancanza di stile era perenne motivo di stupore e irritazione per Kitty.

Si mise a ridere e si chinò sul tailleur grigio. «Cielo, no. Risparmiami il tuo gusto in fatto di bottoni».

Camminai per un chilometro e mezzo lungo Bond Street, prendendo la strada più lunga per Elm perché davanti al parco c'era una casa nello stile di Frank Lloyd Wright che adoravo, con le sue finestre alte e il legno scuro. Una casa speciale dove immaginavo vivessero persone speciali.

Qualcuno come Kitty, se Kitty non fosse stata in partenza per Hollywood.

Gli studenti del primo anno più audaci venivano in centro per l'arrosto della domenica sera da Paddy e il vino scadente che compravano esibendo carte d'identità false. C'era qualche altro locale per studenti. Il mobilificio Meyer. Il Personality Dress Shop, un negozio che doveva aver risentito del talento superiore di Kitty in fatto di sartoria. Il Ben Franklin con le finestre a doppio battente. Alla fine della via, proprio accanto alla stazione degli autobus, c'era Quinn, gioielleria e banco dei pegni.

Iniziai dalla stazione degli autobus per scoprire quanto costava il biglietto.

«Diretta alle luci della ribalta?», chiese l'uomo coi baffi dietro al bancone.

«Voglio solo sapere quanto costa», dissi.

«È un viaggio di tre giorni», rispose lui. «Ferma a Kansas City, cambi a Tulsa e Las Vegas, e il biglietto costa...»

Sfogliò orari e itinerari, consultando le tratte e scrivendo cifre su un blocco di carta. «In totale fanno settantacinque dollari», disse infine.

Il denaro che avevo ricevuto per Natale copriva il biglietto dell'autobus per Los Angeles, con partenza alla fine del mese, e ne restava ancora un po'.

Ma Kitty stava risparmiando anche per l'affitto.

Da Quinn tirai fuori l'anello e la catenina dal sacchetto di velluto blu e Mrs Quinn, una donna coi capelli grigi che non sembrava affatto stupita di vedere una studentessa del primo anno della scuola per infermiere impegnare l'anello di fidanzamento, si incastrò la lente d'ingrandimento nell'occhio e mise la pietra sotto la luce.

«È una bella pietra», valutò. «Piccola. Ma bella. Ti do cento dollari».

«Non è abbastanza».

Mrs Queen fece una risata di pancia. «Mai contrattato prima?»

«Mi servono centoventicinque dollari».

«Be', l'anello non li vale. Ma se ci aggiungi la catenina e quegli orecchini, affare fatto».

Mi toccai le piccole perle che mia nonna mi aveva regalato per i sedici anni. Le portavo sempre.

È troppo, aveva detto mia madre dopo che io avevo aperto il regalo, cercando di restituire gli orecchini.

Una ragazza si merita qualcosa di bello, aveva ribattuto la nonna, *e Dio sa che tu e Abe non glielo darete.*

Scusa, nonna, pensai mentre mi toglievo gli orecchini e li porgevo alla donna insieme all'anello e alla catenina. Non avevo idea se mi stesse imbrogliando, ma non aveva importanza. Avevo esattamente quanto mi serviva.

Mrs Quinn mi diede cinque banconote nuove da venti dollari, due da dieci e una da cinque stropicciata, più soldi di quanti ne avessi mai tenuti in mano.

Riattraversai la città, quasi euforica per aver fatto qualcosa di buono e giusto.

Mentre passavo, vidi una donna uscire dal Ben Franklin, così mi fermai, pensai agli spiccioli che ancora rimanevano nel sacchetto blu, ed entrai.

Nell'angolo in basso dello scaffale dei bottoni trovai la cosa perfetta. Ce n'erano cinque, con cerchi concentrici di plastica uno sopra l'altro come grossi capezzoli rosa. *Orrendi* non rendeva neanche lontanamente l'idea.

Cinque bottoni costavano dieci centesimi, e io uscii dal negozio sorridendo.

Al dormitorio, Kitty era dove ormai sapevo che l'avrei trovata: alla macchina per cucire con il mangianastri a volume troppo alto. Provai una fitta al pensiero che presto se ne sarebbe andata, e a quanto sarebbe sembrata vuota quella stanza senza di lei. A quanto sarebbe sembrata vuota la mia *vita.*

Pregustandomi la sua reazione, feci scivolare i bottoni su un angolo della scrivania.

Sobbalzò come se avesse visto sbucare un topo. «E questi cosa sono?», esclamò.

«Avevi chiesto dei bottoni», dissi serissima. «Vistosi».

«Betts», ansimò come se non riuscisse a credere al mio terribile cattivo gusto.

Sorrisi, incapace di trattenermi, e Kitty stette subito al gioco.

«Oh», disse con una risata. «Davvero perspicace».

«Sono letteralmente i bottoni più brutti che sono riuscita a trovare».

«Non faccio fatica a crederci».

«Ti ho portato anche un'altra cosa», continuai e posai sulla scrivania il biglietto dell'autobus e i soldi per l'affitto. «È valido fino alla fine del mese».

«Cosa...» Kitty si interruppe e rimase immobile, fissando il biglietto. «Cos'hai fatto?»

«Io?», dissi. «Tu hai pagato per...»

Kitty alzò una mano. «Non potevo lasciarti impegnare l'anello di fidanzamento di Todd».

«E io non potevo lasciarti spendere i soldi per la California per me. È troppo, Kitty, perfino per...»

I suoi begli occhi erano colmi di lacrime. «Per cosa?»

«Per un'amica come te», sussurrai.

Kitty mi prese una mano, ma non era abbastanza. Si alzò in piedi e ci abbracciammo strette, fortissimo.

«Tu andrai in California», sentenziai. «Dovessi caricarti con la forza su quell'autobus. E avrai una vita incredibile perché sei una persona incredibile, Kitty Simon. Non so cosa ho fatto per essere così fortunata da averti come compagna di stanza...»

«Smettila», disse. «Sono io a essere fortunata».

«Salirai su quell'autobus?»

«Salirò su quell'autobus». Si scostò e si asciugò le lacrime. «Ma...», prese in mano i bottoni «...non ho intenzione di usare questi orrori».

14
Clara

Greensboro, Iowa, 2019

NON TORNO A CASA STASERA, messaggiò Clara a Vickie.

BENE, la risposta arrivò quasi immediatamente. FAI BENE A STARE CON TUA SORELLA. VUOI CHE TI RAGGIUNGA? POSSO DARE UNA MANO A SVUOTARE LA CASA. MI PIACEREBBE VEDERE ABBIE. STAI BENE?

La comprensione di Vickie era uno strazio. Quando Clara non rispose subito, squillò il telefono. Ma lei non rispose, invece, le mandò un altro messaggio personalizzato e scrisse: SCUSA. NON POSSO PARLARE. Poi aggiunse: IL FUNERALE È STATO IMPEGNATIVO. TI CHIAMO DOMATTINA.

Clara osservò i puntini andare e venire, andare e venire, e riusciva a immaginare cosa stesse scrivendo Vickie. *Prima o poi devi parlare con me. Non puoi fingere che vada tutto bene. Perché mi escludi?* E invece il messaggio che arrivò diceva: CERTO.

Aspettò il solito *ti amo,* che però non comparve.

«Tutto a posto?», chiese Kitty, avvicinandosi sul marciapiede davanti alla casa dei suoi genitori.

Abbie aveva convinto quella sfavillante star a non andare al Motel Six, e poi ovviamente era dovuta tornare a casa a prendersi cura dei bambini. Lasciando Clara a occuparsi di lei.

Tipico di Abbie.

«Bene». Si infilò il telefono in tasca. Stava per entrare nella casa della sua infanzia con Kitty Devereaux, dopo aver seppellito sua madre. *Bene* non era la parola giusta per come si sentiva. Ma forse la parola giusta non esisteva.

«Andiamo. È stata una lunga giornata», disse poi, prendendo la borsa Louis Vuitton di Kitty e salendo i gradini che portavano alla veranda finestrata. «Puoi dormire nella vecchia stanza di Abbie».

«Non hai una borsa?»

«Non avevo in mente di fermarmi», rispose, voltandosi per non vedere la sua reazione.

Clara aprì la grande porta coi pannelli di vetro che dava sul salotto. Mamma scherzava sempre dicendo che casa sua era un'imitazione di Frank Lloyd Wright, di cui in Iowa ce n'era un numero sorprendente. Un sacco di legno. Un sacco di finestre alte e strette. Lampade con il paralume di vetro colorato e applique a muro. Le stanze tutte su livelli diversi.

Dopo la morte di papà, Clara aveva cercato di convincere sua madre a trasferirsi, terrorizzata che potesse inciampare sui gradini fra la sala da pranzo e la cucina o fra la sala da pranzo e il salotto. Per non parlare della scala che portava al primo piano.

Ma Abbie le aveva detto che si stava comportando in modo assurdo.

E mamma si era rifiutata e basta.

«Devo avvertirti», disse Clara. «Questa casa non è cambiata molto da quando è morto mio padre...»

«Non suona affatto di cattivo augurio», commentò Kitty. La stella del cinema era inaspettatamente spiritosa.

«Vedrai».

Papà non era un accumulatore, più che altro un collezionista. Un aggiustatutto. Amante dell'arte e lettore avido. Non ce la faceva a non fermarsi se passava davanti a una svendita in giardino. Non c'era angolo della casa che non fosse stipato di orologi e carillon che aveva intenzione di riparare. I paesaggi sulle pareti in cornici storte. Pile di libri ovunque. Quando era vivo, c'era sempre una tazza di caffè freddo in equilibrio precario sopra una fetta di pane tostato smangiucchiata. Alcuni dei libri e dei carillon che non avrebbero mai potuto essere aggiustati non c'erano più, ma il resto era ancora lì.

«Hai fame?», chiese Clara, accendendo le luci e raddrizzando i tappeti che erano stati spostati, probabilmente dai paramedici. «Sono sicura che c'è qualcosa...»

Ma Kitty non era dietro di lei. Clara tornò sui suoi passi solo per scoprire che la donna era in piedi nella veranda buia zeppa di muffole spaiate, vasi di terracotta e gli sci da fondo di suo padre.

«Tutto bene?»

Alla luce della luna, per un istante, la stella di Hollywood, la bellezza leggendaria, era sparita. Al suo posto, con indosso i suoi vestiti, c'era solo un essere umano in lutto.

Oh, merda. Clara desiderò che ci fosse Abbie. Sua sorella se la cavava meglio in quelle situazioni.

«Ehi», farfugliò dalla soglia, con la voce sommessa che aveva usato il veterinario con il suo vecchio gatto quando lo aveva soppresso. «Vieni dentro a bere un bicchiere d'acqua».

«Tua madre». Kitty fece un respiro tremante ed ebbi l'impressione che stesse piangendo. «Era felice qui?»

«Sì. Mamma...» L'immagine di sua madre seduta su una sdraio in giardino, il viso rivolto al sole, una tazza di caffè che si andava raffreddando. *Non c'è posto migliore al mondo,* diceva spesso. «Mamma era molto felice qui».

«E tu? Anche tu eri felice qui?»

È complicato, si lasciò quasi sfuggire. Ma non lo era, non davvero. O forse non lo era in quel momento. Era stata molto amata. Accettata e al sicuro. Si erano divertiti insieme, loro quattro. Non c'erano molte famiglie che avrebbero potuto dire lo stesso.

«Sì».

Kitty tirò su col naso e si asciugò gli occhi. «Bene», esclamò. «Sono felice di sentirlo».

Clara si chiese se dovesse abbracciarla. Abbie lo avrebbe fatto, ma sua sorella abbracciava tutti, e certe volte la gente non voleva essere abbracciata.

«Sto bene. Mi serve solo... un momento. Non pensavo che tornare qui mi avrebbe fatto questo effetto».

«A Greensboro?»

«In questa casa».

«Sei stata qui?»

«Una vita fa. Scusa», disse Kitty, sfoderando quel sorriso quasi fosse una maschera di Halloween che poteva togliersi e mettersi a piacimento. Era disorientante vederla tornare da distrutta ad abbagliante. Attraversarono la veranda ed entrarono in salotto. «A ripensarci, credo che accetterò quel bicchiere d'acqua».

«Certo. Torno subito». Clara fece i due gradini che portavano in cucina e aprì il rubinetto, facendo scorrere l'acqua finché non fu fredda.

Con l'altra mano tirò fuori il telefono e mandò un messaggio alla sorella.

DOVE SEI?

STO METTENDO A LETTO I BAMBINI, PERCHÉ?

HAI DETTO CHE SARESTI STATA QUI. NON POSSO GESTIRE QUESTA COSA DI KITTY DA SOLA.

QUESTA COSA DI KITTY?

ABBIE.

E VA BENE. DAMMI DIECI MINUTI.

Rimise in tasca il telefono, sollevata che stesse arrivando la cavalleria.

In salotto, Kitty stava guardando le fotografie sul pianoforte.

«Ecco qui», disse Clara, porgendole il bicchiere.

La donna prese una foto di Abbie e Clara quando erano bambine.

«L'estate in cui caddero a entrambe la maggior parte dei denti», ricordò lei, prendendole la foto di mano e rimettendola a posto. «Mamma doveva togliere il mais dalla pannocchia perché riuscissimo a mangiarlo».

Nella foto, Abbie aveva un braccio attorno al collo di Clara e tutt'e due avevano un gran sorriso praticamente sdentato. Era la giornata che avevano trascorso alla fiera dei tulipani, dove si erano fatte truccare. Abbie era una principessa e Clara un gatto. Ricordò che quella sera si erano rifiutate di lavarsi la faccia e mamma le aveva lasciate dormire con il viso dipinto. Le lenzuola erano da buttare, ma loro erano entusiaste.

«Tua madre diceva che qualunque cosa tu facessi, Abbie voleva farla subito anche lei. Si sarebbe cavata i denti pur di essere come te».

Da bambine facevano tutto insieme. Avevano imparato a camminare, a parlare, ad andare in bici e a nuotare nello stesso momento. I loro genitori scherzavano spesso dicendo che erano praticamente gemelle, visto che erano nate a meno di un anno di distanza.

Adesso evitava le chiamate di Abbie.

Clara posò la fotografia a faccia in giù.

«Il dolore è strano», commentò Kitty, come se potesse leggerle nel pensiero. «Il giorno in cui tua madre è morta ero in giardino. Avevo piantato delle rose che non stavano venendo bene come avevo pensato, e quando Jenny mi ha chiamata per dirmelo... giuro su Dio, un attimo dopo le avevo estirpate tutte. Fino all'ultima. E adesso me ne sto qui e non ricordo assolutamente di averlo fatto».

Clara non seppe cosa replicare. Come poteva dire che non aveva pianto, che era ancora furente. Che nelle due settimane trascorse da quando sua madre era morta, si era svegliata nel cuore della notte madida di sudore freddo, senza capire dove fosse. O chi fosse.

«Abbie sta arrivando, a proposito», disse invece. «Spero non sia un problema».

«Figurati. Spero che per te non sia un problema».

«E questo cosa significa?»

Kitty si strinse nelle spalle. «È solo che voi due sembrate... tese».

«È arrabbiata perché avevo in mente di tornare a casa dopo il rinfresco».

«E tu perché sei arrabbiata?»

«Io non sono arrabbiata».

«Tu sei nata arrabbiata», rise Kitty.

Clara la scrutò e sentì un brivido lungo la schiena: quella donna le leggeva dentro. «E va bene. Lo sono. Sono arrabbiata», sbottò infine.

«Sfogati», la esortò Kitty, facendo un gesto con la mano come per darle il permesso.

«Perché sei sbucata dal nulla con questa storia grandiosa di un'amicizia segreta proprio oggi? È una trovata pubblicitaria? O si tratta del libro di mamma? Pensi forse che adesso che è morta ti venderemo i diritti cinematografici...»

«Non voglio i diritti cinematografici di quel libro», la interruppe Kitty, in tono talmente indignato che la ragazza si sentì in imbarazzo.

Clara si chinò e raccolse da terra un cuscino, poi un altro. La coperta che mamma preferiva per quando stava sul divano era sulla poltrona sbagliata.

«Non abbiamo mai sentito parlare di te. Chiamavamo Jenny *zia* perché veniva a tutti i compleanni e d'estate andavamo a trovarla. I suoi figli sono come cugini. Mio padre e Jerome andavano a pesca insieme. Mi ha scritto delle lettere di raccomandazione per la Loyola di Chicago. Ed era qui per mamma, quando ci siamo presi quello spavento per il cancro al seno, e quando quei troll di internet hanno rivelato il nostro indirizzo di casa. Quando sono nati i figli di Abbie, quando è morto papà...» Le si spezzò la voce e rimise a posto il tavolino con tanta foga da mandarlo a sbattere contro la poltrona di mamma.

«Hai ragione. Non ero qui come Jenny, ma ci sono sempre stata per lei. In modi di cui non sai niente. E non sei affatto arrabbiata perché sono sbucata dal nulla».

«Ah, no? Illuminami, Kitty...»

«Riguarda la lite che hai avuto con tua madre».

Il vecchio orologio a cucù di papà che non segnava mai l'ora giusta suonò, e la rabbia che aveva sostenuto Clara fin da quella discussione con sua madre la abbandonò, lasciandola esausta e stranamente nauseata.

Kitty aveva ragione.

«Ti porto la valigia di sopra e mi cambio. Fa' come se fossi a casa tua», disse infine Clara, terminando la conversazione. Si fermò sul primo gradino, consumato dagli anni. «Mia sorella sta venendo qui e non lo sa».

«Non sa cosa?»

«Della lite», spiegò. «Di quello che mamma mi ha detto».

Se la donna ebbe una reazione al fatto che Clara aveva tenuto nascosta una cosa del genere alla sorella, non la mostrò. «E pensi che glielo dirò?»

Lei si mise a ridere. «Ti conosco da quattro ore e non ho sentito altro che segreti. Quindi sì. Penso che glielo dirai».

«Oh, tesoro». Kitty si chinò per guardare la foto del matrimonio di mamma e papà in municipio. «Ho mantenuto segreti ben più grandi del tuo».

15
Abbie

Abbie parcheggiò nel vialetto e prese un bel respiro, scrollandosi di dosso la lite con Ben.

Gesù, quell'uomo sceglieva sempre i momenti peggiori. Voleva dirlo ai bambini? Adesso? Come se quella giornata non fosse già stata abbastanza tremenda.

«Per quanto dobbiamo andare avanti?», le aveva chiesto. Lei non aveva una risposta. Non ce l'aveva nei giorni buoni, figuriamoci il giorno del funerale di sua madre.

Entrò dalla porta sul retro che dava direttamente in cucina. Abbie adorava quella cucina. Era esattamente come avrebbe dovuto essere una cucina. Luci a soffitto calde. Pavimento di quercia imbarcato dalla volta che i tubi erano scoppiati per il gelo mentre loro erano in Florida. Pensili storti. Una cucina vecchia di quindici anni e un frigo di tre ricoperto di disegni dei suoi figli e bigliettini con gli appuntamenti dal medico. Sopra il lavello c'era una grande finestra con una serie di statuette, scodelle e tentativi falliti di piantine ammucchiati sul largo davanzale.

Oltre il bordo del frigorifero vide Kitty seduta al tavolo della cucina. Da sola. Una tazza di tè fumante davanti.

«Ciao!», disse Abbie, cercando Clara con lo sguardo. «Mia sorella…»

«A farsi la doccia».

Abbie si tolse il cappotto e lo appese insieme alla borsa al gancio come faceva sempre. «Avrei dovuto portare qualcosa del cibo avanzato da casa. Ne abbiamo decisamente troppo. Posso fare un salto. È avanzato del rotolo farcito e ci sono chili di sformato con broccoli e patate. Hai fame?»

«Abbie, tesoro, siediti. Non fai altro che prenderti cura di tutti quanti. Siediti e basta. Lascia che ti prepari una tazza di tè».

«Oh, cielo, no, rimani dove sei», rispose. «Posso prepararmi il tè da sola. A meno che tu non voglia qualcosa di più forte. Mamma di solito teneva del moscato…»

«Il tè va benissimo».

Abbie voleva davvero quel moscato. Ma aveva già preso un Adderall offertole da un'amica. Solo perché era esausta e innervosita da Ben, e doveva ancora affrontare Clara e Kitty. Un aiutino per superare il momentaccio. Niente di che. Ma un drink dopo l'Adderall probabilmente era una pessima idea.

Mise su il bollitore e si diede da fare a sistemare, pulendo i piatti nel lavello, una tazza con due dita di caffè nero sul fondo.

Dopo averlo buttato nello scarico, si rese conto che era la tazza di caffè di sua madre, quella del giorno in cui era morta. Tutti quei piatti. Le fette biscottate e la mela mezza marcia sul tagliere, tutti segni di una vita interrotta a metà.

«Abbie?», la chiamò Kitty a bassa voce. «Tutto bene?»

Lei inspirò bruscamente, col cuore che all'improvviso batteva forte. «Come faccio a mettere tutto negli scatoloni?» Una vita intera. Due, a dire la verità. Quelle di mamma e papà, insieme ai rimasugli della loro infanzia. Era troppo.

«Ti aiuterà Clara», disse Kitty.

No. Non lo farà.

«Abbie?»

«Clara si allontanerà», affermò lei, sbalordita di averlo detto a voce alta. «E non tornerà».

Aveva gli occhi secchi, un effetto dell'Adderall, eppure aveva la sensazione di piangere. Di piagnucolare. Lasciò perdere il tè. Si avvicinò al frigorifero e tirò fuori il moscato, versandosi nella tazza quel che ne restava.

«Sei sempre tu, vero?», chiese Kitty sotto lo strano riflettore della lampada. «A fare in modo che tu e tua sorella abbiate ancora un rapporto».

«Sì!», rispose lei, grata e stupita che qualcuno lo riconoscesse. «Solo per una volta… una volta sarebbe carino che lo facesse lei. Che facesse lo sforzo».

«Diglielo».

«Non penso che sappia come fare. Credo che non le interessi neanche». Clara vedeva solo quello che le faceva comodo. Quello che le conveniva. Si faceva un'idea riguardo a qualcosa e poi selezionava le prove per sostenerla. «È stato molto peggio da quando è morto nostro padre».

Papà era stato una calamita, aveva tenuto vicina Clara, e Abbie non lo aveva capito finché non era morto e la sorella si era allontanata a tutta velocità.

Sedette al suo solito posto al tavolo della cucina. Kitty, che lo sapesse o meno, era al posto di papà, quello più vicino alla porta.

«Conoscevi mio padre?»

«Certo. Un po'».

Abbie non si era aspettata di sentire così tanto la mancanza di suo padre dopo il funerale di mamma. O forse era perché le mancava da morire Clara e pensare all'uno la faceva sempre pensare all'altra. O forse erano *loro* a mancarle: la famiglia Beecher. Che una volta era stata unita e non lo sarebbe stata mai più. «Non era il migliore?»

Perfino la risata di Kitty suonava ricca e famosa. «Era perfetto per tua madre. Dopo la guerra mi disse che non poteva uscire con qualcuno che non era stato in Vietnam, infatti poi arrivò Willis. Era molto dolce. Molto sciocco. E amava moltissimo tua madre».

Si udì uno scricchiolio sulle scale e comparve Clara, fresca di doccia, coi capelli scuri tirati indietro.

«Oh, signore», esclamò Abbie. «Cosa ti sei messa?»

«L'unica cosa che ho trovato in camera mia», rispose Clara.

«La tuta di atletica delle superiori?»

«Mi va ancora bene», osservò, passandosi la mano sullo stomaco piatto.

Abbie aveva passato buona parte dell'adolescenza a invidiare il modo in cui il corpo longilineo della sorella riempiva i vestiti. Si sistemò il colletto. Il gancio che chiudeva lo scollo a V aveva perso la battaglia contro l'esuberanza delle sue tette. Aveva preso dalla madre, che aveva un petto generoso e le spalle larghe.

Abbie pensava di averla superata, ma guardando la sorella con indosso quella vecchia tuta e una T-shirt leggera con un seno che non le aveva mai dato il minimo problema, l'ingiustizia della genetica la tormentava ancora.

«Vuoi del tè?», chiese Abbie, tacendo il fatto che la sua tazza era piena dell'ultimo vino rimasto. «Il bollitore è caldo».

«A dire la verità», disse la sorella, frugando nel pensile dove la madre teneva la planetaria e grossi sacchi di patate e cipolle, «che ne dici di questo?» Tirò fuori il rum delle occasioni speciali del padre.

Riconoscente di non essere stata lei a suggerirlo, Abbie si scolò il moscato. «Ottima idea».

Clara riempì di ghiaccio dei bicchieri di cristallo e versò due dita ciascuno del rum morbido. Il liquore sapeva dei freddi giorni d'inverno, quando papà le portava a fare sci di fondo. Al rientro a casa accendeva un bel fuoco e loro si sedevano davanti al camino in calzamaglia. Papà dava a lei e a

Clara un goccino di rum. *Il nostro segreto*, diceva, dato che la figlia maggiore aveva quindici anni e la minore quattordici, e mamma non avrebbe approvato.

«Sai cosa ci ha detto Jenny al funerale?», chiese Clara.

«Posso solo immaginarlo», disse Kitty, imperscrutabile. Abbie notò che non aveva toccato il rum.

«Ci ha detto di non permetterti di portarci via nostra madre».

«È drammatico perfino per Jenny», osservò Kitty, alzando al cielo gli occhi da star.

«Jenny detesta i drammi», ribatté Clara.

«E questo la rende alquanto drammatica. Sentite, non posso portarvi via vostra madre. È impossibile, e lo sapete».

Abbie in realtà non ne era poi così sicura, ma tenne la bocca chiusa.

«Perché sei qui? Adesso?», chiese Clara.

Kitty sollevò il bicchiere e bevve il rum d'un fiato. Come se le servisse il coraggio. «Devo dirvi una cosa. E, anche se non mi conoscete molto bene, ho bisogno che mi ascoltiate. Che ascoltiate davvero».

Clara si irrigidì. Abbie desiderò che ci fosse sua madre.

«Vostra madre era preoccupata per voi. Tutt'e due. Era preoccupata che la distanza che c'è fra voi adesso avrebbe continuato ad aumentare fino a rendervi due estranee».

Troppo tardi, pensò Abbie, seduta accanto a un'estranea con indosso la vecchia tuta di sua sorella.

«Dovete liberarvi dei segreti che nascondete...»

Aspetta. Abbie si girò verso Clara, solo per scoprire che lei la stava fissando a sua volta.

«Quale segreto nascondi?», chiese Clara nello stesso momento in cui la sorella diceva: «Non ho nessun segreto».

«Aspetta», disse poi Abbie esitante, «che segreto nascondi *tu*?»

Quel dannato orologio a cucù spaccava i timpani.

Clara si alzò e Abbie si appoggiò allo schienale della sedia, consapevole del fatto che quello che aveva detto Kitty era vero. Sua sorella aveva un segreto. E bello grosso.

«Stronzate», urlò Clara rivolta a Kitty. «Mi stai forzando la mano».

«Be', tua madre mi ha mandata qui per essere sicura che lo facessi. Non puoi tenerlo per te, Clara».

Kitty conosceva il segreto?

«Cosa sta succedendo?», chiese Abbie, avvertendo il panico sfarfallare lungo le sue sinapsi già sovraccariche. Maryanne l'aveva avvertita di non mischiare l'alcol con l'Adderall. Ma ormai era fatta. «Clara?»

Clara buttò fuori il fiato e si ricompose. Perfino nella loro vecchia cucina, con addosso la vecchia tuta da atletica, sua sorella riusciva a sembrare lo stesso un'avvocata. Calma, fredda e distaccata.

«Circa un mese fa ho chiamato mamma e abbiamo litigato».

«Questo non è un segreto. Non facevate che litigare». Troppo simili, diceva sempre mamma, e Clara diceva che non era vero, dopodiché litigavano anche su quello.

«Questa è stata...» Scosse la testa. «È stata brutta, Abbie».

Una volta, quando erano piccole, in due sulla bici di Clara, con Abbie seduta sul manubrio a dare indicazioni, avevano urtato un sasso e avevano perso l'equilibrio. Abbie era finita su Main Street di faccia.

Ehi, aveva detto Clara, *non è così brutta*. Le aveva fatto un gran sorriso e l'aveva accompagnata a casa, lasciando la bici sul marciapiede. Mamma aveva dato un'occhiata alla faccia di Abbie e l'aveva portata all'ospedale. Aveva un sassolino nel mento e le erano serviti dieci punti.

Perciò quando Clara diceva che *era brutta*, era brutta sul serio.

«Per cosa avete litigato?»

«In realtà non me lo ricordo». Anche mentre Clara lo diceva, Abbie capì che stava mentendo, ma archiviò la cosa per dopo. «Però mamma ha detto quella cosa sul fatto che io disseziono sempre tutto. Che non sono contenta finché non ho rovinato qualcosa».

Mamma lo diceva davvero e Abbie aveva sempre pensato che fosse una cattiveria, ma con un fondo di verità.

«E ho iniziato a parlare di papà. Le ho detto un sacco di cose odiose sul fatto che non era stata una buona moglie per papà o una buona madre per me e che tutta la nostra vita era ruotata intorno a lei e poi… cioè, è degenerata e non so neanche cosa ci stessimo dicendo. E mi sarei rimangiata tutto se avessi potuto, ogni singola parola, ma poi lei ha detto…»

Si interruppe con una mano sulla bocca, come se sperasse di tenersi dentro il resto. Si alzò anche Abbie, col corpo percorso da fremiti. Elettrico.

«Cosa ha detto?», sussurrò.

Clara chiuse gli occhi, prese un respiro tremante e poi lasciò ricadere il braccio. «Ha detto che papà non era mio padre».

«Papà non era… aspetta… cosa?»

«Willis Beecher non è il mio padre biologico».

Abbie sentì il cervello ingolfato e vuoto al tempo stesso. Un milione di pensieri. E ancora più domande. E l'unica che le uscì fu: «E allora chi è?»

Le due si girarono lentamente verso Kitty Devereaux, che risplendeva nella vecchia cucina di mamma.

«Sedetevi, ragazze. Anche vostra madre aveva dei segreti ed è arrivato il momento che sentiate la storia che non vi ha mai raccontato. Dall'inizio».

Parte seconda

16
BettyKay

Greensboro, Iowa, 1969

17 novembre 1969

Ieri il tempo è finalmente cambiato e l'aria sa di inverno. I giardini sono pieni di piante morte e i ragazzi non giocano a football nel prato come la settimana scorsa. L'inverno sta arrivando e dopodomani per me le rotazioni sono ufficialmente terminate. Ho un ultimo turno all'ospedale e gli esami finali e poi... basta. Mamma non mi ha nemmeno chiesto se vado a casa per Natale quest'anno. Denise ha cercato di farmi mettere con uno degli amici di Carl. Di nuovo. Continuo a ripeterle di smetterla e lei continua a ripetermi che se aspetto troppo a lungo rimarrò zitella. Non riesco neanche a pensare di baciare un altro uomo. Todd è stato l'unico che abbia mai baciato. E se bacio male? Se sbaglio tutto e neanche lo so?

Kitty è partita. Jenny sta per farlo. Ricordo quando venire a Greensboro mi era sembrato così coraggioso, e adesso sono troppo codarda per andare a un appuntamento. Magari sono più simile a mia madre di quanto pensassi. Tutto sembra cambiare. Tranne me.

Diana Ross cantava di quella montagna mentre io attraversavo la nostra stanza stipata di gente per andare ad aprire la finestra. Uscii sul tetto e strisciai fino a Jenny, seduta vicino a uno dei vecchi camini con indosso uno dei miei tentativi peggio riusciti di lavorare a maglia. I capelli formavano una nuvola perfettamente rotonda attorno alla sua testa, e aveva sostituito gli occhiali cat-eye con una montatura quadrata in metallo dorato.

«Sai che la festa di addio è per te», le ricordai, lasciandomi cadere al suo fianco. Tirai fuori dal cappotto due lattine di Coors ghiacciata.

«Dove cavolo le hai prese, queste?», mi chiese, perché la Coors era difficile da trovare fuori dal Colorado.

«Un camionista molto riconoscente me ne ha portate un po' dopo l'intervento del mese scorso».

«L'intervento per le emorroidi. Sto bevendo birra delle emorroidi?»

«Non è necessario scendere nei particolari. Di' grazie e basta». Sorrisi, sforzandomi di essere felice perché la conoscevo e non triste perché se ne stava andando.

«Grazie». Jenny aprì la lattina e bevve un sorso. Io la imitai. «Apprezzo la festa che state dando per me. È solo che apprezzo un po' di più la pace e il silenzio che ci sono qua fuori».

«Donna ha portato la sua torta glassata al cioccolato».

«Be'», disse Jenny con una risata. «Questo cambia le cose».

La torta glassata al cioccolato era l'idea di festa di Jenny. Certe cose non cambiavano mai.

«Le ho detto di tenerne da parte una fetta per te».

«Hai pensato a cosa farai dopo esserti diplomata?»

Dopo la morte di Todd mi ero gettata anima e corpo nella scuola al punto che ero riuscita a ottenere tutti i crediti formativi per diplomarmi sei mesi prima insieme a Jenny. Lei e io avevamo terminato ufficialmente le rotazioni mentre tutte le altre del nostro corso avrebbero concluso a maggio.

«Prendo quell'appartamento a Fern con Denise». Due camere da letto con un salotto arredato. Denise non era la mia prima scelta come coinquilina, ma non è che ne avessi molta. Jenny era stata la mia compagna di stanza da quando Kitty era partita, ma adesso era diretta alla scuola ufficiali dell'Army Nurse Corps. Un paio delle altre ragazze l'avrebbero raggiunta dopo il diploma in primavera. Kitty era nel cinema adesso, ma sul serio, nel senso che recitava, non che pasticciava con la stoffa. Susan numero tre e numero quattro avevano in programma di tornare nelle cittadine d'origine per lavorare nell'ambulatorio di famiglia.

Mi sentivo l'unica rimasta. Be', io e Denise.

«Non sembri molto entusiasta», osservò Jenny.

«Lo sono», mentii. Perché la verità era che non sapevo come fare senza Jenny e Kitty. Non volevo condividere la casa con altre ragazze. Non volevo essere lasciata indietro.

«Non è troppo tardi, lo sai», disse Jenny.

«Così continui a ripetere».

«La guerra sta finendo, i ragazzi vengono rimandati a casa. Per quando arriveremo là potrebbe essere finita».

Todd aveva detto la stessa cosa, ma tenni la bocca chiusa.

«Sei brava. Sto solo dicendo questo», continuò, poi si cucì la bocca e non aggiunse altro.

«Non hai paura?», le chiesi. «Lo so che fingi che vada tutto bene, ma adesso siamo solo tu e io. E odio pensare che tu abbia paura e lo tenga per te, perché non è che ti giudicherei o proverei a dissuaderti».

«Non ho paura», rispose in tono sommesso. Tirò il brutto maglione con le maniche storte e la spessa lana arancione. Avevo fatto a maglia quell'orrore guardando *General Hospital* durante la pausa. C'erano un sacco di Lee e Meg in quel maglione. «Tanto per cominciare, indosserò questo come armatura».

«Non ti salverà la vita», risi.

«Non so. Non riescono a bucarlo nemmeno le tarme».

«Se potessi farti a maglia un'armatura vera, non ci penserei un attimo».

«Lo so», disse, premendo la spalla contro la mia. «Il Vietnam sembra immediato. E necessario. Quelle che per me sono le fondamenta del lavoro di infermiera. Lascia perdere quel razzista di Mr Jenkins del postoperatorio con le unghie incarnite».

«Mr Jenkins può andarsene in quel posto».

«A pulire padelle e sederi sporchi».

«I sederi sporchi ci sono anche in Vietnam».

«Già. Immagino di sì», rise Jenny. «Comunque, no. Non ho paura. Sono eccitata. Per la prima volta da quando sono venuta in questa scuola, sono davvero entusiasta di fare l'infermiera».

Perché l'infermiera era sempre stata una seconda scelta. Le seconde scelte avevano la tendenza a essere insoddisfacenti.

«Saresti dovuta diventare un medico».

«Se gli asini avessero le ali».

Inclinai la lattina per toccare quella di Jenny e poi entrambe bevemmo un sorso.

«Ha chiamato mio padre».

Mi girai, a bocca aperta. «Quando? Cos'ha detto?»

«Questa mattina». Jenny giocherellò con il bordo della lattina. «Ha detto che è orgoglioso di me».

«Oh, Jenny».

«Ha sprecato anni a non parlarmi. Ci ha fatto passare Natali orribili e ha spezzato il cuore a mia madre. E il giorno prima che parta mi telefona?» Scosse la testa.

«Sei arrabbiata con lui».

«Sto andando in guerra, Betts. Vorrei solo che non avesse sprecato tempo a incavolarsi perché non riusciva a farmi cambiare idea».

«Avresti potuto dirgli che non aveva uno straccio di possibilità».

«Siamo così simili. Io e mio padre», sussurrò. «Sono cocciuta come lui. Orgogliosa. Convinta di saperne di più. Certe volte mi fa paura».

«Tu non sei come lui, Jenny». Le misi una mano sul ginocchio. «Per niente».

Bevemmo un altro sorso di birra. La musica dentro passò ai Rolling Stones e qualcuno alzò il volume.

«Come resisterai a tutti quei fusti in uniforme?», chiesi, cercando di alleggerire l'atmosfera e lei rise, alzando lo sguardo verso le stelle. «Non puoi evitare il sesso opposto per sempre».

«Oh, senti chi parla. Quando smetterai tu di evitare il sesso opposto?»

«Touché», dissi, e scoppiammo a ridere. Desideravo che Jenny si innamorasse di un bravo ragazzo capace di capire le sue ambizioni. Se lo meritava.

«Domani lavori?», mi chiese.

«Ultimo giorno in Ostetricia». Ultimo giorno di tutto. E da quello dopo avrei avuto un mese libero prima degli esami finali. Avevo davanti quattro settimane con nient'altro da fare se non studiare e trasferirmi nel mio nuovo appartamento.

Jenny inarcò le sopracciglia con aria indagatrice. «E come va con il dottor Fischer?»

Scossi la testa. Nessun cambiamento. Mi era apertamente ostile. Condiscendente. Mi urlava contro davanti alle altre infermiere e agli studenti. Lavorare con lui era un esercizio di umiliazione.

«Dovresti denunciarlo».

«Senti chi parla». Qualunque molestia avessi subìto era robetta in confronto a quello che Jenny aveva dovuto affrontare nel corso degli anni. L'avevo incoraggiata a denunciare il peggio dei dottori, delle infermiere o dei pazienti razzisti, ma non lo aveva mai fatto.

Pensi che denunciarli cambierebbe qualcosa?, aveva detto. *Passerei per una piantagrane e le cose non farebbero che peggiorare.*

«Io me ne sto andando. Tu con quell'uomo ci devi lavorare. Kitty se l'è filata e lui è da due anni che se la prende con te».

«Non so se sia così», obiettai. Ma di sicuro sembrava una cosa personale. Pensavo che riguardasse di più il fatto che aveva rischiato la carriera per aiutarmi, ma comunque stessero le cose, il dottor Joel Fischer era l'unico medico dell'ospedale ad aver chiarito senza mezzi termini che non gli andavo a genio.

Ero una brava infermiera, fra le prime della classe appena dietro Jenny. Tutti gli altri dottori e le infermiere mi apprezzavano. Non c'era alcun motivo per cui il dottor Fischer dovesse trattarmi come se non avessi superato Fondamenti di infermieristica del primo anno.

«E poi, sarò al Pronto soccorso», dissi.

«Giusto, e Ostetricia non ha mai niente a che fare con il Pronto soccorso?»

La prospettiva di un lavoro nel reparto che era la mia prima scelta al St Luke Hospital avrebbe dovuto riempirmi di entusiasmo. Un impiego ben pagato nel posto più bello dove fossi mai stata, eccetera. Ma lavorare nello stesso edificio con il dottor Joel Fischer gettava un'ombra su tutto.

«Dovresti chiarire le cose», insistette Jenny.

«Dovrei».

Jenny rise e io dovetti sorridere. Non avrei chiarito proprio un bel niente e lo sapevamo entrambe. Nutrivo una vera e propria avversione a creare problemi.

«Come se la cava la nostra stella del cinema?», chiese Jenny.

«Bene. La prima è fra due settimane».

«Quella ragazza», commentò Jenny scuotendo la testa con affetto.

«Ha avuto una parte in un nuovo film con Rex Daniels».

Jenny arricciò il naso.

«Rex Daniels non ti piace?» Perché a me piaceva eccome. La vita che Kitty stava vivendo in California era così eccitante, così diversa. Faceva sembrare la mia un po' scialba.

«I tipi alla cowboy? Sidney Poitier tutta la vita. Allora, ci vai? So che ti ha proposto di andare lì e di farti un vestito. Se non fossi in partenza per l'addestramento, in questo momento sarei già in viaggio per Hollywood».

«Non lo so. Ho gli esami fra un mese e dovrei studiare».

«Ragazza mia, hai tutte le opportunità del mondo e vuoi restare in Iowa». Non era una domanda e neppure un giudizio. Era un fatto.

«A me piace l'Iowa».

«Lo so. Andiamo, adesso. Mi tocca lasciar piangere sulla mia spalla altre persone che vogliono salutarmi». Jenny finì la birra e strisciò giù dal tetto per tornare dalle amiche, dalle compagne e dalle future colleghe che si stavano divertendo.

Io finii la birra e rimasi dov'ero, a osservare le nuvole che si rincorrevano davanti alla luna.

Alla fine di un lungo turno, passai per la sala medici di Ostetricia e dalla porta socchiusa vidi il dottor Fischer seduto su una delle poltroncine, con una sigaretta in una mano e una biro nell'altra, intento a fare le parole crociate della domenica. Prima di cambiare idea, bussai piano alla porta.

«Dottor Fischer?»

Lui alzò lo sguardo, mi vide e riportò gli occhi sul cruciverba. «Tutto a posto con Ms Claiborne e il bambino?»

«Il bambino mangia ogni due ore. Ms Claiborne non è ancora riuscita a scaricarsi così le ho dato del lassativo emolliente».

«Bene».

Non mi mossi e il dottor Fischer alzò di nuovo la testa. Il suo sguardo era raggelante. «C'è altro?»

«Io... ecco... è il mio ultimo giorno a Ostetricia e volevo ringraziarla».

«Prego», rispose, liquidandomi.

«Ma volevo anche dirle che lavorerò in questo ospedale al Pronto soccorso».

«Così ho sentito dire».

«E qualunque...» *Oh, Signore, qual era la parola giusta? Lamentela? Risentimento? Astio?* «...problema personale che potrebbe...»

Si sbatté il giornale sulla coscia e io smisi di parlare, col cuore che martellava furiosamente.

«Lo sa cosa vedo quando la guardo?», chiese, e per un attimo la sua schiettezza mi lasciò ammutolita. «Le ho fatto una domanda».

«Kitty?»

Rise senza alcuna allegria. «No. Vedo quello che l'infermiera Bouchet chiamerebbe un pessimo soldato». Mi irrigidii e avvertii un nodo allo stomaco. «Lei non ascolta, Miss Allen. Esegue gli ordini solo quando è d'accordo...»

«Non è vero».

«Il cesareo l'anno scorso? I gemelli nati a marzo? E questi solo nel turno con me. C'è stata l'appendicite con il dottor Osgoode». Si mise a contare sulle dita. «Il dito infetto di Mr Jenkins».

«Quelli erano...»

«Tutte le volte lei ha deciso di saperla più lunga».

Non era affatto vero. Ero una studentessa senza alcun potere, e lui era un medico con tutta l'autorità. Non potevo prendere una decisione né somministrare un farmaco. Quasi non ci parlavo, coi medici. Eppure, lui ricordava tutte le volte che avevo chiesto un chiarimento alle infermiere o ricordato ai dottori un'allergia ai farmaci oppure, certo, nel caso dei gemelli, avevo aspettato troppo a chiamare il medico perché somministrasse il cocktail scopolamina/morfina per indurre il parto.

«La madre non voleva l'anestesia».

«Non spettava a lei decidere».

«Non l'ho fatto. È stata la madre».

«Non spettava neanche a lei decidere. Sono io il medico, Miss Allen. Ne so più di chiunque altro».

Mi costrinsi a tenere la bocca chiusa. Non potevi metterti a discutere con un medico convinto di essere Dio. Lo sapevo. Lo sapevano tutte le infermiere.

«Sa qual è la qualità più importante di una buona infermiera?»

Anche la mia risposta a quella domanda era irrilevante, così non mi presi nemmeno la briga di darla.

«L'affidabilità. E io di lei non mi fido. Perciò, per me, questo fa di lei una cattiva infermiera».

Feci un passo indietro e urtai con la spalla lo stipite della porta, mentre le sue parole mi ferivano in un modo che non mi aspettavo. Gli altri medici la pensavano come lui? E le donne con cui lavoravo?

Ero un pessimo soldato?

L'impianto di altoparlanti dell'ospedale prese vita gracchiando. «Chiamata per il dottor Fischer al Pronto soccorso. Chiamata per il dottor Fischer al Pronto soccorso».

Spense la sigaretta e io mi affrettai a scansarmi.

«Lei viene con me», ordinò mentre mi passava accanto.

«Il mio turno...»

«Lei viene con me».

Ci venne incontro la caposala O'Neill, che passava il turno in giro per i reparti assicurandosi che le infermiere facessero il loro lavoro correttamente e che non mancasse personale. Ma era mezzanotte e c'era il cambio turno. Alcune infermiere avevano smontato e altre non erano ancora arrivate. Era un momento difficile per un'emergenza.

«Donna incinta di trentaquattro settimane al terzo figlio», disse l'infermiera O'Neill, ragguagliando il dottor Fischer mentre correvamo verso il reparto, con le scarpe bianche che cigolavano sul pavimento. «Il marito dice che è entrata in travaglio la notte scorsa. L'ha portata qui venti minuti fa dopo che ha perso conoscenza fra una contrazione e l'altra e ha iniziato ad avere le convulsioni. L'ha persa di nuovo nel tragitto in macchina fino all'ospedale e non si è più svegliata».

«Da quanto è priva di conoscenza?», chiese lui mentre si lavava le mani. Quando si spostò dal lavandino, io feci lo stesso.

«La maggior parte del viaggio. Due ore».

«Gesù», borbottò lui. «Il marito?»

«In sala d'attesa».

«Lasciatelo lì».

Ci avviammo verso l'ultimo letto chiuso da tende. Si udivano voci sussurrare in preda al panico e sotto il bordo della tenda c'era una pozza di sangue, con in mezzo l'impronta della scarpa di un'infermiera. Mi bloccai, sentendo la paura serrarmi lo stomaco. Qualunque cosa ci fosse dall'altra parte, non prometteva niente di buono.

«Non si lasci impressionare adesso», borbottò il dottor Fischer e scostò la tenda.

Il dottor Billingly, il medico in servizio, era accanto alla donna, che aveva le gambe sulle staffe, con una mano dentro di lei.

«Grazie al cielo, Joel», esclamò. «Non riesco a capire se il bambino è podalico. Non sento un piede né la testa». Si scostò dalla donna. Altro sangue zampillò sul pavimento. «C'è un sacco di sangue».

«Lo vedo». Il dottor Fischer si mise fra le gambe della donna e le tastò l'addome, con l'espressione indecifrabile. «Preparatela per l'intervento. Cesareo d'urgenza».

Nel giro di qualche secondo la lettiga, la madre, il dottor Fischer e tre infermiere, me compresa, eravamo nella SALA OPERATORIA QUATTRO, con indosso il camice, la mascherina e pronte con coperte, garze e bisturi.

«Scopolamina?», chiese l'infermiera Rose.

«Non c'è tempo. È incosciente».

Il battito della madre era regolare, benché debole, ma un cesareo senza morfina o scopolamina sarebbe stato un incubo se si fosse svegliata. D'altra parte, il battito cardiaco debole avrebbe potuto non reggere un'anestesia. Il dottor Fischer stava camminando sul filo del rasoio.

«Bisturi», ordinò e qualcuno gliene mise in mano uno. Ci fu un'incisione netta e una cascata di sangue. La madre emise un verso e fu presa dalle convulsioni. Una delle infermiere la tenne ferma e il dottor Fischer tirò fuori dall'utero un esserino violaceo.

Il silenzio era inquietante.

«Dio mio», ansimò il dottor Fischer e per un attimo, col neonato appoggiato sulle gambe della madre, rimase immobile, paralizzato.

L'infermiera O'Neill, che era dalla parte della testa della madre, si fece un rapido segno della croce. Io tenevo in mano le coperte per avvolgere il neonato. In circostanze normali il dottor Fischer avrebbe disostruito la bocca del bambino e gli avrebbe dato uno sculaccione, costringendolo a fare il primo respiro e a emettere uno strillo scioccato e offeso. Avevo assistito a una scena così decine di volte. Ma questa volta me lo porse senza fare nessuna di quelle cose.

Avvolsi quell'affarino minuscolo nelle coperte calde e mi precipitai alla postazione neonati. Attraverso le coperte sentivo il battito del cuore e il corpicino che si dimenava per la sensazione estranea della stoffa.

Non era nato morto.

«Ciao, ciao», tubai e posai il neonato sulla bilancia imbottita, svolgendo le coperte per iniziare a visitarlo. «Ciao, piccolino. Va tutto bene. Va...» Le parole mi morirono in gola.

Il bambino aveva delle malformazioni spaventose. Più di quante riuscissi a elaborare. Le gambe erano fuse insieme e finivano senza piedi. Il cranio non era completamente formato.

Eppure, per chissà quale miracolo, respirava. Il cuore batteva.

Una bambina. Per abitudine, frutto della mia formazione, la pesai.

Un chilogrammo e nove.

La misurai.

Trentatré centimetri.

Piccola, ma ne avevo visti di più piccoli.

Non ho mai visto niente del genere.

Iniziai il test di Apgar ma non capivo come avrei potuto farlo.

E la bambina non piangeva.

Il dottor Fischer arrivò per visitarla, i gesti e l'atteggiamento bruschi mentre esaminava orbite senza occhi.

Fece un passo indietro e si sfilò i guanti lasciandoli cadere per terra.

«Cosa facciamo?», chiesi.

«Niente».

«È viva», osservai.

«Non per molto. La copra, la tenga al caldo, ma non deve rianimarla in nessun caso. Questa bambina morirà, e qualunque tentativo di evitarlo non farà che prolungare le sue sofferenze. Mi ha capito, Miss Allen?»

«Sì. Certo». Non rianimare. Era l'unica cosa sensata.

La madre fu ricucita e portata in sala risveglio, e nel caos di quella nascita violenta fui lasciata sola nella sala operatoria con la neonata moribonda. Non piangeva. Sollevò le mani, come se volesse afferrare qualcosa, ma senza versare una lacrima.

«Ehi, piccolina», continuai a sussurrare, e il mondo si restrinse a noi due.

La ripulii dal sangue e la avvolsi in una coperta calda, le misi un cappellino in testa e la posai in una culla. Ma lei continuava a respirare. E il suo cuore batteva.

L'infermiera O'Neill tornò in sala operatoria. «Tutto bene?»

«È ancora viva».

«Dio mio», disse e si fece nuovamente il segno della croce. «Ti serve aiuto?»

«La porto alla nursery». Iniziai a spingere la culla verso la nursery quando improvvisamente la bambina andò in sofferenza. Smise di respirare, la faccia le diventò blu e iniziò a contorcersi e ad agitare le braccia. Agendo d'istinto, presi l'Ambu azzurro dal kit di rianimazione per neonati che stava sotto la culla, glielo misi sulla bocca e iniziai a premere il palloncino, insufflandole aria nel corpo, facendole ripartire i polmoni.

«Che stai facendo?», mi chiese l'infermiera O'Neill, inorridita.

«Non lo so», risposi isterica.

Lei scosse la testa. Non sapevo cosa mi aspettassi che avrebbe fatto, ma lei prese la culla e percorse lentamente il corridoio verso la nursery mentre io azionavo l'Ambu.

Nella nursery non c'era nessuno e l'infermiera O'Neill spinse la culla in un angolo.

«Cosa devo fare?», le chiesi.

«Vado a cercare il dottor Fischer».

Avrei voluto dirle di non farlo, che non ne sarebbe venuto niente di buono, che di sicuro lei e io, un'infermiera e un'allieva, avremmo potuto cavarcela da sole. Ma ero solo una studentessa che aveva commesso un errore. E lei doveva riportare ai medici.

Un minuto dopo davanti a me c'era il dottor Fischer, furibondo e ancora sporco di sangue dall'intervento.

«Che cosa avevo detto, Miss Allen?»

«Di non rianimare, lo so». Sentivo premere dietro gli occhi lacrime di imbarazzo, rabbia e tristezza per quell'esserino.

«È giovane. Una studentessa», cercò di intercedere l'infermiera O'Neill.

«Mi aspetto che lei scriva una nota disciplinare per il suo fascicolo», le disse Fischer. L'infermiera sembrò sul punto di protestare ma poi si limitò ad annuire. L'uomo mi si avvicinò così tanto da piantarmi un dito nel petto. «Ecco di cosa parlavo, Miss Allen. Ecco perché non mi fido di lei».

«Mi dica solo cosa fare», replicai, orgogliosa di essere riuscita a parlare con voce salda.

«Resterà qui, con quell'Ambu, finché il cuore della bambina non si fermerà. Finisca quello che ha cominciato». Dopodiché si voltò e se ne andò.

L'infermiera O'Neill mi guardò con tutti i suoi anni di esperienza.

«Mi dispiace», sussurrai, e adesso che lui se n'era andato, non riuscii più a trattenere le lacrime. Mi colavano lungo il mento e le asciugai come potevo usando la spalla.

«Lo so». La donna mi rivolse un sorriso tirato. «Finisco io le tue cartelle. Sei una brava infermiera, BettyKay. Una delle allieve migliori che abbiamo avuto da anni. Non lasciarti spaventare dal dottor Fischer».

Era mezzanotte passata, dopo un lungo turno, e in genere l'avrei sentito in ogni fibra del corpo. Piedi gonfi e schiena dolorante. Il mal di testa dietro gli occhi per aver bevuto troppi caffè e non abbastanza acqua. Ma in quel momento non sentivo più niente, a parte il mio respiro.

Inspiravo, e schiacciavo il palloncino. Espiravo, e lo rilasciavo. Il minuscolo petto della bambina si alzava e si abbassava. Per tutto il tempo vidi il suo cuore battere nella pancia, dove non avrebbe dovuto essere.

Forzavo l'aria in polmoni che non erano formati a sufficienza per respirare da soli, forzavo la vita in un corpo che non era in grado di trattenerla.

Inspira, schiaccia, mi dispiace.

Espira, rilascia, mi dispiace tantissimo.

Inspira, schiaccia, il dottor Fischer ha ragione.

Espira, rilascia, i miei genitori avevano ragione.

Inspira, schiaccia, non sono tagliata per questo lavoro.

Espira, rilascia, è stato tutto un terribile errore.

Pensai a mio padre che urlava e al fatto che la carta da parati nella mia camera non attutiva il suono della sua voce. A Todd che moriva solo chissà dove senza nessuno a tenergli la mano. Ero schiacciata da ogni errore che avevo commesso. E tutto quello che avevo fatto sembrava un errore. Ogni decisione. Ogni momento in cui avevo pensato di sapere quello che stavo facendo.

Ci vollero venti minuti prima che il suo cuore si fermasse.

Alla fine, riavvolsi la bambina nella coperta e chiamai l'infermiera O'Neill, che a sua volta chiamò il dottor Fischer. Rimasi in disparte mentre il medico esaminava la neonata, dichiarava l'ora del decesso e lasciava che se ne occupassero le infermiere e gli inservienti.

«Non c'è cartella clinica», sussurrai.

«No», disse l'infermiera O'Neill con compassione. Girai appena la testa per non guardarla in faccia.

«Il padre?», chiesi.

«Gli hanno detto che il bambino non ce l'ha fatta».

«Sua moglie?»

«Stabile. Ma ancora priva di conoscenza».

A chi avrei dovuto dire degli ultimi respiri della bambina? Dei venti minuti in cui il suo cuore aveva continuato a battere contro ogni probabilità? Di sicuro c'era qualcuno che avrebbe dovuto saperlo. Qualcuno a cui avrei dovuto dirlo.

«Vai, tesoro». La donna mi diede un colpetto sulla spalla. «Vai a casa. Qui ci penso io».

Uscii dalla nursery, consapevole degli sguardi che mi lasciavo alle spalle. Era un piccolo ospedale, e la storia di quello che avevo fatto, di come avevo disobbedito al medico, sarebbe arrivata alle orecchie di tutti prima del cambio di turno successivo.

Spinsi le porte a vento che portavano al tunnel fra il dormitorio e l'ospedale, e quando si chiusero alle mie spalle lo shock e l'adrenalina mi abbandonarono. Mi tremavano le gambe, ma non mi fermai. Non rallentai. Avevo fatto tutte le riflessioni che dovevo in quei venti minuti passati con la bambina e il palloncino Ambu. Avevo intenzione, se ci fossi riuscita, di non ripensarci mai più per molto, moltissimo tempo.

Andai dritta al telefono del secondo piano e feci una chiamata a carico del destinatario a Kitty.

«Vieni?», esclamò lei.

«Non mi perderei la tua prima per niente al mondo», risposi con voce tremante.

«Non sai cosa significhi per me, Betts», disse. «Mi sei mancata».

«Anche tu mi sei mancata», risposi, coprendo il microfono con la mano perché non sentisse il singhiozzo che mi era sfuggito.

«Tutto bene, BettyKay?»

«Bene. Benone».

«Ti faccio un vaglia per il biglietto», aggiunse. «Prima classe, e non provare a risparmiare».

17
Abbie

Greensboro, Iowa, 2019

«Che stai facendo?», sibilò Clara, com'era prevedibile, quando Abbie si infilò nella metà libera del letto matrimoniale.

Kitty Devereaux dormiva nel letto di Abbie sotto lo sguardo di un poster delle Spice Girls. Abbie aveva messo lenzuola pulite e cambiato i vecchi cuscini. Non sembrava sufficiente, proprio per nulla, ma era tutto quello che avevano.

Un'osservazione che, al momento, poteva applicarsi a una buona parte della sua vita.

«Nel letto di mamma non ci dormo».

«Hai un letto in una casa a cinque minuti da qui».

«E perdermi quello di cui tu e Kitty parlerete domattina davanti al caffè? Non se ne parla. Fammi spazio».

Clara si spostò facendo un sacco di scene e Abbie si rannicchiò al suo fianco.

«Clara?»

«Lo sapevo che avresti voluto parlare».

«Perché non mi hai detto della lite?»

Clara si tirò sul petto la vecchia trapunta coi gatti. «Perché è stata terribile, Abbie. Perché è una faccenda orribile che in questo momento mi sta rovinando l'esistenza e non volevo che rovinasse anche la tua. Dopo che mamma ha detto quella cosa di papà l'ho mandata a quel paese e ho messo giù. È stata l'ultima cosa che le ho detto».

Abbie si puntellò su un gomito per guardare la sorella, che fissava il soffitto. Clara detestava il contatto visivo.

«Ho continuato ad aspettare che mi chiamasse per scusarsi. O almeno per darmi spiegazioni. E poi avrei telefonato per scusarmi e poi...» La ragazza si strinse nelle spalle. «Ha avuto l'infarto».

«Non le hai parlato per due settimane?»

Clara scosse la testa. Abbie parlava con la madre quasi ogni giorno. Due settimane erano impensabili.

«Non eravamo unite come lo eravate tu e lei. Ma ci sentivamo almeno una volta alla settimana».

Perché non ne sapevo niente? Della lite? Del padre di Clara? Di Kitty Devereaux? Se mamma e io eravamo così unite, perché c'erano tutti questi segreti?

Abbie provava imbarazzo per quella sensazione di essere stata tradita. BettyKay non doveva alle figlie tutta la sua vita, ogni particolare del suo passato. Abbie capiva anche perché aveva tenuto segreto il vero padre di Clara... lei avrebbe fatto lo stesso per tenere unita la sua famiglia. Per restare aggrappata all'*idea* di loro insieme.

Ma adesso, tutt'a un tratto, c'erano così tante cose. Aveva la sensazione di andare alla deriva.

«Sono venuta a questo funerale incavolata nera con lei», disse Clara.

«Mamma ti avrebbe perdonata».

«Lo so. E questo peggiora le cose, in un certo senso».

«Sei ancora arrabbiata?»

«Sono solo triste. Mi mancano. E mi manca quella che credevo fosse la nostra famiglia».

«Noi siamo ancora i Beecher». Abbie aveva cercato di chiarirlo da quando era morto il padre. «Siamo ancora quella famiglia. Siamo una famiglia».

Finalmente Clara si girò verso di lei. «Mi spiace di aver pensato di andarmene subito dopo il funerale. È stato orribile da parte mia».

«Vero». Abbie tornò a sdraiarsi. «Ma capisco».

Clara sorrise consapevole di tutto quello che la sorella sapeva di lei, le lealtà infantili e i drammi dell'adolescenza, e sotto il dolore e la confusione Abbie provò... sollievo.

Le era mancata la sorella, le era mancato sentirsi conosciuta da qualcuno come la conosceva Clara. Ben ci provava, ma era un uomo. E... be', c'erano dei segreti anche lì.

«Alla veglia continuavo a guardare tutti quegli uomini che conosciamo da una vita e a chiedermi se uno di loro fosse mio padre».

«Oh, mio Dio, tipo chi?»

«Mr Beck?»

«L'insegnante di musica?»

«Mamma diceva sempre che le piacevano i suoi baffi. Mr Dennis».

«Del comitato del parco?»

«Era un tale cascamorto».

«Avresti dovuto chiedere e basta».

«Giusto», rise Clara. «*Scusate, per alzata di mano? Chi di voi è andato a letto con mia madre nell'autunno dell'84?*»

Risero e le molle del vecchio materasso di Clara cigolarono.

«Quindi... significa che deve aver tradito papà», disse Abbie, nominando la cosa che in realtà non avrebbe voluto nominare. Aveva sempre pensato che fossero – per usare una delle frasi preferite di mamma – *fatti l'uno per l'altra.*

«Magari erano in pausa di riflessione?»

«Magari lei era...» Abbie non riusciva a dirlo. «Ferita?»

«Non voglio pensarci, Abbie».

«No, nemmeno io». Rimase zitta un attimo. «La vuoi sapere una cosa? Voglio dire... Papà è stato tuo padre in tutti i modi che contavano. Se Kitty ha informazioni che lo contraddicono, puoi dirle di tenersele per sé».

Abbie ci avrebbe messo la firma. Le piaceva lasciare le cose come stavano. Si faceva in quattro per mantenere lo status quo.

«Potrei».

Non l'avrebbe fatto, Abbie lo sapeva. Se Kitty non avesse protestato dicendo che era esausta, Clara sarebbe stata ancora lì a farle il terzo grado, nel tentativo di arrivare alla parte della storia che riguardava il suo padre biologico.

«Willis Beecher era mio padre nell'unico modo che contava. Ma qui non si tratta solo di chi è mio padre». Clara si girò per guardarla in faccia. «Si tratta anche di chi era nostra madre. Pensa a tutto quello che abbiamo saputo oggi. Mio padre. Kitty. La California? Mollare la scuola per infermiere? Cos'altro non ci ha detto, Abbie? E *perché*? Non sei curiosa?»

Abbie non poteva dire alla sorella che aveva paura. Che le piaceva che tutto rimanesse com'era. Che importanza poteva avere qualche segreto se erano tutti felici? Clara non l'aveva mai capito, e non lo avrebbe capito neanche adesso.

Nella stanza scese il silenzio, ma Abbie era sveglia come un grillo per via dell'Adderall. Cercò di ricordare l'ultima volta che loro due erano state in quella casa insieme. L'estate prima? Il compleanno di mamma? Lei e Vickie erano rimaste una notte.

«Ehi, Clara? Perché Vickie non è venuta?»

«Te l'ho detto...»

«Clara, sono tua sorella. Lo capisco quando stai mentendo».

La donna giocherellò con la trapunta che mamma le aveva fatto quando era in piena fase gattini. «Avrebbe voluto. Le ho detto di restare a casa».

«Perché?»

Clara si rigirò sulla schiena. «Vuole che ci sposiamo. E avere un bambino».

«Cosa? Clara, ma… non è fantastico?»

«Riesci a vedermi a fare la mamma?» Allungò il collo per guardare Abbie.

«Certo che ci riesco. Saresti bravissima». Una mamma leonessa. Con un amore feroce.

«È esattamente quello che ha detto mamma, ma lavoro troppo».

«E allora smetti».

«Mamma ha detto anche questo».

«La discussione con mamma è iniziata per via di Vickie?» Clara dava sempre molto peso a quello che pensava la madre, e quando le loro opinioni non coincidevano iniziavano a discutere. Riusciva a vederla, Clara, andare dalla madre aspettandosi che le dicesse: *Ma il tuo lavoro è importante per te.* O, *Non tutte le donne hanno bisogno di un figlio per essere felici.* E arrabbiarsi quando era successo esattamente il contrario.

«Già», ammise Clara.

Abbie non sapeva se essere una buona sorella implicasse avallare i suoi sentimenti o cercare di farle cambiare idea. Però mamma aveva ragione, Clara sarebbe stata una buona madre.

La casa gemette in quel modo familiare, quasi confortante. Clara fece uno sbadiglio talmente enorme che le scricchiolò la mascella, e Abbie si rassegnò a starsene lì sveglia a fissare il soffitto.

«Mamma ti voleva bene», disse Abbie.

«Lo so. E io volevo bene a lei. È solo che fa male non poterle dire quanto le volevo bene. E quanto mi dispiace».

Abbie spense la luce e si mise su un fianco, rivolta verso la sorella, e sua sorella fece lo stesso.

«Sono contenta che tu sia qui», disse Clara.

Abbie si costrinse a non reagire. A fingere indifferenza. «Anch'io».

Clara

L'orologio interno di Clara era regolato sull'alba e così, nonostante avesse dormito poco e fosse emotivamente provata, si svegliò presto e fece il caffè con la vecchia macchinetta di mamma. Fuori dalla finestra la mangiatoia per uccelli del padre era indaffaratissima a nutrire gli scoiattoli che avevano imparato come distribuire il peso sui lunghi bracci del mulino a vento in modo da arrivare al mais senza far capovolgere tutto.

Era spassoso, come lo era stato da quando Betts gliel'aveva regalata per Natale vent'anni prima. Willis dava un nome agli scoiattoli e comprava per loro grossi sacchetti di mais al supermercato. Mandava a Clara dei video che avevano come colonna sonora la sua risata.

La mancanza del padre fu come un pugno nel plesso solare, e la ragazza distolse lo sguardo mentre la caffettiera sibilava e poi emetteva un *bip*. Doveva chiamare Vickie. Doveva essere tornata dall'allenamento mattutino, e probabilmente era seduta davanti a uno degli smoothie verde fluorescente che beveva a colazione.

Tuo padre è sempre tuo padre, le aveva detto dopo quella lite con mamma. *Il sangue è irrilevante.*

Le bugie no, però, aveva ribattuto lei, furibonda e sbalordita. Era ancora sbalordita, ma la rabbia se n'era andata da un pezzo, lasciandosi dietro una voragine.

Adesso voleva solo sapere. Chi era suo padre?

E sul serio: chi era BettyKay Beecher?

I genitori di Clara avevano condiviso uno studio con le pareti rivestite di pannelli, incassato in un abbaino sul retro della casa. Un vecchio computer campeggiava sull'ampia scrivania ingombra, come sempre, di bollette, conti, lettere e newsletter di cooperative alimentari, e una decina di altre organizzazioni. Sulla parete era appeso il poster originale di Woodstock che era appartenuto a suo padre, racchiuso in una cornice, insieme alle bandiere del corpo dei Marines e del POW/MIA, che ricordava i prigionieri di guerra e i militari dispersi durante la guerra in Vietnam, che erano rimaste appese fuori da casa loro per decenni. Nell'angolo vicino alla finestra e accanto a una lampada c'era una poltrona in pelle con davanti un poggiapiedi e di fianco un cesto di gomitoli, pieno e inutilizzato da un bel po' di tempo. Mamma era una frana a lavorare a maglia, ma sferruzzava con passione.

Era lo studio di due anziani hippy. Mamma sedeva sulla sua poltrona. Papà alla scrivania. E il loro mondo andava avanti.

Sul basso scaffale di legno che correva lungo tutta la parete fra la poltrona e la porta c'erano decine di diari di mamma. Con la copertina rigida, con la rilegatura a spirale. Lussuosi taccuini in pelle. Quaderni di scuola economici comprati da Walmart.

Quando stavano in quella casa erano abituate a vederli, non avevano nulla di misterioso, e proprio perché erano onnipresenti, erano poco interessanti. E siccome appartenevano alla madre, erano noiosi. Perché le madri erano noiose, giusto?

Clara aveva mai detto a BettyKay che era stata una buona madre? Le piaceva pensare di averlo fatto. Prima della lite. Le piaceva pensare di averle detto in milioni di modi diversi quanto fosse grata di avere avuto per madre BettyKay Beecher. Quanto si fosse sentita amata e protetta in quella casa.

Si asciugò il naso sul collo della T-shirt e sedette davanti ai diari.

Quando erano piccole i diari non erano proibiti. Non c'erano state regole che vietavano loro di leggerli. Ma neanche erano state invitate a farlo. E ficcarci il naso adesso, dopo che mamma era morta, nel tentativo di scoprire cos'altro aveva nascosto alle figlie… be', non sembrava il massimo.

Dovrei aspettare Abbie?, si chiese. E poi capì che stava solo temporeggiando.

E allora? Da dove iniziare? Tirò fuori il primo. Un diario con sopra un gatto addormentato, tenuto chiuso da un automatico. Lo aprì.

Caro diario, ti ho ricevuto per il mio compleanno da Judy VanVlack. Cosa scrivono le persone nei diari? Faccio la quinta elementare. La mia migliore amica è Judy VanVlack perché siamo inseparabili. Nella mia classe c'è John Bisk. È orribile.

Clara sorrise e lo rimise a posto. Sfilò l'ultimo.

12 dicembre 2018

Il mio primo Natale senza Willis. Jenny ha detto che dovremmo organizzare un viaggio da qualche parte. Due vecchie vedove. Quando Jerome ha avuto l'infarto nel

2009 le avevo proposto la stessa cosa. Un viaggio lontano da tutto quel dolore, ma lei voleva solo restarsene da sola nella casa che avevano costruito insieme.
E all'epoca non avevo capito, perché Willis era ancora vivo. Ma adesso capisco. Le ho detto che andremo da qualche parte in primavera. L'ho convinta a prendere in considerazione di andare in California a trovare Kitty. Un piccolo miracolo, e il pensiero mi ha fatto provare qualcos'altro oltre al senso di perdita.
Oh, le ragazze ce la stanno mettendo tutta. Abbie in particolare. Ha infornato torte e messo le decorazioni e porta i bambini a bere la cioccolata calda, e io vorrei dirle di smetterla. Vorrei dire a tutto il mondo di smetterla. Sono stanca. Clara è tornata a casa e si è offerta di aiutarmi a sgombrare qualcuno dei "tesori" di Willis. Non ho avuto cuore di dirle che avevo provato e riprovato a buttare via un po' di quelle cianfrusaglie e non ci sono riuscita. Ha iniziato e neanche lei ci è riuscita. Seduta sul tappeto del salotto a cercare di non piangere. Quella ragazza. A volte mi preoccupa. Tutt'e due, ognuna a suo modo. Abbie è convinta di aver gabbato il mondo. E Clara è convinta di averlo in pugno. Loro due contro tutti, ed è così da quando sono nate. Vorrei che capissero quanto hanno bisogno l'una dell'altra.
Vorrei che mio marito fosse qui.

Clara chiuse il diario e se lo premette sulla fronte. Il singhiozzo rauco le uscì come una specie di risata.

Aveva passato anni convinta che sua madre non la capisse. E in quel momento non riusciva a ricordarsi perché. Perché erano diversissime? Perché a lei piacevano i soldi e le auto di lusso? A causa di mille cose superficiali?

Nessuno la conosceva come sua madre. Eccetto forse Vickie. E questo non faceva che peggiorare il modo in cui la stava allontanando.

Sfogliare quelle pagine non avrebbe dovuto fare così male. Ma, adesso che la rabbia era evaporata, tutto ciò che le restava era il dolore, il rimpianto. Dio del cielo, aveva sprecato settimane ad avercela con sua madre, e prima di quello anni passati a credere di essere troppo impegnata per la sua famiglia.

Troppo importante.

A guardare tutti quei ricordi impilati, si sentì soffocare per l'imbarazzo e il rimorso.

Poteva smettere. Andare a cercare Abbie, chiederle di leggere i diari perché era molto più brava di lei con quella roba, i *sentimenti*.

Se ci fosse stata Vickie, Clara le avrebbe detto: *Vuoi davvero avere dei bambini con me? Guarda come me la do a gambe davanti alle emozioni. Al dolore.*

Ma poi pensò alla storia che Kitty aveva appena raccontato riguardo a mamma e alla neonata e al pallone Ambu azzurro. Che paura doveva aver avuto, che coraggio. Quel momento, lei seduta davanti a una pila di diari, non gli andava nemmeno vicino.

Era una Beecher. Era arrivato il momento di comportarsi come tale.

Prese un diario dal mezzo della fila.

8 settembre 1967

Domani tutta la mia vita cambierà. Mia mamma non mi parla da una settimana e papà ha promesso di portarmi alla fermata dell'autobus domattina dopo aver sbrigato i lavori, ma è già successo che non mantenesse le promesse. Todd dice che posso chiamarlo, anche alle sei del mattino. E mi darà un passaggio. Anche se lui e suo padre stanno per iniziare il raccolto. Che ragazzo. Non credo che dormirò, ma farei meglio a provarci.

Il primo anno alla scuola per infermiere. Clara sfogliò il resto del diario, imbattendosi spesso nel nome di Kitty. Che strano rendersi conto che quella donna era proprio lì, nascosta in piena vista. Il che rendeva ancora più strano che i suoi genitori l'avessero tenuta segreta. Era stata un'idea di mamma? O di papà?

Kitty aveva detto che mamma aveva lasciato la scuola per infermiere prima degli esami finali per andare a stare da lei a Hollywood, così Clara fece scorrere il dito fino al diario appena prima del Vietnam e sfilò un quaderno con la copertina rigida e un sole ricamato in copertina, le pagine ingiallite dal tempo. Andò all'ultima annotazione.

19 novembre 1969

Jenny è partita. È sgattaiolata fuori di soppiatto all'alba per evitare melodrammi. Sapevo che avrebbe scelto di andarsene così, perciò ero alla stazione degli autobus ad aspettarla con un thermos di caffè e un panino al bacon e marmellata di albicocche preso alla caffetteria. Mi ha ringraziata. L'ho abbracciata più forte che potevo e proprio come avevo fatto con Todd, le ho promesso di scrivere. Ho sorriso e l'ho salutata con la mano mentre l'autobus partiva e poi mi sono seduta e ho pianto tutte le mie lacrime. Non mi sono mai sentita così sola in vita mia.

Poi Clara prese il famigerato diario del Vietnam, un quaderno blu con la spirale che BettyKay aveva comprato in un aeroporto.

4 luglio 1970

Alla scuola ufficiali ho imparato a marciare. Non è assurdo? A cosa mi servirà marciare in Vietnam? A chiunque di noi? Le ragazze che ho conosciuto sono interessanti. Alcune sono spiritose. Altre appassionate. E tutte siamo qui per ragioni diverse. Patriottismo. Per avere pagata la scuola. Per fare un buon lavoro dove è necessario. Barbara dice che ci va per l'avventura, e io le credo. Ho fatto circolare i consigli di Jenny e ci siamo procurate termofori per asciugare i letti ed evitare che le lenzuola ammuffiscano, scatole e scatole di assorbenti interni e profumo. Ho paura, posso ammetterlo qui, in queste pagine. Ho paura di aver commesso un errore. Ho paura che Kitty abbia ragione. Ho paura che anziché dimenticare l'uomo che sto cercando di dimenticare con questa decisione, finirò solo per sentirne ancora di più la mancanza. Ho paura di non essere la persona che desideravo essere e che il Vietnam mi schianterà. Ho iniziato a pregare e immagino che questo farebbe felice mia madre, quando nient'altro di quello che ho fatto ci è riuscito. Prego perché questa guerra finisca. Prego per Jenny e per tutte le altre infermiere che andranno in un posto dove pochi sceglierebbero di andare. Spero che qualcuno pregherà per me quando verrà il mio turno.

Mancavano nove mesi prima del Vietnam. Clara rimise a posto il diario e si mise a cercare novembre 1969-luglio 1970.

Niente. In nessuno dei diari.

E chi era l'uomo che stava cercando di dimenticare? Todd? Andare in Vietnam per dimenticare un uomo che lì ci era morto sembrava illogico.

«Clara?»

Era Abbie che camminava nel corridoio.

«Sono qui», urlò, senza curarsi di tenere la voce bassa per non disturbare l'attrice che dormiva nella stanza da letto vicina. Prima si svegliava, prima avrebbero avuto qualche risposta.

«Ehi», disse Abbie, i capelli tutti arruffati. Aveva gli occhi cerchiati di mascara e indossava una camicia da notte di

Garfield, e Clara provò un impeto di affetto per la sorella. Abbie era Abbie, si poteva contare su questo, e non era una cosa che si potesse dire di tutti.

L'espressione di Abbie cambiò quando vide la pila di diari. «Cosa stai facendo?»

«Cerco qualche risposta».

«Su tuo padre?»

«Su nostra madre. Mancano nove mesi. Jenny parte per il Vietnam e nove mesi dopo mamma è alla scuola ufficiali».

«Non è il periodo in cui Kitty ha detto che era a Hollywood con lei?»

«Mamma ha tenuto diari per tutta la vita, Abbie. Perché avrebbe smesso? Oppure», aggiunse, «se ha tenuto un diario, dov'è? L'ha distrutto? E perché avrebbe dovuto? E nel diario del Vietnam dice che è partita per dimenticare un uomo. Chi? Perché non l'ha messo nel libro? Cosa nasconde?» BettyKay aveva pubblicato i diari del Vietnam cinque anni dopo la fine della guerra, ma tutti i nomi erano stati cambiati eccetto il suo. Clara non aveva mai riflettuto su chi sua madre volesse proteggere.

«È troppo presto perché tu sia già in modalità avvocato».

«Kitty è sveglia?», chiese Clara.

«Quando mi sono alzata la porta della sua camera era aperta e ho bussato per vedere se era sveglia». Abbie scosse la testa e porse alla sorella un pezzo di carta. «Se n'è andata stamattina. Prima che ci svegliassimo».

Uno dei grandi vantaggi della laurea in Legge e di anni di pratica a combattere per conto di gente che non aveva bisogno di chissà quale aiuto era che Clara aveva imparato a tenere sotto controllo le reazioni emotive riducendole praticamente a zero. Perciò, mentre una parte di lei temeva il contenuto del biglietto, questo non le impedì di andare avanti.

Ragazze, diceva il messaggio.

Mi spiace moltissimo, ma sono stata richiamata a Los Angeles per una riunione urgente. Ho prenotato un'auto e sono partita per non disturbarvi. So che avete altre domande e io ho le risposte che vorrei tanto condividere con voi, ma Greensboro, Iowa, non è il posto giusto. In casa di vostra madre c'erano un sacco di fantasmi, e penso di averli portati io. Avete un invito aperto per la mia casa di Los Angeles. Chiamate il numero che trovate qui sotto e verrà organizzato un volo. Anche per i vostri famigliari. Sono i benvenuti, e avrete una risposta a tutte le vostre domande.

«Ne vale davvero la pena?», chiese Abbie, e Clara rimase a bocca aperta.

«Come puoi pensare una cosa del genere?»

«Perché sono triste, Clara», mormorò. «Perché abbiamo seppellito nostra madre ieri e io… ho paura».

«Di cosa?»

«Di scoprire cose che ci cambieranno».

«Noi non cambieremo». Clara riprese in mano l'ultimo diario e mostrò ad Abbie l'annotazione che aveva letto. *Abbie è convinta di aver gabbato il mondo. E Clara è convinta di averlo in pugno.* «Siamo le figlie di BettyKay Beecher e vorrei conoscerla almeno la metà di quanto lei conosceva noi».

Abbie sospirò, poi fece una pernacchia sonora e Clara soffocò un sorriso.

«Okay, ma andare da lei non sarà una passeggiata», cedette Abbie, restituendole il diario.

«Portati la famiglia». Clara rimise il diario al suo posto e si alzò dalla moquette ruvida.

«Non… voglio?» Abbie fece una smorfia. «Questo fa di me una persona orribile?»

«Altre madri e mogli si allontanano dalla famiglia il fine settimana. In continuazione», le fece notare la sorella in tono gentile.

«Buon per loro».

«Abbie», disse Clara. «Sto solo dicendo che non è un gran problema. Mamma lo faceva, ricordi?» Ogni tanto BettyKay partiva per un viaggio in un posto che a loro non interessava molto, e papà, Abbie e Clara stavano in piedi sui gradini di pietra della veranda e la salutavano con la mano. Non appena l'auto spariva dalla vista, papà si girava verso di loro con un lampo negli occhi e diceva: *Ragazze, in che guaio vogliamo cacciarci?*

Andavano al videonoleggio e prendevano tutti quei film vietati ai minori che mamma non gli permetteva mai di guardare. Ordinavano la pizza e si accampavano in salotto nei sacchi a pelo mangiando popcorn e gelato. L'ora di andare a letto era abolita e per colazione erano d'obbligo le ciambelle.

«Sarà un grosso problema per Ben».

«Perché?»

«Perché...» Abbie lisciò l'orlo della camicia da notte di Garfield più e più volte. «Non c'è un problema in particolare. Però litighiamo un sacco».

«Riguardo a cosa?»

Abbie fece un gran respiro e qualcosa dentro Clara si mise in allerta. Abbie e Ben erano stati fidanzatini del liceo. Erano un punto fermo. E per quanto a Clara potesse non piacere Ben, Abbie lo amava e lo aveva amato fin dalla recita di primavera del terzo anno delle superiori.

«Niente», disse lei, scuotendo la testa. «Tutto. Sai com'è».

«Ma tu stai bene?», chiese Clara. Abbie non era l'unica ragazza Beecher a capire quando la sorella non stava dicendo tutta la verità. Neanche lontanamente. «Ho visto che bevevi al funerale».

«Tutti bevono ai funerali, Clara!»

«I metodisti no».

Abbie le lanciò un'occhiata acida. «Non mettertici anche tu. Non passi abbastanza tempo da queste parti per giudicarmi».

«Okay», si arrese, alzando le mani. «Be', io vado a Los Angeles. So di averti delusa come sorella, e da quando mamma è morta mi sono comportata da egoista. Ma voglio che tu venga con me».

«Davvero?», chiese Abbie come se non le credesse, e Clara si rese conto di quanto la distanza che aveva mantenuto da Greensboro l'avesse ferita. Abbie *era* Greensboro, in molti sensi.

«Sì». Quando lei e mamma avevano litigato, si era rinchiusa nel suo piccolo mondo e aveva respinto con forza chiunque avrebbe potuto aiutarla a superare quella situazione.

La facilità con cui Abbie gestiva le emozioni era sempre stata oggetto di scherno da parte di Clara. Qualcosa davanti a cui assumere un'aria condiscendente. Ma quando papà era morto e Abbie era riuscita a fare i conti con il suo dolore, e con quello della madre, e aveva cercato di aiutarla... lei si era sottratta. Ma adesso si rendeva conto di quanto le avrebbe fatto bene appoggiarsi a lei. E che in futuro avrebbe potuto aver bisogno di quel tipo di sostegno.

«Non credo di potercela fare da sola», confessò la donna in tutta sincerità.

Davanti a quell'ammissione Abbie fece tanto d'occhi. «Quindi stai dicendo che hai bisogno di me?»

Rise. «Ho bisogno di te. Sul serio».

«Be'», disse la donna, «non posso lasciarti andare a casa di Kitty Devereaux da sola».

Abbie si avvicinò e lei si lasciò abbracciare, riuscì perfino a rilassarsi.

«Grazie».

«Nessun problema. Sono tua sorella».

18
Clara

«È così… rustico», commentò Abbie guardando fuori dal finestrino mentre percorrevano le strade in salita bordate di eucalipti.

Parlava a macchinetta – come faceva sempre quando era nervosa – da quando erano salite sul jet privato che le attendeva sulla pista dell'aeroporto di Des Moines all'alba. Clara si sforzava di non esserne irritata, ma era intontita dalla mancanza di sonno e già impegnata a gestire il suo nervosismo.

«Non mi aspettavo proprio che fosse così rustico», ripeté.

L'autista era silenziosa mentre percorreva le viuzze intricate.

Dal suo finestrino, in mezzo ai pini e alle siepi Clara intravedeva scorci della città che si stendeva verso l'oceano. Dietro tutte quelle siepi e quelle cancellate c'erano dimore private, ma nessuna le sembrava rustica. Sembravano lussuose. Invidiabili.

«Ho sentito dire che Jennifer Aniston abita da queste parti», disse Abbie. «Jennifer Aniston abita da queste parti?», chiese all'autista, che scosse la testa. «Giusto. Certo. La privacy e tutto il resto. Scusi. Be', se fossi Jennifer Aniston, di sicuro vorrei abitare quassù. È così rustico».

A Vickie sarebbe piaciuto tantissimo, pensò Clara in preda al senso di colpa per il modo in cui aveva gestito male tutto quanto con la sua compagna. *Mi farò perdonare. Un weekend in un resort in Messico. Gireremo in costume tutto il giorno e dormiremo in una capanna.*

«Siamo arrivate», annunciò l'autista, svoltando in direzione di un grande cancello che si stava aprendo a rivelare una casa che era per metà uno chalet di tronchi e per metà un moderno cubo di vetro, circondata da un bellissimo giardino.

Erano state invitate, sapevano di essere attese, ma sembrava comunque arrogante presentarsi a quel modo. Con indosso una T-shirt della maratona di Des Moines del 2002, una tuta da jogging e sneaker logore… gli unici capi d'abbigliamento che aveva lasciato a casa di sua madre. Abbie aveva un paio di jeans e un maglione viola che le stava bene, ma che non era per niente adatto al clima californiano.

Mentre si fermavano nella zona riservata alle auto circondata da aranci in vaso e bougainvillea rossa, una donna all'incirca della loro età uscì dalla porta del cubo di vetro.

«Eccoci qui», esclamò Abbie. «Pronta?»

«No».

Abbie rise. «Troppo tardi».

Spalancò la portiera e salutò la sconosciuta.

Dio, pensò Clara osservando la sorella all'opera. Abbie era così simile alla madre, che si gettava nella mischia senza pensarci due volte. Per anni Clara aveva alzato gli occhi al cielo, ma in quel momento vide la forza di quell'atteggiamento, la gentilezza. Le stava aprendo la strada.

«Salve», le accolse la sconosciuta in tono allegro quando Clara scese dalla limousine. Aveva i capelli neri tagliati dritti appena sotto il mento e indossava un top bianco traforato e pantaloni neri eleganti. Ai piedi portava un paio di espadrillas rosse. Clara non si era mai sentita così trasandata in vita sua. «Abbie e Clara, è un piacere conoscervi. Sono Sophia Kim, l'assistente di Kitty», si presentò. «Starete nella suite degli ospiti». Indicò la parte dell'edificio in tronchi.

«Dov'è Kitty?» chiese Abbie.

«Sta riposando». Sorrise. «Non regge più i voli bene come un tempo e le serve un giorno in più per riprendersi. Voleva che vi facessi sistemare e che vi informassi che scenderà per cena».

«Penso che magari... Abbie e io potremmo andare in albergo», disse Clara. Avrebbero potuto farsi una doccia, lei avrebbe cercato un Macy per comprarsi degli abiti decenti e si sarebbero viste la mattina dopo quando tutto fosse parso sistemato e organizzato.

«Non dia retta a mia sorella, è un gatto selvatico», intervenne Abbie. «La suite degli ospiti sembra perfetta».

Era la vecchia battuta di mamma, e le bruciava sentirla uscire dalla bocca di Abbie esattamente come l'aveva sempre ferita quando la diceva sua madre.

Clara avrebbe voluto impuntarsi, ma Abbie e Sophia stavano già chiacchierando come grandi amiche. Tirò fuori il telefono.

SIAMO ARRIVATE, scrisse a Vickie. LA CASA È SPLENDIDA.

BENE

SEI ARRABBIATA

TI HO DETTO CHE NON LO SONO

È SUCCESSO TUTTO COSÌ IN FRETTA, PICCOLA

CLARA, FORSE DOVRESTI CHIEDERTI PERCHÉ TI SENTI COSÌ IN COLPA IN QUESTO MOMENTO.

Clara aveva informato Vickie del cambiamento di programma, e lei aveva chiarito senza mezzi termini che non era affatto turbata dal genere di programmi che prevedevano una lontananza per un periodo di tempo indefinito e un jet privato diretto alla casa di una stella del cinema.

PERCHÉ IO SAREI ARRABBIATA CON ME, rispose. Era quello il problema: se Vickie l'avesse trattata così, si sarebbe imbestialita. Poi, come un ripensamento. *E allora perché lo sto facendo?*

CHIAMAMI PIÙ TARDI, scrisse Vickie.

«Clara?» Abbie mise fuori la testa dallo chalet, gli occhi sgranati per lo stupore. «Devi venire a vederla».

All'interno, l'ambiente era buio per via di tutto quel legno, ma su una delle pareti si apriva una grande porta scorrevole in vetro che dava su un giardino spettacolare, oltre il quale si scorgevano i rilievi verdeggianti di uno dei canyon, poi la città e l'oceano. Tutto squadernato davanti a loro come un fondale di scena.

Non riusciva assolutamente a figurarsi BettyKay Beecher che guardava quello stesso panorama.

«È bellissimo», disse Clara.

Sulla destra c'era una sala da pranzo con un basso soffitto di travi inclinate cui erano appesi due lampadari e un tavolo gigantesco con delle panche lungo entrambi i lati. Dovevano esserci state migliaia di cene in quel posto, centinaia di bicchieri di vino versati. Risate, lacrime e storie affollavano quella stanza come fantasmi.

Clara attraversò la cucina: mensole stipate di spezie, farine, erbe e vasetti di semi con etichette scritte a mano. Il frigorifero e il lavandino erano puri anni Cinquanta. Il motivo del piano di lavoro ricordava boomerang grigi e gialli su un fondo di fòrmica beige.

«Kitty ha cercato di mantenere questo edificio com'era in origine», spiegò Sophia. «Ha fatto rifare le fondamenta, tappare le fessure fra i tronchi e ha sostituito le finestre, ma tutto il resto è esattamente com'era quando aveva preso in affitto una stanza qui nel 1968».

«Clara!», urlò Abbie, e la sorella tornò nel salotto con i divani sistemati attorno al caminetto.

Sopra una stravagante mensola di tek c'erano un mangianastri e centinaia di cassette, e accanto un carrello bar in vetro che sembrava uscito dritto da *Mad Men*. Clara controllò per vedere se la sorella si era già versata da bere, poi si sentì in colpa per averlo pensato.

«Guarda qui», le indicò Abbie, in piedi davanti a una bacheca di fotografie appesa al muro di tronchi.

Fotografie di persone sedute attorno al tavolo della sala da pranzo. Su divani diversi da quelli che c'erano adesso, ma sistemati esattamente negli stessi punti. Gente che prendeva il sole sul prato di fronte a casa e in cerchio attorno ai falò. Kitty compariva in qualcuna, spesso con un uomo snello vestito in modo impeccabile e con gli occhi truccati con gusto. In altre c'era Rex Daniels, brizzolato e stupendo, in posa con Hugh Bonnet, il regista inglese con cui Kitty aveva avuto una relazione per anni.

«Ma guarda», sussultò Abbie, a mezzo metro di distanza, davanti a una sezione diversa della bacheca. «Tutte queste foto di mamma».

Ce n'erano decine, e non solo di mamma da giovane, ma con la permanente che aveva negli anni Novanta, quando aveva perso un sacco di chili con la dieta Jenny Craig, e qualcuna risalente perfino a soli due anni prima.

«Oh, mio Dio», esclamò Clara. «Mamma è stata qui. Un sacco di volte».

«Anche Jenny».

C'erano ritratti di Jenny, incinta sulla chaise longue. In piedi abbracciata a Jerome, tutti e due giovani e innamorati. Lei e mamma che ridacchiavano mentre Kitty faceva il pagliaccio.

«Questa», le mostrò Abbie.

Al centro della bacheca c'era uno scatto di Kitty, giovane e bella da levare il fiato, con dei pantaloni a zampa d'elefante punteggiati di stelle che le fasciavano i fianchi. La parte superiore del corpo era dipinta di fiori e rampicanti.

«Dev'essere della prima di quel film di Natale».

Accanto a lei c'era la loro madre, con indosso un miniabito argentato di lustrini dalle maniche lunghe e svasate e, attorno allo scollo, cuciti a intervalli perfettamente regolari, i bottoni rosa in tinta con degli stivali scamosciati.

I bottoni.

Aveva i capelli lunghi e mossi, e l'eyeliner steso in un perfetto cat-eye. Clara non aveva mai visto sua madre con l'eyeliner. Men che meno in un perfetto cat-eye.

«Mamma ha l'aria così affascinante», disse Abbie.

«Mamma ha l'aria felice», osservò Clara.

«Oh, mio Dio, Clara, guarda questa».

In una Polaroid in bianco e nero, che apparentemente non era valsa la pena incorniciare, Rex Daniels era seduto su una delle panche della sala da pranzo. Una donna con indosso una camicia a quadretti legata in vita gli stava seduta in grembo e le braccia attorno al collo, le labbra premute sulle sue in un bacio appassionato.

E quella foto, più di qualunque altra cosa, sembrò la prova irrevocabile che non conoscevano affatto BettyKay Beecher.

19
BettyKay

Los Angeles, California, 1969

Fuori dal cinema i fan battevano le mani sui finestrini e sul cofano della limousine mentre si allontanava dal marciapiede. Sentivamo le loro urla attutite dall'interno dell'auto. Da ogni parte lampeggiavano i flash delle macchine fotografiche.

«Kitty! Kitty Devereaux!»

«Oh, mio Dio», dissi, guardando dal lunotto posteriore mentre passavamo col giallo i semafori di Hollywood Boulevard, lasciandoci alle spalle il Grauman's Chinese Theatre. «Credo che tu sia una stella del cinema, Kitty Devereaux».

Come se non riuscisse a crederci lei per prima, la donna scosse la testa, con i neon che le facevano diventare i capelli rosa e poi verdi. Negli occhi le passò un lampo. Era più di un anno che non la vedevo, e a guardarla mi era familiare: Katherine Simon nella stanza 212. Ma era anche Kitty Devereaux, la famosa attrice che salutava una folla di fan adoranti.

Era come osservare una farfalla rompere il bozzolo e uscirne con le ali umide, nuova di zecca.

L'auto si lasciò alle spalle le luci della città e si diresse verso le alture immerse nell'oscurità e le strade tortuose bordate di alberi dove sorgeva la casa che Kitty e Alexander condividevano, chiamata con affetto la Voliera per via dei colibrì e dei succiacapre che vivevano fra la vegetazione delle colline circostanti. Quando ero arrivata qualcuno mi aveva detto che lo chalet era stato il nascondiglio di Katharine Hepburn e Spencer Tracy. Non sapevo se fosse vero, ma era divertente pensarlo.

Presi la mano di Kitty, che era molle e sudaticcia. Andava avanti grazie all'adrenalina e alle pillole che lei e il suo amico Alexander si calavano quando credevano che nessuno li vedesse. Mi chiedevo se fosse ancora dexedrina, o se fosse passata a qualcos'altro. Ma la mia amica adesso abitava un mondo nuovo, con nuove regole, e tenni per me i miei timori.

«Sei stata magnifica», le dissi. «Il film era fantastico».

«Non era così male come pensavo», ammise con la stessa sincerità alla Kitty che amavo e che mi era mancata da morire. «Il costume da gorilla era un po' eccessivo, non credi?»

«No». Scossi la testa. «Il costume da gorilla era straordinario. La musica era straordinaria. *Christmas a Go-Go* è il mio nuovo film preferito».

«Qual era quello di prima?»

Mi concentrai cercando di pensare a un titolo, uno qualunque.

«Proprio come pensavo», scherzò lei, e io le sorrisi, con il cuore in gola per l'eccitazione. Lei mi afferrò la mano. «Sono così contenta che tu sia qui. Che tu sia venuta. Non riesco a dirti quanto abbia apprezzato avere accanto un'amica vera in questa occasione».

«Avevi un sacco di amici alla prima».

«Non sono amici. Sono solo... gente».

Sì. Gente. Ne era sempre circondata. La Voliera era sempre piena di *gente*.

Quando andavo a letto la sera, la casa era piena di gente. Mi svegliavo, ed erano ancora lì, a dormire sul pavimento del salotto. Portavano cibo e liquori, scatole di sigari piene di spinelli e opinioni che non avevo mai sentito.

«Non capisci?», aveva detto Alexander la sera prima. «Non lo vedi che il governo ci mette l'uno contro l'altro? Così non ci ribelliamo contro di loro. Il nemico sono loro. Non i soldati che tornano strafatti. Non i vietnamiti uccisi a migliaia».

Kitty aveva annuito. Mi ricordai che da Shakey aveva detto che avrebbe voluto andare a combattere. Vivere un'avventura. Mi chiesi quando avesse cambiato idea.

«Ci raggiungono un paio di persone a casa», annunciò, appoggiandosi allo schienale della limousine. Il trucco sul corpo era sbaffato e rivelava la pelle pallida sottostante.

«Sicura? Hai l'aria di una a cui farebbe bene una bella dormita». Sfilai la mano dalla sua e le tastai il polso. Ancora accelerato.

«Per essere una che non ha nessuna fretta di tornare al suo lavoro di infermiera, ti comporti proprio come una di loro», disse Kitty, lanciandomi un sorriso sguincio.

«Vecchie abitudini». Mi rimisi la mano in grembo.

«Hai davvero intenzione di startene seduta lì a cercare di farmi credere che non tornerai a Greensboro? Che cosa è successo, Betts?»

La prima sera che ero arrivata lì, ubriaca per aver bevuto un Harvey Wallbanger, avevo commesso l'errore di dire a Kitty che non ero sicura di voler tornare. Che forse il lavoro di infermiera non faceva per me.

«Kitty», tagliai corto. «È da quando ci conosciamo che mi tiri fuori dai guai. Possiamo pensare un po' a te, tanto per cambiare? Hai appena vissuto la serata più entusiasmante della tua vita. Hugh Bonnet ti ha portato tutti quei fiori!»

Indicai il mazzo sull'altro sedile, un bouquet moderno con strelitzie e un'altra pianta che somigliava a un fungo viola visto al microscopio. Più che bello era impressionante. E forse pericoloso.

«Non avevo mai pensato che mi sarei sentita così», ridacchiò Kitty. Una vera e propria risatina da oca dalla donna meno oca che conoscevo. Si portò una mano alla bocca e io gliela tolsi. Non avrebbe dovuto sentirsi imbarazzata quando tutti i suoi sogni si stavano avverando.

«Così come?»

«Come se potessi fare qualunque cosa».

La limousine si fermò sul vialetto di sabbia mista a ghiaia della Voliera e Kitty e io scendemmo. L'autista prese i fiori e la cassa di champagne che lo Studio le aveva regalato e li portò dentro.

«Guardati, Betts», disse mentre eravamo ferme in piedi in una pozza di luce lunare. I lustrini argentati del mio vestito riflettevano la luce, proiettando prismi sui pini e sui cespugli di eucalipto. «Somigli a una di quelle palle da discoteca».

«Mi sento una ballerina». Con gli stivali di camoscio rosa dal tacco alto dello stesso colore di quei dannati bottoni cuciti attorno alla scollatura del vestito, accennammo alcuni passi che andavano per la maggiore, io il mashed potato e Kitty lo swim. Poi iniziammo tutt'e due a ballare il twist, e alla fine mi prese per le mani e ci lanciammo ridendo in una polka scatenata sul vialetto.

«Sei una dannata stella del cinema, Kitty!», urlai.

In quel momento arrivò un pick-up rosso. I fari illuminarono la nostra polka improvvisata e noi ci fermammo, schermandoci gli occhi.

«Non badate a me», esclamò una voce con uno spiccato accento texano mentre un uomo scendeva dal veicolo. Era alto e snello, con indosso un paio di jeans e una camicia da lavoro con le maniche arrotolate. Vidi il riflesso argenteo di un braccialetto e di un paio di anelli alle dita.

E il lampo bianco dei denti sotto un paio di folti baffi.

Smisi di respirare.

«Rex!», gridò Kitty e corse ad abbracciarlo.

Porca miseria. Quello è Rex Daniels.

«Ho portato la tequila e dei lime del mio albero», annunciò lui, con una bottiglia in una mano e tre lime nell'altra. Lanciò i frutti a Kitty.

«Betts, lui è Rex, è nel nuovo film che inizieremo a girare l'anno prossimo. Rex, lei è la mia cara amica BettyKay».

«Piacere di conoscerti, BettyKay», rispose, mettendosi la bottiglia sotto il braccio per potermi stringere la mano.

Feci scivolare la mano nella sua e avvertii una scossa arrivarmi al cervello e propagarsi dappertutto, risvegliando ogni fibra del mio corpo. «Chiamami Betts», dissi.

Aveva occhi bellissimi, azzurri con pagliuzze verdi e dorate sul bordo dell'iride, occhi che avevo visto solo sugli schermi dei cinema e alla tv.

«Chiamami Rex». Con mio stupore, lanciò a Kitty anche la bottiglia di tequila, mi fece un inchino e mi trascinò in un valzer.

Dopo la prima cinematografica perdemmo la cognizione del tempo. O forse fu il tempo a perdere la cognizione di noi. Eravamo alla deriva in una bolla fatta di sole e cocktail, gelsomino notturno e lambrusco, e raggiunsi facilmente l'obiettivo di non pensare a niente, di non ricordare il palloncino azzurro Ambu. Se mi tornava in mente, mandandomi un brivido lungo la schiena, chiedevo un'altra sigaretta e un altro gin. Doppio.

Passavamo le giornate stravaccati su sedie a sdraio verdi coi cuscini gialli, la pelle arrossata dal sole.

«Adesso sì», disse una volta Kitty, chiudendo gli occhi dietro gli enormi occhiali da sole bianchi che portava. «Adesso sì che siamo le ragazze del sole».

Alexander usciva per andare a lavorare alla 20th Century-Fox prima che ci svegliassimo e tornava quando stavamo bevendo il primo caffè. Si lasciava cadere sul divano e ci raccontava tutto quello che succedeva sul set di *Fuga dal pianeta delle scimmie,* prima che arrivasse il suo fidanzato dalle prove del nuovo film di Bob Fosse in compagnia di altri ballerini.

A un certo punto l'inquilino che occupava la terza camera da letto fu ingaggiato per la tournée di *Promesse, promesse* e io mi trasferii nella sua stanza tra il caminetto e il bagno.

Rex passava sempre con Cuba libre e ciambelle, birre gelate e uova sode. Quando entrava dalla porta posteriore lo accoglievamo tutti come se fosse un eroe di ritorno dalla guerra.

Il giorno in cui avrei dovuto sostenere i miei esami finali bevevamo clam digger sulle sdraio.

Rex portava un paio di occhiali da aviatore e aveva la camicia sbottonata sul petto villoso. Era allungato sui cuscini, il giallo elettrico dietro i capelli scuri, e teneva in mano distrattamente il suo cocktail carico di vodka.

«Allora, Betts, cosa fai quando non frequenti dei degenerati?»

«E saresti tu il degenerato in questa situazione?», chiesi.

«Nella maggior parte delle situazioni, in realtà». Il sorriso era fascino puro. Avevo difficoltà a guardarlo in faccia a meno che non fossi un po' bevuta. Era l'uomo più bello che avessi mai conosciuto, e non mi sentivo neanche sleale nei confronti di Todd. Todd sarebbe stato d'accordo. Ma l'attrazione che provavo per lui sembrava sciocca, lampante e probabilmente, a un uomo come Rex Daniels, sgradita.

«Cosa ti fa pensare che io non sia una degenerata?»

Si mise a ridere. «Non potresti esserlo neanche se ti impegnassi».

«È un'infermiera», puntualizzò Kitty dalla sdraio accanto alla mia. «Betts è un'infermiera. Giusto? Betts?»

Kitty non aveva sollevato direttamente la questione di cosa ci facessi in California e quanto pensavo di restare, ma quando le lunghe giornate di sole e alcol erano diventate una settimana e poi un mese c'erano state domande discrete.

«Ero alla scuola per infermiere», confermai.

«Ti sei diplomata».

«Sì».

«Avevi un lavoro che ti aspettava all'ospedale. Al Pronto soccorso».

«Un'infermiera di Pronto soccorso?», chiese Rex nel silenzio teso del giardino. «Si tratta di un'infermiera speciale».

«Betts *è* un'infermiera speciale». Il tono di Kitty aveva una punta di durezza, come se stesse sfidandomi a contraddirla. «La seconda del suo corso, dietro alla nostra amica Jenny che è andata in Vietnam».

«Wow», esclamò Rex e fischiò fra i denti. «Bella e intelligente».

«Kitty!», urlò Alexander dalla porta a zanzariera. «Telefono per te».

«Venti bigliettoni che è Hugh Bonnet», disse Rex, e io scossi la testa.

«Non ci penso neanche a scommettere». L'autore e regista del prossimo film di Kitty e Rex chiamava quasi ogni giorno, e voleva sempre parlare solo con lei. Se fosse stato il mondo normale, avrei detto che si era preso una cotta. Ma forse era semplicemente così che funzionava a Hollywood. Telefonate quotidiane a tutte le ore.

«Dovresti invitare Hugh», buttò lì Rex, gli occhi chiusi dietro gli occhiali scuri. «Non sta nella pelle».

Kitty strinse la cintura della vestaglia di seta e rientrò, lasciando ai margini del giardino me, Rex e i colibrì.

«Credi che le diano tanto fastidio, le telefonate di Hugh?», chiese Rex e io mi misi a ridere. Kitty si illuminava come una stella tutte le volte che squillava il telefono. Fingeva di essere scocciata, ma non era difficile capire la verità.

«Allora, cos'è che non le stai dicendo?», chiese Rex.

«Niente», mentii, colta di sorpresa dalla domanda.

«Oh, tesoro. Non riesco a capire se pensi di essere brava a mentire ed è per quello che insisti a farlo. Ma permettimi di chiarirti una cosa. Sei una pessima bugiarda».

Commisi l'errore di guardarlo. Si era tolto gli occhiali da sole, rivelando gli occhi splendidi. Stava ridendo di me in modo così bonario che non riuscii a prendermela.

«Non penso tu mi conosca abbastanza per poter dire se sono una pessima bugiarda», replicai con un sorriso. Imbaldanzita dal clam digger, stavo flirtando con lui.

«Be', ecco quello che so», disse, incrociando le caviglie e appoggiandosi le mani sulla pancia nuda.

Avevo visto un sacco di pance nude. Un sacco di uomini durante i tre anni di scuola. Uomini feriti. Uomini sani. Anche uomini affascinanti. Ma guardare le dita inanellate di Rex poggiate sulla sua pelle nuda mi provocò un fremito.

«Sei una donna pragmatica», iniziò, contando sulle dita. «Imperturbabile. Non sei una fanatica né una snob. Hai un sorriso bellissimo, e non credo di aver mai incontrato nessuno sincero come te».

«Ma va'», obiettai arrossendo così violentemente che sentii bruciare le guance. «Forse sei a Hollywood da troppo tempo».

«Può darsi. Ma so riconoscere la verità quando la vedo. E tu sei una pessima bugiarda, quindi potresti anche sputare il rospo, ragazzina».

«Ho saltato gli esami», confessai, i freni inibitori allentati dal flirt, il bicchiere di clam digger ricoperto di condensa sull'erba del prato.

«È questo che non stai dicendo a Kitty?»

«Una parte».

«E fammi indovinare, niente lavoro se non li superi».

«Niente lavoro».

«C'è un motivo particolare per cui ti sei fermata a un passo dal traguardo?»

Volevo dirlo a qualcuno. Volevo dirlo a *lui*. Di quella notte all'ospedale, il palloncino Ambu, la neonata, del dottor Fischer... così spiattellai tutto.

«Dio mio, tesoro», disse quando ebbi finito. Si mise a sedere e si girò per guardarmi in faccia.

«Sono entrata alla scuola per infermiere perché era un modo per andarmene di casa. Perché era un lavoro che sentivo di poter fare. Di poter fare davvero. Sapevo che non sarebbe stato facile, ma non avevo idea che sarebbe stata così dura. E non mi ero mai posta il dubbio di non essere adatta a farlo», dissi.

«Non pensi di esserlo?» chiese Rex.

«Quei venti minuti con la bambina... mi hanno mostrato che non sono la persona che credevo».

Non cercò di dirmi che mi sbagliavo, e lo apprezzai perché invece Kitty lo avrebbe fatto. Avrebbe tentato di fugare i miei dubbi con migliaia di ragioni per cui pensava che dovessi fare l'infermiera, senza capire che quello che pensava era irrilevante.

Ero io a non pensarla più così.

Ed era il motivo per cui non glielo stavo dicendo.

«Per tutta la vita», disse Rex, «ho voluto essere un pilota. Non volevo avere niente a che fare col bestiame o con trattori che si guastavano di continuo. Volevo velocità, eccitazione. Volevo una visione del mondo che spaziasse migliaia di chilometri, non i quattrocento ettari di terra dei miei».

«Ci sei riuscito?», gli chiesi, sedendomi per guardarlo in faccia.

Annuì. «Sono entrato in aeronautica e ho pilotato Sabre in Corea. Era esattamente come avevo pensato. Ogni giorno esigeva da me più di quanto credevo avessi da dare».

«È il tuo modo di dirmi che dovrei tornare a fare l'infermiera?»

«Diamine, no. Non ti conosco affatto, BettyKay Allen. Magari sei una pessima infermiera».

«Grazie per l'iniezione di fiducia», dissi con una risata.

«Prego», rispose sorridendo.

«Ti piaceva pilotare caccia?»

«Non so se è una cosa che ti piace o no. L'unica cosa che so è che quando me ne sono dovuto andare, gran parte di quello che pensavo di essere non è venuto con me».

Una nuvola nascose il sole e cambiò il paesaggio.

«Ti piace fare l'attore?»

Si mise a ridere. «Sorrido e brandisco fucili finti e qualche volta mi capita di montare a cavallo e altre di baciare una bella donna. E il mondo là fuori...», fece un gesto in direzione della città ai piedi della collina, «mi dice chi sono. E in questo momento mi va bene così».

«Sembra triste», osservai.

«Ah, sì?», ribatté e raccolse il suo bicchiere mezzo pieno dall'erba in mezzo a noi. «Beviamoci un altro drink».

«Signore del cielo!», gridò Kitty, mentre la porta a zanzariera sbatteva alle sue spalle. «Quanto parla quell'uomo».

«Hugh?», chiese Rex con un pigro sorriso scaltro.

«Sì, Hugh. È un bene che abbia qualcosa da dire, altrimenti penserei che gli piaccia semplicemente il suono della sua voce. Ha quasi finito la nuova sceneggiatura», annunciò Kitty mentre si sedeva sulla sua sdraio. «È arrivato il tuo amico, Rex», aggiunse poi.

«Se volete scusarmi, signore», disse e rientrò in casa col bicchiere in mano.

«Allora?» Kitty mi rivolse un'espressione indagatrice. «Che cosa mi sono persa?»

La prima settimana *Christmas A Go-Go* aveva avuto un successo di botteghino strepitoso, e la casa cinematografica mandò a Kitty una scatola di arance e una Fiat Dino rosso ciliegia. Così, il giorno di Natale, Kitty e io andammo in macchina a Zuma Beach a mangiare le arance e a guardare i surfisti. Sedemmo attorno a un falò avvolte in una coperta, gettando le bucce nel fuoco.

«È arrivata una lettera di Jenny», dissi, tirando fuori dalla tasca posteriore la sottile busta azzurra della posta aerea.

«Cosa dice?», chiese Kitty, sapendo che l'avrei letta subito.

«Che vorrebbe che fossimo insieme...»

«Perché così avrebbe dovuto scrivere una volta sola?», Kitty rise. «Come sta?»

«Dice che si sente sola. La maggior parte delle infermiere bianche non le rivolge la parola e tutti i neri sono soldati di leva e ufficiali e soldati di leva non fraternizzano».

«E lei è... cosa? Un tenente?»

Annuii. Le infermiere andavano alla scuola ufficiali e ne uscivano con un grado più alto dei soldati di leva. «È di stanza in un posto che si chiama Cu Chi. Di notte dorme sotto il letto per via dei raid aerei».

«Pensavo che le infermiere non venissero mandate in combattimento».

«Dice che non esiste una linea del fronte. Solo che... la guerra è dappertutto».

«Un'altra bugia del governo». Le opinioni di Kitty sulla guerra erano diventate cupe e pessimiste, ma non sempre ero d'accordo con lei. Pensava che chiunque andasse a combattere fosse uno strumento del governo, usato da Nixon per ammazzare persone innocenti. «Non capisco perché ha accettato di far parte della macchina assassina di Nixon».

«Be', non ha accettato di fare quello», ribattei, stufa di sentire tutti quanti fare di tutta l'erba un fascio, accomunando soldati e infermiere a Nixon e bollandoli come immorali. «E ricordati che da Shakey avevi detto di voler andare. Di non capire perché l'avventura era riservata solo ai maschi».

«Quello era prima che aprissi gli occhi e mi rendessi conto che il Vietnam non è affatto un'avventura».

«E prima di venire a Hollywood».

«Cosa intendi?»

«Voglio dire, eri destinata a fare l'attrice, Kitty. Ha dato un senso alla tua vita. E certe volte le persone vogliono qualcosa di diverso. Rendersi utili. Sentirsi appagate. È per quello che Jenny è andata. Per salvare suo fratello e dare un senso alla sua vita».

Kitty mi fissò per un pezzo.

«Che c'è?», chiesi, passandomi una mano sulla guancia. «Ho qualcosa...»

«Tu andresti?», chiese.

«Io non sono un'infermiera».

Kitty si sfregò la faccia con la coperta come se ne avesse appena avuto abbastanza di me. E io mi resi conto che la paura che mi aveva trattenuta a Greensboro, che mi aveva spinta a prendere in considerazione un appartamento con due camere da letto in condivisione con Denise e il lavoro in un ospedale con un medico che mi odiava, non c'era più. Potevo guardare quel piano e vedere quanto quella vita sarebbe stata sbagliata per me. Non sapevo cosa avrei fatto adesso, ma di certo non quello.

Però volevo ancora rendermi *utile.*

«Sì. Forse», risposi, stupendo me stessa.

«Be', grazie al cielo non sei un'infermiera».

Risi perché Kitty era capace di cambiare umore in un batter d'occhi. Sempre costantemente pragmatica. Quella era la mia Kitty. Presi un'altra arancia e affondai il pollice nella buccia, facendo schizzare una nebbiolina di succo che profumò l'aria e mi fece diventare le mani appiccicose. Gettai la buccia nel fuoco, dove sibilò e si accartocciò tra le fiamme.

La mattina dopo Kitty mi scosse per svegliarmi.

«Che stai facendo?», strillai, girandomi nel letto per allontanarmi da lei. Mi pulsava la testa per i Brandy Alexander della sera prima, e nemmeno il mio stomaco era proprio a posto.

«Ho detto a Hugh e ai costumisti che ho un girovita di sessantuno centimetri, devo andare a correre».

«Allora vai, perché sei qui?»

«Vieni con me».

«Kitty».

«Betts. Sei sveglia. Potresti anche venire».

Chissà come, dieci minuti dopo, con un paio delle sue vecchie Converse e pantaloni della tuta prestati, mi ritrovai su un sentiero roccioso che scendeva nel canyon davanti alla Voliera.

«Non c'è un modo più facile per dimagrire, Kitty?», ansimai, sforzandomi di tenerle dietro. «Buttar giù uno di quei beveroni o roba del genere».

«Mi piace l'esercizio fisico».

A me no. Proprio per niente. Ma il sole sorse dalle alture rocciose alle nostre spalle e la luce colpì l'acqua in lontananza, facendola scintillare. Il cielo diventò rosa e poi blu, e l'aria prese a brillare.

«Non male, eh?», commentò Kitty quando mi fermai per riprendere fiato. «Più bello dell'Iowa».

Non era più bello. Era solo diverso.

Quaranta minuti più tardi, fradicia di sudore e con le vesciche ai piedi, la mia amica ebbe pietà di me e camminammo per l'ultimo tratto del sentiero fino alla strada che portava al vialetto della Voliera.

«Francamente, Kitty, non ho intenzione di rifarlo. Se ti serve un compagno di corsa, dovrai cercarti qualcun altro. Io berrò il latticello e mangerò pompelmi dieci volte al giorno, ma questo non lo rifaccio…»

Nel vialetto c'era un pick-up. Non la Chevy immacolata di Rex, ma un catorcio arrugginito con la targa della Georgia.

«Ehi, Kitty, aspettavi…»

Ma Kitty non era più accanto a me; si era fermata alla cassetta delle lettere. La faccia, fino a un attimo prima arrossata per lo sforzo, era pallida come quella di un fantasma.

«Cosa c'è che non va?», le chiesi, allungando una mano verso di lei.

«Katherine?», chiamò una voce dai gradini dell'ingresso. La persona era nascosta dietro il pick-up.

Mi si rizzarono i peli sulla nuca.

«Sei tu?»

Da dietro il veicolo comparve un uomo. Era chiaramente un parente di Kitty, avevano la stessa faccia. Aveva i capelli rosso carota, però, e la pelle lentigginosa per via del sole. Portava una camicia a scacchi cui erano state strappate via le maniche e un berretto da baseball lercio.

«Porca vacca, Katherine, quasi non ti riconoscevo».

«Jesse», disse Kitty. «Cosa ci fai qui?»

«Sono venuto a trovare la mia sorellina famosa», rispose lui con un sorriso per niente amichevole. Sentii formicolare la pelle. Si incamminò verso Kitty, con gli scarponi da lavoro impolverati che facevano tintinnare i sassolini contro il pick-up. D'istinto, mi misi in mezzo fra loro.

«Ma guarda», disse fissandomi con gli occhi azzurri, più freddi di quelli di sua sorella. «Chi è la tua amica?»

«Chi sei tu?», ribattei io.

«Jesse», rispose, come se avessi dovuto conoscere quel nome. Quando fu chiaro che non l'avevo mai sentito, guardò Kitty alle mie spalle. «Ah, è così allora?»

«Come hai fatto a trovarmi?», chiese lei, con voce tremante.

«Laggiù c'è della gente che vende cartine delle case delle star del cinema», spiegò, puntando un pollice dietro di sé verso l'intera Los Angeles. «Non sei abbastanza famosa da essere sulla cartina, ma per un dollaro un tizio mi ha detto dove vivi. Mi aspettavo qualcosa di più lussuoso, sorella».

Si avvicinò e io non mi mossi. Quel ragazzo aveva guai scritto in faccia. Ma qualcuno doveva essere coraggioso, e Dio solo sa che Kitty aveva dimostrato fegato per me in più di un'occasione.

«Ho visto il tuo film», aggiunse. «Papà non è andato, ma io sì. Due volte. Un'idiozia, ma il gorilla mi è piaciuto».

«Non era vero», replicò Kitty. «Era un tizio con un costume addosso».

«Lo so», ringhiò lui. «Pensi che non lo sappia?» Fece un altro passo avanti.

«Fermo», intimai. Alzai perfino una mano, come se avessi una possibilità contro di lui. Era un po' ossuto, ma se avesse voluto picchiarmi me la sarei vista brutta.

«È una cosa fra me e mia sorella». Adesso era così vicino che la sua saliva mi arrivò addosso.

«Di' quel che devi». Non era poi tanto diverso dal Pronto soccorso il venerdì sera. Un uomo cocciuto convinto di essere migliore di me perché aveva la pancia piena di birra e un pene. E, Signore santo, non ne potevo più di quelle assurdità. In quel momento, ne avevo fin sopra i capelli. «Ma da qui».

«È così che tratti tuo fratello?», ghignò, rimanendo dov'era.

«Cosa vuoi, Jesse?», gli chiese lei, esausta.

«Quando te ne sei andata hai preso la macchina».

«Quella macchina non ce l'ha fatta nemmeno ad arrivare al confine della Georgia».

Jesse si strinse nelle spalle. «Era l'unica che avevamo. E tu l'hai presa».

«Sei qui per i soldi?», mi intromisi. «Per un paio di centinaia di dollari?»

«Chi ti ha chiesto qualcosa?»

«Ho i tuoi soldi», tagliò corto Kitty. «Dammi un attimo». Mi superò diretta verso la casa, ma Jesse si allungò, veloce come un serpente, e la prese per un braccio. Le diede uno scrollone tale da farle scattare indietro la testa.

«Hai sempre creduto di essere speciale. Non sei speciale. Sei uguale a me».

Quando gli diedi uno spintone, lo colsi talmente di sorpresa che barcollò all'indietro e il berretto da baseball gli cadde per terra.

«Ha a che fare col sesso?», chiese raccogliendo il cappellino. «È quello che sei adesso, Kitty. Un oggetto…»

Gli diedi un altro spintone. Le mie mani non mi appartenevano. Ero alimentata dalla rabbia.

«Sei fortunata che mi hanno insegnato a non picchiare le donne», sibilò. «Oppure te ne…»

«*Pentiresti*? Sei tu quello che deve pentirsi. A fare il prepotente con tua sorella, a mendicare soldi».

«Ecco!», gridò Kitty. Era andata a prendere la borsa. «Eccoti i soldi. Duemila dollari. Prendili. Non ne avrai altri».

Kitty strappò l'assegno e lo tese al fratello. Il pezzo di carta tremolò al sole.

Jesse glielo prese di mano e lo infilò nel taschino della camicia.

«Papà è morto. Ecco cos'ero venuto a dirti. È morto, e adesso in quella fattoria resto solo io».

Dietro di me Kitty rimase in silenzio.

«Glielo hai detto», intervenni io. «Adesso puoi andartene».

«Te ne sei andata», sbraitò. «Hai preso quella dannata macchina, ma hai lasciato là me».

Prima che Kitty potesse ribattere, Jesse mi diede uno spintone e io le finii addosso.

E poi era risalito sul pick-up e se ne era andato, sollevando polvere e sassolini mentre usciva dal vialetto.

«Kitty», dissi, abbracciandole il corpo scosso dai tremiti. «Mi... mi dispiace tanto per tuo papà».

«A me no».

«Stai bene?»

«Io? Sei tu quella che fa a botte». Cercò di sorridere e invece mi si accasciò fra le braccia, posandomi la testa sulla spalla. In tutti gli anni che la conoscevo, non l'avevo mai vista così vulnerabile. «Grazie», mormorò.

«Non ho fatto niente».

«Eri qui. È più di quanto abbia mai fatto chiunque altro».

20
BettyKay

«Freschi di stampa!», annunciò Hugh Bonnet, in piedi sulla soglia come se non fosse mai stato in una stanza che non fosse istantaneamente ai suoi ordini. Hugh era un uomo snello, indossava pantaloni a scacchi e un pullover a maniche corte giallo canarino, i capelli biondi spettinati e il sorriso diabolico.

Sollevò due fasci di carta, tenuti assieme da due grosse mollette per documenti.

Erano passati pochi giorni dalla visita di Jesse. Non ne avevamo parlato, ma Kitty non andava più a correre da sola la mattina. Invece, bevevamo succo di pompelmo e facevamo gli addominali la sera.

Kitty saltò su dal divano e cercò di prendere uno dei copioni. Hugh li tenne appena fuori portata con un ghigno stampato in faccia, finché lei non lo guardò in cagnesco e gli mollò una manata sul petto.

«Era ora», disse Rex, alzandosi pigramente dal divano per prendere l'altra copia.

«Possiamo andare in camera mia», propose Kitty, spostando lo sguardo da Rex a Hugh. «A leggerlo?»

Hugh fece un gesto col braccio come a dire *dopo di voi*, e loro tre andarono in camera di Kitty, lasciandosi dietro un vuoto.

In cucina trovai Alexander che apriva uno dei vasetti portati dai ballerini.

«È strano», chiesi, «che abbia appena finito la sceneggiatura e le riprese inizino fra due settimane?»

«È un autore», spiegò Alexander. «Nel cinema d'autore le regole sono diverse».

«Tipo?»

«Tipo che non ci sono regole».

Svitò il coperchio del vasetto, lo annusò e mi invitò a fare altrettanto.

«Che cos'è?»

«Hummus».

«Cosa ci fai?»

Alexander mi allungò un cracker e lo intingemmo a turno nel vasetto, raccogliendo un po' della salsa beige. «Oh», dissi. «È buono». Limone, aglio e qualcos'altro che non avevo mai assaggiato.

«È tutto tuo», disse Alexander. Aprì il vecchio frigorifero e tirò fuori una bottiglia di Coca-Cola, appoggiò il tappo contro il bordo del bancone e lo colpì con la mano, spedendolo a rimbalzare sul pavimento. «Quanto ti fermi?», mi chiese. «Perché posso tirar su cinquanta bigliettoni al mese per quella stanza».

«Posso pagarti cinquanta dollari al mese».

«Davvero?» Inarcò le sopracciglia con un lampo negli occhi.

«Be', posso pagare questo mese», ammisi.

«Okay», disse con un cenno del capo, e all'improvviso avevo una stanza in California oltre a quella che avevo creduto sarebbe stata la prima e l'ultima in Iowa. Settimane prima avevo chiamato Denise per dirle che poteva subaffittarla, che non sapevo quando sarei tornata.

In cucina l'aria cambiò, il che significava che era stata aperta una delle porte delle camere. Quando tutte le porte erano aperte quel posto era una specie di galleria del vento. Si udì un coro di voci entusiaste e Alexander e io andammo in salotto per capire qual era la ragione di tutto quel trambusto.

«Da bere!», gridò Hugh, con le braccia attorno a Kitty e Rex. Aveva una Polaroid appesa al collo. Non c'era motivo per cui non dovesse piacermi. Era molto piacevole. Affascinante. Carismatico. Eppure… «Dobbiamo festeggiare».

Rex batté le mani e andò in sala da pranzo, dove il tavolo era diventato un bar improvvisato. Lo seguii.

«Sbaglio, o la sceneggiatura vi è piaciuta?», chiesi a Rex, che era animato da una sorta di energia.

«Vinceremo l'Oscar», affermò lui. «O non lavoreremo mai più».

«Be', immagino che entrambe le opzioni vi cambieranno la vita. Non è così?»

Si mise a ridere. «Suppongo di sì». Versò tre bicchierini di tequila e li portò in salotto a Kitty e Hugh, che aveva un braccio attorno al collo di lei, un gesto a metà fra una stretta affettuosa e una presa alla testa.

«A noi», brindò il regista. «E al film geniale che stiamo per fare».

«A te», lo corresse Kitty, e lui se la strinse contro.

«Cambieremo il mondo», replicò lui, e buttarono giù la tequila.

Rimasi in disparte, osservandoli. Da quando ci conoscevamo, le relazioni di Kitty con gli uomini erano state semplicemente cose che mi raccontava. Ma adesso eccola lì, con una mano infilata nella tasca posteriore dei pantaloni di Hugh.

«Chi è la musona?», chiese l'uomo mentre mi si avvicinavano, sorridendo come se in quel modo potesse rendere meno offensive le sue parole. Mi ricordava il dottor Joel Fischer.

«Lei è la mia amica BettyKay», mi presentò Kitty. «E tu ti comporti bene, altrimenti ti spello vivo».

«Io mi comporto bene», ribatté Hugh, fingendosi risentito. «Mi comporto sempre bene. Non so cos'hai sentito dire di me, Musona, ma non sono poi così male».

«Piacere di conoscerti», dissi, allungando la mano.

«Vieni qui». Mi avvolse in un abbraccio, mi diede una pacca sulla schiena... troppo forte. «Tutti gli amici di Kitty sono anche amici miei».

«Rex?», intervenne Alexander, affacciandosi sulla soglia. Dietro di lui c'era un uomo serio con un cappello da cowboy nero e baffi dello stesso colore. «C'è qui il tuo amico. Dice che avevi bisogno di vederlo».

«Sì». Rex si alzò. «Se volete scusarmi».

«Posso venire anch'io?», chiese Alexander.

Dopo un attimo, Rex fece un cenno di assenso e io aprii la bocca per chiedere se potessi unirmi a loro, ma Hugh, proprio lui, mi mise una mano sulla spalla.

«Non vuoi andare con loro», sussurrò.

«Perché? Cosa fanno?»

«Non chiedere», replicò Hugh. «Non farlo mai».

Ore e molti drink più tardi, Rex era seduto da solo al tavolo della sala da pranzo a rollarsi una canna, i capelli accesi di riflessi rossi e dorati alla luce delle candele. Era rilassato, lo sguardo addolcito. Era rimasto via per un pezzo. Kitty aveva detto che stava facendo un sonnellino.

Colse il mio sguardo mentre leccava la cartina e la arrotolava lentamente.

«Vuoi un po' d'erba?»

«Io... ehm... in realtà non ho mai fumato».

«Una residente della Voliera che si mantiene sulla retta via? Non dirmelo. Vuoi provare?»

«Brucia? La gola, intendo». Tutte le volte che qualcuno fumava in salotto, finiva per tossire come se stesse per sputare un polmone.

«Vieni qui», mi invitò e si girò di lato sulla panca, le lunghe gambe fasciate dai jeans marroni. «Siediti». Si batté una mano sul ginocchio e io lo guardai sospettosa.

«Inali quello che io espiro», spiegò e accese lo spinello. «Così è molto meno forte. Non tossisci. Di solito. Ma devi avvicinarti».

Mi sporsi verso di lui, puntellandomi sul tavolo con le mani. «Così è abbastanza vicino?», gli chiesi, consapevole della presenza degli altri.

«Certo», disse, poi si allungò verso di me e dalle sue labbra, a un centimetro delle mie, soffiò fuori il fumo che mi finì dritto in bocca.

Inspirai: sapeva di terra ed era caldo. Mi tirai indietro quasi immediatamente.

«Tutto bene?», chiese.

«Sì. Solo che è… caldo».

«Be', è fumo».

Mi stava stuzzicando bonariamente, e d'un tratto mi resi conto di quanto ero infantile. Convenzionale. Era il 1970, eravamo a Los Angeles, e Rex Daniels si stava offrendo di farmi sballare. Che senso aveva abbandonare la mia vita se non avevo intenzione di provare qualcosa di diverso?

Mi raddrizzai, girai intorno al tavolo e mi sedetti sulle sue ginocchia.

«Be', ciao», esclamò.

«Proviamo di nuovo».

Lui fece un altro lungo tiro dallo spinello e mi mise una mano sulla guancia, come per attirarmi a sé e tenermi ferma al tempo stesso. Avrei voluto dirgli di non preoccuparsi perché non avevo intenzione di andare da nessuna parte.

Era diverso da Todd. Il tocco, il corpo, l'odore. Le labbra, a un soffio dalle mie, letteralmente. Buttò fuori il fumo e io lo aspirai, poi mi chinai in avanti e lo baciai.

Che audacia, baciare Rex Daniels. Io. BettyKay Allen.

Mi mise la mano fra i capelli e mi prese per la nuca mentre il bacio si faceva più appassionato. Rex Daniels sapeva di marijuana e lime del suo giardino, un sapore che non avevo mai provato. Mi piaceva.

Un bel po'.

Lo scatto rumoroso e il fruscio della Polaroid di Hugh ci fecero sobbalzare e quando ci girammo lui e Kitty erano sulla soglia. Hugh stava sventolando la foto per farla asciugare e Kitty ci guardava con espressione perplessa.

Saltai in piedi e Rex mi afferrò la mano per impedirmi di scappar via presa dal panico. Mi diede una stretta rassicurante.

«Non mi dispiace», disse Kitty, avvicinandosi lentamente al tavolo. «Ma non sono nemmeno sicura che mi piaccia».

«A me piace. Parecchio», replicai io, imbaldanzita dalla mano calda di Rex nella mia.

«Anche a me», aggiunse Rex, mettendomi un braccio attorno alla vita e tirandomi più vicina.

«La macchina fotografica lo adora», concluse Hugh e girò la foto sul tavolo verso di noi. Rimasi sbalordita nel constatare che la Polaroid aveva ripreso un'immagine nitida. La dimostrazione che avevo baciato Rex Daniels.

Mi sentivo leggera e piena di energia, e l'espressione di Kitty era così seria che dovetti ridere. Mi portai una mano alla bocca perché magari non era divertente. E invece lo era, assolutamente.

Con uno scatto felino, Kitty avvicinò la faccia a quella di Rex. «Non farle del male», lo avvisò.

Non era divertente, neanche un po'.

Ma ci sganasciammo dal ridere.

Mi svegliai per il rumore di una porta che sbatteva.

«Ti comporti in maniera irragionevole», protestò Hugh, la voce ridotta a un sussurro.

«Non è così. Io sono assolutamente ragionevole e tu vuoi solo fare i tuoi comodi», sibilò Kitty di rimando.

«Mi stai dicendo che non vuoi?»

«Non voglio scopare il regista del mio prossimo film».

«Be', tesoro, hai fatto tutto tranne...»

«E chiaramente è stato un errore». Adesso Kitty stava urlando e io mi alzai dal letto, scoprendo con stupore di essere ancora vestita. Avevo la testa imbottita di ovatta. «Per favore, Hugh. Vattene». Si udì un fruscio, un grugnito maschile. «Ho detto vattene!»

Senza volerlo, spalancai la porta della mia camera da letto, che andò a sbattere contro il muro. «Ops», gemetti, e nel salotto avvolto dalla penombra vidi Kitty spingere via Hugh, che fece un passo indietro.

«Betts», disse lei, e mi chiesi se mi stessi immaginando il sollievo nella sua voce.

«Ehi, Musona». Hugh mi scoccò il suo sorriso affascinante. «Scusa se ti abbiamo svegliata».

«Ero già sveglia», mentii nell'atmosfera tesa. «Stavo solo... volevo bere un po' d'acqua».

«Me ne stavo giusto andando», disse lui. «Kitty, ci vediamo la settimana prossima».

«Certo», rispose lei.

Il rombo della Porsche che si allontanava ruppe il silenzio che c'era in casa. Kitty si tormentava la cintura della vestaglia.

«Vuoi venire a dormire con me?», le proposi, solo perché sembrava tanto sola.

«No», rispose. «Torna a letto, Betts. Mi spiace di averti svegliata».

Mi tolsi i calzoncini e la canotta e infilai la camicia da notte. Il cotone era così freddo che mi diede un brivido. Ero a letto da meno di dieci minuti quando Kitty si infilò sotto le coperte con me.

«È solo... un uomo molto appassionato», spiegò Kitty.

«Hugh?»

«Sì. Cioè... quello che ama, *lo ama*. Capisci?»

«Certo», risposi, perché era quello che chiaramente voleva sentirsi dire, e io ero ancora sballata e così distaccata da me stessa che mentire era fin troppo facile.

21
BettyKay

L'8 gennaio alle cinque del mattino arrivò un'auto per portare Kitty a Studio City, dove stavano per iniziare le riprese di *The Petticoat Kid*. Un titolo orrendo, se mi avessero chiesto un parere. Nessuno lo fece.

Kitty interpretava Jo, una giovane donna che il padre aveva portato con sé nel West da bambina, prima di scoprire l'oro e finire ammazzato da un ricco prospettore minerario. La ragazza si traveste da uomo ed elabora un piano per riprendersi l'oro dall'assassino del padre e poi tornare dal resto della sua famiglia a Philadelphia. Rex interpretava padre McDermott, un prete picchiato selvaggiamente e dato per morto da una banda di fuorilegge, di cui Jo si prende cura. Fra i due nasce un legame complesso e appassionato che viene consumato sotto le stelle.

Padre McDermott, tormentato dai sensi di colpa per essere venuto meno ai suoi voti, ma incapace di resistere all'attrazione che prova per Jo, la aiuta a recuperare l'oro. Quando il prospettore li coglie con le mani nel sacco, lui si sacrifica perché la ragazza possa prendere l'oro e scappare.

Era drammatico, sensuale in un modo che metteva a disagio ed emozionante al tempo stesso.

Rex aveva ragione: avrebbero vinto l'Oscar o non avrebbero lavorato mai più.

Quella prima mattina che Kitty trascorse fuori, Alexander e io ci dedicammo alle pulizie. Raccogliemmo arance e minuscoli mandarini dolci dagli alberi da frutto sulla collina sotto casa. In un numero di «Good Housekeeping» vecchio di due anni che stava sulla mensola del bagno trovai una ricetta per la marmellata e provai a farla. Non un gran successo.

Era strano stare in quella casa senza Kitty. Mi ricordava che non avevo un progetto per il futuro e la cosa non mi piaceva affatto.

Per fortuna Alexander mise su Simon & Garfunkel e rollò una canna. Restammo sdraiati sui divani inondati dalla luce che entrava dalle finestre e ci passammo lo spinello finché non fu finito. Di certo non mi fece sentire più utile, ma almeno smisi di pensarci.

«Devo chiederti una cosa», mi disse più tardi, uscendo dalla mia camera, dove non lo avevo visto entrare, con in mano l'abito che avevo indossato alla prima di *Christmas A Go-Go* qualche mese prima.

«Ehi», sbraitai. «Non dovresti frugare in camera mia».

Lui mi ignorò. «Perché hai cucito questi bottoni orrendi sul vestito?»

«La cosa ti dà fastidio?», chiesi, tirandomi su languidamente dal cuscino di macramè su cui ero appoggiata.

«Come un cilicio».

Gli raccontai dei bottoni, di quando li avevo comprati. Me li aveva cuciti sull'uniforme da infermiera, io glieli avevo spediti dentro una torta di compleanno glassata al cioccolato che Walter della caffetteria aveva preparato per l'occasione.

«Ricordo quella torta», fece Alexander con una smorfia. «Insisteva che si poteva mangiare lo stesso».

«Li ha puliti e li ha cuciti sul vestito», finii di spiegare con un'alzata di spalle.

«E tu l'hai messo».

«Pensavo che fosse perfetto».

«Solo perché nessuno ti guardava».

Risi perché era la verità, ed ero troppo fatta per offendermi. «Adesso tocca a te? Darle i bottoni?»

«Tocca a me».

«Per quanto tempo avete intenzione di andare avanti?»

«Non lo so. Finché ci vengono delle idee, immagino».

«Cosa farai la prossima volta?»

«Non mi è venuto in mente niente».

Si avvicinò al grosso cassettone su cui era posato lo stereo, e da uno dei cassetti tirò fuori un paio di forbici dall'aspetto micidiale con cui tagliò via, uno dopo l'altro, i bottoni dall'abito.

«Ehi!», protestai, alzandomi per raccoglierli da terra.

«Dobbiamo pensare a qualcosa», annunciò solennemente. «Qualcosa di spettacolare. Quando tornerai in Iowa, le lascerai qualcosa che non dimenticherà mai».

Riportai il vestito nella mia stanza, e lasciai scivolare i bottoni nella borsetta di seta che tenevo dentro alla valigia sotto il letto.

Iowa, pensai, riportando alla mente l'odore della neve, lo strano bruciore del ghiaccio che si infilava tra le muffole e la pelle delicata del polso.

Kitty tornò alle nove di sera e sedemmo a tavola per mangiare il primo polpettone che avessi mai cucinato.

«È tremendo», commentòy, dopo averlo assaggiato.

«In effetti».

«Non devi cucinare, sai».

«Volevo solo rendermi utile», dissi.

«Oh, Signore, volerti rendere utile sarà la tua fine. Domani vieni con me», decretò, spingendo via il piatto.

«A fare cosa?»

«Tutto tranne cucinare. Iniziamo in esterni, sarà divertente. Rex chiede di te».

«Sul serio?»

Kitty si mise a ridere. «L'auto verrà a prenderci alle cinque del mattino».

L'altro versante delle Santa Monica Mountains era un mondo diverso. A sessantacinque chilometri dalla Voliera e dagli aranci, il paesaggio era arido e arso dal sole, dominato dal giallo e dal verde salvia. I pini crescevano dalle rocce e l'auto doveva fare lo slalom fra i serpenti che si crogiolavano al sole sull'asfalto.

Uscimmo dalla Highway 118 per imboccare una strada più piccola, e poi una ancora più stretta finché non ci ritrovammo a sobbalzare su uno sterrato diretti al Simi Valley Movie Ranch. Nel giro di qualche istante fu come essere tornati indietro nel tempo. C'era la via principale di una cittadina del Far West con edifici di legno, una casa in adobe e un fienile con dei cavalli in un recinto. C'erano cineprese, troupe e una gru gigantesca. Sparsi qua e là si vedevano uomini e donne in costume, con la cuffia e il cinturone. In mezzo alla strada Rex, con una giacca nera e il colletto bianco da prete, stava parlando con Hugh.

Erano passati giorni da quel bacio. Avevo cercato di comportarmi da adulta al riguardo, facendo l'indifferente. Ma a furia di cercare di non pensarci, mi ero ritrovata a farlo in continuazione.

Kitty scese dall'auto e fu attorniata all'istante da una folla di persone munite di portablocco e walkie-talkie. Venne accompagnata in tutta fretta verso una roulotte accanto a quello che pareva il saloon.

Quando tornò fuori un'ora dopo, era completamente trasformata, con gilet e pantaloni di pelle e una camicia di lino beige fatta per sembrare sporca. I capelli erano raccolti sotto un cappello a tesa larga con un cordino.

Se non l'avessi conosciuta, l'avrei scambiata per un ragazzo.

«Wow», mi limitai a esclamare.

«Lo so. Fanno un lavoro eccellente. Vieni. Oggi le riprese sono nel canyon».

Il posto era abbastanza lontano dal set della cittadina da dare l'impressione di stare in mezzo alla natura incontaminata: un canyon e un dirupo con una grotta che si apriva fra le rocce. La cinepresa, le luci e il suono erano pronti per una ripresa in cui Rex sarebbe caduto da cavallo finendo sulle rocce sottostanti, dove Kitty l'avrebbe trovato.

Kitty, Rex, Hugh e altri due uomini facevano capannello in cima al dirupo, accanto a un mandriano che teneva per le briglie due cavalli identici. Uno degli uomini era vestito esattamente come Rex, con una giacca nera impolverata e logora, e il collarino da prete.

«Ehi, tu. BettyKay, giusto?» Un tizio più anziano con la corporatura tozza di un idrante mi si avvicinò. Aveva il naso bulboso e i capillari rotti di uno che non diceva di no a un cicchetto, e portava pantaloni verde scuro e un ampio cappello di paglia per ripararsi dal sole.

«Sì. Tu chi sei?»

«Dan. Sono il medico di Rex».

«Medico?»

«Già. Rex non vuole usare gli stuntmen. Io sono qui per rimetterlo in sesto e farlo rimontare in sella».

Tirò fuori di tasca una stringa di liquirizia e me la offrì.

«No, grazie».

Lui ne staccò un morso e masticò a bocca aperta. «In *Run with the Devil* si è rotto tre costole e due dita nell'esplosione di un'auto».

«È andato all'ospedale?»

«E cosa gli avrebbero detto all'ospedale?»

«Di stare a riposo».

«Appunto, e a Bob Matthews non stava bene. Bob era il regista e quell'uomo sapeva come maneggiare una frusta, se capisci cosa intendo».

«Quindi è tornato al lavoro con le costole e le dita fratturate?»

«E una probabile commozione cerebrale. Ma non hanno perso neanche un giorno di riprese, che è la cosa importante», continuò Dan tutto orgoglioso. «Oggi è un gioco da ragazzi. Deve solo cascare da quel cavallo».

«Chi sono tutte quelle persone lassù?» Sollevai una mano per schermarmi gli occhi dal sole implacabile.

«Be', il tizio vestito come Rex è Buddy Howe, il capo degli stuntmen e controfigura di Rex».

«Hai appena detto che Rex fa tutte le acrobazie di persona».

«Be', l'altro tizio lassù tutto stressato è Gary, il responsabile della produzione. Sta cercando di convincere Hugh e Rex a usare Buddy nella scena».

«Perché non vogliono?»

«A Hugh piace l'idea di poter avere un primo piano della faccia di Rex che cade da cavallo. Lo rende più autentico. E Rex, be'». Scrollò le spalle. «Rex è la star. E le star ottengono quello che vogliono. Comunque, Kitty mi ha detto di presentarmi. Ha detto che sei un'infermiera».

«Non ho passato gli esami finali».

Dan sorrise. «Ha detto anche che avresti detto così. Ma che saresti stata d'aiuto nel caso ci fosse stato qualche problema».

«Oh, be', sono felice di poter essere di aiuto».

Lui annuì e mi offrì un'altra stringa di liquirizia. Questa volta la accettai.

«Com'è che conosci Rex?», chiesi.

«Abbiamo prestato servizio in Corea insieme».

«Eri un medico?»

Scosse la testa. «Meccanico».

«Hai formazione medica?»

«Ho questa». Indicò col piede una cassetta verde di metallo tutta ammaccata delle dimensioni della mia valigia con una croce rossa dipinta su un fianco. Un kit di pronto soccorso. «E adesso ho te».

«Fantastico», commentai sarcastica. «A quanto pare siamo a posto».

Alla fine, Hugh e Rex la ebbero vinta, e il direttore della produzione, poveretto, si allontanò scuotendo la testa.

«Non fare così, Gary», gli urlò dietro Hugh. «Mi farò perdonare al botteghino».

Gary scese goffamente lungo la scarpata rocciosa e mostrò il medio a Hugh.

Rex non doveva solo cadere da cavallo. Doveva cadere da un cavallo lanciato al galoppo, atterrare su un materasso nascosto fra i massi e poi rotolare giù dalla scarpata (senza alcun materasso) per atterrare ai piedi di Kitty.

«Non ti preoccupare», cercò di tranquillizzarmi Dan. «Rex sa quello che fa».

Hugh urlò azione, Rex partì al galoppo e immediatamente scivolò giù lungo il fianco dell'animale, riuscendo a sembrare semisvenuto in modo convincente. Il cavallo, addestrato per quel genere di cose, mi assicurò Dan, si allungò in avanti mentre Rex continuava a scivolare sempre più verso il terreno.

E poi, esattamente al momento giusto, si lasciò cadere a corpo morto finendo sulle rocce della scarpata.

«Lo mettono insieme in fase di montaggio», sussurrò Dan, e io trattenni il fiato.

Rex atterrò ai piedi di Kitty, che fece un'espressione stupita, e il regista gridò stop.

Rex saltò in piedi, apparentemente incolume. «Ce l'hai?», chiese.

Hugh scosse la testa.

«Cos'è successo?», chiesi a Dan.

«Rex deve aver mancato il segno. È finito fuori dall'inquadratura».

E si accinsero a girare di nuovo la scena.

«Non vai a controllare?»

«Controllare cosa?»

«Le pupille o i riflessi. La testa o lesioni di cui Rex potrebbe non essersi accorto per via dell'adrenalina?»

«Naaa», rispose Dan. «Me lo direbbero se si fosse fatto male».

Sembrava una procedura terribile. Ma ero solo un'ospite che non aveva passato gli esami finali. Che ne sapevo io?

Lo rifecero altre tre volte, e ogni volta qualcosa andava storto. Era in ritardo. In anticipo. Il cavallo aveva cambiato traiettoria di qualche centimetro. Dopo la quinta caduta, Hugh urlò stop, e mentre Kitty si accucciava, mi si rizzarono i peli della nuca.

«Dan», lo avvisai. «Mi sa che potrebbe esserci un problema».

Kitty si alzò in piedi. «Betts!», urlò, e io afferrai la cassetta del pronto soccorso e partii di corsa.

Rex era ancora a terra, pallido e ricoperto di sudore sotto il trucco e la polvere. Si teneva un braccio. Aprii il kit di pronto soccorso ma dentro non c'erano altro che flaconi color ambra pieni di pillole, bottiglie di vetro di morfina e cortisone. Niente fasce, né guanti né una torcia a stilo.

Hugh arrivò di corsa, schizzando dappertutto pietruzze che ci finirono addosso come schegge. «State tutti bene?», chiese.

«Hai ripreso la scena?», chiese Rex a denti stretti.

«Ce l'abbiamo», confermò lui, poi si accucciò di fianco a Rex. «Riesci a metterti seduto?»

«Non muovetelo», ordinai.

«Prego?», chiese Hugh con espressione stupita.

«Non muovetelo finché non capiamo cosa c'è che non va».

«Be', salve, Musona», disse con un sorriso. «È bello vederti sul mio set nel tuo ruolo preferito».

«Rex?», lo chiamai, ignorando la frecciatina e inginocchiandomi accanto a lui. «Dove ti fa male?»

«Ciao, Betts», disse e riuscì a tirar fuori un sorriso, l'idiota fascinoso. «Mi hai visto?»

«Ti ho visto cadere da un cavallo e rotolare giù da una scarpata cinque volte», affermai passandogli le mani sul cranio in cerca di punti molli e bernoccoli. Come c'era da aspettarsi, ne aveva uno bello grosso dietro la testa.

«Questo fa male?», chiesi, premendo sul cuoio capelluto a due centimetri di distanza.

Trasalì e lo presi per un sì. «Impressionante, eh?»

«Questo bernoccolo? Ne ho visti di peggio».

«L'acrobazia».

«Piuttosto movimentata vista da là sotto. Riesci a muovere il braccio?»

Mosse il braccio destro.

«L'altro?»

«Preferirei di no».

Infilai una mano sotto la giacca logora e sentii subito la spalla lussata, con la testa dell'omero appena sotto la cavità.

«Lussata», diagnosticò, come qualcuno che aveva fin troppa familiarità con quel termine.

«Già. Fa male da qualche altra parte?» Gli tastai il petto e la schiena, poi i fianchi e scesi lungo le gambe.

«Dovresti prima invitarmi fuori a cena se hai intenzione di provarci».

Gli scoccai la mia migliore imitazione dello sguardo della caposala Bouchet, al che si mise a ridere.

«Solo la spalla e il bernoccolo in testa», disse.

«Lo penso anch'io. Hai bisogno di aiuto per metterti seduto?»

Allungò la mano sana e Kitty si avvicinò, aiutandomi a farlo alzare in piedi. «Deve andare in ospedale a farsi rimettere a posto la spalla e un medico dovrebbe dare un'occhiata a quel...»

«Puoi farlo tu?», chiese Rex. Mi guardava dritto in faccia con quegli occhi azzurri, e io avvertii il peso della sua attenzione.

«Fare cosa?»

«Rimettermi a posto la spalla».

«Stai scherzando?»

«L'ospedale più vicino è a mezz'ora di strada. E, Betts, non c'è bisogno che te lo dica, ma fa un male cane. Puoi?»

«Ti paghiamo», intervenne Hugh. «Tariffa giornaliera da medico».

Be', quello mi avrebbe fatto comodo visto l'affitto che dovevo ad Alexander.

«Per favore», mi pregò Rex come se fossimo soli.

Le parole di protesta mi morirono in gola.

«Siediti», gli dissi, e lui si sedette su un masso.

Ed ecco come mi capitò di spogliare Rex Daniels per la prima volta. Gli tolsi il collarino bianco e lo lasciai cadere, poi slacciai i bottoni della camicia uno dopo l'altro, rivelando sempre più pelle nuda. I peli scuri del petto. I muscoli dello stomaco. Sul fianco destro, fra la seconda e la terza costola, si stava formando un ematoma. Lo toccai il più delicatamente possibile in cerca di qualcosa di rotto.

«Fai un bel respiro», gli dissi.

«Devo?»

«Sì».

Il respiro era lento e regolare, e non sentii niente di rotto, solo un brutto livido.

«Questo quando te lo sei fatto?», chiesi.

«La prima caduta».

«Rex!»

«Ssh», mi fece. «Non dire niente o mi rovinerai la reputazione da duro».

Un tizio che ci provava al Pronto soccorso il sabato sera era un'evenienza piuttosto comune. Potevo gestire senza problemi anche uno studente che ci provava.

Un Rex Daniels che ci provava era tutt'altra faccenda.

Gli sfilai la camicia dalle spalle, e Hugh fece un verso nauseato alla vista della lussazione. Si stava già formando l'ematoma, e non era un bel segno.

«Senti un formicolio?», chiesi.

«Certe volte», rispose. «Quando ti guardo».

Mi sentii avvampare. «Nelle dita. Intorpidimento? Formicolio? Riesci a...»

Mosse le dita.

«Okay», dissi. «Sdraiati per terra».

Il punto dov'era caduto era abbastanza ampio per farlo stendere sulla schiena con me accanto. «Farà male. Parecchio».

Gli presi il polso e portai lentamente il braccio a un angolo di quarantacinque gradi rispetto al corpo, poi iniziai a tirare con forza regolare, in attesa che l'articolazione tornasse al suo posto. Rex lanciò una serie di imprecazioni, e io continuai a tirare e, quando il mio peso si rivelò insufficiente, puntai il piede sull'ascella per fare più leva.

Finalmente la testa dell'osso tornò nella sua sede.

«Tutto a posto?», chiesi.

«Tu sei un'altra cosa, BettyKay Allen», gemette allungando una mano per tirarmi la coda di cavallo.

Quando lo rimettemmo in piedi, Hugh, il responsabile della produzione e Buddy stavano discutendo della prossima scena.

«Dobbiamo portarlo all'ospedale», ribadii.

Rex gemette di nuovo a denti stretti quando gli rinfilai la manica della camicia.

«Rex», gli si rivolse Hugh, tagliandomi fuori. «Non ci resta che il primo piano di te a terra e la scena fra te e Kitty quando ti aiuta a entrare nella grotta».

«Siamo già in ritardo di due giorni per colpa del sindacato degli autotrasportatori», intervenne il responsabile della produzione, aggiungendo altra pressione.

«Certo», rispose lui, nonostante avesse chiaramente dolore e fosse esausto dopo essersi scaraventato giù da un cavallo cinque volte. «Non c'è problema».

«No», mi intromisi, perché qualcuno doveva pur usare il cervello. «Ha una probabile commozione cerebrale, una costola tumefatta se non rotta e potrebbe esserci una lesione ai nervi del braccio».

«Puoi usarlo», suggerì Hugh, come se fosse un dono degli dèi. «Come padre McDermott. Puoi usare quel dolore».

Era la stronzata più grossa che avessi mai sentito, e stavo per dirlo quando colsi lo sguardo di Kitty. Scosse la testa, e io mi morsi la lingua, ricordando che ero lì perché mi aveva invitata lei. Non volevo darle problemi.

«Dan!», urlò Rex, e Dan arrivò sbuffando e ansimando nel punto in cui ci trovavamo.

Hugh, il responsabile della produzione e perfino Kitty si allontanarono per discrezione. Io rimasi lì impalata, senza capire cosa stesse succedendo.

«Di cosa hai bisogno, Rex?», chiese Dan.

«Solo un antidolorifico», e Dan tirò fuori uno dei flaconi ambrati. Rex inghiottì due pillole.

Dan chiuse la cassetta e tornò ai piedi della scarpata, mentre io rimasi lì a fissare Rex. La preoccupazione e l'innegabile attrazione che provavo per lui e il senso di responsabilità da infermiera si saldarono tutti insieme in qualcosa di imprevedibile.

«Dovresti prenderti cura di te stesso», insorsi. «Perché chiaramente loro non lo fanno».

«Tu sì».

«Sgombrare il set!», gridò Hugh.

«Grazie», disse Rex, e io mi affrettai a tornare da Dan.

«Meno male che c'eri tu», disse Dan. «Avremmo perso mezza giornata di riprese».

«Non sei capace di sistemare una lussazione alla spalla?», chiesi. Come poteva aver ottenuto il titolo di medico senza neppure la formazione di base?

«Certo che no. Come ho detto, meno male che c'eri tu».

Le riprese andarono avanti altre due ore, e Rex stava sempre peggio. Se avessi avuto voce in capitolo, l'avrei trascinato via da lì, ma il sistema sembrava fatto apposta per spremerlo fino all'ultima goccia.

Finalmente Kitty disse: «Hugh? Penso che dovremmo smettere».

Osservai Hugh e Kitty. Se c'era stato qualcosa fra loro dopo la lite di quella notte alla Voliera, non lo davano a vedere. Lui era pragmatico, lei deferente. Era una Kitty che non avevo mai visto. La sua luce e la sua energia non erano spente, solo… concentrate.

«Riprese concluse!», urlò Hugh, e una torma di persone parve materializzarsi dal nulla per smontare le cineprese e le apparecchiature del suono.

Salii la scarpata per aiutare Rex, ma il capo degli stuntmen mi aveva preceduta e aveva un braccio attorno alla sua vita.

«Tu non guidi», gli stava dicendo Buddy.

«Guida il mio uomo», rispose Rex.

«Devi andare in ospedale», ripetei

«Devo andare a letto». Rex mi rivolse un sorriso esausto.

«Sei da solo a casa? Non dovresti assolutamente stare da solo. Qualcuno deve svegliarti ogni due ore».

«Sembra un lavoro da infermiera», osservò l'uomo, guardandomi dritto in faccia con un'espressione che diceva: *Vieni con me.*

BettyKay Allen non era una persona che prendeva decisioni importanti su due piedi. Ma forse quella non era poi così importante. E forse non era poi così improvvisa. Magari si stava preparando da quando mi aveva fatto ballare il valzer in giardino alla luce della luna la prima volta che ci eravamo visti.

«Kitty», la chiamai. «Vado a casa con Rex. Per tenerlo d'occhio».

Se Kitty aveva un'opinione al riguardo, non la lasciò trapelare. «Certo», disse. «Ottima idea».

22
BettyKay

L'uomo che portò a casa Rex guidando la sua Ford Bronco celeste nuova di zecca era l'amico col cappello da cowboy che talvolta veniva alla Voliera. Lo presentò come il suo "assistente personale", e io annuii come se sapessi cosa voleva dire.

Rex viveva a Point Dume, a Malibu, a circa un'ora dalla Voliera e altrettanto dal set del film. Lasciammo la Pacific Coast Highway per imboccare una strada asfaltata più stretta e poi uno sterrato di ghiaia che passava in mezzo ai campi verdeggianti delimitati da recinti di legno.

«Sono cavalli, quelli?», chiesi, girandomi sul sedile per guardare meglio un sauro che galoppava lungo la recinzione insieme all'auto.

«Ne ho qualcuno. Soprattutto vecchi cavalli usati dagli stuntmen ormai inutili. Qualche stallone in pensione e un quarter horse campione che è diventato cieco».

Ero felice di constatare che tutto ciò che volevo fosse vero di lui lo era effettivamente. «Gestisci un ospizio per cavalli».

Rise e poi fece una smorfia, portandosi una mano alla testa. «Così sembra».

Lo sterrato terminava al colmo del tetto di una casa costruita nella scarpata sottostante. Era ordinaria e minuscola. Mascherai lo stupore.

Non c'è da meravigliarsi se passa tutto il tempo a casa nostra.

Rick lo aiutò a scendere dal pick-up e poi gli disse che andava a dare un'occhiata ai cavalli.

«Abita qui con te?», gli chiesi, domandandomi se fosse un'altra sistemazione sulla falsa riga della Voliera.

«Sta nella dépendance degli ospiti dall'altra parte delle stalle. Vieni», spiegò, tenendomi la porta aperta.

Lo superai entrando in un corridoio buio e pieno di ombre e seguii la luce del sole fino a un salotto al livello inferiore con una vista immensa sull'oceano.

«Oh, che spettacolo», esclamai.

Il salotto era arancione, dalla moquette a pelo lungo ai bassi divani allineati lungo il muro. La parete divisoria era decorata con pesanti portacandele di vetro. La cucina aveva i pensili gialli e un piano cottura a gas scintillante.

«È allegro», commentai.

«È orrendo».

Rex disfece il nodo che teneva chiusa la giacca a mo' di tracolla e la lasciò cadere per terra. «Hai fame?»

«Rex», gli ricordai. «Non sono un'ospite. Non devi preoccuparti per me. Che ne dici di farti una doccia mentre io preparo qualcosa per cena?»

«Non rifiuto niente, Betts».

«Lo spero bene. Allora... hai bisogno di aiuto per lavarti?»

Mi rivolse la lunga occhiata e il sorriso sornione che avevo visto sul grande schermo un paio di volte, e io scossi la testa. «Non ci provare neanche».

«Posso cavarmela con la doccia. Ho una tizia che lascia del cibo in frigorifero durante la settimana. C'è qualcosa che probabilmente puoi infilare nel forno».

Imboccai un altro corridoio buio. Nel frigorifero trovai una decina di piatti già cucinati, con istruzioni minuziose sul contenuto e il tempo e la temperatura di cottura. Regolai il forno a 190 gradi e ci infilai dentro il cordon bleu di pollo.

Udii un tonfo provenire dal retro della casa, così mi affacciai in corridoio.

«Rex?», chiamai.

«Dannazione!», urlò.

Corsi verso la sua camera. C'era un letto matrimoniale con le lenzuola in disordine. Su uno dei due lati c'era un tavolo con un'alta pila di libri e in cima un paio di occhiali da lettura. «Tutto bene?»

«Bene», borbottò. «Sto cercando di mettere un po' di pomata su questi tagli».

«Posso... vuoi una mano?»

«Sarebbe magnifico».

«Sei presentabile?»

«Ho un asciugamano dove serve».

Contavo sul fatto che Rex non facesse giochetti o non volesse mettermi in imbarazzo di proposito. Il bagno accanto alla camera era pieno di specchi appannati e piastrelle marrone scuro. Sulla mensola c'era un vasetto esagonale di crema gialla.

«Ehi», esclamai, con gli occhi che mi lacrimavano. «Cos'è quest'odore?»

«Balsamo di tigre. Me l'ha fatto conoscere Buddy».

Si girò per farmi vedere la schiena e il fianco: il livido sulle costole arrivava fin quasi alla spina dorsale.

«Oh, Rex», dissi. «Nessun estratto di tigre può essere d'aiuto in questo caso».

Si mise a ridere e poi fece una smorfia. «Ci sono dentro mentolo e canfora. Le tigri non c'entrano niente. Ma potresti?» Mi lanciò un'occhiata da sopra la spalla e io annuii.

L'infermiera che c'era in me non poteva mentire: la donna era parecchio interessata a tutta quella pelle nuda. Il grande asciugamano bianco era avvolto intorno ai fianchi, e lasciava in piena vista ogni muscolo, livido e cicatrice. Ma si era fatto male, così misi da parte quella reazione, presi un po' del linimento giallo con le dita e lo spalmai sul margine rossastro dell'ematoma vicino alla spina dorsale, dove era gonfio e caldo.

Lui inspirò bruscamente e mi fermai. «Fa male?»

«No».

Guardai nello specchio e colsi il suo sguardo. Stava guardando noi due, o forse soltanto me. Non sapendo cosa mettermi per un set cinematografico, avevo esagerato con l'eleganza e portavo un abito giallo con la cintura sui fianchi e una gonna a pieghe che arrivava al ginocchio. Ero abbronzata e avevo le lentiggini per via del sole, i capelli scuri legati in una coda di cavallo.

Rex, vicino a me, il petto e la schiena e le spalle un susseguirsi di curve e avvallamenti...

Siamo belli. Noi due. Insieme.

Presi dell'altro unguento e lo spalmai. C'era una cicatrice orribile, vecchia e liscia, che gli correva lungo il fianco. Non era chirurgica. O se lo era, non era chirurgia ben fatta.

«Che cos'è successo?»

«In Corea», rispose. «Mi sono ritrovato in un combattimento aereo e il mio Sabre è stato fatto a pezzi. Il tettuccio è saltato via. Non mi sono accorto di essere stato colpito finché non sono stato eiettato nel mar Giallo suscitando l'interesse degli squali».

«È una ferita da proiettile?»

«E altro ancora. Ma mi sono guadagnato una bella vacanza in Giappone».

Aveva una brutta escoriazione sul gomito e un'altra sulla scapola. Spalmai l'unguento dappertutto, poi feci un passo indietro.

«Penso che dovrebbe bastare».

Lui si girò e mi mostrò i palmi delle mani, entrambi scorticati. Misi dell'unguento anche lì e resistetti all'impulso di portarmi quelle mani ferite alle labbra per baciar via il dolore.

«Da qualche altra parte?»

Sollevò il mento per farmi vedere la crosta che si stava formando, e ci spalmai la crema gialla, acutamente consapevole del battito della gola e del suo alito che mi solleticava la guancia.

«Grazie», mormorò.

«Non c'è di che».

«Betts», disse. «Sono piuttosto malconcio ma dovrei essere morto per non avere voglia di baciarti».

«Mi stai chiedendo se puoi baciarmi?»

«Posso?»

Mi misi a ridere davanti all'assurdità di Rex Daniels che mi chiedeva un bacio, poi mi alzai in punta di piedi e lo baciai.

Lui schiuse le labbra e io sobbalzai al tocco della sua lingua.

«Tutto a posto?», sussurrò contro la mia bocca, e io ero attraversata da brividi così potenti che non potei fare altro che annuire. Sì. Era tutto a posto. Ogni singola cosa.

Mi baciò di nuovo e questa volta ero pronta quando la sua lingua incontrò la mia.

Era bello e strano e sconvolgente. Sentivo il cuore battere nel petto e gli gettai le braccia al collo, cercando di tirarmelo il più vicino possibile.

Lui gemette per il dolore e io tirai via le mani. «Mi dispiace».

«No, tesoro, sono io quello dispiaciuto. Credimi. Non c'è mai stato un uomo più dispiaciuto di me in questo momento ma, devo confessarlo... non ho la forza di finire quello che abbiamo cominciato».

«No. Naturalmente. Giusto. Certo». Come una trottola che girava impazzita fra lui e il lavandino, rimisi il coperchio al vasetto di crema e poi mi voltai di nuovo. «Adesso... vediamo di metterti a dormire».

Mi permise di aiutarlo a raggiungere il letto. Sistemai le lenzuola e le tirai indietro, guardando ovunque tranne che nella sua direzione, mentre lui si toglieva l'asciugamano e si infilava sotto le coperte.

«Penso che potrebbe essere il momento più umiliante di tutta la mia vita, essere messo a letto da una donna che vorrei portarmi a letto».

«Smettila», lo sgridai. «Sono un'infermiera. Non c'è niente di cui vergognarsi».

Dalla cucina arrivò il trillo del timer del forno. «Oh, signore, la cena. Vado a vedere se l'ho bruciata».

Corsi in cucina e vidi che la cena non era bruciata per niente; anzi, aveva un'aria deliziosa. Misi il petto di pollo su un piatto, lo ricoprii col formaggio fuso che era colato fuori, presi un bicchierone d'acqua e portai tutto nella camera di Rex, dove lo trovai con gli occhi chiusi.

Immaginando che avesse bisogno di dormire più che di mangiare, feci un passo indietro per riportare tutto in cucina.

«Betts», mormorò, la voce impastata dal sonno.

«Sì».

«Rimani».

«Qui?»

«Sì. Mangia qualcosa e vieni qui con me. Il letto è enorme e sai che non costituisco un pericolo. Be', almeno spero che tu lo sappia».

Lo sapevo.

«Devi controllarmi ogni due ore, giusto? Prendi una delle mie camicie dall'armadio. Immagino sia abbastanza grande per coprirti dalla testa ai piedi».

«Okay», dissi. «Rimettiti a dormire. Io... arrivo subito».

Tornai in cucina e mi sedetti al tavolo che dava sull'oceano. Era buio pesto, non c'erano né luna né stelle. Solo le luci intermittenti di un aereo diretto a nord. Non passavano mai aerei sopra la fattoria di Wolff Road né sopra Greensboro. C'erano solo la superstrada e treni merci carichi di maiali.

Tornata in camera, aprii l'armadio e presi una camicia da lavoro in chambray che riconobbi dalla prima volta che ci eravamo incontrati. Mi cambiai in bagno, misi del dentifricio su un dito e mi lavai i denti alla bell'e meglio.

E poi… mi infilai a letto accanto a Rex Daniels.

Gli posai le dita sull'interno del polso. Il battito era buono. Lo stesso la temperatura. Respirava in modo regolare.

«Rex», dissi e lo scossi per svegliarlo.

«Ciao».

«Ciao. Sai dirmi dove sei?»

«Nel mio letto con l'infermiera più carina che abbia mai conosciuto».

«Che anno è?»

«Settanta».

«Rimettiti a dormire», dissi. Poi mi girai dalla mia parte e chissà come riuscii a fare lo stesso.

Ore dopo mi svegliai per controllarlo di nuovo, ma la sua parte del letto era vuota.

«Rex?», chiamai, bussando piano alla porta del bagno. Ma non era lì.

Il salotto era argento e azzurro. Si era rasserenato e la luna era alta nel cielo.

«Rex?»

«È qui». Riconobbi Rick. O meglio il suo cappello. Era seduto sul divano, Rex dall'altra parte con indosso un paio di pantaloni della tuta e nient'altro.

«È tutto a posto? Sta…»

Rick alzò una mano, per impedirmi di entrare nel salotto. «Sta bene. Gli ho dato una medicina. Torna fra qualche minuto».

«Che genere di medicina?»

«Quella che prende sempre», rispose l'uomo in tono piatto. «Quella che è affar suo».

Aprii la bocca per ribattere e vidi sul tavolino davanti a lui un astuccio marrone aperto. C'era una siringa. Un tubicino di gomma.

«Torna a letto», disse Rick.

Avrei voluto essere più forte, più determinata. Andare dritta da lui e sbatterlo fuori, come avevo fatto con il fratello di Kitty. Prendere quella siringa piena di merda e gettarla via. Ma non feci nessuna di quelle cose.

Mi girai e tornai nel letto di Rex.

23
Clara

Los Angeles, California, 2019

«BettyKay Beecher? Stai parlando di nostra madre, giusto? Non di qualcun altro?», chiese Abbie per quella che doveva essere la centesima volta.

Il cibo si stava raffreddando nei piatti. Ma mangiare durante la storia che Kitty aveva appena raccontato era stato impossibile. Era stato quasi impossibile perfino respirare.

«Non riesco a capacitarmi di Rex Daniels», mormorò Clara.

«Non riesco a capacitarmi che mamma fumasse marijuana!», esclamò Abbie.

«Erano gli anni Settanta», sottolineò Kitty, bevendo un sorso di acqua gasata, come se quello spiegasse tutto. Era brava a raccontare: aveva narrato quella storia con tutti gli effetti giusti. Certo che sapeva come tenere in pugno il pubblico. «Avanti, adesso. Avete assaggiato a malapena la cena e pago profumatamente la mia cuoca perché prepari pasti raffinati».

Sui piatti color avorio c'era del pesce con una salsa cremosa e un'insalata di noci e bacche.

Clara prese la forchetta e affrontò coraggiosamente il cibo. Il suo telefonò vibrò.

Si scusò, silenziandolo.

«Se devi rispondere...» disse Kitty.

«È la mia ragazza», rispose Clara. «La richiamo dopo».

«Vickie?», chiese lei. «A tua mamma piaceva moltissimo».

«Sul serio?»

«Le piaceva che ti rendesse felice».

«Stanno litigando», intervenne Abbie.

«Non stiamo litigando», ribatté Clara. «È solo che non andiamo d'accordo».

«Oh!» Kitty rise. «Questo sì che si chiama spaccare il capello in quattro. Da quanto tempo state insieme?»

«Sette mesi».

«Dovresti invitarla qui. Un viaggio d'amore. Jenny e Jerome sono venuti qui per la loro luna di miele».

«È tutto a posto», mentì Clara. «Davvero».

«Come vuoi. Ma una puntata in California rimetteva sempre in sesto tua madre».

Qualcosa in quell'affermazione le diede sui nervi. Tutte quelle allusioni a una versione della madre di cui non sapeva nulla. Che era stata tenuta segreta. Mangiò un altro minuscolo boccone di pesce e cercò di passarci sopra.

Il tavolo da pranzo era lungo circa un chilometro, e lei e sua sorella erano sedute l'una di fronte all'altra nel mezzo, mentre Kitty era a capotavola su una sedia che somigliava a un trono. Oppure era lei che la faceva sembrare tale. Il tavolo e le sedie erano gli unici mobili della stanza, dipinta di avorio, grigio, azzurro e marrone chiaro, e una delle pareti era una vetrata che si affacciava sul giardino buio e la città sottostante. Mentre sulla parete di fronte c'era il dipinto lungo circa un metro e ottanta di una donna nuda, il viso nascosto, sdraiata in un campo di fiori.

Clara sperava davvero che non fosse Kitty. Le dessero pure della puritana, ma cenare sotto il corpo nudo della sua ospite era veramente troppo.

«È delizioso», commentò Abbie, ma anche lei sembrava in difficoltà. Clara annuì, cercando di non sentire il sapore del pesce.

«Voi due mentite spudoratamente», le smascherò Kitty con una risata.

«Il pesce lo mangiavamo solo fritto», riconobbe Clara.

«E a forma di bastoncini», aggiunse la sorella.

«Vostra madre non era una gran cuoca», ricordò Kitty. «Con quel polpettone aveva fissato uno standard basso che non era interessata a migliorare».

«Era impegnata», saltò su Clara in sua difesa. «E papà cucinava la maggior parte dei pasti».

«Proprio così». Abbie mise giù il coltello. «I bastoncini di pesce potrebbero essere colpa sua».

«Che ne dite di passare ai formaggi?» propose la padrona di casa, e la donna che aveva continuato a riempire loro i bicchieri d'acqua per tutta la cena si precipitò a prendere i piatti. «Vi siete sistemate, voi due?» chiese poi.

«Lo chalet è bellissimo», disse Abbie, riempiendosi il bicchiere di vino. Clara aveva cercato di non contarli, si era sforzata di dare a sua sorella il beneficio del dubbio. Ma quello era il quinto bicchiere e sembravano davvero troppi. Ma per lei già due erano troppi, perciò magari non era un buon giudice.

«Tutti quei viaggi con gli amici, veniva qui?»

«Alcune volte all'anno. Sì».

«Nostro padre lo sapeva?», chiese Clara.

«Vostra madre e vostro padre non erano il tipo di persone che avevano segreti fra loro».

«No, li avevano solo con noi», constatò Abbie, posando il bicchiere di vino nel posto sbagliato. Si inclinò contro il piatto e lei fece tutta una gran scena per cercare di prenderlo, finendo solo per versarne altro sull'elegante tovaglia bianca.

«Speravo che avresti portato la tua famiglia, Abbie», disse Kitty.

«Oh», replicò lei. «Non lo so. I bambini sono due belve scatenate. Avrebbero rotto tutte le tue belle cose».

«Ne dubito».

«No. È vero», ribadì Abbie. «Però sarebbe davvero magnifico se finissi di raccontarci la storia di mamma e Rex».

Clara si alzò di scatto, come se avesse delle molle al posto delle gambe. Non era razionale, lo sapeva. La cronologia non coincideva. Quella storia risaliva ad anni prima che Clara fosse concepita nel 1984, ma il fatto di non sapere chi fosse suo padre rendeva chiunque un potenziale candidato.

«Faccio una telefonata veloce», si scusò e percorse uno stretto corridoio fino a uno studio zeppo di libri. Tirò fuori il cellulare e finalmente chiamò Vickie.

«Ehi», rispose lei, e Clara si accasciò per il sollievo di sentire la sua voce. «Come vanno le cose?»

«Rex Daniels potrebbe essere mio padre».

«Davvero?»

«Probabilmente no».

«Stai bene?», chiese Vickie.

Sì. No? Non ne era più tanto sicura. Ogni storia che Kitty raccontava sgretolava qualcosa che aveva ritenuto immutabile. Una cosa era sapere del padre, ma questo strano e lento svelamento della madre? Le pareva un sogno. Non fosse stato per tutte quelle fotografie, avrebbe creduto che fossero menzogne.

Esaminò i libri sugli scaffali e l'elegante divano in pelle con delle borchie decorative. C'era una poltrona di velluto azzurro con accanto un tavolino e sopra le parole crociate del «Times» lasciate a metà, ripiegate sotto una lampada.

Sua madre faceva la stessa cosa, e Clara si chiese se Betts Beecher e Kitty Devereaux parlassero dei cruciverba, come a quanto pare parlavano di lei e della sorella. Come avevano fatto a essere così intime e a riuscire lo stesso a tenerlo segreto?

Erano amanti? Era per quello che non avevano saputo niente di Kitty?

La ragione di tutto stava iniziando a preoccuparla.

«Vorrei che mi avessi permesso di starti vicina», disse Vickie.

«Cosa intendi? Mi sei vicina», mormorò Clara.

Vickie rise, una risata senza gioia. «Sai qual è la cosa pazzesca? Credo che tu sia sincera. Credo tu sia convinta che un paio di telefonate e di messaggi dalla tua ragazza durante il funerale di tua madre equivalgano ad averla vicina. Ma Clara, questo è quello che fanno i colleghi. Io ti *amo*».

«Anch'io ti amo».

«Oh, Clara». Vickie fece un sospiro tremante. «Comincio a pensare che abbiamo un'idea molto diversa di questa parola».

Dall'altra stanza provenne un tonfo e un rumore di vetri rotti.

«Clara!», urlò Kitty, una nota di panico nella voce.

«Vickie, devo andare».

La ragazza fece di corsa il corridoio verso la magnifica sala da pranzo dove la diva del cinema stava cercando di aiutare sua sorella a rimettersi in piedi. Kitty era forte, ma Abbie aveva perso completamente l'equilibrio e fra tutt'e due rischiavano di finire per terra. Così lei afferrò la sorella, dando alla donna la possibilità di mettersi da parte.

«Sto bene», farfugliò lei. Si scostò i capelli dalla faccia. «È imbarazzante».

«Cos'è successo?», chiese Clara.

«Niente. Sto bene. È tutto o-okay», rispose Abbie.

«È caduta», spiegò Kitty. «Per poco non si è tirata dietro tutto il tavolo».

La tovaglia e il tappeto persiano chiaro sotto il tavolo erano macchiati di vino rosso.

«Oh, no», disse Clara. «Adesso puliamo e...»

«Non c'è problema», la interruppe Kitty. «Ci penso io».

«È solo il jet lag», si giustificò Abbie. «Sto benone». Si girò verso Kitty e urtò di nuovo il bicchiere, che cadde sulla sedia e si ruppe. «Oh, cavolo», farfugliò. Si accucciò per raccogliere i vetri e così facendo rovesciò la sedia.

«Che ne dici se ti mettiamo a letto?»

«Non voglio andare a letto», protestò. «Voglio sentire come finisce la storia fra Rex e mamma».

«Te la racconto domattina», la rassicurò la donna, magnanima fino all'eccesso.

«No, è tutto a posto. Non stare a sentire Clara, è una guastafeste. Lo è sempre stata», insistette Abbie.

Clara lasciò andare la sorella che perse l'equilibrio e finì contro il tavolo, facendo traballare tutto quello che c'era sopra. Kitty prese la bottiglia al volo perché non si rovesciasse.

«Andiamo», sussurrò Clara all'orecchio di Abbie. «Prima che combini un casino ancora peggiore». La donna incurvò le spalle, sconfitta, e Clara la sorresse mentre uscivano dal salotto. «Grazie, Kitty. Per tutto».

Lei allungò una mano e le toccò la spalla, poi la strinse.

«Quando vostra madre venne qui, cercai di farmi dire che cos'era successo. Perché aveva rinunciato a fare l'infermiera», raccontò Kitty. «Ma... dopo un po' smisi di chiedere. Smisi di farle pressione per avere una risposta. Perché mi ero fatta prendere dai miei problemi. Dal mio dramma personale. Ed ero solo contenta che lei fosse lì. Con me. E tua mamma era sempre stata una roccia. Non mi ero resa conto che stava perdendo il controllo».

«La discussione con tuo fratello?» Quella parte della storia spiccava sul resto perché non aveva mai pensato che sua madre fosse aggressiva, men che meno violenta. Mettersi a litigare, indipendentemente da quanto l'altra persona se lo meritasse, non era lo stile di BettyKay Beecher.

Kitty annuì. «L'alcol e l'erba. Non era da Betts. Neanche Rex, in un certo senso. Stava affrontando qualcosa di grosso e io ero troppo presa da me stessa per aiutarla».

«Clara», ansimò Abbie. «Sto per vomitare».

Sorreggendo la sorella, Clara uscì praticamente di corsa dalla scatola di vetro diretta verso lo chalet e il suo bagno con le piastrelle bianche e nere vecchio stile e il water con la cordicella.

Abbie vomitò e Clara le tenne indietro i capelli e le accarezzò la schiena come faceva mamma quando le veniva l'influenza intestinale.

«È imbarazzante», disse Abbie.

Clara passò una salvietta sotto l'acqua corrente e la mise sulla nuca della sorella.

«Che succede, Abbie? Ci siamo solo e io te qui», la incitò. «Puoi dirmelo».

«Sono solo stanca», rispose lei, accasciata fra il water e la parete. La sua faccia era diversa senza il sorriso che esibiva sempre. Aveva l'aria esausta.

«Di cosa?»

«Di tutto». Sollevò una mano e se la lasciò ricadere fiaccamente in grembo. «Preparare la cena, fingere, sentire la tua mancanza, sentire la mancanza dei nostri genitori. Le mie tette». Si prese le tette fra le mani. «Sono così stanca delle mie tette».

Clara cercò di non mettersi a ridere. Era una cosa seria. Ma… insomma.

«Stai ridendo».

«No, giuro».

«Ridi di me».

«Perché sei buffa. E sei mia sorella. E le tue tette sono magnifiche».

Abbie si mise la salvietta sulla faccia, ma Clara gliela tirò via e vide che sorrideva. *Domani non riderà*, pensò.

«Andiamo», la esortò. «Ti metto a letto. Domattina andrà meglio».

«È proprio una cosa che avrebbe detto mamma», osservò Abbie, appoggiandosi a Clara mentre la stanza le girava intorno. «Mi manca».

«Anche a me».

«Riesci a crederci che mamma ha fatto sesso con Rex Daniels? Oh, mio Dio, Clara...» Si girò a guardare la sorella con gli occhi arrossati.

«Non è mio padre».

«Non lo sai. Non finché Kitty non ha finito di raccontarci la storia».

Clara la fece sedere sul letto, scostò le coperte tirandogliele via da sotto e le tolse le scarpe e le calze perché sapeva che la sorella odiava dormire con le calze.

«Dormi con me», le chiese Abbie, spostandosi di lato per farle posto. «Dài. Mi sento sola. Sentire tutte quelle cose su mamma mi ha fatta diventare triste».

«Lo sai cosa mi diceva sempre mamma?» Clara scalciò via le vecchie sneaker e si infilò nel letto. «Mi diceva che alcune persone si piegano e altre si spezzano, e che io era una che si piega. E tu...», le scostò una ciocca di capelli umidi dalla faccia, «...una che si spezza. E che io avrei dovuto piegarmi in modo che tu non ti spezzassi».

«Mamma mi diceva la stessa cosa», sussurrò Abbie. «Tranne che io avrei dovuto piegarmi perché tu non ti spezzassi. Era il suo modo per dirci di sostenerci a vicenda».

«Non ho fatto un buon lavoro ultimamente», riconobbe la figlia maggiore.

«È tutto a posto», la rassicurò Abbie, perché era nel suo carattere dire quel genere di cose.

«No, non lo è», ribatté Clara. «Ma le cose cambieranno».

24
BettyKay

Los Angeles, California, 1970

Stavo sognando il reparto psichiatrico. Mrs Bastille aveva perso il bambolotto e noi lo stavamo cercando mentre lei piangeva. Mi svegliai di soprassalto, e per poco non diedi una testata al povero Rex.

«Tesoro», mormorai, carezzandogli una guancia mentre lui mi dava un bacio sulla spalla. Si era fatto la barba e aveva i capelli umidi. «Che ore sono?»

«Ancora presto». Non era mia intenzione dormire così tanto. Mi misi seduta, ma lui mi spinse gentilmente giù. «Ssh, tesoro. Dormi».

«Ma l'auto...»

«Facciamo tutte le riprese in interni al bar. Niente acrobazie. Non c'è bisogno di un'infermiera».

«Kitty...»

«Ha la giornata libera. Hugh vuole solo energia maschile sul set per queste scene». Sembrava proprio una cosa che avrebbe detto Hugh. Rex sorrise come se sapesse quanto era insopportabile. «Tu e Kitty avete il pranzo prenotato al Beverly Hills Hotel e poi un massaggio e poi, non so, qualunque altra cosa possiate inventarvi voi donne».

«Rex», mormorai. «L'hai organizzato tu?»

«Solo un piccolo ringraziamento per tutto il lavoro che tu e Kitty state facendo sul set».

«Che cosa tenera».

«Sono un ragazzo tenero». Mi diede un bacio, poi un altro. Qualcuno suonò il clacson: sapevo che era Rick nella Bronco azzurra. Trasalii e lui se ne accorse, ma di quello non parlavamo.

Erano passate cinque settimane da quella prima notte e mi ero praticamente trasferita da Rex. Andavo con lui sul set tutti i giorni. Hugh mi aveva dato un lavoro: assistente medico, con uno stipendio che, come infermiera, non avrei mai preso. Rex continuava a non usare controfigure e io tentavo di evitare che si facesse male, ma non mi ci era voluto molto per capire che nessuno dava retta all'assistente medico.

Mezz'ora dopo che se n'era andato sentii bussare alla porta. Troppo presto perché fosse l'autista che mi avrebbe portata al Beverly Hills Hotel, ma Rex non faceva che ricevere fattorini. Qualche giorno prima, erano arrivate una dozzina di rose rosse e un kit di pronto soccorso. La settimana precedente aveva pagato qualcuno perché trovasse tutte le informazioni disponibili riguardo al diploma per infermiere professionale in California.

Aprii la porta e mi ritrovai davanti Kitty, scarmigliata e bellissima, con un foulard legato sopra i capelli tinti di biondo cenere per il film e un paio di enormi occhiali da sole.

«Che ci fai qui?», esclamai, abbracciandola. «Ci saremmo dovute vedere in albergo».

«Non posso tollerare che qualcuno mi tocchi anche oggi, Betts», disse, con lo sfinimento che nasceva dalle ore passate a farsi pettinare e truccare per le riprese. «Andiamo da Canter a fare una colazione gigantesca e poi la smaltiamo sulla spiaggia».

«Ma Rex...»

«Lavora. E per la prima volta dopo cinque settimane io no. A meno che tu non voglia che un estraneo ti metta le mani addosso».

Non volevo. Certo, che no. E lei lo sapeva perché era la mia migliore amica.

Scegliemmo un separé vicino alle scale. Kitty ordinò würstel e uova con contorno di pomodori, e io presi l'omelette al salame e caffè nero.

Kitty si tolse gli occhiali da sole ma non il foulard.

«Com'è possibile che mi manchi quando ti vedo tutti i giorni sul set?», le chiesi.

«Non so cosa dire, ma sono d'accordo con te». Kitty mi mostrò una fiaschetta d'argento. «Irish?»

Scossi la testa. Da quando mi avevano assunta avevo smesso di bere, e fumavo un po' d'erba solo quando Rex dormiva e io ero troppo agitata per fare lo stesso.

Kitty mise via la fiaschetta senza versare il whiskey nemmeno nel suo caffè.

«Come sta Alexander?», chiesi. Mi mancava il mio vecchio coinquilino.

«Bene. Sta lavorando al nuovo film con Robert Redford. Ha un nuovo ragazzo».

«Hai trovato qualcuno per la mia stanza?»

Fece di no con la testa.

«La stai tenendo libera per me?»

«Può darsi», rispose Kitty, e alzò le mani. «Non arrabbiarti. È una polizza assicurativa. Le storie d'amore sul set sono molto intense, ma quando le riprese finiscono la passione può raffreddarsi».

«Le cose fra me e Rex non si sono raffreddate», dichiarai, arrossendo così violentemente che sentii il bisogno di mettermi le mani sulle guance.

Kitty scoppiò a ridere. «Sono contenta di sapere che a letto funziona, Betts».

«È solo che...» Mi sporsi verso di lei. Kitty fece lo stesso. «Nessuno me l'aveva mai detto».

«Del grande O?», disse in un sussurro, e io annuii. «Non vogliono che sappiano cosa ci perdiamo. Come va per il resto?»

Mi riappoggiai allo schienale, giocherellando con la tazza di caffè. Era la mia migliore amica, mi aveva aiutata nei momenti più difficili della mia vita, ma non sapevo come parlarle di *questo*.

«Rispondi a una domanda e non dovremo riparlarne più», propose Kitty.

«Okay».

«Ti stai facendo anche tu di eroina?»

Inspirai a fondo, in preda alle vertigini, come se fossi stata sott'acqua un'eternità e fossi appena riemersa per respirare. Nessuno aveva mai pronunciato quella parola, ma urlava nei silenzi. Il silenzio che circondava Rick. Le notti in cui mi svegliavo nel letto da sola. Le volte in cui, di ritorno dopo una lunga giornata sul set, a Rex tremavano le mani e mi urlava che stava benissimo. Il modo in cui dopo aver preso la sua "medicina" si scusava e fissava l'oceano come se non lo vedesse.

Eroina. Rex si faceva di eroina.

Lo sapevo. *O meglio,* lo avevo intuito. Tutte le volte che sollevavo l'argomento, lui cambiava discorso, oppure iniziava a baciarmi e a spogliarmi. Ero così felice, così incredibilmente felice che lasciavo perdere. Perché dentro di me sapevo che tirare quel filo avrebbe potuto disfare tutto. Così evitavo di toccarlo.

«No», risposi infine.

«Bene», affermò lei in tono appassionato. «Non farlo. Mai».

«Lo sanno tutti?», chiesi.

Kitty si strinse nelle spalle. «Non è il segreto che pensa Rex».

Prese qualcosa dalla borsa. Una busta azzurra della posta aerea con una lettera di Jenny.

«L'hai già letta?», le chiesi quando vidi che era aperta.

«È indirizzata a entrambe. Pensa che tu stia ancora alla Voliera».

«Sta bene?»

«È stata promossa a capitano e trasferita a Da Nang. E si è presa una cotta per un pilota di elicotteri». Kitty e io ci scambiammo un sorriso.

«Si sente sempre sola?»

«Credo che il pilota di elicotteri si stia occupando della cosa. E dice che lavora con un medico che le permette di dare una mano durante gli interventi».

«Davvero?» Ci scostammo quando arrivarono le ordinazioni. Il profumo mi fece venire l'acquolina in bocca. Chiesi dell'altro caffè. «Che tipo di interventi?»

«Tutti». Kitty ricoprì le sue uova di pepe. «Dice che ha rimosso una scheggia dall'occhio di un ragazzo e che sutura regolarmente vasi sanguigni».

Vera chirurgia? Le infermiere di sala operatoria passavano i ferri, aiutavano a preparare e a pulire. Non suturavano vasi sanguigni, per non parlare di rimuovere schegge dagli occhi. Non potevano nemmeno posare un bisturi sulla pelle!

Come sarebbe stato essere così coinvolti? Così importanti? Non ero sicura di cosa fossi in quel periodo, mentre rimettevo in sesto Rex perché potesse girare un'altra scena, ignorando il veleno che si iniettava nelle vene, ma sembrava il contrario di essere utile. Rex mi viziava, con i suoi regali e il sesso da urlo. Ma dentro di me c'era un vuoto, in attesa di qualcosa che lo riempisse.

Mentre Kitty spremeva una pozza di ketchup accanto alle uova, tutte le cose che non andavano nella mia vita, e anche alcune di quelle che erano più positive di quanto riuscissi a esprimere a parole, formarono un groviglio dentro di me.

«Era l'ultima notte in Ostetricia», attaccai infine, impacciata. Non avevo pratica nel raccontare quella storia, a parte la volta in cui ne avevo parlato con Rex per poi seppellirla in un posto da cui non l'avevo più tirata fuori. «Con il dottor Fischer».

«Un nome a cui non pensavo da secoli». Kitty alzò gli occhi al cielo e poi si bloccò. Mise giù il ketchup. «Betts?»

«Mi ha detto che ero una pessima infermiera. *Un pessimo soldato,* questa è l'espressione che ha usato. Avevo sempre pensato di non piacergli perché gli ricordavo te, ma lui ha detto che non si fidava di me».

«Quell'uomo era un coglione».

Il resto si riversò fuori da me quasi mi avessero capovolta come quella bottiglietta di ketchup. E qualunque reazione d'orrore o pieno sostegno alla mia decisione di abbandonare il lavoro di infermiera mi fossi aspettata da parte di Kitty, avrei dovuto saperlo che non l'avrei avuta.

Spostò i piatti e mi prese le mani. Aveva le unghie tagliate corte e rovinate per esigenze del set. «Ti aspetti che sia d'accordo sul fatto che questa vicenda fa di te una pessima infermiera?»

«Ho disobbedito alle regole...»

«Sei stata con lei tutto quel tempo. Senza di te sarebbe stata sola. E al freddo. Tu le hai parlato e l'hai tenuta al caldo e hai cercato di fare il meglio che potevi. Questo è fare l'infermiera, Betts. Prenderei a cinghiate quell'uomo per averti fatta sentire così. Per averti portato via quello in cui sei così brava».

«Mi manca fare l'infermiera», mi scappò.

«Certo che ti manca. Perché sei un'infermiera con le palle, BettyKay Allen. E adesso puoi prendere l'abilitazione in California». Era partita in quarta, e quando Kitty partiva in quarta era una forza della natura cui era impossibile resistere. «Puoi lavorare all'ospedale di contea e usciremo in quattro e faremo colazione qui tutte le domeniche».

Sentii lacrime di sollievo bruciarmi gli occhi. Sollievo per aver finalmente raccontato quella storia. Sollievo per il fatto che Kitty aveva confermato ciò che volevo fosse vero, che ero ancora chi pensavo di essere. Chi volevo essere. Risi e mi asciugai le lacrime col tovagliolo.

«Chi porterai in quelle uscite a quattro?»

«Quando il film sarà finito, e lui non sarà più il mio regista, ho intenzione di fare di Hugh un uomo molto felice», confessò Kitty.

«Credevo non volessi andare a letto con lui».

«Non volevo andare a letto col *mio regista*. Quando non sarà più il mio regista...» Kitty sbatté le ciglia.

«Hugh mi ricorda il dottor Fischer».

«Davvero?» Kitty fece una smorfia.

«Un po'?»

«Non si somigliano per niente. Il dottor Fischer era un Neanderthal. Lo sai che una volta mi ha detto che se avessi mollato la scuola mi avrebbe sposata? Hugh invece è diverso. Non ha alcun problema con il mio lavoro».

«Davvero?»

«Hai letto il copione, Betts», replicò, tagliando i würstel. «Alla fine, io sono libera e Rex viene ammazzato. Te lo assicuro, Hugh è un femminista. È solo che certe volte lo nasconde. Dai, Betts. Le tue uova si freddano».

25
BettyKay

Hugh viveva in uno dei cottage a bordo piscina dello Chateau Marmont che sinceramente mi ero aspettata più imponente, considerato che certe volte Jim Morrison stava nell'attico. Una settimana dopo la fine delle riprese di *The Petticoat Kid,* diede una festa in grande stile, affittando tutti i cottage disponibili per il cast e la troupe. L'alcol scorreva a fiumi. Praticamente diede fondo alle scorte del vicino Liquor Locker.

Quando Rex e io arrivammo in ritardo, Kitty mi portò nella camera da letto del cottage di Hugh. «Stai bene?», mi chiese.

«Benissimo». Non sapevo bene perché mentivo. «Perché?»

«Perché non ti ho vista da quando abbiamo finito le riprese».

«Sono stata occupata. Rex... Rex è stato occupato».

«Sta bene?», chiese. «Ho sentito che era malato».

«Dove lo avresti sentito?»

«Mimi del trucco».

Mimi e Rick avevano una di quelle storie tira e molla. Mi chiesi se Rex fosse al corrente che Rick andava in giro a dire che era stato male. Non gli piaceva che la gente parlasse di lui.

«Betts?»

«Credo che si sia preso un virus sul set», mentii. Se mi fossi fermata un attimo a pensarci, avrei potuto essere preoccupata, ma non sembrava mai esserci tempo. Tutto si muoveva talmente in fretta. Ero appena arrivata a Hollywood. Non stavo forse finendo la mia ultima notte all'ospedale? Non avevo appena firmato per un appartamento con Denise?

E adesso stavo coprendo le spalle a Rex.

«Sì», lasciò cadere Kitty cauta. «Un virus. Vuol dire che non potevi prendere in mano il telefono?»

«Lo sai come sono gli uomini quando si ammalano», risposi e la presi fra le braccia.

«Sei bellissima», le dissi, e quella non era una bugia. Portava un vestito di pizzo bianco con le maniche svasate e la gonna corta. Dopo tutte le tinte e la polvere del set che le avevano rovinato i capelli, se li era fatti tagliare corti, e l'acconciatura alla Twiggy – ovviamente – le stava benissimo.

«Grazie», rispose. «Stasera dirò a Hugh che se vuole un appuntamento dovrebbe chiedermelo».

Risi. «Dovrebbe andare a meraviglia», dissi. A Hugh non piaceva che si menasse il can per l'aia, ma la chimica fra loro due era innegabile. Se c'era una cosa di cui in quel momento non ero preoccupata, era la capacità di Kitty di badare a se stessa.

«Tu ridi, ma aspetta e vedrai. Hugh Bonnet mangerà dal palmo della mia mano».

«A proposito di mangiare», dissi. «Sto morendo di fame. C'è qualcosa da mettere sotto i denti?»

«Hugh ha ordinato del cibo. L'hanno messo vicino alla piscina».

La presi sottobraccio e feci per incamminarmi, ma lei rimase piantata dov'era. «Se stesse succedendo qualcosa, me lo diresti. Giusto?»

«Kitty», risposi con una risata, che suonò falsa perfino a me. «Cosa dovrebbe succedere?»

Avevo speso quattordici dollari per una stanza in albergo, nella speranza che cambiare ambiente avrebbe permesso a Rex e me di riavvicinarci dopo quello che era successo il sabato prima.

E avrebbe tenuto alla larga Rick.

La stanza era a mio nome, la chiave con le nappe nella tasca della mia giacca doppiopetto in poliestere viola.

Hugh teneva banco sul bordo piastrellato di azzurro della piscina, circondato da torce in bambù accese. Indossava un paio di jeans e una camicia di lino. La carnagione pallida era scottata dal sole, e gli si stava spellando il naso.

«Datemi retta», stava dicendo, un drink in una mano e una sigaretta nell'altra. «Se questo film non fa di Kitty Devereaux una star e di Rex Daniels un dio, non so cos'altro potrebbe farlo».

«Non ho bisogno di essere un dio, Hugh», replicò Rex, stravaccato su una sedia a sdraio.

«Be', a me non dispiacerebbe», scherzò Hugh.

Mi avvicinai a Rex e lui mi prese la mano. La strinsi e gli misi le dita sul polso.

Controllai il battito. Accelerato.

Lui liberò la mano e mi lanciò un'occhiataccia. Kitty se ne accorse e io feci il sorriso più smagliante che riuscii a tirar fuori.

«Vuoi qualcosa da mangiare?», gli chiesi.

«Sono a posto così», ribatté, gelido.

Presi un piatto e mi misi in coda al piccolo buffet per del cibo che non avrei mangiato.

«Un brindisi!», annunciò Hugh, e attorno a me la gente alzò i bicchieri di champagne e di cocktail. «A Rex, non so se sia coraggioso o pazzo a fare quelle acrobazie, ma come lui ce n'è uno su un milione».

«Evviva! Evviva!», urlarono i presenti e levarono i bicchieri più in alto.

Smettetela, avrei voluto gridare, *non esaltatelo per la sua temerarietà. Quello che voi apprezzate come un valore finirà per distruggerlo.*

«E a Kitty». Hugh rimase zitto un attimo e scosse la testa, guardandola nella luce dorata del tramonto californiano. Risplendeva letteralmente di rosa e crema, sensuale e innocente, e se non fosse stata già mia amica, avrei voluto conoscerla.

Ecco il potere di Kitty Devereaux.

«Bellissima, orgogliosa, sensuale Kitty. Non ho mai visto una donna che la cinepresa amasse di più. Ora. Vorresti porre fine alle mie sofferenze e permettermi di portarti fuori a cena?»

Tutti risero e applaudirono, e per un attimo Kitty mise il broncio, come se le avessero rubato la scena. «Immagino di sì», concesse. «Ma dovresti sapere che ho gusti ricercati».

Non era vero, ma la gente andava matta per queste cose. Hugh se la tirò vicina, la baciò su una guancia e scattarono i flash.

Questo mondo, pensai con una fitta, *è uno specchio che riflette tutte le cose sbagliate.*

Sentii la colonia Aramis di Rex accanto a me ma non mi girai a guardarlo. Mi concentrai sulle uova ripiene che stavo mettendomi nel piatto.

«Scusami, tesoro», disse. «Tirar via la mano a quel modo. Mi dispiace».

«Lo so».

«Mi stavi controllando le pulsazioni e io, be', immagino di essere stufo che mi controlli le pulsazioni».

«Non so come smettere», sussurrai. «Per poco non ti ho perso».

«È stato un incidente, dolcezza». Mi prese il piatto di uova, lo porse a un cameriere, mi attirò a sé e, forse per la centesima volta, mi garantì: «Non capiterà più».

«Ho preso una stanza per noi qui», lo informai. «Ho pensato che sarebbe stato carino. Una pausa. Hai lavorato tantissimo e...»

«Betts», mi interruppe. «Per favore, guardami».

Finalmente mi girai a guardarlo e il suo sorriso dolce e gli occhi ancora più dolci non mi diedero un tuffo al cuore come un tempo. L'unica cosa che vidi furono le pupille dilatate e le labbra bluastre.

«È carino da parte tua», disse, abbracciandomi nel modo che preferivo, col mio corpo premuto contro il suo. Potevo seppellirgli la faccia nel petto e fingere che il mondo non esistesse. C'era lui e c'ero io, e nient'altro. «Sei la ragazza più dolce che abbia mai conosciuto, Betts».

Scossi la testa contro il suo petto, stringendolo più forte che potevo.

«Bene, Musona». Hugh ci venne vicino e batté le mani, rovinando il momento. «Devo ringraziare anche te. Senza di te non so se Rex sarebbe arrivato alla fine del film tutto intero. Hai un lavoro sul mio set tutte le volte che vuoi».

«No, grazie», risposi, stupendo entrambi. «Non penso che il cinema faccia per me».

«Be', allora frequenti la gente sbagliata», ribatté Hugh con una risata.

Un'ora più tardi Rex mi si avvicinò, più rilassato dopo qualche drink. «Ehi, tesoro», esclamò. «Hai preso una stanza per noi qui?»

«Sì», risposi e lo baciai perché non vedevo l'ora di infilarmi in quel letto con lui. «Vuoi andare?»

«Posso avere la chiave?», chiese. «Rick e io saliamo giusto un attimo».

«No».

«Tesoro…»

«No. Lui non può usare la nostra stanza. L'ho prenotata io».

«Solo un momento».

«So a cosa serve», ribattei.

«Abbassa la voce», mi ammonì, guidandomi fra i banani che circondavano il cottage.

«Per poco non morivi, Rex. Fra le mie braccia, per poco...»

«Se non posso usare la tua stanza, ne troverò un'altra».

Lo odiavo quando era così, lontano e distaccato, indifferente a tutto quello che mi riguardava. Quando era così, era facilissimo credere che non mi amasse. Quello che amava era avere intorno una donna come me. Una donna disposta a fare sesso, a mettere il cibo in forno e a tenerlo in piedi quando il lavoro e le droghe lo avrebbero steso.

«Non farlo. Ti prego, Rex. Per favore».

Si liberò dalla mia mano e raggiunse un gruppo di persone che avrebbero fatto tutto quello che voleva lui. Che gli avrebbero dato tutto quello che chiedeva. Che lo avrebbero osannato, appoggiato e aiutato finché non fosse morto.

Ordinai a me stessa di non andargli dietro, che se voleva farsi erano affari suoi, la sua vita. Ma anche mentre lo pensavo sapevo che era una bugia. Non potevo lasciare che si ammazzasse in una di quelle stanze. Mentre correvo per raggiungerlo, mi imbattei in Kitty.

«Hai visto Rex?»

«Sì, è andato di sopra con Rick. Va tutto bene?»

Tirai un respiro tremante, spezzato, e lei mi prese per mano. «Andiamo. Cerchiamoci un posto tranquillo». Tirai fuori la chiave con la nappa e gliela passai.

Ma la stanza non era chiusa a chiave, e quando aprimmo la porta Rex era già seduto sul bordo del letto e si stava tirando su la manica della camicia. C'era anche Rick, che si spostò nel tentativo di nascondere l'armamentario.

«Questa è la mia stanza», affermai dura.

«La reception mi ha dato una chiave. Dacci un minuto, vuoi, tesoro?», disse Rex alzandosi in piedi.

Mi avrebbe spinta gentilmente fuori da quella camera, e se avessi fatto come voleva lui, avrei smarrito me stessa. La persona che ero e quella che volevo essere sarebbero scomparse, tutto per stare con lui. Perché, adesso lo capivo, quelle erano le regole. Se lo volevo, dovevo annullarmi.

«No», replicai con calma. «È la mia stanza».

«Betts». Rex non urlava mai, ma quando era arrabbiato, la sua voce assumeva una durezza che faceva scattare qualcosa dentro di me, un qualche rimasuglio di mio padre. Era difficile resistere alla sua volontà, pur di mantenere la pace.

Grazie a Dio c'era Kitty.

«Dovresti andartene, Rex. È la sua stanza», intervenne.

«Betts», obiettò Rex, ignorando Kitty. «È una cosa fra noi due».

«Credo che sia una cosa fra te e Rick», replicai.

Lui prese un gran respiro e lo buttò fuori dal naso.

«Vai», ordinai a Rick, che stava aspettando che il suo amico gli dicesse cosa fare.

«Non sei il mio capo», sibilò e indicò Rex. «È lui».

«Vai, Rick», intervenne Rex, dandogli una pacca sulle spalle. «Vengo a cercarti fra poco».

Gesù santo, pensai. *Io e Rick, sembriamo foche ammaestrate che prendono l'imbeccata da Rex.*

Era così che funzionava per quelli come Rex, che si circondavano di persone che facevano ciò che veniva loro chiesto senza obiettare. Era lealtà o una sorta di punto cieco che lui riusciva a intuire in noi, il nostro desiderio di renderci utili, di stargli vicino? Non lo sapevo.

Kitty mi sfiorò la mano e io annuii.

«Sono qui fuori», mi rassicurò. «Urla se hai bisogno di me».

«Non avremo bisogno di te, Kitty», intervenne Rex con il suo tono scanzonato e il sorriso ammaliante. «Un sacco di rumore per nulla».

«Smetterai?», gli chiesi non appena la porta si chiuse.

Batté le palpebre, colto di sorpresa dalla domanda. «Non c'è niente da smettere...»

Tirai fuori la valigia dall'armadio e aprii il cassettone, prendendo il négligé di seta color avorio che avevo comprato apposta, gli indumenti in più che avevo portato nella speranza che potessimo starcene rintanati per qualche giorno.

«Betts», mi chiamò, prendendomi per le spalle. «Smettila. Parlami».

Mi voltai e incrociai le braccia. «Abbiamo parlato. Abbiamo parlato e riparlato, e tutte le volte che parliamo mi rigiri la frittata al punto da convincermi che quello che fai va bene. E non lo è, Rex. Per niente. Sei quasi morto».

«Però non sono morto». Mi sorrise. Tutte quelle riprese nel deserto lo avevano fatto abbronzare. Era così bello che mi toglieva il fiato.

«Grazie a me», ribattei. «Sei vivo grazie a me. Saresti morto, Rex, con quel maledetto ago ficcato nel braccio».

«Ma io...»

«Smettila!», urlai, prendendomi la testa fra le mani. «Smettila. Sei andato in overdose, Rex. Sei andato in overdose e Rick non avrebbe potuto salvarti».

Lo avevo trascinato nella doccia, avevo aperto l'acqua fredda e gli avevo praticato la rianimazione cardiopolmonare finché non aveva ripreso conoscenza, scosso dalla tosse e debolissimo, ma vivo.

«Forse hai ragione», ammise, e per la prima volta da quando stavamo insieme gli vidi la paura negli occhi. «Ecco perché ho bisogno che rimani con me, tesoro».

Risi, ma mi uscì un singhiozzo. Non ci voleva molta immaginazione per vedere come sarebbe andata a finire. Altre overdose. Altri salvataggi in extremis. Mi avrebbe chiesto di iniettargli quella robaccia nelle vene. *Sei un'infermiera,* avrebbe detto. *Sai cosa fare*, avrebbe detto. E io lo avrei fatto perché ero un'infermiera e volevo proteggerlo e lo amavo.

«Ti amo», dissi.

«Anch'io ti amo, lo sai». Mi mise la sua grande mano ruvida sul collo, coi calli che si impigliavano nella peluria della nuca.

Mi scostai. «Devi sbarazzarti di Rick e smettere di drogarti e scegliere me. Scegliere di vivere».

«Ho scelto te», replicò. «Vivi a casa mia. Lavori con me ogni giorno. Ti do tutto quello di cui hai bisogno».

«Liberati di Rick e smettila di drogarti».

«Tesoro», fece con una risata, e mi resi conto che era una tattica. Ridere. Come se non ci fosse niente che non andava, come se stessi esagerando. Il mondo attorno a lui bruciava e Rex voleva che mi sedessi con lui a bere un drink.

Rilassati. Lo diceva di continuo. Come se il problema fossi io.

«Piantala, Rex. Piantala e basta. Parlo sul serio. Non riesco... non riesco più a fingere». Le mie mani ricordavano ancora la pelle gelida, il battito che non trovavo né nel polso né sul collo. Gli avevo poggiato l'orecchio sul petto sapendo cosa avrei sentito.

Niente.

Il sorriso scomparve, e quest'altra versione di lui, lo sguardo franco e determinato... era una versione che mostrava di rado.

«Ne ho bisogno, tesoro», riconobbe. «Dalla Corea. Le acrobazie, quello che esigono dal mio fisico, il dolore...»

«Esistono altri modi di gestire il dolore».

«Li ho provati. E non mi interessano». Eccoci. Finalmente la verità. «Alcuni giorni ho più controllo di altri e quando non ce l'ho, c'è Rick a tenermi in carreggiata».

«Rick per poco non ti ammazza».

«Nessun sistema è perfetto, amore». Il suo sorriso mi spezzò il cuore.

Scossi la testa. «La prossima volta non ci sarò io a salvarti la vita».

«Cosa stai dicendo, Betts?»

Lo sapeva, cosa stavo dicendo. Lo fissai dritto negli occhi finché non fu costretto a distogliere lo sguardo.

«Tutto qui? Te ne vai e basta?»

Riconoscevo quella dinamica, almeno in parte, da quando vivevo nella casa di Wolff Road. Mia madre chiedeva una sciocchezza che le avrebbe permesso di tirare il fiato o di scorgere un barlume di luce in quella casa cupa, mio padre si infuriava perché lei metteva in dubbio la perfezione della loro vita, convinto che una cosa per lei fosse una condanna per lui. E la sua rabbia spingeva mia madre a rimangiarsi la richiesta.

Provai l'impulso di aggiustare le cose. Di baciare Rex e dirgli che non andavo da nessuna parte. Ma tenni duro e lasciai che il silenzio rimanesse tale.

«Pensavo che fossi fatta di tutt'altra stoffa, BettyKay», sputò fuori.

«Tu non hai idea di che stoffa sono fatta», ribattei. Non ne aveva idea perché non gliel'avevo mai mostrata. Mi ero nascosta, avevo vissuto di luce riflessa e gli avevo permesso di decidere chi ero. La stessa cosa che faceva lui con i suoi fan. A conti fatti, non eravamo poi tanto diversi. «Dammi la chiave che hai avuto dalla reception e vattene dalla mia stanza».

In un angolo del mio cervello, dovevo averlo previsto. Forse lo avevo perfino pianificato. Avevo tutto quello che contava in valigia e le uniche cose che avevo lasciato a casa sua potevo rimpiazzarle senza problemi.

Si sbatté la porta alle spalle e io sedetti sul letto, accanto alla mia valigia aperta. Sentii voci concitate nel corridoio, Kitty che lo assaliva di parole, e sorrisi nonostante la sofferenza. Tirai fuori i bottoni rosa dalla taschina in raso della valigia.

«Gesù», esclamò Kitty entrando e chiudendosi la porta alle spalle. «Non avevo idea che potesse essere così malevolo».

«È solo ferito», osservai. «Diventa cattivo quando è ferito».

«Questa non è una scusa. Tu stai bene?» Kitty si sedette di fianco a me.

«No», risposi.

Premette la spalla contro la mia. «Hai intenzione di darmeli?», chiese, indicando i bottoni.

«Avevo intenzione di metterli in un vasetto di marmellata di arance».

«È la cosa più schifosa che abbia mai sentito».

«Ne faccio un paio di orecchini?»

«Potrebbe funzionare».

«La settimana scorsa per poco non moriva», confessai. «Dopo l'ultima serata di riprese».

«È andato in overdose?»

Annuii, ricordando la voce di Rick che mi svegliava, dicendomi che c'era un problema.

«Rick voleva iniettargli del latte, riesci a crederci? E adesso tutte le volte che mi addormento, faccio incubi sul latte. Come se l'eroina non fosse già abbastanza brutta».

«Perché non me l'hai detto?», sussurrò Kitty.

«Perché lui ha detto che era una cosa personale. Un segreto. Non voleva che la gente parlasse di lui, e soprattutto non voleva che lo facesse in quel modo». Mi cadde una lacrima sul dorso della mano, e la asciugai.

«Betts», disse Kitty sottovoce. «Mi dispiace tantissimo».

Mi morsicai il labbro e annuii. Al dolore adesso si mescolava la rabbia, rabbia perché non potevo cambiarlo. Perché questo posto lo avrebbe usato e lasciato morire e a nessuno sarebbe importato niente. E avrebbe usato anche me, se lo avessi permesso. Tutti quei giorni sprecati sotto il sole, la falsa sensazione di avere uno scopo sul set del film.

Era come se mi stessi risvegliando da un sogno.

«Devo andarmene».

«La tua stanza alla Voliera ti sta aspettando».

«Devo andarmene dalla California», precisai, la decisione ormai presa. Avevo i soldi guadagnati facendo l'infermiera sul set. Potevo comprare un biglietto aereo per Chicago e poi prendere il treno da lì a Des Moines, dopodiché un autobus mi avrebbe portata a Greensboro. Sarei stata a casa il mattino dopo.

«Adesso?»

«Sì», dissi, ricacciando indietro le lacrime, il cuore stretto in una morsa. «Se vado alla Voliera, domattina lui si presenterà lì con le rose e i lime, e mi ritroverò bloccata in questa stessa situazione».

«Non glielo permetterò», disse Kitty.

«Ma io sì». Mi misi i bottoni in tasca e iniziai a riempire la valigia che i miei genitori avevano portato nella loro luna di miele.

«Allora è così? Scappi di nuovo?»

«Cosa intendi con "di nuovo"?»

«La casa dei tuoi genitori. La bambina e il dottor Fischer. Non fai altro che... scappare».

Arretrai, sconvolta dal fatto che dicesse una cosa simile. Sicuramente *sembrava* che stessi facendo proprio quello, ma non era così. La neonata e il dottor Fischer... mi erano serviti tempo e distanza per elaborarlo, e me l'ero concesso. Ma non potevo *restare* lì.

«Non ho altra scelta».

«Certo che ce l'hai. Rimani. Lotti per la vita che vuoi».

«Io non voglio questa vita!», esclamai. «Devo sentirmi utile, Kitty. Devo avere uno scopo e un lavoro».

«Prendi l'abilitazione e trovati un lavoro qui».

Scossi la testa.

«Si dimenticherà di te una volta uscito il film», affermò Kitty, pentendosene immediatamente. Glielo leggevo in faccia.

Le leggevo tutto in faccia: la paura, il dolore, l'affetto che provava per me. Dovetti distogliere lo sguardo.

«Probabilmente hai ragione».

Mi accarezzò la spalla. «Scusami», mormorò. «Non intendevo dirlo».

Feci scattare le chiusure della valigia e afferrai la maniglia.

«Perciò finisce così? Torni a fare l'infermiera in una cittadina dell'Iowa?»

Era difficile immaginare di tornare laggiù con tutte quelle emozioni che mi ribollivano dentro. Perfino il Pronto soccorso mi avrebbe lasciato troppo tempo per pensare a Rex, per chiedermi se si sarebbe ammazzato, se non era già morto.

Kitty mi sarebbe mancata da morire.

E poi mi venne in mente Jenny. Assisteva agli interventi. Aveva uno scopo. Così occupata da non avere il tempo di pensare. E in quel momento, non era solo allettante, ma sembrava la cosa giusta da fare. Ma era soltanto un'idea, neanche lontanamente vicina a un piano preciso. Senza dubbio sarei rinsavita da qualche parte sopra il Nebraska.

«Betts?» Kitty si alzò e mi prese per la spalla. Sapeva quello che stavo pensando, ovviamente. Ecco quanto bene mi conosceva. La nostra amicizia era così. «Non farlo. Sei sconvolta e non pensi lucidamente».

«Non penso a niente».

«Quella guerra è sbagliata!»

«Non sto andando in Vietnam, Kitty».

«Puoi prendere in giro chi vuoi, Betts, ma non me. Lo vedo cosa ti passa per la testa».

«E va bene. La guerra sarà anche sbagliata, ma quei ragazzi non lo sono. E neanche Jenny. E tutte le infermiere e i medici che sono là, nemmeno loro lo sono».

«Stasera andrai a dormire e domattina ti sveglierai e capirai che è una pessima idea».

«Probabile», dissi.

«Rimani stanotte», mi pregò. «Ce ne torniamo a casa. Ci facciamo i popcorn, mettiamo su quel disco di Dolly Parton che adori e parliamo».

«Non posso», risposi e strinsi fra le braccia il suo corpo irrigidito. «Lo sai che non posso». Perché l'indomani lui sarebbe stato là, e io avrei creduto alle sue bugie. «Ti voglio bene, Kitty. Grazie per avermi permesso di nascondermi qui per un po'».

Lei non ricambiò l'abbraccio. «Non andartene così», sussurrò. «Mi stai facendo paura».

Tirai fuori di tasca i bottoni e glieli porsi.

«Non li voglio così», disse con tristezza.

«È come te li sto dando».

«No. Li voglio nella marmellata. Devi...»

Le afferrai il braccio e le cacciai in mano i bottoni, facendole chiudere le dita. «Ti chiamo quando arrivo a casa».

«E io?» Kitty mi seguì lungo il corridoio. «Cosa farò senza di te?»

Girai su me stessa per guardarla, separate da tre metri di moquette marrone a pelo lungo.

«Non avrai bisogno di me», la rassicurai. «Diventerai una star».

«Non ci sarò io a pararti le spalle», mi apostrofò, la cattiveria dettata dalla paura. «Non ci sarò io a tirarti fuori dai guai. Dovrai cavartela da sola».

Forse era quello di cui avevo bisogno.

«Riprenditi questi maledetti cosi!», urlò lanciandomi dietro i bottoni. Uno rimbalzò sulla parete ricoperta di tappezzeria marrone. Un altro colpì l'applique, aprendo una crepa nel vetro. Un terzo mi arrivò sulla schiena.

Svoltai l'angolo e uscii dallo Chateau. La festa in piscina si stava animando, Rex si era rifugiato in qualche stanza vuota a rischiare la pelle, Kitty Devereaux era una stella sul punto di brillare.

E io mi lasciai tutto quanto alle spalle.

26
Abbie

Los Angeles, California, 2019

Lo studio di Kitty era il posto più bello che Abbie avesse mai visto. Sui toni del crema e del rosa con punti luce dorati. Era come il "dopo" di quei programmi di ristrutturazione di case che le piaceva guardare a notte fonda quando tutto era immerso nel silenzio.

Kitty sedeva dall'altra parte della scrivania, con il solito aspetto fantastico da diva del cinema e al tempo stesso un'espressione mortificata, visto che aveva appena confessato di aver lanciato i bottoni contro BettyKay mentre se ne stava andando dallo Chateau Marmont, perché non poteva restare in California.

Perché non poteva più *fingere di essere felice lì.*

Mamma non riusciva a fingere.

Non un minuto di più.

«Mi serve… un attimo», si scusò Abbie e si alzò dalla lussuosa poltrona bianca su cui era seduta e che stava bagnando di sudore.

«Abbie?», la chiamò Clara.

Erano state invitate a colazione assolutamente troppo presto per i gusti di Abbie. Clara aveva mangiato una ciotola di yogurt e frutta. Aveva sorseggiato il caffè e fatto domande a Kitty su mamma e Rex Daniels mentre Abbie teneva in mano la sua tazza e trasudava vino rosso da tutti i pori. Fingendo che fosse tutto a posto. Fingendo di continuo.

«Posso…?»

Abbie scosse la testa. Non voleva sua sorella fra i piedi. Non voleva attorno nessuno dopo la sera prima. Dopo quella storia. Cercò di aprire la portafinestra scorrevole che dava su un portico in pietra e poi al giardino raffinato, ma le pareva di avere le braccia di gelatina.

«Devi…», iniziò Kitty alzandosi dalla scrivania.

«Lascia che io…», intervenne Clara.

«Ce la faccio da sola», scattò Abbie e poi se ne pentì. Si pentiva di tutto. Era un unico enorme groviglio di rimorso.

Riuscì ad aprire la portafinestra e la spalancò, uscendo nell'aria fresca prima di vomitare dappertutto in quella stanza magnifica. Si accertò di essere fuori prima di piegarsi in avanti con le mani sulle ginocchia e prendere grandi boccate d'aria.

Non erano i postumi da sbornia peggiori che avesse avuto. Ma l'imbarazzo sì.

«Abbie?»

Ma certo. *Ma certo* che sua sorella l'aveva seguita. Si asciugò gli occhi e si raddrizzò. «Tre mesi fa non mi rispondevi al telefono e adesso non vuoi darmi nemmeno cinque minuti di privacy?»

«Stai bene?», chiese Clara, infischiandosene della rabbia della sorella.

Ad Abbie venne in mente quella volta che le aveva sbattuto la porta della sua stanza in faccia… doveva avere avuto undici anni. Clara, che ne aveva dodici, quel limbo da lupo mannaro fra l'infanzia e l'adolescenza, si era sdraiata per terra e si era messa a sussurrare attraverso la fessura fra la porta e il pavimento cercando di indovinare cosa c'era che non andava.

Si tratta di Maryanne? aveva chiesto. *Di Jim che abita più giù lungo la via? Si tratta di Mrs Ophangee? Di mamma? Papà? Oddio, Abbie, si tratta di me? Sei arrabbiata con me?*

Abbie aveva aperto la porta per dirle che lei non c'entrava, che non sapeva cosa fosse e quindi era tutto, e Clara, sempre sdraiata per terra, era rotolata dentro la stanza. Abbie si era messa a ridere e aveva dimenticato perché era arrabbiata, e poi erano andate a fare un giro in bici ai campi da baseball.

«Abbie?» Clara fece un passo verso di lei, e quando sua sorella non si ritrasse né ringhiò, si avvicinò ancora.

«Mamma è stata talmente coraggiosa», disse infine Abbie. «Ad andarsene in quel modo. Come se sapesse di doverlo fare perché non poteva cambiarlo se lui non voleva. Una rottura netta alle sue condizioni». *E io sono una tale fifona.*

«È vero», concordò Clara.

«Ho i postumi della sbronza».

«Già».

«E mi vergogno».

Gli uccelli sugli alberi sotto di loro facevano un gran chiasso. Ma Clara stava zitta, e Abbie gliene fu grata.

«Ben vuole lasciarmi».

Ecco fatto. L'aveva detto.

Aspettò che il mondo finisse. Che la sua vita iniziasse a sgretolarsi. Guardò Clara, aspettandosi il suo giudizio.

Ma lo stupore e la sua espressione indignata furono un balsamo per il suo orgoglio ferito. «Lui lascia *te*?»

Abbie fece di sì con la testa.

«Perché bevi?»

«No. Bevo perché mi sta lasciando». Abbie scosse la testa: l'anno appena passato era un groviglio che non riusciva a districare. «O forse… non… non lo so neanche io».

«È questo il segreto? Quello di cui secondo Kitty mamma era preoccupata?»

Abbie annuì di nuovo.

«Tu e Ben aveva provato ad andare in terapia?»

«Oh, Dio, un sacco di terapia. Ore e ore di *onorare i sentimenti dell'altro* e *ascoltare col cuore*». Adesso capiva che spreco di tempo era stato. Che Ben aveva accettato solo per i bambini, il che era carino, ma non ci aveva *provato* davvero. Aveva rinunciato secoli prima.

«Perché ti lascia?»

«Perché ci siamo sposati troppo giovani? Perché avere due bambini a distanza di dieci minuti l'uno dall'altro non è divertente come sembra? Perché vuole… non lo so, qualcos'altro».

«Qualcun altro?»

«Può darsi. Probabile. Chi cazzo se ne frega?» *Dio, che bella sensazione dire parolacce.* «Non vuole *me*. Noi. La nostra vita». Si premette le mani sul petto e sentì il cuore battere, prova che era viva, che questa cosa non l'aveva uccisa quando c'erano state volte in cui era sicurissima che lo avrebbe fatto.

«Tu lo vuoi? Cioè, vuoi lottare per lui?»

Lottare per un uomo che non la amava più? Per una vita che non rendeva felice nessuno? Da quanto tempo stava fingendo?

Assolutamente troppo.

I tendini del collo protestarono, ma scosse la testa con veemenza. Non era felice. Non con Ben. Non lo era da anni.

Ammetterlo era un fallimento e un sollievo al tempo stesso.

Con cautela, quasi che Abbie fosse una specie di bestia selvatica, Clara si avvicinò e la strinse in un abbraccio. E lei, così brava a consolare gli altri, rimase rigida come un palo chiedendosi cosa diamine avesse che non andava.

«Forza, Abbie», le sussurrò all'orecchio. «Lasciati andare».

Le sfuggì un singhiozzo. Poi un altro. E poi crollò, aggrappata alle sue spalle come se il terreno sotto i piedi stesse sprofondando. La sorella la tenne stretta, carezzandole la schiena e dicendo tutte le cose giuste.

«Ha trovato un appartamento in città e vuole trasferirsi e io gli ho detto di no», spiegò quando si fu ricomposta. «Che non era il momento giusto perché... qual è il momento giusto per una cosa del genere? Qual è il momento giusto per dire ai bambini che papà se ne sta andando? Qual è il momento giusto per dividersi gli amici e sapere che la gente mormora di noi al negozio di alimentari e...» Esaurì le parole.

«Mai», disse Clara. «Non esiste il momento giusto, Abbie. È solo una situazione di merda che devi affrontare. Perché non puoi andare avanti così».

L'alcol, l'Adderall di tanto in tanto. *Oddio, sto prendendo la medicina di un ragazzino con l'*ADHD. *Quando ho deciso che era una cosa sensata?*

«Voglio la mia mamma».

«Lo so», mormorò Clara e la strinse forte. Era passato talmente tanto tempo dall'ultima volta che sua sorella l'aveva abbracciata così. Abbie lo assorbì come un giardino trascurato assorbe il sole. «Ma non sei sola. Ci sono io, sono qui».

Abbie seppellì la faccia nel collo della sorella, consolata fino a quando non fu travolta da un'ondata di imbarazzo.

«Ho rovinato il tappeto», sussurrò.

«Già».

«Non posso ripagarlo».

«Lei lo sa».

«Non so... non so nemmeno come fare questo. Come fermare... tutto».

«Stai bevendo in questo momento?»

«No».

«Continua così. E magari è venuto il momento di chiamare Ben».

Abbie pensò al marito che dormiva sul divano da sei mesi e capì che era ora di farlo.

«Cosa farai?», chiese Abbie. «Con Vickie».

«Stiamo parlando della tua vita sentimentale incasinata, non della mia».

Abbie si strinse nelle spalle. «Sono multitasking».

Clara sorrise. «Vuole solo amarmi e io continuo a respingerla», confessò.

«Questa non mi giunge nuova».

«Perché lo faccio?» chiese Clara, e Abbie si rese conto che la sorella con tutte le risposte, la sorella che aveva sempre da dire la sua, davvero non lo sapeva.

Era una cosa tenera.

«Perché l'amore è difficile», spiegò Abbie. «E l'intimità mette a disagio».

«È come strapparmi via la pelle», confessò Clara, rabbrividendo.

«Che schifo», commentò Abbie.

«Sai cosa intendo».

«Sì. È difficile e ti mette a disagio ma... Clara, ne vale la pena».

«Abbie!» Sua sorella si mise a ridere. «Il tuo matrimonio sta andando a rotoli. Non sono sicura che tu sia una fonte attendibile...»

«Ben e io siamo un esempio orribile», ammise lei. «Ma mamma e papà? Indipendentemente da quello che ci dirà Kitty, sappiamo che quello che c'era fra loro era reale. Mamma e Kitty? Anche quello era reale. Questo?» Abbie, ancora abbracciata alla sorella, le diede una scrollata. «Reale. E ne vale la pena».

Clara la guardò dritto negli occhi come quando erano piccole.

«Ami Vickie?», mormorò Abbie. «Abbastanza da voler passare la vita con lei?»

«Sì», ammise Clara. «La amo. So che non la conosci molto bene ma lei è...» Poi scosse la testa come se non riuscisse a trovare le parole.

Abbie non aveva mai provato quel sentimento impossibile da descrivere a parole. Lei e Ben erano sempre stati a loro agio, descrivibili per filo e per segno. *Terra cognita* in tutto e per tutto. Non c'era mai stato un momento di mistero o di meraviglia.

«Ho fatto un gran casino».

«Sembra proprio che ci tocchino delle telefonate», osservò Abbie.

«Io torno da Kitty per chiarire alcune cose», disse Clara, puntando il pollice in direzione dello studio. «Vuoi venire con me?»

«No», rispose Abbie, lo stomaco sottosopra. «Chiamo Ben prima che mi manchi il coraggio».

La guardò svoltare dietro l'edificio e, quando non la vide più, rientrò nell'oscurità dello chalet. Si mise davanti alla parete di foto e tirò fuori il telefono, chiedendosi se avrebbe dovuto farlo di persona. Così sarebbe stato più facile? Ma poi, esisteva un modo per renderlo facile? O era difficile e basta?

In una delle foto, una delle decine di mamma e Kitty appese alla parete, la seconda aveva un'enorme parrucca bionda e occhiali alla Groucho Marx, il piede sulla sedia di BettyKay. E la prima aveva la testa gettata indietro, la bocca spalancata in una risata.

Quell'immagine, quella donna che rideva perché la sua migliore amica stava facendo di tutto per farla ridere... quello era amore. Ben non aveva mai cercato di renderla felice. Non era colpa sua, non sapeva come farlo e, se glielo avessero chiesto, nemmeno lei avrebbe saputo come renderlo felice.

Selezionò il numero di Ben e fece quello che avrebbe dovuto fare da un pezzo.

«Abbie?»

«Ciao, Ben».

«Stai bene?»

«Sì, tutto a posto. Come stanno i bambini?»

«Bene. Max chiede di te. Dice che non so leggere le storie della buonanotte».

«Devi fare la voce quando leggi le parti del cane».

«Ah. Okay».

Mandò giù la saliva, chiuse gli occhi e fece del suo meglio per immaginare il momento successivo a quello. Il momento dopo che tutto era cambiato. Il momento che non era una fine, ma l'inizio di qualcosa di nuovo. «Ben?»

«Sì?»

«Puoi prendere quell'appartamento, e lo diremo ai bambini quando torno».

Clara

Per le sorelle Beecher quel fine settimana si stava rivelando tosto.

Era difficile lasciar correre.

E Clara non era mai stata molto brava a farlo. Qualcosa nella storia di Kitty la sconcertava moltissimo. O piuttosto, qualcosa che la donna non stava raccontando. E forse, se fosse stata una persona diversa, avrebbe lasciato perdere.

Ma sua madre aveva ragione, a lei piaceva dissezionare le cose.

E stava per dissezionarne un paio.

Perché doveva sapere *il motivo* per cui Kitty era rimasta un segreto. Per come la vedeva Clara, c'erano solo due ragioni plausibili. Uno: BettyKay e Willis non volevano che Kitty facesse parte della vita delle bambine. Cosa che francamente, dopo aver sentito tutte quelle storie, Clara non si beveva. Mamma e Kitty erano state molto amiche e papà non era il tipo d'uomo che cerca di controllare le amicizie della moglie. E così restava... Due: Kitty non voleva far parte della loro vita.

La sua anima cinica propendeva per la seconda ipotesi.

Aprì la vetrata scorrevole dello studio di Kitty e trovò la diva del cinema che guardava il telefono con degli occhiali da lettura. Quando Clara entrò, mise via gli occhiali, come se costituissero un segreto da non lasciar trapelare all'esterno.

«Tutto bene?», chiese Kitty.

«In questo momento no. Ma ho speranze per il futuro».

La donna si mise a ridere. «Ottima risposta».

«Lo diceva sempre mamma».

Mamma? È pronta la cena? Mamma? Puoi portarmi in piscina? Mamma? La mia divisa di atletica è pulita?

In questo momento no, ma ho speranze per il futuro.

«Proverò a sistemare le cose con la mia compagna», dichiarò Clara.

«Brava ragazza. E Abbie?»

«Lascia il marito».

Kitty si appoggiò allo schienale. «Siete state via dieci minuti».

«Siamo figlie di nostra madre», si giustificò Clara. «Quando abbiamo preso una decisione, agiamo in fretta».

«A quanto pare».

«Hai intenzione di tirarci addosso dei bottoni?»

La luce del mattino era impietosa con Kitty, ma chissà come era ancora più bella. Indossava un paio di leggings neri da jogging e una felpa grigia ampia con quello che sembrava un cappuccio elaborato, con la cerniera tirata su fino al mento.

Kitty si premette le mani sullo stomaco e prese un bel respiro. Il commento di Clara sui bottoni doveva aver colpito nel segno.

«Quando tua madre se n'è andata ero terrorizzata», riprese. «Nella mia vita stava cambiando tutto. Non solo per via di Hugh: il film mi aveva prosciugato le energie e io volevo che lei mi stesse vicina. Per tenermi coi piedi per terra. Era un atteggiamento egoista, ma io *ero* egoista». Si strinse nelle spalle. «Mi piace pensare di aver imparato dai miei errori».

«Scusami», disse Clara. «Non avrei dovuto dirti così».

«Be', è vero. Non è stato carino da parte mia, e ho perso un bottone nella moquette a pelo lungo».

Clara sorrise alla battuta, ma voleva solo essere carina con lei, e Kitty la stava guardando come se ne fosse consapevole. Se ci fosse stata Abbie, non avrebbe retto la tensione e avrebbe fatto tutto ciò che era in suo potere per allentarla. Motivo per cui doveva farlo adesso, mentre erano solo lei e Kitty.

«Sto cercando di capire perché mamma e papà ti hanno tenuta segreta».

«La cosa ti tormenta parecchio, vero?»

Clara annuì, e si appoggiò allo schienale. La sera prima aveva comprato dei vestiti online che le erano stati consegnati quella mattina. I pantaloncini di seta blu scuro con il fiocco in vita, la camicia di lino a righe bianche e rosse e i sandali rossi la facevano sentire più a suo agio dei vecchi indumenti sportivi che aveva indossato sull'aereo.

«Eravate amanti?», chiese Clara, e Kitty fece tanto d'occhi.

«Tua madre e io?», rise. «No, tesoro. Perché ho la sensazione di essere sottoposta a un controinterrogatorio?»

«E tu e mio padre?»

«Oh, questo sì che sarebbe un colpo di scena, eh? Uscito dritto da un film. Però no. Willis amava tua madre, non l'avrebbe mai tradita».

Clara annuì. Erano risposte che si aspettava. «Mamma ti ha mai detto che papà voleva dei bambini in affido?»

«No. Non me ne ha mai parlato».

Ah, pensò Clara, *una cosa di cui Kitty non era al corrente.*

«Già. Quando Abbie e io eravamo alle superiori, credo lo spaventasse la prospettiva di un nido vuoto, e volesse cercare di riempirlo un po'. Papà voleva avere sempre gente intorno. Adorava quando organizzavamo dei pigiama party e tenevamo gli incontri delle Girl Scout a casa nostra. Quando ero alle superiori, preparava queste cene gigantesche per tutta la squadra di atletica dopo le gare. E barbecue per gli amici del teatro di Abbie».

«Era un uomo molto generoso».

«E indulgente. Hai presente? Tutto quel lavoro con l'associazione dei veterani. Ad aiutare quelle persone a rimettersi in sesto dopo essere tornate dalla guerra. Non giudicava nessuno, indipendentemente da quello che succedeva nelle loro vite. Era paziente e gentile».

Kitty sorrise, ma lo sguardo era freddo. «Qual è la tua domanda?»

«Cos'hai fatto di così grave da non volerti intorno?», chiese Clara.

«Cosa ti fa pensare che sia stato lui? A decidere una cosa del genere?»

«Perché l'alternativa è che sia stata tu a non volerci frequentare».

E tombola.

Kitty impallidì e poi arrossì violentemente. Si mise a spostare cose sulla scrivania, ad allineare matite e il telefono, gli occhiali di cui fingeva di non aver bisogno. Il sorriso era quello di una persona che stava cercando di guadagnare tempo.

«Che cosa nascondi, Kitty?»

«Sei così intelligente», mormorò. «Tua madre lo diceva sempre, *troppo intelligente per il suo stesso bene*, e io non avevo mai capito come potesse essere un problema. Ci sono stati milioni di volte in vita mia in cui avrei voluto essere più intelligente. Milioni di volte in cui ho desiderato essere più simile a te».

Sophia, che indossava una tutina verde acceso al ginocchio con sotto una camicia azzurra di batik, una combinazione che non aveva alcun problema a sembrare splendida, fece capolino nello studio.

«Kitty? So che mi hai chiesto di prendere le tue chiamate, ma ho Spencer Davis al telefono e sta diventando piuttosto impaziente».

«Posso parlargli», accettò Kitty, cogliendo al volo l'opportunità di porre fine a quella conversazione. Si infilò gli occhiali e girò la poltroncina verso il telefono fisso che stava sulla scrivania. «Clara, ti spiace?», disse senza guardarla.

27
Clara

Era presto, le sette del mattino a Chicago, le cinque lì. Il cielo era immobile, la luna stava iniziando a sbiadire. Una brezza tiepida soffiava dalle montagne alle sue spalle.

L'idea era di telefonare a Vickie appena finita la sua corsa mattutina. Dopo aver fatto jogging era sempre rilassata, loquace e un po' sciocchina, in botta di endorfine.

Infine la chiamò, trattenendo il respiro.

Oddio, pensò mentre il telefono suonava. Sarebbe dovuta andare a Chicago, fare qualcosa di eclatante. Andarle incontro mentre faceva jogging. Portarle uno smoothie…

«Clara?», rispose Vickie.

Sentiva il vento e la sua compagna col fiatone.

«Stai ancora correndo».

«Ho appena finito. Cosa stai facendo? Devono essere le sei del mattino».

«Le cinque».

«Va tutto bene?» Clara immaginò i capelli neri di Vickie che sfuggivano alle mollette, le guance arrossate.

«Sì. Cioè, no. Ma volevo sentire la tua voce. Mi dispiace. E mi manchi. Moltissimo».

«Clara? Stai... straparlando».

«Lo so. E so di aver reso le cose difficili. E che stare con me non è facile e che ho chiaramente qualche problema coi confini».

«Nel senso che i tuoi sono bastioni fortificati».

«Esatto». I cespugli frusciarono e una volpe attraversò di corsa l'erba come se lei non ci fosse neanche. «Mia sorella e suo marito si stanno separando».

«Oh, no», esclamò Vickie.

«No, è una buona cosa».

«Be', pesante, anche se è una buona cosa».

«Lo è». Clara sospirò e chiuse forte gli occhi. «Davvero».

«Clara?»

«Vorrei che fossi qui, Vickie. È che... vorrei solo che fossi qui».

«Posso arrivare stasera».

«Vickie, non posso chiederti...»

«Te l'ho detto, Clara. Non devi chiedere. Io voglio venire lì. Se tu mi vuoi, io vengo».

«Lo voglio».

«Allora ci vediamo stasera».

Quando Clara chiuse la telefonata il cielo stava diventando di un azzurro cristallino, così luminoso che sembrava nuovo di zecca.

Abbie arrivò un'ora dopo, gli occhi gonfi e la faccia rossa, con due tazze di caffè. Sedette su una delle sdraio del giardino.

«Stai bene?», le chiese Clara, mettendo giù il telefono per prendere la tazza che le porgeva Abbie.

«No. Tu?»

«Sta arrivando Vickie».

«Davvero?»

Clara annuì e Abbie le diede un buffetto sulla spalla.

«Sono contenta per te». Bevve un sorso di caffè e buttò fuori il fiato, chiudendo gli occhi contro la luminosità del mattino.

Clara sapeva che avrebbe dovuto riferire ad Abbie la conversazione che aveva avuto con Kitty e come si era conclusa. Ma Abbie non avrebbe apprezzato il suo atteggiamento brusco. E poi aveva l'aria esausta. E triste. E lei non voleva darle un altro motivo di preoccupazione.

In realtà, mentre stava seduta in giardino sentendosi un po' in colpa per com'erano andate le cose nello studio di Kitty il giorno prima, le venne un'idea geniale.

«Stavo pensando alla casa», disse, allungandosi sulla sdraio.

«Mmh».

«Credo che dovresti tenerla tu».

Abbie girò la testa. «Vale una quantità assurda di soldi. La Greensboro Historical Society continua a insistere per metterci una targa. Anni fa ho cercato di convincere mamma a cercare l'atto di proprietà per farla valutare, ma non è riuscita a trovarlo».

Non era riuscita a trovarlo? Non era da mamma.

«Troveremo l'atto e tu darai a Ben la vostra casa e ti trasferirai in quella dei nostri genitori. Pensaci. Detesto l'idea che ci viva qualcun altro. Tutti quei lavori che hanno fatto per sistemarla».

«Mi serve il tuo aiuto per svuotarla, Clara», constatò Abbie. «Sarà durissima».

«Vickie è una seguace di Marie Kondō. Ci penserà lei a tenerci in riga».

Alle loro spalle qualcuno si schiarì la gola, e le due si girarono scoprendo Sophia con in mano una scatola da scarpe arancione della Nike che avrebbe potuto essere l'arredo scenico di un set cinematografico degli anni Ottanta.

«Ciao», disse con un piccolo cenno di saluto. «Mi spiace disturbarvi».

«Non ci disturbi», disse Clara.

«Kitty è fuori tutto il giorno», le informò Sophia, la bugia in assoluto più spudorata che Clara avesse mai sentito. «Ma voleva che vi dessi questa».

Porse loro una busta color avorio, che prese Clara, e poi la scatola, che prese Abbie.

«Sarà di ritorno per stasera?», chiese Abbie.

«Non so bene che piani abbia».

«Vickie arriva stasera», la informò Clara. «È... un problema?»

«Assolutamente no». Sophia sorrise. «Fatemi un fischio se avete bisogno di qualcosa». Fece tre gradini e poi si voltò. «Mi dispiace per vostra madre. Betts era speciale».

«La conoscevi», disse Abbie, e Clara notò che non era una domanda.

«Aspettavo sempre con impazienza le sue visite. Lei e Kitty sedevano qui fuori e ridevano così fragorosamente da spaventare tutti gli uccelli».

Sophia se ne andò e loro rimasero sedute lì mentre le luci della città sfarfallavano ai loro piedi.

«Cosa credi che ci sia dentro?», chiese Abbie, scuotendo la scatola da scarpe. Sopra di lei si librarono due libellule che poi volarono verso la vaschetta per uccelli vicino al roseto.

«C'è solo un modo per scoprirlo», disse Clara, ma non aprì la busta e Abbie non aprì la scatola.

«Verrebbe da pensare che dopo tutto quello che è successo non ci faremmo spaventare da una semplice scatola da scarpe». Abbie scosse la testa. «E invece io ho paura».

Clara la capiva. C'era stato un cataclisma, un completo capovolgimento di quello che sapevano della loro famiglia.

«Inizio io», stabilì Clara, e aprì la grande busta color avorio scoprendo che conteneva altre due buste. «Porca vacca», esclamò, tirando fuori un pezzo di carta dalla prima: un assegno circolare per duecentoquarantamila dollari. Lo passò ad Abbie.

Clara aprì la seconda busta e trovò una lettera, che lesse ad alta voce.

Clara e Abbie,

siete due donne belle, forti e affascinanti. Vostra madre era orgogliosissima di voi e capisco perché. Quando è morto vostro padre, mi aveva detto di non farlo, un'opinione che Jenny ha ribadito tutte le volte che ne ha avuto occasione. Ma io sono sempre stata sciocca e miope. Una volta vostra madre mi ha accusata – urlando a squarciagola – di essere stata nell'ambiente del cinema per troppo tempo. Che non tutto poteva concludersi come un finale hollywoodiano. Aveva ragione. Non avrei dovuto mettere in moto questa valanga e, se potessi tornare indietro, non lo farei.
Avrei dovuto infrangere la promessa che vostra madre e io ci eravamo scambiate riguardo a quegli stupidi bottoni e non venire al funerale. Avrei dovuto piangerla da sola. Mi dispiace per lo sconvolgimento che ho suscitato.
Insieme a questa lettera c'è una scatola con alcune cose che ho conservato negli anni. So che voi, come milioni di altri, avete letto il diario del Vietnam di vostra madre, ma io le avevo chiesto di eliminare le pagine che parlavano di me o di Rex nel dettaglio e lei – grazie al cielo – mi ha dato retta. Le pagine sono nella scatola. Come anche l'atto di proprietà della casa di Greensboro dei vostri genitori. L'ho comprata da loro in un momento di difficoltà economiche quando eravate piccole e ho cercato più volte di restituirgliela, ma sapete quanto potevano essere testardi i vostri genitori. L'assegno è la somma dell'affitto che hanno insistito a versarmi in questi anni. Appartiene a voi. Come la casa. E la scatola. E ogni ricordo che avete dei vostri genitori. Vostro padre era una brava persona, nobile e premuroso con quel genere di senso dell'umorismo che vostra madre trovava irresistibile. Vostra madre vi amava tantissimo, e vi ha

tenuto nascosti dei segreti non perché si vergognava o per cattiveria. Alcuni di essi, credo, erano troppo dolorosi perché potesse parlarne e altri, mi spiace tantissimo dirlo, li ha custoditi per proteggere me.

Con affetto, Kitty

Abbie tolse il coperchio dalla scatola, rivelando decine e decine di pagine di uno dei diari di mamma, strappate lungo i bordi.

28
PAGINE STRAPPATE DAL DIARIO DEL VIETNAM DI BETTYKAY

30 settembre 1970

Oggi ho ricevuto una lettera da Kitty.
Sapevo che non avresti cambiato idea. Era la prima cosa che diceva nella lettera e mi ha fatta ridere. Pura Kitty.
Jenny mi ha detto dove siete di stanza, ha scritto. *Non essere arrabbiata con lei. Né con me. Ti prego. Non lo sopporto.*
Ha chiesto notizie, perdono. Qualunque cosa pur di sapere che sono viva e va tutto bene. Non so come fare. Perdonarla è facile. L'ho fatto tempo fa. Ma come dirle che sono qui solo da un mese e già il rumore degli elicotteri in arrivo mi riduce in lacrime? Non posso raccontarle del cibo della mensa dell'ospedale, che certe volte riesce a far schifo e a essere delizioso allo stesso tempo. O che quando ho rivisto Jenny per la prima volta, la settimana scorsa, ci siamo corse incontro e siamo scoppiate a piangere l'una nelle braccia dell'altra. Come faccio a raccontarle che ho passato dodici ore in piedi a lottare per la vita di un uomo e poi l'hanno evacuato e non so cosa gli è successo? Ieri sera ho tenuto la mano di un ragazzo di diciotto anni, un povero ragazzino poco più giovane di me, e ho finto di essere sua madre finché

non è morto per le ustioni che gli ricoprivano la maggior parte del corpo. Non so come raccontarle della pioggia. Del fango. Della puzza delle infezioni da pseudomonas. Non so come dirle che ho commesso un errore a venire qui, ma che quell'errore è il lavoro più importante che abbia mai fatto in vita mia. Non posso dirle quanto mi manca e che darei tutto quello che ho per un'altra notte alla Voliera. O nella stanza 212. Per tutto.
Il dolore e la nostalgia. Per lei. Per Rex... oddio. Rex. È troppo per poterlo scrivere in una lettera. Così lo scrivo qui, e non le rispondo. Me ne pentirò. Lo so. Ma ciascuno di noi ha il suo modo di sopravvivere qui. E questo è il mio.

15 novembre 1970

Dopo un mese della *Strana coppia*, finalmente Jerome ha messo le mani su un altro film. *È una cosa speciale*, continuava a ripetere. Era entusiasta mentre montava il proiettore, e Delores e io appendevamo il lenzuolo che usiamo come schermo. Abbiamo messo i ragazzi che ne avevano bisogno sulla sedia a rotelle e ne abbiamo portati alcuni in barella. Ed della mensa è riuscito a procurarsi dei popcorn, e ovviamente li ha bruciati. Non che avesse importanza. Medici e infermiere che avevano trovato lattine di Mickeys nel pacco della Croce Rossa le hanno fatte circolare, e Jerome ci ha urlato di fare silenzio e spegnere le luci.
The Petticoat Kid. Cioè... riesci a crederci? In questo posto sperduto siamo riusciti a procurarci non solo un film attuale, ma un vero successo. Quando sono iniziati i titoli di testa e ho visto il nome di Rex Daniels in maiuscole dorate, ci è mancato poco che mi alzassi e me ne andassi. Ma Jerome mi è arrivato accanto, mi ha dato una scatola e mi ha detto che era insieme al film e che doveva consegnarmela a mano.
Mi è bastato scuoterla per capire cosa contenesse. I bot-

toni. Ho guardato tutto il film con le lacrime che mi scorrevano sulle guance, ricordando ogni singolo giorno di riprese. Ricordai che tempo faceva e il caldo e Hugh che usava il bastone e la carota per costringere Rex e Kitty a lavorare più sodo. E il prodotto sullo schermo era... mozzafiato. Bellissimo e doloroso e sensuale. Per fortuna il personaggio di Rex non somigliava per niente all'originale oppure avrei potuto ridurmi in cenere. La musica si librava in volo portando con sé il mio cuore. Quando è finito e tutti i ragazzi erano di nuovo nei loro letti a parlare del fatto che avevano riconosciuto Kitty Devereaux anche se era vestita come un maschio, sono tornata alla mia tenda e finalmente le ho risposto. Non era una lunga lettera.
Mi manchi. Grazie. Per favore continua a scrivermi. In quel film eri magnifica e io sono così fiera di te. Mi dispiace.

19 dicembre 1970

Stanotte ho sognato Rex. Mi sono svegliata in una tenda buia, sentendo Delores rigirarsi sulla branda, e non sono riuscita a scrollarmi di dosso la sensazione che ci fosse qualcosa che non andava. Forse è solo che mi manca da morire. Darei non so cosa per un ultimo abbraccio. Ma non è quello. O non solo. Sentire la sua mancanza è una cosa a cui sono abituata. Questo sembra diverso.

25 dicembre 1970

Ha scritto Kitty. Rex è andato in overdose. Rick ha chiamato l'ambulanza, ma era troppo tardi.

26 dicembre 1970

Credevo che avrei potuto fare qualunque cosa per un anno. Ma non riesco ad andare avanti. Se fossi stata lì, avrei potuto salvarlo. Lo so. Non me ne sarei dovuta andare. Come faccio a smettere di sentirmi così? Jenny dice che dovrei buttarmi a capofitto nel lavoro, e ha ragione. Devo spegnere qualcosa in modo da non provare più niente.

27 gennaio 1971

Non so nemmeno da dove cominciare. Gli ultimi quattro giorni sono stati un turbinio. È difficile riguardare le pagine di diario dell'ultimo mese. Ho fatto quello che suggeriva Jenny e mi sono immersa nel lavoro. Ho smesso di pensare a casa. Ho smesso di pensare a Rex, il che è stata una buona cosa. E a Kitty. Anche se ha continuato a scrivere, non le ho più risposto. Dovevo togliermeli dalla testa per stare in questo posto. Solo per sopravvivere ogni giorno. Immagino che Kitty si sia preoccupata e abbia preso in mano la situazione. Ma partiamo dall'inizio: mi hanno dato quattro giorni di licenza. Quattro giornate intere. Ho chiesto a Jenny se volesse incontrarmi a Saigon, ma lei ha detto che sarei dovuta andare a trovarla. C'era una tournée della USO che passava da Da Nang, e il suo cowboy pilota di elicotteri Jerome poteva venirmi a prendere e riportarmi indietro il giorno dopo. Jerome e Jenny sono fatti l'uno per l'altra, e quell'uomo farebbe qualunque cosa per lei. In Vietnam ho preso l'abitudine di pregare, e prego per lui ogni sera. Il sollievo quando vedo il suo sorriso in mensa è enorme. Ma Jerome è un soldato semplice e Jenny un ufficiale; quindi, la loro relazione va contro le regole, e viene guardata con sospetto da alcune delle persone più razziste con cui lavora. Non parliamo del fatto che quei fanatici van-

no a letto con qualunque cosa respiri, soldati semplici o ufficiali che siano.
Dio trova il modo, dice sempre Jenny. E io dico: altrettanto fanno i ventiquattrenni arrapati.
Mentre stava per mettere in moto il suo *uccellino*, come lo chiama lui, Jerome mi ha detto che Jenny aveva una sorpresa per me. Qualcosa riguardante una vecchia compagna di scuola. E io ho capito. Gli ho detto che avevo dimenticato una cosa, sono tornata di corsa alla mia tenda e ho preso la scatola di bottoni e il primo pezzo di stoffa che mi è capitato sottomano. Ecco come ho cucito i bottoni rosa su un reggiseno. Se la sorpresa non era Kitty, sarei morta di vergogna.
In mezzo ai capanni Quonset adibiti a reparti dell'ospedale avevano allestito un palco. Jenny mi ha accolta con un abbraccio e Jerome si è guadagnato una strizzata d'occhio e un grazie. Poi Jenny mi ha fatto attraversare la base verso il palco dove c'era un gruppo che suonava.
Non arrabbiarti, ha detto, ed è scoppiata a piangere.

Kitty è salita sul palco con una minigonna, stivali go-go bianchi e un maglioncino di macramè giallo che la copriva a malapena. Era affascinante e immacolata. Noi portavamo tutti mimetiche da giungla, e io non mi depilavo le ascelle non so da quanto, mentre lei sembrava appena uscita dalla vetrinetta di una pasticceria. Quando l'hanno vista, gli uomini sono impazziti, e lei ha salutato con la mano e ha ballato un po' al ritmo della musica suonata dal gruppo. Io ero senza fiato. Stordita dal sollievo, dall'orgoglio e dalla felicità.
È bellissima, ha urlato Jenny.
Devo andare sotto il palco, ho gridato di rimando, e Jenny ha fatto una smorfia ma Jerome si è avviato, facendosi largo tra la folla con la sua stazza. Siamo arrivati proprio sotto i pali di legno che reggevano il palco e il presentatore, un dj della AFVN che i ragazzi adoravano, ha chiesto a Kitty come andavano le cose in

America. Lei ha parlato di *The Petticoat Kid* e del nuovo film di James Bond in cui reciterà. Qualcuno ha fatto una battuta su Jane Fonda e dalla folla si è levato un coro di fischi.

Ho scelto quel momento per lanciare il reggiseno sul palco.

Che accidenti... ha detto il dj, e Kitty mi ha individuata nel mare di verde militare.

Mi sono portata le mani alla bocca, trattenendo uno strano singhiozzo, e lei è corsa a raccogliere il reggiseno, con i bottoni rosa che penzolavano dalle coppe e dalle spalline. Era ridicolo.

«Dovrei metterlo?», ha chiesto, e la folla ha urlato, *toglitelo*, che non aveva senso.

Il gruppo ha attaccato un altro pezzo e i poliziotti militari si sono fatti largo tra la folla per venirmi a prendere, cosa che non avevo previsto. I soldati potevano saltare sul palco, ma una donna lancia un reggiseno e quelli chiamano la polizia.

Stavamo tornando indietro quando Hugh Bonnet, in piedi alla base dei gradini che portavano sul palco, ci ha visti. *Musona*, ha urlato, e poi ha convinto i poliziotti a lasciarmi in quel suo tipico modo da Hugh. *Immagino tu mi debba un favore*, ha detto, stringendomi in un abbraccio.

Gli ho chiesto cosa ci facesse lì e lui mi ha guardata come se fossi pazza. *Non potevo lasciar venire qui da sola la mia ragazza*.

E poi è arrivata Kitty, abbracciandomi con tale foga che per poco non siamo finite lunghe e distese. *Mi dispiace*, continuavo a ripetere, e lei, *anche a me. Non posso credere che tu l'abbia fatto*, ho detto. *Lo rifarei altre mille volte per vederti.*

Mi sono scostata e ho visto il livido attorno all'occhio. L'aveva coperto col trucco in modo che sul palco non si vedesse, ma da vicino era un'altra faccenda. Ha detto che se l'era fatto urtando una valigia mentre atterravano a Saigon.

Sono arrivati Jenny e Jerome, e Kitty e io abbiamo trascinato la nostra vecchia amica nel nostro abbraccio.
Ci conosciamo solo da qualche anno, ma sono successe così tante cose che sembra passata una vita intera.

29
Abbie

Lo Angeles, California, 2019

Kitty non si fece vedere per il resto della giornata.

Abbie non era granché turbata da quell'assenza, se doveva essere sincera. Il dopo-sbronza stava passando, ma l'imbarazzo rimaneva. Quello di cui aveva bisogno era un bicchierino, per dissipare la nebbia e ungere gli ingranaggi.

E resistere sembrava uno sforzo sovrumano.

Vickie arrivò prima di cena con delle Converse ai piedi e un grazioso vestito giallo. Abbie l'aveva incontrata solo una volta l'estate prima, quando Clara l'aveva portata a casa per il compleanno della mamma. Di lei sapeva soltanto che era spassosa, correva ogni mattina e beveva il caffè con una quantità assurda di zucchero.

La sua famiglia era scappata dall'Honduras quando Vickie era bambina e lei lavorava come avvocata al National Immigrant Justice Center.

E, soprattutto, vide che quando scese dall'Uber, Clara si illuminò come il sole.

Era felice per sua sorella, certo, ma Abbie cominciò a chiedersi cosa diamine ci stesse a fare ancora lì. La sua vita stava andando in pezzi in Iowa e lei era a un giorno di viaggio nella casa hollywoodiana di una diva del cinema, a sentirsi il terzo incomodo.

Dopo aver abbracciato Vickie, lei e Clara le fecero visitare lo chalet. Abbie cercò di rifugiarsi in camera sua per dar loro un po' di privacy, ma le due non ne vollero sapere. Ordinarono sushi e sedettero intorno al tavolino.

«Vi serve un piano», disse Vickie.

«Sì», concordò Clara.

«Un piano per cosa?», chiese Abbie.

«Per portare Kitty allo scoperto. In modo che possiate sentire il resto della storia. In modo che Clara possa scoprire chi è suo padre».

«Giusto», concordò Abbie. *Quello.* «Quello che non capisco è perché se n'è andata. Ci ha portate qui e non vedeva l'ora di raccontarci tutto e adesso è sparita dalla faccia della Terra?» *Sono stata io? Perché ho rovesciato il vino?*

«Credo che potrebbe essere colpa mia», confessò Clara.

Vickie e Abbie si girarono a guardarla con espressione interrogativa.

«Be', le ho chiesto se lei e mamma erano amanti».

«Clara!»

«Non lo erano. E poi le ho chiesto se lei e papà erano amanti».

Abbie si prese la testa fra le mani.

«Non lo erano».

«Mio Dio, non mi era mai venuto in mente. Di cos'altro l'hai accusata?»

«*Accusare* è una parola grossa», precisò Vickie, aprendo un edamame e Abbie si mise a ridere. *Fatte l'una per l'altra*, come diceva mamma.

«Così l'ho accusata di nascondere qualcosa. Ovvero, perché non abbiamo mai saputo niente di lei. Perché mamma l'ha tenuta segreta per tutti questi anni». Clara separò le bacchette e si servì del tonno piccante.

«E tu pensi che ci sia sotto qualcosa di brutto?» Abbie non ne poteva più di cose brutte. Ne aveva fin sopra i capelli.

Clara si strinse nelle spalle e guardò Vickie, che stava annuendo. «Di solito le persone non tengono nascoste le cose belle».

Era quello che Abbie temeva.

Dopo il sushi, le due sorelle bussarono alla porta della casa di vetro.

«Non mi piace», affermò Abbie, il che era un eufemismo. Una resa dei conti? Da sobria? Nessuna delle due cose sembrava una buona idea.

«Lo so», rispose Clara. «Non dimenticare il piano».

«Ne abbiamo appena parlato. Come faccio a dimenticarlo?»

«Forse Sophia non c'è neanche», ipotizzò Clara.

«Possiamo chiamare il numero di telefono», suggerì Abbie. Se avevano fortuna, magari potevano limitarsi a lasciare un messaggio.

«Parti dopodomani», le fece notare Clara. «Il tempo stringe».

Abbie avrebbe voluto fermarsi di più, solo per sottrarsi a quella pressione, ma l'aveva promesso a Ben. La sua famiglia aveva bisogno di lei.

«Sto cercando di non essere arrabbiata», disse Clara. «Kitty ci fa venire qui con la promessa di rispondere a tutte le nostre domande e poi sparisce? Cosa sta succedendo?»

«E se fosse come nei film e ci avesse fatte venire qui e lei stesse tipo... morendo?»

«Non credo che stia morendo».

Clara bussò di nuovo.

La porta si aprì e comparve Sophia con indosso un paio di jeans neri e una T-shirt bianca, e una lunga collana d'argento. «Abbie e Clara? Va tutto bene?»

«Bene. Tutto magnifico, davvero», iniziò a balbettare Abbie.

«Abbiamo bisogno di vedere Kitty», si intromise Clara, saltando i convenevoli.

«C'è qualcosa che posso fare?»

«No, a meno che tu non sappia chi è mio padre, e perché Kitty si è presentata al funerale di mia madre», replicò Clara, e Sophia sbiancò. «Come dicevo, abbiamo bisogno di vedere Kitty».

Il piano era restare in silenzio. Chiedere quello che volevano e poi non dire una parola. Non smussare gli angoli, non fare battute. Silenzio e basta.

Clara aveva detto che era uno degli strumenti più potenti del suo repertorio.

Abbie *odiava* il silenzio. Aprì la bocca per riempirlo, e Clara le diede uno schiaffo sulla coscia, un segnale non troppo discreto di starsene zitta. Trascorsero parecchi secondi finché il sorriso collaborativo di Sophia svanì e lei prese fiato. «L'avevo avvisata che sarebbe successo», sospirò. «Vedrò cosa posso fare. Tenete il telefono a portata di mano».

Il mattino dopo Clara e Vickie tornarono dopo aver fatto jogging proprio mentre Abbie si stava faticosamente alzando dal suo lussuoso letto. Si incontrarono in cucina per bere il caffè.

«Allora?», domandò Vickie, coi capelli che le sfuggivano dalle mollette. Clara continuava a sistemarglieli dietro le orecchie con un gesto affettuoso. «Cosa vorreste fare il vostro ultimo giorno?»

«A me piacerebbe andare in spiaggia», propose Abbie. Non sopportava di stare lì ad aspettare che Kitty facesse la sua comparsa e rivelasse l'orribile motivo, qualunque fosse, per cui non aveva fatto parte della loro vita per tutti quegli anni.

«Tu odi la spiaggia». Uno degli episodi che erano entrati a far parte del folklore famigliare era la volta in cui erano andati a trovare lo zio a Mobile, in Alabama, e Abbie, che aveva dieci anni, dopo una giornata in spiaggia si era scottata al punto da ricoprirsi di vesciche. Aveva dato la colpa alla spiaggia perché non era mai stata molto brava a dare la colpa ai suoi genitori. Clara era in grado di additare le cose che i suoi genitori avevano fatto o meno come ragioni di quello che non andava nella sua vita. Abbie non tanto.

La donna si strinse nelle spalle. «Porterò la crema solare».

Un colpetto alla porta a zanzariera fece scendere il silenzio. Abbie attraversò la cucina per andare ad aprire e si ritrovò davanti Kitty, che indossava una casacca gialla e pantaloni bianchi.

«Kitty!», esclamò Abbie sorpresa, e d'un tratto Clara era accanto a lei. «Sei tornata».

«Sì». Per la prima volta da quando la conoscevano, il sorriso di Kitty sembrava un po' incerto. «Non volevo disturbarvi».

«Kitty, lei è la mia ragazza, Vickie», disse Clara, e Vickie si avvicinò per stringerle la mano.

«Felice di conoscerti», disse Vickie. «Sono una tua grande fan. Io e la mia famiglia seguivamo religiosamente il tuo programma. Il mercoledì sera smettevamo tutti di fare quello che stavamo facendo per guardarlo».

«Oh, davvero carino da parte vostra», commentò Kitty. «Ed è un piacere conoscere te. Cosa avevate in mente di fare oggi?»

«Stavamo parlando di andare in spiaggia», rispose Abbie.

«Bene, allora, vi lascio ai vostri programmi».

Si allontanò e Abbie guardò la sorella, senza sapere cosa fare.

«Kitty», urlò Clara, raggiungendola sul prato fra lo chalet e la casa. Abbie le andò dietro, fin troppo consapevole della sua maglietta di Garfield. «Volevi parlare?»

«Il messaggio diceva che eravate voi, a voler parlare», fece notare Kitty con uno strano distacco.

«Sì», rispose Clara. Se aveva notato la stranezza di Kitty, non lo diede a vedere. Nel frattempo, Abbie aveva la nausea per il disagio.

«Bene, allora», disse lei. «Immagino che sia il caso di andare fino in fondo».

30
BettyKay

Greensboro, Iowa, 1984

15 agosto 1984

È il mio anniversario del Vietnam. Sono passati dodici anni, e sembra ieri e una vita fa al tempo stesso. Mi tornano in mente i ricordi più strani. Rintanate a bere nella nostra tenda perché il circolo ufficiali era un girone di molestie. Vedere Jenny a Saigon e stare in quel bagno così a lungo che era dovuta venire a trascinarmi fuori. Scendere dall'aereo che mi riportava in patria dal Vietnam in California e scoprire che l'esercito non mi avrebbe aiutata a tornare a casa. Più tempo passa dalla fine della guerra, più aumentano le vendite del mio diario. Lo trovo curioso. Quando siamo tornati, nessuno voleva parlare di quello che avevamo vissuto. Adesso invece le persone sono interessate. Fanno dei film. Non so bene cosa provare riguardo di tutto quel periodo. Anche se, a essere sincera, guadagnare qualche soldo dal diario non è male. Non è molto ma l'ho messo in un fondo d'emergenza per i tempi duri. Stasera chiamerò Jenny…

«L'appendicite della stanza 10 è sveglio», mi informò Denise mentre passava accanto alla postazione di risveglio post-operatorio. «Chiede di te».

«Non è vero», ribattei. «Non è nemmeno un mio paziente». Il mio paziente era il colonnello Cooper. Girai sulla poltroncina per aggiornare la sua cartella.

Cooper era stabile e lucido, e avremmo dovuto mandarlo a casa, ma non avevo dubbi che sarebbe tornato presto. Gli erano stati rimossi venti frammenti di proiettile dalla pancia a Long Binh e il tessuto cicatriziale provocava occlusioni. E lui veniva da noi solo quando il dolore era così acuto che andava operato d'urgenza. Non eravamo mai riusciti a farlo arrivare all'ospedale dei veterani di Iowa City.

Lo schifo lo aveva seguito fino a casa.

«Facciamo cambio. Io prendo Cooper, tu puoi avere l'appendicite della stanza 10».

«Smettila di cercare di farmi conoscere dei pazienti, Denise. Parlo sul serio».

«Be', non c'è molto altro da fare», replicò.

Il St Luke era un posto tranquillo, e l'avevo voluto. Il lavoro era diventato una routine, un'altra cosa che avevo voluto. Ed era noioso. Cosa che pensavo di volere, ma mi ero sbagliata. Fare l'infermiera negli Stati Uniti era radicalmente diverso che fare l'infermiera in un Paese straniero. Meno responsabilità. Più regole.

Il dottor Fischer se n'era andato da un pezzo, il che era un vantaggio. Si era ritirato in Arizona, ma girava voce che avesse messo incinta l'allieva infermiera sbagliata, e che il padre di lei avesse sollevato un gran polverone.

L'infermiera Bouchet sarebbe andata in pensione di lì a poco, e mi incoraggiava a studiare per la specializzazione in modo che potessi prendere il suo posto. L'idea era allettante perché mi avrebbe dato più responsabilità.

«Il paziente della stanza 10 insegna Scienze alle superiori, lo sapevi?» Denise mi guardò con aria d'intesa: «Gli ho guardato le vene...»

«Denise!», sbottai.

«Niente droghe», mormorò. «Era così per dire...».

Denise si era sposata due anni prima, e adesso la sua missione era vedere sposata anche me. L'avevo sempre trovata un po' irritante, ma con questo aveva oltrepassato il limite ed era diventata esasperante. O forse ero io.

Lo schifo aveva seguito fino a casa anche me.

All'inizio della sua missione di trovarmi un uomo, avevo commesso l'errore di dirle che non credevo di poter sposare qualcuno che non fosse stato in Vietnam, soprattutto per chiuderle la bocca visto che a Greensboro, Iowa, non c'erano molti veterani. Ma tutte le volte che se ne presentava uno, lei me lo comunicava. La prima volta che era stato ricoverato, il colonnello Cooper aveva mandato in estasi Denise, che però non aveva mai avuto a che fare con tizi dipendenti dall'eroina, motivo per cui mi era toccato spiegarle che cos'erano quei segni sulle braccia.

Denise fu chiamata da un'altra parte e io mi alzai per andare a controllare l'appendicite della stanza 10. Era sempre un piacere fare due chiacchiere con un uomo che era stato in Vietnam.

E Denise aveva ragione, non c'era molto altro da fare.

La stanza era doppia, ma lui era l'unico paziente. Lo trovai nel letto più vicino alla finestra che cercava di usare l'asta della flebo per aprire le tende.

«Ehi!», intervenni mentre la sacca della flebo sbatacchiava qua e là rischiando di staccarsi dal gancio. «Cosa sta facendo?»

«Lascio entrare la luce del sole». Aveva un tono beato da sedazione post-operatoria.

Sorrisi e aprii la tenda, gli tolsi di mano l'asta e controllai la fisiologica e l'endovena prima di metterla giù.

«Quel pulsante lì farà arrivare un'infermiera, se le serve aiuto». Indicai il pulsante rosso a destra del suo letto.

«Non riuscivo ad arrivarci», si giustificò mostrandomi il braccio destro, amputato appena sopra il gomito.

«Però è riuscito ad arrivare all'asta della flebo?»

«Se la mette così...»

Sotto la barba gli si vedevano le fossette. Aveva i capelli lunghi e mossi, una massa arruffata sul cuscino.

«Come si sente?», gli chiesi e feci il giro per prendergli il battito sul polso sinistro.

«Benissimo».

«Sa che giorno è?»

«Il giorno della mia operazione di appendicite».

«Come si chiama?»

«Non ha tutto su una cartella da qualche parte?»

«Certo. Ma vorrei sentirlo da lei».

«Willis Beecher».

Il battito era a posto. Sfiorai il tatuaggio del corpo dei Marines sull'avambraccio. «È stato in guerra?»

«Due turni di servizio in Vietnam».

«Grazie».

«Per cosa?»

«Per aver servito. Per il suo sacrificio».

Quando uscivano dalla sala operatoria alcuni uomini, con la botta di morfina, diventavano molto emotivi. Gli occhi castani di Willis Beecher si riempirono di lacrime.

«Nessuno me lo dice mai», sussurrò, e io annuii.

«Lo so».

30 settembre 1984

Stasera ho parlato al telefono con Kitty per un'ora. Hugh è tornato nella sua vita, incredibile eh? Dopo tutto questo tempo l'ha incontrato per caso a una festa a Londra tre mesi fa! Lei dice che è stato un caso. Ma quando si tratta di quell'uomo non c'è niente di casuale. È perennemente esagitato, sopra le righe. Lei lo aveva scaricato dopo quella tournée in Vietnam e io ero sicura che fosse per via dell'occhio nero. Dice che è diverso. Più maturo, più saggio. La foto di Kitty è su TUTTI i tabloid. Alcuni titoli dicono che lei e Hugh sono stati visti litigare in un club di New York. Un altro è corredato di una foto di loro due che si baciano sui sedili posteriori di un'auto. Il «Midnight Globe» sostiene che è incinta e non sa chi sia il padre. Lei dice che i giornali scandalistici non scrivono mai niente di vero. Jenny e Jerome sono andati a Hollywood in vacanza e lei dice che Kitty è più magra di quanto sembri in quelle foto. Troppo magra.
La settimana prossima Kitty parte per la Georgia per le riprese di un nuovo film di cui sembra entusiasta. Stamattina sono andata a portare dei fiori sulla tomba di mamma e papà. Certe volte penso a tutto il tempo che hanno sprecato a essere delusi da me. Al fatto che anche se avevo cercato di sistemare le cose con loro prima di partire per il Vietnam, non sono stati capaci di superare la rabbia. Jenny ha detto che avevano paura. E ha ragione, ma certe volte non riesco ancora a perdonarli per come hanno cercato di spaventare anche me. Per come talvolta sono ancora spaventata. Vado in chiesa e prego per questo. E porto fiori sulla loro tomba. Non è molto, ma è tutto quello che ho. Willis si è offerto volontario per portare il colonnello Cooper a Iowa City in modo che abbia le cure di cui ha bisogno all'ospedale dei veterani. Non so cosa fare con quest'uomo, lo conosco da due settimane ed è diverso. Diverso da Todd. Diversissimo da Rex. In lui c'è qualcosa che brilla. Luminosissimo.

Ottobre 1984

«Non riesco a credere che tu non abbia visto questo film», esclamò Willis, porgendo una banconota da cinque dollari al ragazzino coi capelli lunghi della biglietteria. «Ehi, Mike. Due, per favore».

«Ecco a lei, Mr Beecher». Il ragazzino gli diede due biglietti e il resto.

«Non riesco a credere che tu l'abbia visto dieci volte», ribattei. Il cinema aveva tre sale, e una era sempre dedicata ai film più vecchi. Io volevo guardare quello nuovo, *Il migliore*, ma quando Willis aveva scoperto che non avevo mai visto quello della sala tre, gli era venuto un colpo.

«Capirai fra poco», disse.

Passammo nel foyer buio e lui andò dritto al chiosco, dietro cui c'era un'altra adolescente. «Ehi, Jennifer. Due popcorn e due bibite». Fece scivolare le monete sul bancone di vetro.

«No», obiettai, prendendo i suoi soldi e mettendoci i miei cinque dollari. «Non ti lascio pagare tutto. Non è un appuntamento».

Willis sorrise dietro la barba e si rivolse alla ragazzina del chiosco.

«Non ha mai visto *Star Wars*. Riesci a crederci?»

«Vivi in una caverna?», mi chiese Jennifer, cosa che mandò Willis in visibilio. Scoppiò a ridere mentre io mi mettevo in tasca il resto. Presi i popcorn e la bibita.

«Conosci tutti i ragazzini di questa città», osservai.

«È una città piccola e io insegno Scienze della terra al primo anno». Si strinse nelle spalle.

Con la maschera si mosse agile, mettendo giù il sacchetto di popcorn che teneva con la sinistra, infilando la mano nella tasca posteriore dei jeans e porgendo i biglietti. La bibita era in equilibrio fra il petto e il braccio destro. *No*, mi aveva detto la settimana prima quando eravamo andati a bere un caffè da Mitch e io avevo provato ad aiutarlo con lo zucchero e il latte. *Se ho bisogno di una mano, te lo chiedo.*

Finora non l'aveva mai fatto.

«Ho una vera e propria fissazione coi posti al cinema», ammise mentre entravamo nella sala.

«Certo», annuii, immaginando che non volesse troppa gente attorno. O che avesse bisogno di stare vicino all'uscita. O perlomeno lato corridoio.

«In mezzo alla fila centrale. I posti migliori», continuò. «Nel pieno dell'azione».

Willis era una sorpresa continua. Se mai avessi pensato di poterlo accomunare alla mia esperienza della guerra, o all'esperienza postbellica di altri soldati, mi aveva spiazzata. Si era arruolato nei Marines grazie alla legge per il sostegno ai veterani, aveva combattuto per due turni di servizio facendo qualcosa di cui non poteva parlarmi.

«Se te lo dicessi, poi dovrei ucciderti», mi aveva detto davanti a un caffè come se fosse una battuta, ma qualcosa mi aveva fatto capire che non stava scherzando. Era tornato con un braccio in meno e aveva studiato per diventare insegnante. Aveva detto che prendeva dei farmaci per combattere l'ansia e che si vedeva una volta al mese con un gruppo di Marines a Iowa City per parlare delle loro esperienze in Vietnam. Aveva detto che lo aiutava.

Mentre raggiungevamo i nostri posti alcuni studenti in fondo alla sala lo salutarono e lui sorrise, ricambiando e chiamandoli per nome. Disse loro di non tirargli addosso i popcorn.

Quando ci sedemmo le nostre gambe si toccavano, la sua spalla sfiorò la mia e io sentii il suo odore, sapone Irish Spring e una punta di patchouli. Non mi dispiaceva.

«Hai trovato un posto dove stare?», mi chiese.

Durante il famoso caffè gli avevo detto che non avevo cercato una nuova coinquilina dopo che Denise si era sposata, ma che non potevo più pagare l'affitto da sola. Non volevo un'altra coinquilina e stavo guardandomi intorno per trovare una nuova casa.

«No», risposi. «Non ancora». Bevvi un sorso della mia root beer. «Tu dove abiti?»

«Ehi, questo non è un appuntamento».

«Sto solo facendo due chiacchiere».

«Ah, be', in tal caso, hai presente quella casa dall'aspetto bizzarro di fronte al parco su Elm?»

«La casa di Frank Lloyd Wright?»

«Ma guardati. Bella, intelligente e appassionata di architettura».

«Non direi che sono un'appassionata, è solo che... quella casa mi piace».

«Be', non è di Frank Lloyd Wright. Ma è Prairie School e dentro è un puttanaio. La sto mettendo a posto e i proprietari non mi fanno pagare l'affitto».

«Ma guardati, intelligente, bello e forzuto».

«Aspettavo che lo notassi».

Anziché sorridergli mi misi in bocca un popcorn.

Lui si sistemò i popcorn in mezzo alle gambe e posò la bibita sul pavimento di fronte a lui.

«I ragazzini sono incuriositi dal tuo braccio?», chiesi e poi feci una smorfia. «Scusa. È stato scortese».

«La maggior parte delle persone lo ignora o fa di tutto per non guardarlo. Parlarne è un sollievo, se devo dire la verità».

«Come reagiscono i ragazzi?»

«Non reagiscono, in realtà. Qualcuno mi fa una domanda il primo giorno, io rispondo e loro passano ad altro com'è tipico degli adolescenti». Si sporse in avanti, abbassando la voce. «Sono peggio i genitori. Alcuni hanno firmato una petizione per mandarmi via perché turbavo i loro figli».

«Wow».

«Il preside li ha convocati e gli ha strappato la petizione davanti agli occhi».

«È una brava persona».

«Il migliore. Ha prestato servizio in Corea, quindi capisce».

A sentir parlare della Corea sussultai, e mi tornarono in mente Rex e la cicatrice sul fianco. Non volevo pensarci. Ma Willis non se ne accorse mentre il sipario si apriva e le luci si spegnevano.

Non avevo mai visto niente di simile a *Star Wars*. Divertimento puro finché Luke non tornava alla fattoria e scopriva lo zio e la zia ridotti a un mucchietto di cenere, e all'improvviso le narici mi si riempirono dell'odore della carne bruciata. La musica, che fino a quel momento mi era piaciuta tantissimo, adesso mi ricordava la sirena dell'allarme antiaereo.

Nel giro di un istante mi ritrovai in un bagno di sudore freddo. Un mal di testa mi esplose dietro gli occhi.

«Tutto a posto?», sussurrò Willis, prendendomi la mano.

«Devo uscire di qui», risposi, imbarazzata ma sentendomi morire. Willis non disse niente, si limitò a guidarmi in mezzo agli spettatori scocciati fino a quando non fummo fuori dal cinema.

«Stai bene?», mi chiese, accarezzandomi la schiena mentre io prendevo grandi boccate d'aria che sembravano non arrivare ai polmoni.

«Bene. Solo... ricordi, hai presente?»

Mi prese fra le braccia.

«Ho presente».

1° novembre 1984

Willis prende Halloween molto sul serio. Si è messo una delle mie uniformi e dato che quasi gli si allacciava, ho deciso che da domani mi metto a dieta. Io mi sono vestita come lo spaventapasseri del *Mago di Oz* e lui mi ha truccata. Siamo rimasti seduti sui gradini di casa sua a bere una bottiglia di vino e a distribuire dolcetti.
Ho detto a Kitty al telefono che è stata una delle serate più belle della mia vita e lei mi ha chiesto perché ci vado così cauta con Willis. *Di cosa hai paura?*, ha continuato a chiedermi. *Di diventare come i tuoi genitori?* La risposta è stata un clamoroso *può darsi*. Lei mi ha garantito che è impossibile, ma certe volte sento mia madre fare capolino dentro di me. Il modo in cui voleva mantenere la pace a ogni costo. E alla fine ho detto che non sapevo se quello che provo per lui è abbastanza. Credevo che quello che provavo per Todd fosse abbastanza, ma eravamo dei bambini e se ci fossimo sposati non sarei la persona che sono ora. E Rex... be', mi sono smarrita nella sua orbita. Ma anche senza di lui non sarei la persona che sono ora. E voglio che Willis sia l'uomo giusto per la persona che sono ora. E per la persona che sarò fra quindici anni. Voglio che mi meriti. E che io meriti lui. Tutta la sua gentilezza e l'intelligenza e il coraggio. Volevo che fosse giusto.
Kitty mi ha detto di andarci a letto. Che così avrei saputo. Ha detto che per lei era stato così con Drew, il giocatore di baseball con cui era fuggita a Las Vegas nel 1979. *Siete stati sposati dieci minuti in tutto*, le ho ricordato. Che era un'esagerazione ma neanche tanto. Erano fuggiti per sposarsi, lui l'aveva tradita nemmeno un anno dopo e ora del primo anniversario Kitty aveva ottenuto la metà dei suoi soldi e un divorzio. *Sì*, ha replicato, *ma sono stati dieci minuti da favola.*
Tipico di Kitty. Ma probabilmente ha ragione.

Novembre 1984

«Non è ancora un appuntamento», dissi, togliendomi la casacca dell'uniforme mentre lui mi sganciava il reggiseno. Eravamo nel letto matrimoniale al primo piano di casa sua e io lo avevo svegliato, bussando alla sua porta dopo il turno.

«Non è un appuntamento», ripeté, togliendomi il reggiseno e affondandomi il naso fra i seni. «Perché non è un appuntamento? Hai la pelle così morbida».

«Perché...» Mi prese un capezzolo fra le labbra e io non capii più niente. Mi sollevò e mi fece rotolare di schiena nel letto con le lenzuola in disordine che sapevano di lui. Patchouli, Irish Spring e segatura. Se avessi potuto sentire un solo odore per il resto della mia vita, avrei scelto quello. Mi tolse il resto dell'uniforme e poi riuscì a sfilarmi i collant.

«Concentrati, Betts. Perché non è un appuntamento?»

Mi baciò la pancia, scendendo verso il basso.

«Perché...», cercai di rispondere.

Si mise a ridere con la bocca sulla mia coscia. «D'accordo, Betts».

Be', pensai dopo, accaldata e in paradiso. *Kitty aveva ragione.* Andare a letto con Willis rispondeva a un sacco di domande.

«Dimmi un po'», esordì mentre eravamo sdraiati a letto, io con la testa posata sul suo petto. «Perché hai bussato alla porta di casa mia...», guardò l'orologio sul comodino «... all'una del mattino?»

«Perché stava diventando un problema».

«Il sesso?»

«Sì. Il sesso. E uscire con te...»

«Ah». Scosse la testa. «Ho saputo da una fonte attendibile che non usciamo insieme».

Gli carezzai la faccia, la barba serica. Aveva un fisico asciutto e forte. Doveva coprire il tatuaggio del corpo dei Marines sull'avambraccio quando andava a scuola. Ne aveva un altro sulla spalla, un drago che si era fatto fare durante una licenza a Saigon; sosteneva di essere stato così ubriaco da non averne il minimo ricordo.

Giocherellò coi miei capelli e io gli raccontai di Rex e poi di Todd. Dell'aborto. Della neonata e del dottor Fischer. Gli dissi che in Vietnam il rumore degli elicotteri in avvicinamento mi aveva fatta piangere e che certe volte, perfino adesso, sognavo di legare dei vasi sanguigni in una ferita al petto ma non riuscivo a trovarli, e il sangue zampillava dal petto del paziente ricoprendomi le mani e gocciolando sul pavimento finché ce n'era così tanto che mi svegliavo boccheggiando in cerca d'aria. Gli dissi che i miei genitori erano morti a distanza di una settimana l'uno dall'altra due anni dopo che ero tornata e che non avevo provato niente.

Lui mi raccontò di Sue, la fidanzatina del liceo che gli aveva dato il benservito al primo turno di servizio, della Cambogia e dei tunnel, e della mina Bouncing Betty che gli aveva portato via il braccio, e il suo migliore amico.

Disse che certe volte l'odio e la rabbia erano tali che aveva l'impressione di smarrirsi. Sognava i prigionieri di guerra nelle gabbie di bambù, e il suo tenente che cantava canzonacce con una voce da coro della chiesa.

Gli raccontai di Jenny e Kitty.

«Ho avuto amici. Buoni amici. Ma non ci volevamo bene così».

«Sono uniche».

«Ehi. Non arrabbiarti», disse mentre il cielo fuori dalla finestra diventava rosa.

Sbadigliai, chiedendomi se sarei mai riuscita ad arrabbiarmi con quest'uomo. «Per cosa?»

«Be', onestamente, non è tutta colpa mia. Un po' di responsabilità ce l'hai anche tu».

«Per cosa?» Alzai la testa per guardare la sua faccia seria e gli occhi ridenti.

«Ti amo, BettyKay Allen».

Gli riappoggiai la testa al petto, il rumore tranquillizzante del suo cuore che batteva vicino al mio orecchio.

«Lo so».

12 dicembre 1984

Kitty e Hugh sono su tutti i tabloid. Un'altra volta. Hugh si è presentato in Georgia dove lei stava girando un film e ha fatto una scenata tremenda. Le ho detto che dovrebbe chiamare la polizia e lei mi ha riso in faccia. Sono preoccupata. Quando riesce ad allontanarsi, lui si ripresenta. Jenny è pronta a partire per LA e mettersi in mezzo. Per poco non ho raccontato a tutt'e due la novità che mi riguarda. Ma non l'ho ancora detto a Willis. E dovrebbe essere il primo a saperlo.

«Ti è arrivata una scatola», disse Willis, aprendo la porta d'ingresso fra la casa e la veranda chiusa. Stava spalando la neve con una nuova protesi che gli dava un minimo di controllo sul manico.

«Che genere di scatola?», chiesi, raccogliendo gli indumenti dal pavimento.

Il pianterreno di casa sua era piuttosto carino, se dovevo dire la mia. Mi ero trasferita il giorno dopo che eravamo andati a letto insieme, e quando non facevamo sesso avevamo dipinto le pareti e il soffitto di bianco, sistemato le finiture in legno e chiamato degli operai per lucidare il parquet. La casa brillava come una monetina nuova di zecca. Avevo contribuito alle spese con i miei risparmi e la cosa mi faceva sentire bene.

«Una scatola per posta aerea».

Posò il pacco sul pavimento di legno e lo spinse verso di me. Si tolse il giaccone e gli stivali sulla veranda.

«La manda Kitty», osservai, prendendo un paio di forbici e portando la scatola sul divano.

Lui entrò proprio mentre la aprivo. Tirai fuori un biglietto dalla carta velina. *Per il tuo albero,* diceva. *Mi manchi. Kitty.*

Sotto la velina c'erano quattro decorazioni di Natale in vetro. E dentro ognuna c'era un bottone rosa.

A essere sinceri, sembravano incinti e mi chiesi, con la mano sulla bocca, se l'avesse intuito.

«Sono i famosi bottoni, eh?», chiese Willis, sedendosi accanto a me. «Quelle decorazioni sembrano incinte. Come ha fatto a metterceli dentro?»

«Non lo so. Possiamo andare a prendere un albero questo pomeriggio?», proposi con voce strozzata, sopraffatta dallo stupore e dall'affetto per la mia amica. Sopraffatta da Willis. Da quella casa. Da tutto l'amore che provavo.

«Certo. Ehi. Ehi, non piangere. Andremo a prendere l'albero. Appenderemo quelle decorazioni al posto d'onore. E poi penso che dovremmo andare al municipio e sposarci. Un matrimonio natalizio».

Ci scherzavamo sopra un giorno sì e uno no, sul fatto di scappar via e sposarci. Ma nessuno dei due sembrava prenderlo troppo sul serio. Non avevamo bisogno di un pezzo di carta che ci dicesse che eravamo fatti l'uno per l'altra. Potevo quasi vedere mia madre rivoltarsi nella tomba. Ma sinceramente mia madre era uno dei motivi per cui apprezzavo quella situazione. Se non mi fossi mai sposata, non avrei potuto avere un matrimonio infelice, come quello dei miei genitori.

Le lacrime continuavano a scendere.

«Oh, andiamo, dài. Non dobbiamo sposarci se non vuoi, tesoro», mi consolò Willis. «Sto solo scherzando. Stiamo benone così».

«No, voglio farlo», dissi tirando su col naso. «È solo che...»

Non trovavo le parole per dirgli quanto ero felice. Per dirgli che quella casa era bellissima e che io non vedevo l'ora di farne il nostro nido, con lui e questo bambino. Che incontrarlo era stato incredibile. Che era tutto agrodolce. Questa vita e questo amore. Lui. Io. Noi.

«Oh, tesoro», rise Willis, prendendomi fra le braccia. «Lo so».

«No, non lo sai», sussurrai. «Quelle decorazioni non sono le uniche a essere incinte».

31
Clara

Los Angeles, California, 2019

Clara era distesa, sveglia come un grillo, e fissava il soffitto, iperconsapevole del fatto che il letto era comodissimo. Avrebbe dovuto dormire.

Ma non ci riusciva.

Il cervello le andava a mille dopo la giornata trascorsa con Kitty. La disinvoltura con cui aveva grattato via la superficie di tutte le cose che avevano dato per scontate sulla loro madre. Tutte le storie che avevano sentito, le fondamenta della loro famiglia. Lei e Abbie sapevano di quando i genitori erano andati al cinema a vedere *Star Wars*. Del loro primo Halloween. Sapevano anche delle decorazioni con dentro i bottoni. Ma raccontato da Kitty era tutto diverso, perché non avevano saputo di *lei*.

Clara sarebbe stata ancora in quello studio, a torchiare Kitty sulla ragione per cui mamma aveva tenuto segreta la loro amicizia, ma Abbie l'aveva trascinata via.

Kitty è stanca, le aveva detto quando Clara aveva protestato. *Devi darle tregua.*

«Clara?», sussurrò Vickie, girandosi per guardarla in faccia. «È tutto a posto, piccola? È quasi mezzanotte».

Per poco non tirò in ballo il jet lag, anche se era a Los Angeles da quattro giorni. Alzare quella barriera era una seconda natura e dovette fare uno sforzo di volontà per resistere all'impulso. Vickie si meritava di meglio, e sinceramente anche lei.

«Sono cresciuta convinta che i miei genitori si amassero, ed è bello sapere che era vero. Consolante».

«Però non sai ancora chi è tuo padre».

«Ma vuoi sapere una cosa?», rise Clara. «Quasi non mi interessa più. Ho la sensazione di non sapere chi fosse mia madre. Non davvero».

«Perché ha tenuto segreta Kitty?»

«Erano come sorelle, Vickie. Perché tenere segreta un'amicizia del genere?»

Vickie le accarezzò un braccio, e quella comprensione muta la consolò. Era stata un'idiota a tenere lontana quella donna per tutta la settimana. Un'idiota integrale.

«Vuoi grattarmi la schiena?», chiese Vickie.

«Sì».

Vickie rotolò di lato e Clara mise la mano sullo scollo della canottiera della compagna, carezzandole la pelle liscia con movimenti circolari verso il basso, come piaceva a lei.

«Dovremmo avere un bambino».

Vickie si puntellò su un gomito. «Se stai scherzando, non è divertente».

«Non sto scherzando».

«Clara», sussurrò la ragazza. «Dobbiamo riparlarne quando torniamo a casa. Però... mi rende molto felice».

Lei non ribatté, si sporse verso Vickie e la baciò finché lei non si lasciò andare sul letto.

Un colpetto alla porta strappò un sospiro a Clara e un gemito a Vickie.

«Sì?», disse Clara.

«Clara?» Era Abbie. «Hai un secondo?»

Rise e si mise a sedere. «Entra». Accese l'abat-jour sul comodino mentre Abbie apriva la porta con la sua maglietta di Garfield e un'espressione preoccupata.

«Cosa c'è che non va?», le chiese la sorella.

«Potrebbe non essere niente», rispose lei con un tono che diceva il contrario. «E forse Kitty ricorda male i dettagli. Oppure li ricordava male papà. Oppure io».

«Abbie», la incalzò Clara, per sollecitarla ad arrivare al punto.

«I conti non tornano. Mamma dovette rompere quelle decorazioni per tirar fuori i bottoni e poi fece delle nuove decorazioni di vetro, ricordi?»

«Erano orrende».

«Orrende. E tutti gli anni, quando facevamo l'albero, papà mi diceva di aver scoperto che mamma era incinta quando le erano arrivate quelle decorazioni per posta».

«E allora?»

«Papà ha sempre detto che mamma era incinta di me».

Clara avvertì una bizzarra sensazione di freddo insinuarsi sottopelle.

«E nella storia che Kitty ci ha appena raccontato... tu non eri ancora nata».

«Cosa vuoi dire?», chiese Clara, anche se lo sapeva. Certo che lo sapeva. C'era la possibilità che lo avesse sempre saputo.

«Se quella storia è corretta, lascia perdere tuo padre. Non credo che BettyKay Allen sia tua madre».

Parte terza

32
Kitty

Los Angeles, California, 2019

L'alba era davvero… inopportuna. Così nuda, con tutto quel suo ottimismo ingenuo.

Kitty la odiava. Da sempre. Completamente sopravvalutata. A meno che ovviamente non fosse riuscita a rimanere alzata per vederla. Se la notte fosse stata una possibilità infinita e lei avesse potuto resistere fino al sorgere del sole, be', chi avrebbe potuto mettere in discussione la sua magia?

Ma erano passati anni dall'ultima volta che quella magia le aveva fatto visita.

La mattina era il momento in cui si nascondeva. Quando correva via sia in senso letterale che figurato. Era in quella penombra che faceva il lavoro caotico che la sua vita esigeva.

C'erano stati centinaia di appuntamenti antelucani con i chirurghi plastici per nascondere l'invecchiamento, i cedimenti e le rughe. Lipectomie. Lifting al seno. Pulizie del colon. Saloni di bellezza. Istruttori privati, terapeuti e, durante un periodo stranissimo della sua vita, uno psichiatra. C'erano stati amanti e mariti e decine di uscite furtive da camere da letto non sue.

Betts una volta le aveva detto che il suo stile di vita richiedeva un prezzo che la maggior parte della gente non sarebbe stata disposta a pagare. Ma si riferiva alla dieta a base di zuppa di cavolo che la diva sregolata aveva intrapreso negli anni Novanta.

Ironicamente, lei aveva pensato lo stesso della vita placida dell'amica infermiera. Il costo di restare nello stesso posto, dedicando tutta se stessa a prendersi cura di altre persone, a tenere nascosti tutti i segreti che aveva tenuto nascosti. Quel prezzo che Kitty era stata troppo egoista per pagare. Non ne andava orgogliosa, ma ci era venuta a patti. Era fatta così.

Aveva dormito male. Aveva sognato il dottor Fischer, la nonna e un lungo e terribile viaggio in macchina di notte.

Era Betts, ovviamente, che si intrufolava nei suoi sogni, chiamandola dalla tomba, furiosa con Kitty per essersi presentata al suo funerale.

Le pareva quasi di sentirla. *È quello che ti meriti. È il prezzo che paghi per non aver mantenuto la parola. Per aver rovinato la mia eredità. Per aver fatto del male alla mia famiglia.*

Kitty si lavò la faccia e applicò il trucco che nascondeva le ombre scure e le zampe di gallina attorno agli occhi. Delle rughe più visibili si sarebbe occupata il mese successivo una clinica di chirurgia estetica molto discreta di Santa Barbara. All'alba. Si spazzolò i capelli con le extension che servivano a infoltirli.

Betts rideva sempre della vanità dell'amica. Ma l'aspetto era l'unica cosa che aveva. L'aspetto e il denaro.

E Betts.

Mi dispiace tantissimo, Betts.

Forse però era venuto il momento della sincerità. Era stata Betts per prima a dire a Clara, proprio a *Clara*, di suo padre. Non erano quelli i patti. Cos'avrebbe dovuto fare Kitty? Lasciare quella povera ragazza sospesa sopra l'abisso, a interrogarsi sulla propria identità? Era ovvio che Clara si sarebbe spaccata la testa nel tentativo di trovare delle risposte.

E si poteva sostenere che Kitty stesse riavvicinando le due sorelle. O che lo stesse facendo la Voliera, insieme a tutte quelle storie segrete sulla loro madre.

Molto comodo, le aveva detto Jenny al funerale, *dare la colpa di aver iniziato a una morta, così non devi prendertene la responsabilità.*

Kitty riempì d'aria la pancia e la buttò fuori lentamente come le aveva detto di fare la ragazzetta che le insegnava yoga.

Yoga, Betts. Faccio yoga. Certe volte seduta su una sedia. È così patetico che fa male. Ho bisogno che tu venga qui a dirmi come tirarmi fuori da questa situazione in cui mi sono cacciata da sola. O almeno a ridere di me. Non rido più. E ho paura che forse non lo rifarò mai.

La donna uscì in giardino dal lato della casa di vetro, lontano dallo chalet. La mattina in cui aveva saputo che Betts era morta aveva fatto un bel numero. Le rose erano rovinate. Aveva calpestato le erbe aromatiche. Non ce l'aveva fatta a tornarci da allora, e adesso stavano arrivando le erbacce. Ma non riusciva a trovare la forza di volontà per fare qualcosa.

Vedi?, avrebbe detto a Betts se fosse stata lì. *Non sono capace di prendermi cura di niente.*

Betts l'avrebbe contraddetta come aveva fatto innumerevoli volte in passato, portando se stessa come esempio che Kitty poteva prendersi cura di una persona se decideva di farlo. Ma il comportamento degli ultimi giorni le avrebbe dato ragione.

Fece un altro respiro profondo, sentendo sulla lingua il sapore di quel luogo. Gli eucalipti, i pini, l'alba fredda. Anni prima, in un'altra vita, aveva detto a Betts di voler trovare un posto da poter chiamare casa, e ci era riuscita. Si era trovata una famiglia – Betts, Jenny, Alexander, Sophia – e prima o poi aveva deluso tutti.

«Kitty?» Era Clara, insieme a Vickie, e arrivavano dal sentiero dove chiaramente erano andate a correre.

«Buongiorno», disse Kitty. «Com'è stata la corsa?» Ricordava quei giorni di ginocchia doloranti e talloni che bruciavano. Non riusciva a credere quanto le mancassero. Lo yoga non offriva la stessa sofferenza terapeutica.

«Bellissima», rispose Vickie, asciugandosi il sudore dalla faccia con il collo della maglietta. A Kitty piaceva per via di Clara. Non si faceva mettere i piedi in testa. Era una tipa tosta, ma aveva anche un lato tenero. «Molto meglio del vento del lago Michigan».

«Mi fa piacere».

Vickie e Clara si scambiarono un'occhiata, quasi impercettibile, ma Kitty la colse. La colse e seppe.

Avevano capito. Almeno qualcosa. Non conoscevano ancora la parte peggiore, ma ci erano vicinissime.

«Kitty», esclamò Clara, avvicinandosi. Lei distolse lo sguardo, incapace di guardarla in faccia. Vigliacca fino alla fine. «È stato un regalo meraviglioso per noi. Farci venire qui e permetterci di rimanere. Non potremo mai ringraziarti abbastanza...»

Clara brandiva la diplomazia come una spada. Era quasi elegante. «Ma vuoi delle risposte».

«Sì. E anche Abbie. Parte stasera e il tempo sta per scadere».

Lo sapeva anche quando era andata a nascondersi allo Chateau Marmont, nella speranza che la scatola piena di denaro e pagine di diario sarebbe stata sufficiente. Dentro di sé sapeva che solo la verità avrebbe soddisfatto Clara. Anche se avesse distrutto ogni cosa.

Betts si era preoccupata per la figlia maggiore in innumerevoli telefonate e Kitty le diceva ogni volta che Clara se la sarebbe cavata alla grande. Che era una guerriera.

Perché pensavo che questa volta sarebbe stato diverso?

«Raggiungetemi per il caffè», dichiarò infine. «Solo tu e Abbie. Scusami, Vickie».

«Capisco benissimo», la rassicurò la ragazza. «La famiglia è la famiglia».

Proprio così.

33
Beetykay

Greensboro, Iowa, gennaio 1985

«Quando possiamo dire agli altri del bambino?», mi chiese Willis quel sabato a pranzo.

L'unica cosa che riuscivo a tenere giù erano i toast, così preparava toast per tutti e due. Sul suo ci metteva un uovo fritto, che lo obbligavo a mangiare dall'altra parte della stanza in modo che l'odore non mi facesse correre in bagno.

«Se diciamo del bambino ci chiederanno quando ci sposiamo».

Avevo chiarito che non avevo alcuna intenzione di percorrere una navata quando non riuscivo a passare più di quattro ore senza vomitare o dover fare un sonnellino. Non mi interessava cosa diceva la gente, o cosa pensava. Eravamo così felici, e l'unica cosa che volevo era restare in quella bolla.

«Lo sai che il matrimonio non è un problema. Voglio solo… poter dire ai miei amici e ai miei colleghi che avremo un bambino. È una bella notizia, amore. E una bella notizia fa sempre piacere».

«D'accordo», acconsentii. «Presto. Quando mi sentirò meglio».

Willis insegnava con Mr Schutte nel dipartimento di Scienze, e se Mrs Schutte, presidentessa del Junior Women's Club e regina incontrastata della scena sociale degli insegnanti del liceo, avesse saputo che stavo per avere un bambino, avrebbe voluto organizzare una festa e farne un evento. E che senso aveva festeggiare senza Jenny e Kitty? Finora mi era mancata perfino la forza di dirglielo. Jenny aveva appena avuto il secondo figlio e Kitty era… in Georgia? O a Londra? O era tornata a Los Angeles? Non riuscivo a star dietro ai suoi spostamenti.

E comunque fra i turni all'ospedale e la casa ero impegnatissima. Per non parlare di tener giù il cibo.

E non volevo dirglielo al telefono. Volevo guardarle in faccia. Volevo che mi abbracciassero. Volevo sentire le risate e la gioia. I telefoni erano fantastici, ma non erano la stessa cosa. Volevo le mie amiche. Le mie sorelle. Le mie ragazze del sole.

«Sai cosa penso?», aggiunse Willis. «Che dovresti prenderti un po' di ferie visto che ti senti così male, e che tu e Jenny dovreste andare a trovare Kitty. A crogiolarvi al sole».

Come se mi avesse letto nel pensiero.

Ovviamente scoppiai in lacrime. Era davvero l'uomo più dolce del mondo. Willis ridacchio e mi baciò sulla testa.

«Vado a vedere se riesco a tirar giù un po' di neve dal tetto», annunciò poi, infilandosi il giaccone marrone con l'interno di pelliccia sintetica che tutte le mattine lo faceva sembrare un orso che caracollava verso la scuola. «Prevedono un'altra bufera e sono preoccupato per il solaio».

«Vuoi andare sul tetto?»

«Starò attento».

Non erano passati neanche venti minuti quando sentii lo stridio dei freni di un'auto in strada e un colpo sordo provenire dal tetto.

«No», urlai, immaginando il peggio. «No. No». Ficcai i piedi negli stivali, non presi nemmeno il giaccone e spalancai la porta d'ingresso.

E mi ritrovai davanti Willis che reggeva una donna con indosso un'elaborata pelliccia bianca. I lunghi capelli scuri le pendevano davanti alla faccia. Non ebbi idea di chi fosse finché non alzò la testa, rivelando un occhio nero, una ferita al labbro e una contusione allo zigomo.

«Ehi, Betts», mi salutò Kitty.

E svenne fra le braccia di Willis.

La portammo dentro e la mettemmo sul divano di seconda mano con il rivestimento a scacchi marrone. Aveva perso conoscenza ma il polso era regolare e gli occhi, quando le sollevai le palpebre, reattivi.

«Che cosa è successo?», chiesi a Willis.

«Ho solo visto quest'auto rossa salire sul cordolo davanti a casa nostra, poi la portiera dal lato del guidatore si è aperta e lei è caduta fuori».

«Caduta?»

«Non dovremmo portarla all'ospedale?», chiese Willis, in piedi alle mie spalle.

«Certo. Lasciami solo valutare la situazione», ragionai mentre ripercorrevo mentalmente il triage. Le slacciai la pelliccia e vidi che indossava una camicia di raso rosso e pantaloni di velluto neri. Le scarpe dorate col tacco dovevano essere rimaste da qualche parte in giardino. Sollevai la camicia per palparle l'addome.

«Oh, accidenti!»

«Che c'è?», chiese Willis.

L'addome sporgeva dalla vita pieghettata dei pantaloni, tenuti chiusi da una spilla da balia che si era sganciata. «È incinta».

Le premetti lo stomaco vicino al fianco destro e sentii il bambino che scalciava.

Era troppo magra per essere incinta. Era troppo conciata male per essere incinta.

«Dobbiamo chiamare un'ambulanza?», chiese Willis.

Annuii e mi puntellai sul divano per alzarmi, ma Kitty rinvenne, girando la testa sui cuscini. Aprì gli occhi e mi afferrò per il polso. «Di' a Willis di nascondere la mia macchina», farfugliò. «Le chiavi sono nel quadro. Niente ospedale».

«Kitty, sei ferita. E sei incinta».

«Se scopre dove sono mi ammazza».

«Hugh?», chiesi, arrivando alla conclusione come se fosse lì ad aspettarmi. «È stato Hugh a farti questo?»

«Non deve sapere dove sono. Promettimelo». Aveva le guance impiastricciate di mascara ed eyeliner nero, che le erano colati lungo le tempie fino all'attaccatura dei capelli. Non sembrava neanche lei. La mia migliore amica, la donna più bella che conoscevo.

«Te lo prometto».

Presi una bacinella di acqua tiepida e la spugna più morbida che trovai, e la ripulii dal trucco e dal sangue, poi dalle lacrime che le colavano da sotto le palpebre.

Mi prese la mano e io gliela strinsi con cautela.

«Ti faccio male?», le chiesi, la voce che si spezzava nonostante mi stessi sforzando di controllare le emozioni.

«No», disse. «Fa male e basta».

Ovviamente Willis non era d'accordo sul non chiamare l'ambulanza, sul non portarla all'ospedale. Cedette solo quando gli promisi che l'avremmo fatto se la situazione fosse peggiorata. Spostò l'auto di Kitty in garage e andò a fare la spesa mentre io la svegliavo ogni due ore, accertandomi che nel caso avesse una commozione cerebrale non scivolasse nel coma.

«Non credo che siamo stati presentati come si deve», disse Kitty quando Willis tornò dalla spesa carico di sacchetti. «Io sono Kitty».

Lui sorrise, e io intuii che era impressionato dal trovarsi davanti una diva, anche se cercava di fare l'indifferente. «È un piacere conoscerti», balbettò. «Io sono…»

«Oh, so tutto di te, Willis Beecher. Sei un cavaliere con l'armatura scintillante».

«Oh», risi. «Non dirgli così, si monterà la testa».

«Troppo tardi», replicò Willis. «E sarò qualunque cosa voi due signore desideriate». Mi diede un bacio sulla testa mentre si dirigeva in cucina.

«Hai guidato fin qui dalla California?», le chiesi più tardi. Willis aveva acceso il caminetto e la luce del fuoco danzava su di lei, ancora seduta sul divano. I tabloid avevano ragione a dire che era diventata troppo magra. E forse saranno stati i capelli neri, ma era pallidissima, cosa che faceva risaltare i lividi sulla faccia.

«Eravamo in Idaho. Un nuovo festival messo in piedi da Robert Redford. Hugh sta cercando di rilanciarsi come regista indipendente», spiegò, parlando a fatica per via del labbro spaccato.

«Che cosa è successo, Kitty?»

«Hugh Bonnet è successo».

«Il bambino è suo?» Socchiuse l'occhio buono e mi guardò dentro, indirizzando le parole in un luogo dove dimoravano solo le verità fondamentali. Dove erano racchiusi tutti i nostri segreti e il nucleo della nostra amicizia.

«No», rispose. «Non se voglio essere ancora viva fra dieci anni. Il bambino non è suo».

«Non so cosa significhi», disse Willis mentre eravamo seduti in cucina a bere il tè che aveva preparato.

Kitty dormiva nella nostra camera da letto. Un'idea di Willis, ovviamente. Il nostro letto aveva l'unico vero materasso di quella casa. Lui e io avremmo dormito sul divano letto del salotto, anche se non avevamo nessuna fretta di sacrificare la schiena contro la sbarra metallica che sporgeva nel mezzo.

«Credo significhi che il bambino è suo, ma che nessuno deve saperlo se vuole liberarsi di lui».

«Lo sapevi? Di questo? Di Hugh? Voglio dire, l'ha picchiata selvaggiamente, Betts».

Pensai alla Voliera e al modo in cui le teneva il braccio attorno al collo, e all'occhio nero in Vietnam. Si erano lasciati subito dopo e lei aveva sposato Drew e poi era uscita con una rockstar. Ma quando Hugh era comparso nelle foto sui tabloid l'anno prima e Kitty aveva detto che non c'era problema e che era cambiato... Jenny aveva commentato che un uomo così non cambia, ma io avevo voluto credere a Kitty. Ed ero stata troppo presa dalla mia vita per sollevare obiezioni.

Rispondere di no, che non ne avevo idea, che non me l'aspettavo assolutamente mi avrebbe fatta sentire molto meglio. Ma non era così.

Annuii.

«Come possiamo aiutarla?», chiese Willis, ed era difficile immaginare di poterlo amare più di così.

Dopo che Kitty ebbe dormito dieci ore di fila, si fu fatta una doccia ed ebbe mangiato delle uova strapazzate con la bocca tumefatta, ci sedemmo davanti al caminetto acceso e venne fuori la verità. La riconciliazione con Hugh era stata tempestosa e con più bassi che alti. Dopo essersi rivisti alla famosa festa, lui l'aveva sbattuta contro una porta con tale violenza che l'aveva sfondata. C'era stata una breve riconciliazione sette mesi prima che era finita male quasi immediatamente. Lei lo aveva piantato a Londra, era tornata in California e aveva firmato il contratto per il primo film che il suo agente le aveva proposto, un thriller di serie B ambientato in Georgia. Le riprese erano quasi finite quando era comparso Hugh, implorando perdono e facendo una sceneggiata sul set, imponendo la sua autorità sul regista più giovane.

«Era una cosa che ammiravo in lui», sussurrò Kitty, che portava i capelli legati. Erano anni che non la vedevo senza trucco. Non aveva quasi le sopracciglia. E gli zigomi erano così prominenti che le gettavano un'ombra sul viso. Era come se fosse stata ritagliata, cesellata con un bulino. «Il modo in cui piegava qualunque situazione al suo volere. Pensavo dimostrasse la sua forza. Ma ora mi rendo conto che non riesce a sopportare che in questo mondo ci siano cose che non ruotano attorno a lui».

«Come sei finita in Idaho?»

«Non riesco a spiegartelo, Betts. Ha detto che glielo dovevo, e ha continuato a ripeterlo finché gli ho creduto. Finché mi sono convinta che il successo della mia carriera aveva in qualche modo danneggiato la sua. Qualunque persona con un briciolo di potere minava il suo. E se era una donna ad averlo? Che Dio non voglia. Non era in grado di gestirlo».

«Hugh ti ha picchiata perché sei incinta?», chiesi.

«No. Mi ha picchiata perché stavo parlando con un altro regista di un progetto che non lo contemplava. Nessuno sa che sono incinta. Me ne sono resa conto solo ora. Pensavo di stare mangiando troppo».

«Cosa? Kitty?» Com'era possibile?

«Non ho mai avuto il ciclo regolare, neanche quando prendevo la pillola. Ma ho contratto un'infezione batterica mentre giravamo in Marocco l'anno scorso e ovviamente ho preso la rifampina».

«Oh, no», mormorai. La rifampina era un antibiotico che poteva diminuire l'efficacia della pillola. Chiaramente nessuno l'aveva avvertita. «Di quanto sei?»

«Da Londra sono passati sei mesi», constatò scrollando le spalle.

«Sei andata da un medico? Almeno una volta?»

«Non mi fido di nessuno che non riferirebbe la cosa a Hugh. Non riesco a spiegartelo, Betts, ma si è intrufolato in ogni aspetto della mia vita. Usciva a pranzo con il mio manager. Ha corrotto la mia assistente. Se scopriva che stavo leggendo un copione, andava a parlare con lo sceneggiatore. Se c'era dietro un regista, faceva in modo che lo licenziassero e prendeva il suo posto. Ho lottato finché ho potuto, ma poi ho gettato la spugna. Ho licenziato la mia assistente. Il mio autista. Il mio addetto stampa. Il mio manager. In questo momento non ho nessuno. Nessun team. Nessun aiuto. Nessun...»

«È finita», la interruppi. «Hai me. Hai Willis. Jenny verrà qui nel giro di un secondo se abbiamo bisogno di lei. Ti portiamo a Greensboro. C'è un medico bravo. È giovane, moderno, possiamo fidarci...»

Kitty scosse la testa.

«Tesoro, devi farti visitare e sottoporti a un'ecografia».

Se Kitty avesse potuto decidere di testa sua, avrebbe continuato a fingere che andasse tutto bene, e quindi feci quello che lei aveva fatto con me anni prima. La costrinsi a guardare in faccia la realtà. Poteva nascondere la gravidanza ma non poteva nascondersi dalla gravidanza. Non più.

Il giorno dopo Willis e io la portammo dal dottor Meadows, il mio ginecologo. Un uomo giovane con occhiali spessi e un ciuffo ribelle che lo faceva assomigliare al personaggio di un cartone animato degli anni Cinquanta, discreto e gentile. Accettò di vederci fuori dall'orario di visita e di tenere segreto l'appuntamento.

Kitty mi chiese di rimanere con lei e tenerle la mano mentre lui le faceva l'ecografia, girando lo schermo perché vedesse l'immagine sgranata in bianco e nero dell'oggetto a forma di bambino. La osservai, soppesai la sua reazione, ma lei non lo guardava neanche.

«Vorrei fare un esame interno», disse. «È d'accordo?»

Annuì, pallidissima, e poi trasalì e fece smorfie per tutta la durata dell'esplorazione.

«Bene», disse il dottor Meadows togliendosi i guanti, che come non potei fare a meno di notare erano sporchi di sangue. «Il bambino sta bene. C'è un po' di sanguinamento, e la cosa non mi lascia tranquillo. E non mi piace il suo peso».

«Sembra di sentire i produttori del mio ultimo film». La battuta di Kitty suonò triste, e basta.

«Deve stare a letto. Deve dormire. Deve assumere cibo ricco di calorie. Le prescrivo pillole di ferro e frappè».

Tirò fuori il ricettario.

«A me», intervenni. «Le prescriva a me. Farò in modo che le prenda».

Il dottor Meadows guardò me e poi il viso tumefatto di Kitty, e scrisse la ricetta. Era illegale e sarebbe potuto finire nei guai, ma lo fece comunque.

Quando presi il foglio, lui lo trattenne.

«La tenga d'occhio».

«Non la perderò di vista».

Mentre Willis ci riportava a casa, Kitty si accasciò sul sedile del passeggero con un paio di occhiali da sole enormi e mangiandosi le unghie fino alla carne viva. Seduta fra loro sullo strapuntino, riuscivo praticamente a sentire il rumore dei suoi pensieri frenetici.

«Rimani qui. Con me e Willis. Mi occuperò io di te. Non preoccuparti», la rassicurai, accarezzandole una spalla.

Mi guardò da sopra gli occhiali scuri. «Betts, mancano tre mesi al momento in cui nascerà questo bambino».

«E il dottore vuole che li passi perlopiù a letto», ribattei mentre svoltavamo su Elm diretti a casa. «Lo spazio c'è».

«Ma Hugh sa di te. Sa che siamo amiche. Sa che sarei venuta qui».

«Se si presenta qui, me ne occuperò io», fece Willis, con un atteggiamento da macho che non era proprio da lui.

«Grazie. A tutti e due», sussurrò Kitty, asciugandosi le lacrime prima che le colassero da sotto gli occhiali.

Mettemmo un materasso nuovo nella stanza degli ospiti con la vista sul parco. Avevamo già dipinto le pareti di un bel giallo per il bambino in arrivo. Portai su la poltrona del salotto per poter stare accanto a Kitty quando tornavo dal lavoro. Willis faceva frappè a tutti i gusti, e uova e bacon perché era quello che Kitty sembrava mangiare più volentieri.

La mia gravidanza parve adattarsi alla sua. Forse era l'adrenalina, ma la nausea diminuì e recuperai parte delle energie.

Tornai al lavoro il mercoledì pomeriggio e, quando arrivai a casa alle otto, trovai Willis seduto sulla mia poltrona accanto al letto di Kitty. Stavano guardando *Tre cuori in affitto* su un vecchio televisore in bianco e nero che aveva sistemato sul cassettone, ridendo come pazzi.

«Ehi, tesoro!», mi accolse Willis, con un enorme sorriso.

«Vieni a sederti», mi invitò Kitty, battendo una mano sul letto.

Willis mi preparò un panino e quando finì *Tre cuori in affitto* guardammo *Taxi*.

«Danny DeVito è un uomo veramente simpatico», disse Kitty.

«Sul serio?», chiese Willis. «Nella sitcom è un vero rompiscatole».

«Vero, ma non è affatto così. È simpatico e spiritoso».

«Però è davvero così basso, giusto?»

«Bassissimo».

Mangiai il mio panino mentre Kitty raccontava a Willis tutti i pettegolezzi di Hollywood che conosceva. *Oh, Kitty,* pensai, sorridendo nonostante la situazione. *Mi sei mancata da morire.*

Kitty era con noi da due settimane quando arrivò Jenny da Iowa City portandoci dei sacchetti macchiati di grasso con i sandwich al filetto di maiale di Shakey. Era uno di quei giorni di febbraio con il sole tiepido e senza vento.

Jenny diede un'occhiata a Kitty, squadrandola da capo a piedi. «Vieni», disse alle fine. «Usciamo a prendere un po' d'aria».

Kitty protestò, ma Jenny e io la spuntammo, e mangiammo con addosso il giaccone sulle sedie a sdraio di plastica che Willis aveva tirato fuori dal garage. Non assomigliavano neanche lontanamente a quelle della Voliera, e per la prima volta da tanto tempo il ricordo di quelle sdraio e di Rex non faceva male. Amare Willis mi aveva portata a considerare la mia vita in un'ottica più indulgente.

Avrei voluto che arrivasse qualcuno a fare lo stesso per Kitty.

Jenny ci aggiornò sui figli e su Jerome, che si era congedato dall'aeronautica e lavorava in una concessionaria con un amico. «Quell'uomo è un venditore nato», commentò.

Mentre chiacchierava, vidi il suo sguardo penetrante esaminare Kitty. I lividi erano diventati gialli e verdi, e continuava a masticare da un lato solo. Avevo cercato di convincerla ad andare dal dentista, ma mi aveva detto che riusciva a fare solo una cosa alla volta. Le clavicole le sporgevano dai vestiti che indossava, e a Jenny non sfuggì nemmeno quello. Avrei ricevuto una telefonata una volta che fosse rientrata a casa.

«Che ci dici di te, Jenny?», chiese Kitty.

«Be', sono stata promossa caposala». Lavorava all'ospedale dei veterani di Iowa City da quando era tornata dal Vietnam. Caposala era il lavoro perfetto per lei.

«Jenny! Perché non me l'hai detto?», esclamai, consapevole che io per prima avevo una notizia che mi bruciava sulla lingua.

«L'ho appena fatto».

«Forse sarei dovuta restare alla St Luke», affermò Kitty, togliendo la pastella fritta da un anello di cipolla. «Diventare infermiera».

«Kitty», protestò Jenny. «Saresti stata una pessima infermiera».

«Non è vero. Cioè... avrei potuto riuscirci».

«Allora dimmi... La prima regola del lavoro di infermiera è osservare...», attaccò Jenny.

«È anche la prima regola della recitazione», intervenne Kitty, astuta.

«Benissimo. Di quanto è Betts?»

«Di quanto è cosa?», chiese Kitty, e Jenny scoppiò a ridere così forte che per poco non si ribaltò con la sedia a sdraio. Non potei fare a meno di unirmi alla risata. Non avevo ancora detto a Jenny del bambino, ma doveva esserle bastata un'occhiata.

«Che c'è di tanto spassoso?», esclamò Kitty, i capelli scuri mossi dalla brezza.

«Sono incinta, Kitty. Willis e io avremo un bambino».

«Perché non me l'hai detto?», mi chiese più tardi, dopo che Jenny se n'era andata e lei stava tornando a letto.

«Sei qui da pochi giorni», risposi. «Prima o poi te l'avrei detto».

«Di quanto sei?»

«Tre mesi».

«Non sei cambiata per niente».

«Non sono sicura che sia un complimento».

«Potrebbero essere amici», sussurrò Kitty. «Se tenessi il bambino. Potremmo crescerli come se fossero cugini. Fratelli».

«Potremmo», risposi, nel tono più neutro possibile. «Ma non è un buon motivo per tenere un figlio che non vuoi».

Lei non disse niente ma mi prese la mano.

«Kitty?» Mi infilai a letto accanto a lei, posando la testa sulle mani unite.

«Sarai una madre fantastica, Betts. Tu e Willis. Crescerete dei figli felici. Gli lascerete mangiare la terra e portare a casa i cani trovatelli».

Mi misi a ridere. «Basta così poco?»

«Lo sai cosa intendo. Li lascerete essere bambini. Farete in modo che siano delle persone perbene. Che abbiano il coraggio delle loro convinzioni. Saranno profondamente amati».

«Lo spero», mormorai. Questo bambino non era stato pianificato, ma lo desideravamo entrambi moltissimo.

«Vorrei...» Si interruppe e si asciugò il naso sulle lenzuola, una cosa un po' schifosa ma non era il momento di farglielo notare.

«Se vuoi tenere il bambino possiamo capire come fare, Kitty. Possiamo mettere un muro legale fra te e Hugh. Possiamo dire a tutti che non è suo. Puoi tenere questo bambino, se lo vuoi». Le asciugai le lacrime sulle guance, ma erano inesauribili. Non l'avevo mai vista piangere, e adesso lo faceva ogni giorno, parte della routine che si era instaurata fra noi. Certe volte mi chiedevo se non stesse piangendo anche per qualcos'altro. Era come se avesse scoperchiato un pozzo di dolore fino a quel momento dimenticato ed ermeticamente sigillato.

«Mia mamma è morta, te l'ho mai raccontato?», mi chiese, e io scossi la testa. Si era rifiutata di parlarne per tutto il tempo in cui avevamo vissuto insieme, sia in Iowa che in California, e io avevo smesso di sollevare l'argomento dopo la visita di Jesse.

«Jesse aveva tipo quattro anni e io otto. Un giorno prese la macchina per andare a fare la spesa ed ebbe un incidente sulla superstrada. Morì tre giorni dopo».

«Mi dispiace tantissimo».

«Prima che morisse stavamo in una casetta in periferia. Mamma faceva la parrucchiera, papà lavorava nell'edilizia. Era bellissima, Betts. Mia mamma, intendo. Lo so che ero una bambina e tutti i bambini pensano che la loro mamma sia bellissima, ma lei era una reginetta di bellezza. Miss Georgia Peach 1955. Andavamo in chiesa coi nostri vestiti migliori ogni domenica e a fare picnic e imparavamo ad andare in bicicletta. Io frequentavo la scuola e avevo una scatola porta-pranzo nuova ogni anno e una cameretta tutta per me. Non eravamo ricchi, ma io pensavo che lo fossimo. Eravamo felici». Si spostò sotto le coperte, e mi si avvicinò.

Pensai alla lettera che aveva ricevuto a scuola e che aveva strappato. Alle telefonate. A Jesse che si era presentato a quel modo a Los Angeles.

«E poi non c'era più, così papà ci riportò da sua madre e si attaccò alla bottiglia. La nonna viveva in un allevamento di polli fuori Atlanta ed era un lavoro orribile. Sporco e puzzolente, e la nonna era, Dio mio, Betts, era cattiva, e ci trattava malissimo. Ma noi continuavamo a provare a farla contenta e a farci volere bene. Facevamo tutto il lavoro che ci chiedeva di fare, e stavamo tranquilli, ma non andava mai bene. Finché Jesse non capì che preferiva quando anche noi ci comportavamo male di rimando. Come se potesse volerci bene solo quando eravamo come lei».

Mi asciugai una lacrima.

«Ecco da dove vengo, Betts. Ecco cos'è per me la famiglia. Non ho mai voluto bene a nessuno finché non ho conosciuto te. Incontrare te e Jenny mi ha fatto venire voglia di essere gentile e perbene».

Le rimboccai le coperte sulla spalla sottile. «Conoscerti mi ha fatto venir voglia di essere coraggiosa e forte. Tu mi hai insegnato a farmi valere. E non sei cattiva. Sei il contrario di una persona crudele».

«Ma se questo bambino finisce con qualcuno come la nonna?»

«Non succederà».

«E se finisce con una come me? Una persona che capisce l'amore solo se è crudele. Se è...» Sollevò un pugno tremante, il viso contratto in una smorfia feroce.

Le misi la mano sopra il pugno e le dissi quelle che pensavo fossero le cose giuste. Che avremmo esaminato tutti i potenziali adottanti. Che saremmo stati attenti.

«Sono sicura che troveremo una famiglia per il tuo bambino», sussurrai sforzandomi di essere convincente. «Qualcuno che lo amerà. Che gli lascerà mangiare la terra e che gli insegnerà la compassione. Troveremo la persona giusta per fare da madre al tuo bambino».

Ma non telefonammo mai alle agenzie di adozione. Non ci provammo neanche.

Alla fine di marzo arrivò una bufera di neve da ovest. Iniziò come una normale tempesta, spessi fiocchi che si scioglievano non appena toccavano terra. Ma poi peggiorò e, come spesso fanno le bufere di neve primaverili, diventò una tormenta e le scuole vennero chiuse per due giorni. Era il mio giorno libero e Kitty e io eravamo a letto a leggerci a voce alta *A Walk Across America*.

«È noioso», commentò girandosi su un fianco e poi sulla schiena. «Leggiamo *Shanna*».

«L'abbiamo già letto due volte».

Kitty fece una smorfia mentre lottava per mettersi seduta. «È solo che non ti piace leggere a voce alta le scene di sesso».

«Ti senti bene?»

«No. Non mi sento bene per niente. Questo bambino è...» Boccheggiò e si strinse la pancia con le mani.

«Hai le contrazioni?», le chiesi. Mancavano ancora tre settimane al parto.

Spalancò gli occhi. «Oh, Betts, ho bagnato il letto, mi dispiace. Mi dispiace...»

Saltai giù dal letto e tirai giù le coperte. Le lenzuola a fiori gialli erano bagnate e così anche l'interno delle cosce di Kitty.

«Tesoro», esclamai. «Ti si sono rotte le acque».

Willis si infagottò per andare a togliere il ghiaccio dal pickup e spalare il vialetto mentre io portavo Kitty giù dalle scale. Lei si fermava ogni pochi passi per piegarsi in due tenendosi la pancia. «Andiamo», la spronai, un po' nervosa per la velocità con cui progrediva il travaglio. Ma era il primo bambino e i primi ci mettono sempre un sacco di tempo.

«Non mettermi fretta, Betts», scattò Kitty. Era ricoperta di sudore e i capelli le si erano incollati alla faccia. Il collo della camicia da notte di flanella era zuppo. «Maledizione, voglio spingere».

«Non puoi spingere! È appena iniziato. Non sappiamo quanto sei dilatata».

«Ho detto che volevo. Non che l'avrei fatto». Si sedette su un gradino.

«Kitty», dissi con tutta la comprensione e l'urgenza possibili. «Dobbiamo andare all'ospedale».

Il gemito si trasformò in un urlo e finalmente il mio sesto senso da infermiera si risvegliò. «Okay, arriviamo solo fino al divano. Ce la fai ad arrivare al divano?»

La contrazione passò e lei mi fece segno di sì con la testa. Le feci scendere gli ultimi gradini piegata in due e la portai al divano. Ansimava a denti stretti, tenendosi la pancia, che era dura come un sasso.

«Kitty? Da quanto hai le contrazioni?»

«Non lo so», mentì.

«Kitty».

«Da stanotte. Pensavo fossero crampi. O false contrazioni. Ma sono continuate». Perciò doveva essere in travaglio da ore. «Mi spiace. Mi spiace, è solo che… Non ho pensato al dopo. Non abbiamo parlato con le agenzie di adozione. Non sono pronta. Non sono pronta per questo». Aveva la voce stridula per il panico.

«Ehi», la tranquillizzai. «Ssh, ssh, va tutto bene. L'unica cosa cui dobbiamo pensare adesso è portarti all'ospedale».

«Io non… voglio spingere, Betts. Nel senso che è difficile non farlo».

«D'accordo. Adesso ti visito. Va bene?»

«Sì, va bene, cazzo!», gridò quando arrivò un'altra contrazione.

Le sollevai la camicia da notte e tirai giù le mutandine fradice.

«Oh, Gesù santo», mormorai.

«Cosa? Che c'è che non va?»

«Sei in coronamento», dissi. «Il bambino sta nascendo». Mi entrò in circolo l'adrenalina e il mondo divenne di una chiarezza cristallina. Non c'era tempo per finire di spalare il vialetto. Per vestirci e attraversare la città su strade che potevano non essere state ancora sgomberate dalla neve. «Lo facciamo nascere io e te, Kitty. Adesso. D'accordo?» La guardai in faccia finché i suoi occhi mi misero a fuoco, e quando sorrisi, lei ricambiò più coraggiosamente che poteva. «Non avere paura».

«Sei tu quella che sembra spaventata».

Non lo ero. Era entrata in gioco la mia formazione professionale. Corsi alla porta d'ingresso e urlai a Willis, quasi invisibile nella tormenta. Mi lavai le mani, presi tutti gli asciugamani puliti che trovai e tornai di corsa da lei.

«Solleva il sedere», le ordinai e le misi sotto gli asciugamani.

«Odio questo divano», commentò lei. «È orrendo e si infossa al centro e io non… non voglio avere un bambino su questo orribile divano sfondato».

«Vuoi metterti per terra?»

«Sì».

La aiutai a sdraiarsi sul pavimento proprio mentre Willis rientrava. «È davvero… porca vacca».

«Già», replicai. Aveva la faccia arrossata dal freddo e gli occhi sgranati. «Mi serve che ti lavi le mani, fai bollire dell'acqua. Sterilizza del filo, qualunque tipo va bene. Mi servono anche altri asciugamani. Ma prima lavati le mani. E un coltello. Il coltello più affilato che abbiamo».

«Un coltello?», chiese Kitty.

«Per ogni evenienza», risposi.

«Evenienza di *cosa*?»

Willis annuì, gettò in un angolo il giaccone invernale e si affrettò a fare quello che gli avevo chiesto.

«Ti ho detto quanto mi piace?», ansimò. Le misi un cuscino sotto la testa. «Siete fatti l'uno per l'altra».

Annuii e mi inginocchiai fra le sue gambe. *Signore, ti prego, facci superare questo momento.*

«Betts», disse Kitty a denti stretti, in tono spaventato e sofferente. «Voglio spingere, voglio spingere».

«Spingi».

«Non lasciarmi».

«Non mi muovo di qui».

Da quel momento fino a quando non ebbi una neonata fra le mani, rossa in faccia e urlante, sembrò passato un battito di ciglia e una vita intera al tempo stesso.

Kitty si lasciò ricadere sul pavimento singhiozzando e io vidi Willis che mi guardava, l'espressione piena di meraviglia e amore.

«Aiutami», sussurrai, e lui si inginocchiò accanto a me. Legai il cordone ombelicale e lo tagliai col coltello da cucina che aveva sterilizzato, poi gli diedi la bambina perché la avvolgesse negli asciugamani migliori che avevamo, i più belli e soffici.

«Ciao, piccolina», mormorò, e io sentii le lacrime bruciarmi gli occhi.

Le feci espellere la placenta e la avvolsi nei giornali, ripulii Kitty, stupita che non si fosse lacerata. La bambina smise di piangere e io alzai gli occhi: Willis la stava cullando dolcemente avanti e indietro.

Ci guardammo e prendemmo una decisione che non ci fu nemmeno bisogno di pronunciare a voce alta.

«È una femmina», annunciai a Kitty. Una ragazza del sole. «È sana e bellissima».

«Bene», sospirò Kitty fissando il soffitto. «È una buona cosa».

«La teniamo noi», aggiunsi, e lei alzò la testa per guardarmi.

Katherine Simon e Kitty Devereaux. La donna nella stanza del motel e alla Voliera e su quel palco in Vietnam. Che mi sosteneva, impediva che crollassi, portandosi dietro parti di me ovunque andasse. Non potevo dare la sua bambina a un'estranea. La sua bambina sarebbe stata mia. Come avrebbe dovuto essere.

«Io e Willis. La teniamo noi. Sarà la sorella del nostro bambino. Proprio come hai detto tu. Proprio come volevi».

«La proteggerai?», sussurrò, con le guance arrossate bagnate di lacrime.

«Hugh non verrà mai a saperlo, e lei mangerà un sacco di terra. Te lo prometto».

«Le darai il nome di mia madre?», chiese.

«Certo. Come si chiamava?»

«Clara».

34
Kitty

Los Angeles, California, 2019

Kitty non aveva alcun diritto di chiamare *figlia* la donna di trentaquattro anni fiera e intelligente che le stava davanti. Non l'aveva cresciuta lei. Non l'aveva amata lei. Non le era stata accanto in nessuno dei momenti brutti o belli della sua vita.

Kitty capiva tutte quelle cose.

Ma egoisticamente, si concesse quell'unica occasione per guardare Clara con gli occhi di una madre e riconoscere tutte le cose che le legavano.

Era difficile non pensare a sua madre, ai ricordi sfilacciati che aveva di lei.

A Kitty piaceva pensare che ci fosse qualcosa di sé nel modo in cui Clara teneva la testa. Nella forma degli occhi. Forse, se poteva spingersi a tanto, nel modo in cui la sua mente lavorava in angoli reconditi che Abbie e BettyKay non riuscivano nemmeno a vedere. Nel modo in cui sapeva essere egoista, fredda e determinata. Ma anche che tutta quella fredda determinazione egoista nascondeva un cuore che palpitava per la paura di essere ferito. Lealtà, certo. Un occhio per le cose belle. Etica professionale.

Clara, *mia figlia*.

Clara si alzò, il fisico snello e asciutto così simile a quello del padre di Kitty da essere inquietante. Si alzò anche Abbie, solidale, entrambe con la stessa espressione confusa.

Ci sei riuscita, Betts. Sono sorelle. Grazie, amica carissima, per aver dato l'una all'altra.

«Sul certificato di nascita ci sono i nomi dei miei genitori», ragionò Clara con voce sommessa, la mente acuta che passava in rassegna quello che aveva sempre saputo e quello che le era appena stato detto.

«Il dottor Meadows è stato molto collaborativo», spiegò Kitty. Aveva detto loro di essere stato cresciuto da una madre single, che avrebbe violato tutte le regole per proteggerlo, e forse lo aveva fatto.

«Sono nata nel giugno del 1985. È quello che c'è scritto sul mio certificato di nascita. E Abbie è nata nel maggio del 1986».

«I tuoi genitori hanno mentito, Clara. Tu sei nata a marzo e Abbie in realtà è nata nell'agosto del 1985».

«Sono un anno più vecchia di quello che pensavo?», chiese Abbie.

«Non è questo il punto, Abbie». La donna chiuse gli occhi, si pizzicò la radice del naso.

«Be', un po' sì».

«Come sono riusciti a farla franca?», chiese Clara.

Ovviamente Clara l'avrebbe considerato un crimine, quando Kitty l'aveva sempre visto come una benedizione. L'eccezionale benedizione della sua vita.

«Non è stato difficile, in realtà. Sono stati aiutati moltissimo da Denise e dal dottor Meadows. Vostra madre si è messa in maternità dopo la nascita di Clara, dicendo finalmente a tutti che era incinta, mentendo sulla data prevista per il parto e sostenendo che doveva stare a letto. Tornò al lavoro solo dopo la nascita di entrambe. Vi ha partorite in casa. Denise ha falsificato la data sui documenti di Abbie all'ospedale».

«Mi stai dicendo che nessuno se n'è accorto?», chiese Clara.

«Erano altri tempi. La gente non postava foto sui social. Vostra madre non ne parlò con nessuno. Dissero la verità a Denise e anche a Jenny, ovviamente. Quanto a Willis, credo lo abbia detto a un uomo che lavorava con lui e sua moglie contribuì a diffondere la versione secondo cui eravate nate a undici mesi di distanza l'una dall'altra».

«Mrs Schutte?», chiese Clara, e lei annuì. Per anni Kitty aveva mandato agli Schutte un cesto di frutta a Natale, perché non avevano mai incassato i suoi assegni.

«I vostri genitori non erano sposati, e si parlava più che altro di quello. E, alla fin fine, erano talmente benvoluti che tutti volevano credergli».

«Mi stai dicendo che nostra madre non uscì di casa per un anno?», chiese Abbie.

«Andò a stare da Jenny per un po', quando c'era solo Clara e lei era ancora incinta. Però sì, rimase chiusa in casa per un anno».

«E tu che fine hai fatto?», chiese Clara, ignorando Abbie, con un tono venato di rabbia. Il che era inevitabile, immaginò Kitty.

«Restai un mese e poi me ne andai. Avevo paura che alla fine Hugh si sarebbe presentato alla casa di Elm».

«Te ne sei andata?», chiese Clara. «Mamma era incinta, papà lavorava, e tu le hai dato la tua bambina e te ne sei andata come se niente fosse?»

Come se niente fosse... Ti ho allattata per quattro settimane, avrebbe voluto dirle. *Ti ho tenuta in braccio al sole e sotto la luna, ti ho stretta a me e mi sono detta che non eri mia. Singhioz-*

zavo da sola in quella stanza gialla quando sentivo attraverso la parete Willis e Betts sussurrare e ridere ed esultare per qualche tuo piccolo miracolo. Sono rimasta più che ho potuto finché restare un solo istante in più avrebbe significato che non sarei mai riuscita ad andarmene.

«Dev'essere stato terribile», disse Abbie, e Kitty strinse le labbra, commossa dalla sua comprensione.

«Hanno cercato di vendere la casa quando sono rimasti a corto di soldi. L'ho comprata io», continuò. «E ho provato a restituirgliela perché non accettavano denaro».

«Hai cercato di dar loro dei soldi perché mi avevano tenuta?»

«Non la metterei in questo modo», la corresse Kitty, perché di tutte le cose che la facevano stare male, quella non era nell'elenco. «Vostro padre era un insegnante, vostra madre era in congedo per chissà quanto, e due neonati sono costosi».

Era impossibile ribattere a quell'argomento, eppure Kitty si accorse che Clara avrebbe tanto voluto farlo.

«Hai avuto la bambina, sei rimasta un mese e poi… non sei mai tornata indietro?», chiese Abbie.

Kitty raddrizzò le spalle, abituata a essere giudicata, ma mai riguardo a quella vicenda.

Strano quanto fosse doloroso.

«Me ne andai, feci in modo che ci fossero un sacco di fotografie che dimostravano che non avevo avuto nessun bambino, e quando Clara aveva circa tre mesi parlai al telefono con Betts e intuii che le cose non andavano bene. Era avanti nella gravidanza, doveva occuparsi di una neonata, prigioniera della casa e delle bugie che ci eravamo inventate. Presi il primo aereo e andai a trovarla. A trovare te», ripeté rivolta a Clara.

Aveva preso a noleggio un'auto all'O'Hare, aveva guidato di notte ed era arrivata alle cinque del mattino, solo per scoprire che Betts era sveglia come se sapesse che lei era per strada. Lei e Willis stavano facendo del loro meglio, ma la casa era un disastro. Betts era un disastro. Nonostante i capelli unti e i piatti sporchi nel lavello, però, Betts e Clara erano una cosa sola. Legate come madre e figlia. Clara si illuminava quando sentiva la voce di BettyKay e si calmava fra le sue braccia. Era stato quello l'obiettivo, ovviamente, ma vederlo, be', era stato doloroso.

Betts le aveva porto la bambina e lei l'aveva presa, in modo maldestro e quasi terrorizzata, con la paura di farle del male ma forse di rimanere ferita lei stessa. Di provare di nuovo quello che aveva provato nel mese in cui l'aveva allattata, il mese che aveva passato in quella stanza gialla. L'oscuro legame primordiale che presto avrebbe dovuto recidere un'altra volta. Il dolce peso di Clara fra le sue braccia la stava facendo sprofondare in qualcosa da cui non sarebbe più riuscita a tirarsi fuori. Era come annegare nella nostalgia. Nello struggimento e nella meraviglia della maternità.

«Willis e io vogliamo che le bambine ti chiamino zia Kitty», aveva detto Betts, spazzolandosi i capelli dopo una doccia alquanto necessaria.

«No», aveva detto Kitty. La parola le era uscita di bocca con lo stesso spirito di autoconservazione che l'aveva spinta ad andarsene dalla Georgia, ad allontanarsi dalla sua famiglia.

«Zia Kitty non ti piace?», aveva riso Betts. «Troppo banale, immagino. Che ne dici di...»

«Non mi conosceranno», aveva annunciato lei chiudendo gli occhi per non vedere lo shock, il dolore o la rabbia sulla faccia della sua amica. «Rimaniamo amiche. Io sono tua e tu sei mia, ma queste bambine», *mia figlia*, «appartengono a te e Willis».

Kitty aveva ricacciato indietro il singhiozzo che minacciava di sfuggirle dalla gola. Se Betts avesse saputo quanto era dura per lei avrebbe detto di no. Avrebbe insistito su *zia Kitty* e il dolore sarebbe diventato così grande che lei si sarebbe allontanata da Betts solo per proteggere se stessa.

Era quello che Kitty aveva fatto con suo fratello. Abbandonarlo in quell'allevamento di polli.

«Mamma ha accettato senza protestare?», chiese Clara.

«No. Non all'inizio. Ha cercato di convincermi che sarebbe diventato più facile, e probabilmente aveva ragione, ma in quel momento...», Kitty scosse la testa, «pensavo che sarebbe stato meglio per tutti».

«Sparire dalla mia vita?», chiese Clara. «È questo il meglio di cui stai parlando?»

«All'inizio si trattava di Hugh. Non potevo rischiare che avesse anche solo il minimo sentore di te, Clara. Era un uomo pericoloso. E Hollywood è un posto piccolo. Ho pregato Betts e Willis di non dirti niente di me, e io non avrei mai chiesto di vederti. Betts non era d'accordo, ma alla fine l'ho convinta».

«Cioè... non eri curiosa?», insistette la ragazza, e nella sua voce si insinuò un'esitazione che non era da lei.

Kitty si premette una mano tremante sullo stomaco. *Tocca il dolore,* le aveva detto quella ragazzetta dello yoga. *Tocca il dolore, tienilo in mano, riconoscilo e poi, quando l'hai riconosciuto, gettalo via.*

Avrebbe dovuto saperlo che non ci si poteva fidare dei ragazzini sul tema della sofferenza. Non avevano vissuto abbastanza né abbastanza intensamente da sapere cosa fosse.

«Certo», sussurrò Kitty.

Abbie mise un braccio attorno a Clara, che strizzò gli occhi guardando per terra.

«Scommetto che Jenny ha avuto da dire al riguardo», disse Abbie a bassa voce.

Kitty rise senza allegria. Quella lite con Jenny non era un bel ricordo.

«Mentre Hugh era vivo, era d'accordo con me. Meglio prevenire che curare. Ma quando morì che avevate circa otto anni, spinse perché entrassi nella vostra vita. Però io dissi di no. Volevo che le cose restassero com'erano. Lei mi accusò di aggrapparmi al passato. Che scegliere come far parte della vita di una persona non era vera amicizia. Alla fine, quando decisi di non intromettermi nella vostra vita, persi anche lei».

Anche se era stato doloroso, la terapeuta l'aveva aiutata a capirlo. Come madre di due bambini piccoli, Jenny non poteva accettare la decisione di Kitty di rimanere fuori dalla vita di Clara pur continuando a essere amica di BettyKay. Jenny non conosceva mezze misure, una delle cose che Kitty aveva sempre apprezzato di lei. Finché non l'aveva tagliata fuori.

Aveva accettato la perdita di Jenny come una delle ripercussioni della sua scelta, ma era stato come se avesse perso non solo una cara amica, ma anche un pezzo del suo passato. Una parte di quello che era.

Una perdita che faceva ancora male.

«Non doveva andare per forza così!», esclamò Abbie, mentre Clara stava stranamente in silenzio.

«Può darsi», disse Kitty. «Ma, in fondo, io sono egoista. E avevo paura...» Le tremò la voce. «Che conoscerti, anche poco, anche solo fugacemente, in maniera innocente, sarebbe stato troppo doloroso. Non sapevo come passare da madre a zia e così è stato più facile passare da madre a totale estranea. E dopo un po', credo che tua madre abbia finito con l'apprezzare l'idea di un rapporto solo suo. Dopo essersi spesa per voi due e Willis e i suoi pazienti e la scuola... be', io ero sua. E lei era mia. E alla fine andava bene così».

«Ma perché adesso?», la incalzò Clara. «Cioè... perché adesso, porca miseria?»

«Sono vissuta senza madre per tanto tempo», disse Kitty. «E quando Betts è morta...»

«Hai pensato di farti avanti. Come madre?», chiese Clara, incredula.

«No», rispose Kitty, anche se forse sì. «Tutti i motivi che avevo per farlo erano...» Fece uno sforzo per trovare la parola giusta, ma in realtà ce n'era una sola. «*Inadeguati*. Ma quando tua madre ti ha detto che Willis non era tuo padre, sapeva che tu non avresti mollato l'osso e poi è morta senza poterti dire la verità... e allora ho pensato... porto a termine quello che lei non è riuscita a finire».

«L'hai fatto per *me*?», si indignò Clara, svelando il bluff di Kitty. «BettyKay Beecher era mia madre e Willis Beecher era mio padre e tu e Hugh Bonnet...» Alzò gli occhi verso il soffitto e Kitty si rese conto che stava ricacciando indietro le lacrime. Si sentì malissimo. Per averla fatta piangere. Per averle distrutto la vita in quel modo. «Quel dannato Hugh Bonnet? È mio padre?»

«Mi dispiace», si scusò perché non c'era nient'altro da dire. Era impossibile indorarle la pillola. Era un genio, ed era un mostro.

«Non l'ha mai saputo?», chiese Abbie.

«No».

«Ti sei rimessa con lui?», chiese Clara.

Kitty scosse la testa. «Dopo la nascita di Clara tornai a Hollywood ma lui mi aveva completamente ostracizzata. Non pensavo che avesse tutto quel potere, ma gli uomini bianchi si sostengono sempre a vicenda. Mi disse che mi avrebbe trovato un lavoro se fossi tornata insieme a lui, ma io risposi di no. Avevo abbastanza denaro per mantenermi. Ristrutturai questa casa. Avevo il mio giardino. Vostra madre. Fu solo quando morì che ottenni una parte in quella sitcom in tv».

Alla fin fine, quelle erano tutte cose di poco conto, superficiali. Il danno vero era stato il modo in cui aveva distrutto tutte le relazioni della sua vita, lasciandola isolata, vulnerabile e sola, diffidente nei confronti di tutti.

Tranne Betts.

«Lui non è mio padre», affermò Clara. «Non lo è. Lui è...» Clara uscì dalla portafinestra dello studio prima che Kitty potesse capire cosa stesse per dire. Prima che riuscisse a costringere il suo corpo vecchio e recalcitrante a tirarsi in piedi.

Abbie si alzò e puntò la mano in direzione di Kitty. «Credo...», iniziò e si interruppe. C'erano decine di modi con cui avrebbe potuto finire quella frase.

Che tu abbia fatto abbastanza. Dolorosamente vero.

Kitty aveva portato via qualcosa anche ad Abbie. Non la sorella, non c'era bisogno di essere melodrammatici. Ma la storia della sua famiglia cui tutti avevano creduto. Il retaggio che aveva fatto di lei ciò che era.

«Vai da lei», la esortò Kitty, e Abbie uscì a razzo.

La donna si accasciò sulla poltroncina, fissando il punto che le ragazze avevano occupato fino a poco prima, come se avessero lasciato lì la loro ombra.

Le ragazze. Era così che Betts le aveva sempre chiamate. Un'unità compatta. Una forza della natura.

A Kitty era sempre piaciuto.

Tutti gli attori che Kitty conosceva avevano uno studio come il suo. Sceneggiature sugli scaffali. Vetrinette speciali per premi e riconoscimenti. Manifesti dei loro progetti preferiti elegantemente incorniciati. Quei luoghi erano stati creati per puntellare il loro ego mostruoso. Per ricordare loro, nei momenti in cui erano divorati dal tarlo dell'insicurezza, che avevano fatto un buon lavoro. Che per qualcuno, da qualche parte, erano stati importanti.

BettyKay era morta. Jenny non le parlava. E le ragazze stavano senza dubbio facendo i bagagli.

Cosa credevi?, pensò. *Che glielo avresti detto e dopo tutti questi anni passati a scansare la famiglia, ti si sarebbero strette attorno e non saresti stata sola?*

La luce del sole si riversava nella stanza, illuminando tutti i suoi artefatti di Hollywood. La sua vita bella e famosa.

Tutto quel vuoto luccicante.

Abbie

«Clara?», chiamò Abbie. Il prato verde che portava al giardino era deserto. La zona parcheggio anche. Mio Dio. Era andata a correre? Era una cosa che sua sorella faceva quando era turbata. Abbie si guardò i sandali. Non la cosa migliore per correre dietro a sua sorella, ma lo avrebbe fatto scalza se necessario.

«Sono qui».

La ragazza fece una risata nervosa di sollievo e si incamminò verso la parte più lontana dello chalet, dove i cespugli di eucalipto crescevano più vicini all'edificio. Quasi come se Clara si fosse allontanata il più possibile da Kitty, senza uscire dalla proprietà.

Fiona faceva la stessa cosa quando era arrabbiata, tirava la corda più che poteva senza spezzarla. D'un tratto sentì la mancanza dei figli con una fitta dolorosa come una stilettata.

«Tutto a posto?», chiese Abbie.

«Una meraviglia». Clara era in piedi con le mani sui fianchi, ma *fremeva* per l'emozione. Abbie conosceva quella versione della sorella. Se l'avesse toccata o le avesse mostrato comprensione, lei avrebbe preso tutte quelle emozioni e avrebbe iniziato a brandirle come un'arma contro tutti quelli che le stavano attorno.

«Proprio un bel momento per smettere di bere, eh?»

Grazie al cielo, Clara rise della sua pessima battuta e la tensione si allentò quel tanto da permettere ad Abbie di mettere un braccio sulle spalle della sorella e, anziché irrigidirsi, Clara si rilassò.

«Che spreco», disse Abbie.

«Cosa intendi?», chiese Clara.

«Uno spreco di tutto questo tempo».

Clara si allontanò, e Abbie vide la faccia della sorella.

«Sto solo dicendo», riprese lei debolmente. «Avremmo potuto essere...»

«Una famiglia?» scattò Clara.

«Sì, forse».

La porta a zanzariera dello chalet sbatacchiò, e Clara si avviò verso il giardino. Abbie le andò dietro e tutt'e due videro Vickie che usciva di casa.

«Ehi!», disse Vickie con un sorriso che scomparve non appena vide l'espressione della sua compagna. «Cosa è successo?»

Clara si girò verso di lei, le braccia aperte, il sorriso tagliente. «Kitty è la mia madre naturale. Che mi ha avuta, mi ha mollata fra le braccia di mia mamma e non si è fatta vedere per trentaquattro anni, per poi scegliere il funerale di mamma come l'occasione di rientrare nella mia vita come se niente fosse».

Be', pensò Abbie, *se la metti così*.

«E non è finita», continuò Clara. «La domanda che ha fatto iniziare tutto ha finalmente risposta. Rullo di tamburi?» Clara non aspettò il rullo di tamburi. «Hugh Bonnet, il regista narcisista e violento, è mio padre».

«Wow», esclamò Vickie. Guardò Abbie e poi di nuovo Clara. «Wow».

«Ma non lo è», disse Abbie. Non aveva intenzione di lasciare che la rabbia di Clara l'avesse vinta. La rabbia, la paura e l'orgoglio avevano già vinto fin troppe volte.

«Prego? Non stavi ascoltando?»

«Mamma è tua mamma e papà è tuo papà. Lo sai questo. L'hai detto poco fa». Abbie si girò verso la casa di vetro con la sua fredda bellezza. Con le stanze da rivista di architettura. E accanto lo chalet con le sue Polaroid incorniciate e i divani infossati. La vecchia cucina.

La casa di vetro era la vita di Kitty, ma quello chalet era pieno di BettyKay Beecher.

Abbie si disse che forse... *forse* BettyKay sapeva quello che faceva la sera della discussione con Clara. Non che sarebbe morta, certo. Ma forse si era resa conto che avevano sprecato abbastanza tempo e aveva fatto cadere intenzionalmente la prima tessera del domino sperando che sarebbero tutte arrivate lì. Insieme. Tutti i segreti rivelati.

La famiglia che avrebbero potuto essere.

Più ci pensava, più ne era certa.

Oh, mamma.

«Devo tornare dai miei bambini», dichiarò Abbie. «Devo sistemare le cose a casa e poi... voglio tornare qui».

«Cosa?», chiese Clara.

«Sì, voglio tornare», ripeté, mantenendo la sua posizione. «E voglio che vieni anche tu».

«Ci ha mentito, Abbie».

«In realtà, ci ha appena detto la verità, e io lo capisco se vuoi essere arrabbiata. Lo capisco sul serio». Non le faceva piacere usarlo contro di lei, ma in quel momento non aveva altra scelta. Assunse il tono più gentile che le riuscì. «Ma hai sprecato due settimane a essere arrabbiata con mamma. E cosa hai ottenuto?»

Clara si girò a guardare il giardino. Vickie le si avvicinò da dietro e le mise le braccia attorno alla vita. Abbie tentò la sorte e allungò la mano verso quella della sorella.

Con suo stupore, Clara la prese.

«Farei cambio con te se potessi», disse Abbie.

«Vuoi essere la figlia di Kitty Devereaux?», chiese.

«No. Voglio essere la figlia di BettyKay Beecher, e lo sono. Esattamente come te. Ma vorrei conoscere meglio Kitty. Vorrei che lei conoscesse me. I miei bambini. La mia famiglia».

«Perché?», chiese Clara.

«Perché amava nostra madre. E nostra madre amava lei. Guarda tutto quello che hanno fatto l'una per l'altra. Voglio tutte quelle storie, Clara. Voglio tutto quell'amore».

La sorella fece un verso di gola e Abbie posò la testa sulla sua spalla.

«Voglio essere arrabbiata ancora per un po'», dichiarò Clara.

«Fai pure», disse Abbie. «Saremo tutte qui quando avrai fatto».

Questa è la tua famiglia, pensò, ma non lo disse. Non era il momento. Clara stava ancora male. Kitty era ancora fragile. Stavano tutte cercando di capire quanto potevano piegarsi. Ma lo avrebbero fatto… ci sarebbero arrivate.

Sperava.

35
Clara

Quella sera Abbie tornò nella casa di Kitty a salutarla.

Clara e Vickie prenotarono lo stesso volo di Abbie e camminarono in silenzio per i sentieri finché non venne l'ora di partire.

E poi tornarono a casa.

Cioè, a Greensboro.

Clara poteva dire tranquillamente che restare a Greensboro per più di un fine settimana non era coì tremendo come aveva pensato, soprattutto perché c'era Vickie. Quella donna rendeva tutto migliore. Le due sfruttarono le ferie e lavorarono da remoto mentre sgombravano la casa di mamma e papà.

Vickie le tenne in movimento quando il dolore sembrava paralizzare le sorelle Beecher.

Abbie si dedicò all'opera di cambiare tutta la sua esistenza, e Clara non avrebbe potuto essere più orgogliosa di lei. Si vergognava di aver anche solo pensato che le emozioni della sorella la rendessero debole. Si rivelarono un super potere mentre aiutava i figli a superare la crisi della separazione fra lei e Ben.

Bevve la sera che lo dissero ai bambini, ma il giorno dopo si rivolse a un terapeuta.

Clara si vergognava anche di aver potuto pensare di non aiutare Abbie a sgombrare quella casa. Era un compito immane. E una delle cose più tristi che avesse mai fatto.

Sul fondo dell'armadio di mamma trovarono un miniabito argentato, una scatola piena di ritagli che parlavano di Kitty. E – con loro grande stupore – un bottone rosa.

L'ultimo rimasto. Quello che era andato smarrito nella moquette a pelo lungo.

Non avevano idea che mamma lo avesse, né del perché avesse tenuto proprio quello di tutti i regali kitsch che Kitty le aveva mandato dopo la California. Ma era in cima ai ritagli contenuti nella scatola, di un rosa più vivido degli altri che erano stati cotti nel pane e messi sottaceto.

«Dovremmo portarlo a Kitty», sussurrò Abbie. Erano sedute a gambe incrociate sul pavimento della camera dei genitori, circondate dai loro vecchi indumenti.

«Non ancora», disse Clara e andò ad aiutare Vickie a svuotare il garage.

Ci volle una settimana per prendere una decisione difficile sui diari di BettyKay. Erano una cosa personale e non destinati ad altri, e così una sera li bruciarono nel braciere di papà. Clara non era ancora certa che fosse la decisione giusta, ma Abbie aveva insistito.

Non sono destinati a noi, aveva detto. *Erano le riflessioni e i sentimenti personali di mamma e devono restare tali. E poi, sappiamo dove possiamo farci raccontare molte di quelle storie.*

Clara sapeva a cosa alludeva, ma non era ancora pronta.

Dopo aver portato l'ultimo carico di lenzuola e mobili vecchi al negozio dell'usato dell'università, Abbie, Clara e Vickie rimasero in cucina, circondate di ricordi.

Tantissimi ricordi.

«Pensi di poter vivere qui?», chiese Clara a sua sorella togliendo una ragnatela dai capelli di Vickie. Il sottotetto era stato un'avventura.

Abbie annuì, battendo gli occhi per ricacciare indietro le lacrime. «Sono così felice di abitare qui. Grazie, Clara, per avermi dato la casa».

«Be', dovresti ringraziare Kitty». Clara sentì addosso gli occhi delle altre due. «Non ancora», ripeté, alzando una mano per impedire loro di ribattere.

Iniziarono a trasferire le cose di Abbie. Una marea di giocattoli. Clara decise che non avrebbe più regalato giocattoli ai nipoti. Avrebbe regalato viaggi. Esperienze. Clara e Vickie potevano portarli a teatro a Chicago e alle partite di pallone.

«Vi piace?», chiese ai bambini, portando l'ultimo giocattolo nel vecchio studio di mamma e papà, che adesso era la stanza dei giochi.

«Sì!», urlarono e scesero le scale di corsa per cercare la madre.

Vickie le si avvicinò e la prese fra le braccia per un bacio.

E tutt'a un tratto, senza sapere come, Clara capì cosa intendesse sua sorella quando parlava di tempo sprecato. Percepì ogni volta che era stata troppo orgogliosa per piegarsi. Troppo spaventata per aprirsi. Quando si era raccontata di essere troppo occupata. O troppo rigida. E le era costato tempo prezioso. Ricordi. Opportunità di amare ed essere amata.

Per quanto la mettesse a disagio e avesse respinto l'idea, capiva Kitty. Perché erano uguali. Si trovavano nella stessa situazione. Solo che Clara avrebbe fatto una scelta diversa.

Lei era Clara Beecher, sorella di Abbie. Figlia di BettyKay e Willis, e presto moglie di Vickie. E un giorno, sperava, madre di un figlio suo. Il tempo non era infinito.

A differenza dell'amore.

«Abbiamo ancora alcuni giorni di ferie», disse Vickie. «Potremmo tinteggiare qualche stanza. Clara? Cosa ne pensi?»

«Penso che dovremmo tornare in California».

Clara chiamò Sophia, e il giorno dopo erano sul jet dirette in California. Tutti quanti. Max e Fiona inclusi.

E Jenny.

Clara l'aveva chiamata dopo aver deciso di tornare alla Voliera e avevano parlato a lungo di BettyKay, di Kitty e di tutti quei segreti.

«E vuoi tornare laggiù?», le aveva chiesto Jenny. «Non sei arrabbiata?»

«Sono arrabbiata ma sono anche… curiosa».

«Credo di capirlo. Se non altro, Kitty è sempre stata interessante».

«E, Jenny, grazie per esserci stata vicina. Per esserci stata quando mamma ha avuto bisogno».

Ci fu un silenzio così lungo che Clara si chiese se non fosse caduta la linea.

«Jenny?»

«Sono qui, e tu non vai laggiù senza di me», aveva detto.

Elroy l'aveva accompagnata in macchina quella mattina. Aveva abbracciato i bambini, chiesto a Max come andava il calcio e che voto aveva preso Fiona nella ricerca di storia, dopodiché si era allacciata la cintura di sicurezza e si era fatta un rapido segno della croce con gli occhi chiusi.

Dopo un'esperienza spaventosa su un elicottero in Vietnam, non amava volare.

Clara allungò la mano e la mise sopra quella di Jenny mentre l'aereo decollava.

Vickie era straordinaria coi bambini. Mentre sorvolavano le Montagne Rocciose sui sedili a panchina, giocò una serie infinita di battaglie di pollici con Max e intanto ascoltava Fiona parlare entusiasta di *Anna dai capelli rossi.*

«Quel libro piaceva moltissimo anche a me», disse Vickie. «Hai letto *Emily della Luna Nuova*?»

Clara colse lo sguardo di Abbie. «Forse avrei dovuto avvertirla», disse Abbie. «Fiona la stordirà di chiacchiere».

«Lo adora», commentò Clara.

«Sei nervosa?» le chiese Abbie.

«Un po'. Tu?»

«I bambini romperanno qualcosa».

Clara si mise a ridere. «Potrebbe capitare a tutti noi».

Abbie

Invasero la casa di vetro. I bambini. Vickie. Jenny. Clara aveva il bottone. Abbie il miniabito.

«Ciao», le accolse Kitty, alzandosi dal divano bianco del salotto. Sembrava sorpresa.

«Sophia non ti ha detto che stavamo arrivando?», chiese Abbie, tentando di ricacciare indietro l'impulso di prendersi la responsabilità della reazione di Kitty. La sua terapeuta le aveva detto che non spettava a lei assumersi la responsabilità dei sentimenti di tutti, e quella per lei era stata un'assoluta sorpresa. Ma ci stava lavorando.

Stava lavorando su un sacco di cose e nessuna era facile. Però erano tutte positive.

«Sì. Ma siete in anticipo».

Abbie capì che anche Kitty era nervosa. Le ultime tre settimane dovevano essere state dure, a spogliarsi di tutti quei segreti come se fossero una seconda pelle.

«C'era pochissimo traffico. È un problema?», chiese Abbie. «Possiamo…»

«Ciao, Kitty», esclamò Jenny, facendosi avanti in mezzo ai Beecher paralizzati dall'indecisione sulla porta.

«Jenny», la salutò Kitty con un sospiro. Era un sospiro di sollievo. Di piacere e sorpresa. E di dolore. Si mise una mano sullo stomaco e con un sussurro spezzato aggiunse: «Sei venuta».

«Sì», rispose Jenny. «Spero che vada bene».

«Hai intenzione di urlarmi contro?», chiese Kitty socchiudendo gli occhi, nel tentativo di fare una battuta. Ma non se la bevve nessuno. La diva sicura di sé era sparita, lasciando una donna che aveva commesso troppi errori e aveva paura di farne altri.

«No. Betts diceva sempre che avevo preso la testardaggine da mio padre, e aveva ragione: ho sprecato tutto questo tempo credendo di poterti far cambiare idea, quando ho sempre saputo che non ci sarei riuscita». Jenny batté le palpebre per ricacciare indietro le lacrime. «Mi spiace tantissimo, Kitty. E mi manchi».

«Dispiace anche a me. Avevi ragione, ero un elefante in una cristalleria, e per poco non ho rovinato tutto quello che Betts ha fatto per me», sputò fuori Kitty. «E mi sei mancata da morire».

Le due donne attraversarono la stanza, tutti gli anni e gli errori, per stringersi in un abbraccio.

Abbie vide come doveva essere stata sua madre fra loro due, a smussare gli angoli e le personalità ingombranti. Con un'improvvisa malinconia desiderò averle conosciute tutte e tre insieme. Ne sarebbe valsa la pena. Ma quelle tre donne avevano fatto scelte molto diverse e avevano dovuto conviverci per tutta la vita. E dovevano farlo ancora.

«È un museo?», chiese Max a voce altissima.

«Ssh, tesoro», lo riprese Abbie.

«Entrate, entrate vi prego», disse Kitty scostandosi da Jenny e asciugandosi le lacrime. Piangeva perfino con grazia. Non era giusto, davvero.

«Lo è?», insistette Max.

«Una specie», rispose Vickie.

«Ho fame», disse Fiona, poi prese la mano della zia e gliela tirò. «Chi è quella?», chiese, indicando Kitty.

Abbie non ci aveva pensato. Presa da Ben, dalla casa, dal trasloco e poi da quel viaggio in California, non aveva pensato a come rendere comprensibili a dei bambini tutti quegli anni di amicizia, segreti e sacrifici.

«È la sorella della nonna», spiegò Clara.

«Non sapevo che la nonna avesse una sorella», ribatté la bambina, guardando Kitty in quel modo che ad Abbie aveva sempre ricordato Clara.

«Ne aveva due», intervenne Jenny, con un braccio attorno alla vita dell'amica.

«Come ti chiamiamo?»

«Zia Kitty», rispose lei, accettando finalmente il nome che aveva rifiutato tanti anni prima.

«Ciao, zia Kitty», urlò Max nel suo tipico modo da Max. Corse da lei e andò a sbatterle contro.

«Umf», fece Kitty, fingendo di aver perso l'equilibrio. «Ti chiamerò palla di cannone. Max palla di cannone».

«Ah, sì?»

«A te sta bene?», gli chiese, parlandogli come se fosse un adulto e non un bambino. Lui ne fu entusiasta.

«Sì. Credo». Praticamente fremeva di energia repressa.

«Scusate», intervenne Abbie. «Dovrei portarlo fuori. Lasciare che sfoghi un po' di…»

«Usciamo tutti», propose la padrona di casa, indicando la porta a vetri scorrevole. Jenny rimase in casa per andare a riposarsi in una delle camere per gli ospiti.

Gli altri uscirono in giardino, con la luce del crepuscolo di quell'oro che Abbie sentiva di poter racchiudere nel palmo della mano, se solo ci avesse provato con abbastanza convinzione.

Abbie, Vickie e i bambini si misero a giocare a ce l'hai. Clara si avvicinò a Kitty, in piedi vicino alle sdraio a strisce gialle e verdi, e tirò fuori il bottone rosa.

La donna si portò alla bocca una mano tremante.

Mentre Abbie si sforzava di sentire cosa dicessero, venne toccata da Max. «Ce l'hai, mamma!», strillò.

Adesso Kitty stava piangendo, e Clara la strinse in un abbraccio.

«Cosa non va?», chiese Fiona, infilando la manina in quella di Abbie.

«Niente», la rassicurò sua madre, stringendole la mano. «Va tutto benissimo, a dire la verità. Ehi, la vuoi sentire una storia?»

«Certo!» Fiona si illuminò al solo sentir nominare una storia. «Di cosa parla?»

«Di tre ragazze. Di ragazze del sole. Di tre amiche per sempre».

Nota dell'autrice

L'esperienza di scrivere un romanzo cambia ogni volta che giro pagina per iniziarne uno nuovo. Con *Amiche per sempre,* ho subito immaginato quel funerale a Greensboro con l'affascinante ospite a sorpresa. Kitty Devereaux si presentava perfettamente formata, pronta a creare problemi a Clara e Abbie. Ma che direzione prendere da qui? Stranamente, nel seminterrato della chiesa metodista, nelle macchine per cucire Singer e nella Shakey's Tavern lungo il fiume, iniziai a vedere nella storia parti della vita di mia madre.

Da quando sono nata, mia madre, Gayle Fader, si è scambiata cinque bottoni rosa con la sua amica Laura Peuse. Mamma e Laura non si erano conosciute alla scuola per infermiere, ma erano vicine di casa a Holstein, Iowa, dove i miei genitori si trasferirono appena sposati. I bottoni, però, furono acquistati nello stesso identico modo descritto nel romanzo: Laura stava cucendo una giacca grigia e mamma si presentò a casa sua per chiederle se avesse bisogno di qualcosa. Laura, scherzando, rispose bottoni. Mamma tornò coi bottoni più orribili che era riuscita a trovare: era nato per caso uno scherzo durato cinquant'anni.

Ricordo la volta in cui furono cuciti su una camicia da notte. Quello in cui furono trasformati in orecchini. Messi sottaceto coi cetrioli. Cucinati dentro una torta al rum. Quando mamma e Laura si vedevano, ridevano come pazze ricordando la volta in cui Laura si era intrufolata dal finestrino della roulotte dei miei per appendere gli ornamenti al loro albero di Natale. I bottoni sono ancora in circolazione, mandati in biglietti di auguri e restituiti in teglie da forno prese in prestito. Sono scoloriti, ma brutti e bizzarri esattamente come nel 1965.

Quando sono nata, Laura e mia madre non erano più vicine di casa, ma mi sono state raccontate storie della loro amicizia nel corso degli anni. Quei bottoni che andavano e venivano per posta sembravano la dimostrazione di un'amicizia che non avevo mai visto di persona, talismani di un periodo importante della vita di mia madre e di un'amicizia fondamentale che ha plasmato la sua identità. Volevo che in *Amiche per sempre* quei bottoni ricoprissero la stessa funzione per Abbie e Clara, anche e soprattutto quando sembrava impossibile che BettyKay e Kitty potessero essere state amiche.

Non sono stati solo i bottoni e l'amicizia a ispirare il romanzo. Molti elementi della vita di BettyKay riflettono le esperienze di mia madre alla scuola per infermiere negli anni Sessanta. All'epoca c'erano fermenti di cambiamento in tutti gli Stati Uniti, ma per molti aspetti la scuola per infermiere restava un baluardo di tradizioni vecchie e talvolta sessiste. D'altro canto, e ironicamente, fare l'infermiera era una delle poche carriere professionali, nonché opportunità di indipendenza economica, facilmente accessibile alle donne. Questa dicotomia mi affascinava e pensavo che fosse il contesto giusto sullo sfondo del quale BettyKay, Kitty e Jenny potevano maturare come persone nell'ambito della loro amicizia.

Ero anche attirata dall'idea che la scuola per infermiere fosse per molte donne un corso accelerato di intimità fisica che non aveva nulla a che fare col sesso. Metteva inoltre le giovani di fronte a decisioni di vita o di morte cui nessuna formazione scolastica era in grado di prepararle. Anni fa, mia madre mi raccontò la storia della notte in cui lavorava in Pediatria e di un neonato con malformazioni congenite spaventose. È il genere di tragedia che oggi non si verifica più, ma negli anni Sessanta, prima delle ecografie e dello screening genetico, era un'evenienza molto più comune.

Era il genere di storia che ti spinge a chiederti cosa avresti fatto nella stessa situazione e mi rimase impressa, diventando uno dei momenti chiave della vita di BettyKay. Se siete infermieri o avete la fortuna di conoscere da vicino un infermiere, saprete che sono persone dotate di un grande pragmatismo, e anche se questa vicenda non gettò mia madre in una crisi di coscienza (come sarebbe successo a me), la ricorda ancora oggi dopo oltre cinquant'anni con estrema chiarezza.

Mia madre mi ha permesso di usare quella notte terribile e i bottoni rosa e innumerevoli altri particolari della sua vita ("sederi sporchi" è una citazione diretta) per *Amiche per sempre*. Questo romanzo è dedicato a lei e agli infermieri di tutto il mondo.

Ringraziamenti

Mentre scrivere un libro è un'impresa incredibilmente solitaria, farlo pubblicare e portarlo nelle mani dei lettori richiede un paese intero.

Per prima cosa, questo libro, il prossimo, l'ultimo, il primo: per ognuno grazie a Pam Hopkins, la mia agente. Non avrei potuto farlo senza di lei, e neanche avrei voluto. È saggia e pacata, con un talento unico per convincere gli autori a evitare qualunque genere di secca. Sono molto fortunata ad averla dalla mia parte.

Melanie Fried, la mia editor, ha reso questo libro il migliore possibile e, nel frattempo, ha reso me una scrittrice migliore. Non potrò mai ringraziarla abbastanza per tutto il lavoro e le vette di pazienza che mi ha dimostrato negli ultimi anni.

Rispetto e apprezzo enormemente l'attenzione al dettaglio di Gina Macedo come redattrice. Grazie per quel pettine a denti fitti.

Alla squadra pubblicitaria della Graydon House/Harlequin/Harper Collins: grazie per avermi fatta arrivare a un pubblico tanto vasto; e ai venditori, per avermi portata su così tanti scaffali.

A Crystal Patriarche, Hanna Lindsley e Taylor Brightwell di BookSparks: grazie per il duro lavoro e la fantasia.

Ad Amanda Skenandore, Kristy Woodson Harvey e Susie Orman Schnall: grazie per il sostegno a questo libro e le parole gentili.

Alle scrittrici che ho la fortuna di chiamare amiche: Maureen McGowan, Sinead Murphy, Zoe York, Brighton Walsh, Selena Blake, Ellis Leigh, Amelia Wilde e Skye Warren. Mi avete tenuta sana di mente e creativa. Mi siete state di ispirazione più di quanto possa dire.

Grazie ad Annika Martin, le cui critiche sono sempre acute. Sei la mia compagna di camminate preferita.

Stephanie Doyle e Simone St. James: questo non è un semplice grazie. Le cene a base di bistecche le offro io per sempre. Non so cos'avrei fatto senza di voi.

Gayle Fader, grazie per avermi permesso di prendere in prestito la tua storia. Ti voglio bene. Sono molto fiera di essere tua figlia. Cherie Anthes, grazie per aver letto una prima stesura e aver corretto alcuni errori relativi al lavoro di infermiera.

E infine a Adam, Mick e Lucy: per sempre.

Finito di stampare nel mese di dicembre 2023
Grafica Veneta – via Malcanton 2 – Trebaseleghe (PD)
Printed in Italy